遺忘是人的本能。如果不能遺忘，腦海將不是海，而是資訊壅塞的泥沼，痛苦的記憶會讓人發瘋。然而，遺忘又是陷阱。當人自以為擺脫了痛苦折磨的時候，必會因為遺忘而重蹈痛苦的覆轍。

面對這種兩難處境，許多人選擇遺忘。作為優秀文學評論家與小說家的王斌先生則逆勢而動，為了捕獲塵封的往事並把它們押回來，他不惜與遺忘對峙，以驚人的小說家的筆做了搏戰的武器。勇氣令人欽佩，戰果尤為可喜。這厚厚的三部曲是啟示錄，也是紀念碑，以不容遺忘的筆觸鐫刻著不容遺忘的歷史之痕，必將在讀者的心靈那邊得到無盡的呼應。

二〇一八年五月廿六日，夜

劉恆

《秋菊打官司》、《集結號》、《金陵十三釵》知名編劇、小說家

劉恆　不容遺忘推薦

台灣文學獎長篇小說金典獎、金鼎獎作家著作人獎、吳三連文學獎　小說家

巴代　遠山回聲推薦

《幽暗的歲月》三部曲臺灣首版自序

若不是我在美國的好友吉米兄的提醒，恐怕我也不會想到，要為我的三部曲寫一前言，那是因為該說的話，都在《幽暗的歲月》中說了，好像我無須再畫蛇添足。

我一向認為，讓小說自己說話是一作家最好的選擇。現在看來，顯然我錯了。在大陸，某種我們曾經以往熟悉的「現象」又在風雲再起，從而恍若有一種責任在向我高叫：你真的應該說幾句了！

這一套以《幽暗的歲月》命名的三部曲，除了《六六年》在大陸出版過外（我專門為了這次的臺灣版，對《六六年》重新做了一次文字的修訂與增補），其餘的二部在我電腦裡已存放了七八年了，有的是因為「題材敏感」（《海平線》），被最高書刊審查機關束之高閣，且不告訴你任何原因；有的似乎因了一段不可觸碰的中共歷史（《浮橋少年》），而被告知不能出版。《六六年》之所以幸運，得益於七、八年前，大陸的言路相對寬鬆，這才讓它幸運地得以獲得「示人」之身。

我是有意識地將三部曲命名為《幽暗的歲月》，若按這三部小說所涉及的題材內容，它似乎該以「文革三部曲」之謂更顯恰當——畢竟寫的是在大陸發生過的文化大革命，之所以沒這麼做，是我個人認為我的「三部曲」已然超越了一般意義上的「文革小說」，重點寫的乃是「人與命運」，也就是說，當多少年之後，文革歷史在人們的頭腦中逐漸遠去，那些未來的讀者再來讀你的小說時，他們會專門為了文革而來嗎？我想答案一定是否定的，那時他要讀的還是小說作為小說的「故事」和人物，以及人物在故事中所呈現的永恆的人之命運。

我厭倦於文革結束後在大陸文壇上一度時興的「傷痕」文學，我以為它讓小說獨有的使命過多地訴諸於政治控訴了。小說一旦被政治化了，它還能稱得上是一部純粹意義上的小說嗎？小說在本質上是超越政治的，若非要將小說之「敘」，納入一個文化範疇，那麼我個人認為它必當高踞於政治之上，歸屬於人類學的文化範疇。

在過去的文革小說中，我看到的更多乃是被簡單化的壞人作惡，好人受難，而在其中，文革的「參與者們」則缺乏最起碼的反省與懺悔意識，就好像那場席捲大陸的紅色恐怖僅僅是個別人在施惡，而與捲入這場風暴中的每個個體無關似的。

如此一來，文革小說作為一種特殊的中國化的文學類型，便被局隘地限制在了一個狹窄的甬道中了，無以勘破它之所以發生的人性本源乃至其存在本質，也由於此，普通人彷彿都成了在那場運動中的無辜者，只是一個個從這場空前的劫難中走出的「幸運者」，從而得以輕鬆地撇清了自己在這場災難中所應擔負的道義責任。

不，不是這樣的，這場涉及十幾億之民族的曠世災難，絕不僅僅是由個別人所為就能達到的，它之所以能夠在中國這塊土地上發生、發展，最終釀成嚴重後果，乃是因為它首先具備了讓這一切人間罪惡得以橫行無忌地席捲中國大陸的土壤，從這個意義上說，我們每個親歷者其實又都是難逃罪責的。我們不僅僅是這場史無前例之文革之禍的受害者，與此同時，我們也在無形中（或在不知不覺中）成了一名施惡者。當這場運動已成一個並不遙遠的記憶時，撫今追昔，回望在那個歲月中我們共同渡過的慘烈人生，以及在此人生中命運的浮沉，我們顯然不能再以簡單的政治眼光去看待了，那是浮淺的，非文學化的。

文化大革命在我的三部曲中，不僅僅只是對那個年代的一種文學敘述，同時，它也是我對自我的一個冷峻的審視、追問和反思，亦由此，它便自然而然地上升到了一個形而上的關於人之處境的命運高度，從而也就超越了作為特殊性的所謂「文革題材」，成為了具有普適價值的事關人與其命運的小說。

我一直認為，當歲月在無聲無息中悄然流逝之後，文革作為一樁發生在過去的遙遠的歷史「傳說」，存留於世，親歷過那段歷史的一代人，則帶著他們關於那段歷史的真切記憶，早已消失在了浩瀚的時空中，那些未來的讀者，究竟還想從描述那段歷史的小說中看到什麼呢？僅僅是一段殘酷年代的展示？抑或是在那個年代中好人受難、壞人當道？我以為不是的，到那時，那些走在未來之路上的讀者所渴望讀到的，還是在一部小說中所呈現的具有普遍之意義的人性以及人之命運。這才是超越時代的文學，亦由此，這類涉及文革的小說就不再僅僅是在陳述一段特殊性的文革歷史了，而是作為一種鏡鑑過去與未來的提示，警鐘長鳴，從而防止類似的悲劇再度捲土重來，因為它曾讓一個民族為此付出過巨大的血的代價。

歷史，從來就是人類走向未來的一面鏡子，藉由於此，人類得以看清自己這一路走來的曾經以往，由此也讓人類認識且從而盡可能地洗刷掉身上的那一層層被隱蔽著的人性之污垢，並對人性在歷史演化過程中的變異及社會機制的「失陷」，保持足夠的清醒和警覺，以避免人間慘劇的重蹈覆轍。這其中，文學最最重要的使命還是：認識你自己，文學也將由此而進入一個至高、至純、至真的境界。唯當如是，文學才能超越某一特定題材的局限，由特殊走向普適性，從而反觀在我們人性與社會中所存有的徵象。

即使在今天，我們依然還處在某種知或不知的命運劫難中，且無以脫逃，文革「十年浩劫」這一早已被國人定性的歷史共識，卻被暗渡陳倉地修改為「艱辛的探索」，那場波及中華民族的巨大悲劇，就這樣被人輕輕地一筆抹煞了，變成了是因了某個人為走向「正確的道路」所做出的必要的「艱辛探索」，幾代人為此付出的毫無必要的苦難乃至生命代價，就這麼被輕易地遮掩了，以致今天在中國大陸的許許多多年輕人，幾近不知在那個血雨腥風的十年中，他們的上幾代人都曾經歷過怎樣的罄竹難書的人間苦難。

文革的發生，的確具有其歷史的特殊性以及制度性的邏輯必然，但卻絕不可以由此就認為，正是因了其特殊，我們就可以推卸我們自身所應承擔起的歷史責任；在當時嚴酷的政治處境下，發生在我們身上的種種不堪入目的人性「變異」與醜惡，就可以以特殊性為由，為自身的全情投入做出辯護。在一場空前的命運劫難中，個體的道義責任與義務，始終是值得我們去認真拷問和探究的。

文化大革命於今看去，似乎已成在歷史中消散的煙雲，但我們這些親歷者在回望那場慘絕人寰的民族劫難時，還當責無旁貸地捫心自問：在那場悲劇中我們在其中又做了些什麼？我們反抗了嗎？我們僅僅只是一名受害者嗎？究竟是什麼原因，讓我們「放縱」了那些高高在上的人肆無忌憚地任意作惡，以致犯下不可饒恕的滔天罪行？

在那場文革運動中，一代人曾經歷過迷狂、困惑、迷茫及至最後的覺醒，但這個所謂的「覺醒」，又彷彿在隱約地暗示我們，我們似乎無須為這場人道災難承擔任何罪責。若真是如此，那麼我甚至可以說，其實我們並沒有真正地認識那一場波及整個民族之劫難的深重涵義。

文學的存在，其實是上蒼賜予一名作家的天賦與天職，饒是作家可以基於「實在」之真相，架構起一個以虛構之名抵達的人性揭示，而虛構在此的本真之義乃是對我們生存本質的一種直視與穿透。這才是一部好的文學作品存在的根本理由，它所呈現的，皆是具體可感且經梳理與過濾後的真實存在的人生或命運之向度，與此同時，作家深邃的思考與認知，亦巧妙地隱身在此一被描述的諸多繁複「現象」的背後，最終以結構化的敘事形態，完成對命運乃至人生本質的追問、呈現與揭示。

我不知道，我是否已然抵達了我意欲抵達的目的地，我也不知道，《幽暗的歲月》是否如願以償地完成了我最終的心願？但我知道我為之努力了，這就足慰我心了。當有一天，我決意寫下這個事關文革歲月的三部曲時，我曾暗暗地告訴自己，我要寫下可以留給歷史及後人的小說，它將會延續我有限的生命，讓後來者從我的小說中獲得某種人生啟示。

我原以為在我的有生之年，三部曲中之二部將無以見晴空呢，最終我只能以遺囑的形式交代後人，幫我了卻此一夙願。但我萬萬沒想到的是，有一天，一位與我素昧平生的朋友給了我一個伊妹兒郵址，讓我不妨將小說寄去試一試。我一開始還以為這只是一個善意的玩笑。以我在大陸的感受，沒有點兒熟人引薦或背後搞點潛規則，遠在彼岸的臺灣，怎麼可能會有人願意出版我的小說呢？更何況我寫的又不是暢銷小說。我小說的敘事是沉重了，這便決定了它很可能只能是小眾閱讀。

我猶豫了幾天，後決定投去試試，我沒想到沒過半小時，秀威的編輯總監伊庭小姐就及時地給我以回覆，熱情地告我三星期後再告知我最後的審核結果，這讓我多少有些意外。她果然沒失言，臨到三週後的一天，一位名叫徐佑驊的小姐主動聯繫了我，告訴我她將是我小說的編輯，而我的小說她細讀後「非常非常感動」！

坦率地說，我聽了此言後也很是感動，因為這一疊加句式的「非常非常的感動」足見她是認真閱讀了我的小說，且深度地沉浸其間，這才有了如此的「感動」一說。這麼認真的編輯在大陸已然鮮見了。佑驊小姐又說，我在信中道及的《六六年》，是否也能交予她們作為三部曲一併成套出版？這又是我沒想到的，我原本計畫只讓她們出版我在大陸出版不了的《浮橋少年》與《海平線》，若能出版這二本，我已然心滿意足了，我根本沒想到還能作為三部曲成套出版，儘管我確實是將此三部作為一個互有關聯的系列小說來寫的，它們分別展現了大陸文革的不同階段。

我愉快地答應了佑驊小姐的請求。此後，我們之間的溝通始終令我快樂，一切都是那麼地舒暢，沒有絲毫的交流障礙，這令我感到了驚異。我這才覺知，臺灣的讀書人猶在，臺灣的編輯中仍有人在熱愛著她們的職業，她們依然渴望出好書，並將此視為自己職業的一份榮耀，在此，我要向她們致敬。

對我而言，出版社之大小於我一點兒也不顯重要，我個人的所謂名氣也無須一家出版社來幫我獲得提升，況且我也從來不重視那些無聊的浮名。我是經歷過風雨的人。我更關心和重視的，乃是我是否能遇上知音與知己，她們是否真的認識到了我小說的價值和意義。顯然，秀威的伊庭總監與佑驊小姐認識到了，她們正是我在冥冥之中尋找的最好的出版社和編輯。

我期待《幽暗的歲月》三部曲的出版，我渴望看到它們以正體豎排的方式呈現在我的眼前，我始終以為中華漢字唯有以正體示人時，方顯出它的高貴與尊嚴，從此意義上說，我的《幽暗的歲月》能以這麼一種字體形式出版，也讓它們由此而獲得了在我心中的高貴與尊嚴。

再次感謝秀威公司，感謝伊庭總監與徐佑驊小姐，沒有比以書交友更讓人欣慰的了，雖然我們未曾謀面，但我已將你們視為我的朋友。

二〇一八年一月二十二日於北京

目次

序曲

×

遮蔽的記憶

一

天還沒亮他就醒了。

像是被人猛推了一掌，激靈一下，他睜開了眼。

我這是在哪？他想，突然感到了茫然，心裡還是稀裡糊塗的，尚在懵懂中，大腦猶如灌滿了鉛水沉甸甸的。他使勁地甩了甩腦袋，竭力想從迷糊中儘快地掙脫出來，亦像是要甩掉什麼糾纏著他，讓他感到不快的東西。一縷微茫的光亮就在這時點點滴滴地滲入了他的腦際。

他清醒了。

但還是感到了陌生。在這裡，好像一切東西都是疏離的，甚至有些冷漠，這讓他感到了奇怪。我這是怎麼了？

他定了定神，兀自想起自己置身在了一個陌生的地方：一家酒店裡。那些如煙往事如夢如幻，一如迷霧般縹緲而又遙遠地漸漸襲來了，海浪般迅速地湮沒了他。他就像駐足在一片波濤洶湧的迷霧中，看不清前方的路，景物亦顯影影綽綽。恍然間，他彷彿聽到了風聲、雨聲以及白浪滔滔的波動聲，還有從天際間滾過的一道道電閃雷鳴。

屋子裡黑魆魆的，他伸手撳亮了床頭燈。啪嗒一聲，一道昏暗的光暈迅速將他籠罩了，也依稀照亮了這間漆黑一片的屋子。

四下裡靜悄悄的，沒有一絲聲響，樓道裡亦聽不見任何動靜。再側耳聆聽，只隱約地耳聞似乎在很遠很遠的地方有大車駛過的聲音，隆隆地碾過馬路。能感到大地的震顫。但只是偶爾，很快又靜默了下來。又陷入了一片死寂。

他看了一下錶。時針指向凌晨三點二十二分，距離天亮還早著呢。我再睡會吧，他想。這時的他，正坐在床沿上，身穿絲綢的睡衣。這是他自己帶來的，他習慣了穿自己的睡衣睡覺，這會讓他睡覺時感到心裡踏實，會讓他覺得即使處在一個陌生的環境中，身上還有屬於自己的東西，儘管他清楚這只是一種怪癖，但他改不了。

他又伸手關上了檯燈。

霎時，他再一次籠罩在了黑夜中。他坐著沒動，享受著遽然降臨的黑暗，小心地傾聽著發出心靈的聲音。什麼也沒有聽見。他的心靈似乎融入了黑咕隆咚的靜夜裡，悄無聲息。咦，剛才的那種幻聽哪去了？他稍稍感到了一絲驚異。這麼多年過去了，他似乎很久很久沒有體會過這種恬謐安逸的感覺了，心靜如水，沒有泛起一絲波紋。

他躺下了。很快就感到了眼皮的沉重，意識又開始了迷迷登登，身子在發飄，身輕如燕，像被一隻溫柔的小手輕托著，漸漸地在上升。這種感覺真舒服，他想，有一種飛翔的感覺。真好，他微微感嘆了一下。再一次墜入了夢鄉。

他是被清晨的敲門聲吵醒的。

雖然敲門聲很輕，但足以驚擾了他。他睜開惺忪的睡眼，意識還處在懵懂中，像飄在雲絮中。

「誰？」

「打掃衛生的，先生要收拾房間嗎？」一位操著本地口音的女子問。

「喔，不用了。」他說。

「對不起！」對方說。他聽到了物體的碰撞聲，還有小聲的說話聲，很快又悄無聲息了。他翻身坐了起來，下意識地雙手伸進髮際間撓了撓，又甩了甩腦袋，像在迫使自己清醒。

他澈底醒轉過來了。抬臉望去，厚厚的窗簾透出一縷陽光，但不強烈，它被窗簾遮擋了。屋裡的光線仍是黯淡的，但又不是漆黑一片。就在這時，汽車的喧囂，以及刺耳的喇叭聲漸次傳來。他又開始感到了煩躁。凌晨醒來時平和的心境，此刻又被屋外的嘈雜之聲攪擾了，他好像又回復了以往的焦慮和浮躁。

他赤著腳站起了身，「噔噔噔」地幾步走到窗前，揚手拉開了厚重的窗簾。陽光霎時像潰堤的洪水一般迎面向他撲來，他甚至來不及閃開，瞬間罩在了熾烈的陽光下，眼睛亦冷不防地被炙了一下。他下意識地抬起胳膊擋了擋，就好像這樣一來可以阻擋陽光的照射。

他閉上了眼睛。

再睜開時，他覺得能適應這種烈焰般的光線了。這不是很好嗎？他想，迎來了一個陽光燦爛早晨！可他發現自己還在懷戀凌晨醒來時的那種靜謐，那種平靜如水般的安詳，靜謐和安詳甚至會給他帶來一種從容和淡定。這是他所渴望的，可是當東升的旭日倏忽而至時，他為什麼會又一次地陷入焦灼呢？

我不是為了逃避糟糕的心情才來到這裡的嗎？他自問，顯然，這是無庸置疑的，那為什麼我還是這麼的惶亂而焦慮呢？他感到了奇怪。

他推開了玻璃窗，更大的市井的喧囂，呼嘯般向他爭先恐後地湧來，猶如一股巨大的衝擊波似的。但這次他不為所動了。他鎮靜地站在窗前，凝然不動。

樓下車水馬龍，人來人往，從他所在的二十五層俯瞰，就跟蠕動著的螻蟻似的，在緩慢爬行著。街對面的那幢樓宇的玻璃，在陽光的折射下發出一道道炫目的光斑，宛若裹挾著一股灼人的溫度在晃著他的雙眼。遠處亦高樓林立，鋼化玻璃在陽光的映照下，反射出無數道耀眼的星星點點的光斑，隨著他目光的挪移，一閃一閃的，就像海上發出的示警信號。

真成了一座現代化的都市了，他想。今非昔比，他上一次回到這裡，還是上世紀的九十年代初，那時整座城市的變化並不太明顯，只是多了些高樓大廈而已，但城市規劃遠沒有像今天這樣大面積地鋪展開來，馬路也沒有像現在這樣四通八達地讓他感到了陌生。那時還基本延續著舊日的城市風貌。現在可大不一樣了，他都快不認識這座他曾經生活過的城市了，就像昔日的舊式街道在消失一樣，這裡埋藏了許多他少年時的記憶。

他知道，記憶的痕跡被城市化的改造澈底抹去了，即使他要再去尋訪亦屬枉然。他這幾天在這座城市的周遭轉了幾圈，什麼都變了，變得讓我心生愴然。念天地之悠悠，獨愴然而泣下，他驀然想起了陳子昂這句千古絕唱，好像與他彼時彼刻的心境完全吻合。他駐足在他曾經住過的那一片區域，遙望著藍天白雲，心裡有一股說不出來的滋味，百味雜陳，現在這一帶蓋起了一大片豪華公寓，他過去住過的那幢小樓早已了無蹤跡，就像它從未在地球上存在過一般。

二

那天，他在京城的一家咖啡廳靠窗的位置坐下了，要了一杯泡沫咖啡，輕啜了一口，然後透過寬大的透明玻璃，向外望去。陽光下人潮如湧，行色匆匆，一派繁忙景象，但卻與他的心境迥然相異，他覺得此時他就像一隱身人，別人看不見他，而他卻能將別人覷得一清二楚。當然，這只是一個幻覺，他不可能隱身。

也就在這一刻，他突然做出了一個斷然決定，到當年他生活過的地方去看一看。當這個念頭莫名地向他猛烈襲來時，他不由得顫慄了一下。為什麼會突然冒出這個念頭？他想，就好像是有什麼聲音在催迫著他，儘管此前他曾經有過這種打算，但也僅僅是一閃而過，很快又被捲入了繁雜的商務活動中。

他當即訂了一張機票，直奔這座南方城市。一晃快二十多年沒來過了，下機時心情還有些激動，起碼暫時忘記了生意上的那些失意和沮喪。

隨著人流，他出了機場站口，看到許多人舉著牌子在等人，隨行的隊伍中有人發出一聲快樂的大叫，張開雙臂向前衝去，那裡已經有人在微笑地等著她了。她的快樂感染了他。就在這時，他意識到自己竟是落寞的，因為沒有人在等著他，他只是獨身一人，鬱鬱寡歡的一人；而在過去，他無論去哪，都會有祕書事先安排好，無須他再操心飛機落地後的落腳之處。現在不同了，他是一名商場上的失敗者，孤零零一人離開了北京，踏上了他曾經生活過的地方，完全沒有任何目的，只是憑藉著一種莫名的衝動，可真的來到了這裡，他又感到了茫然。

坐上計程車後他才開始想，我該先去哪呢？就在剛才，出租司機接過他手中的拉桿箱，放進了後備箱後，轉過頭詢問似地看著他，顯然想瞭解他的目的地，他只是揮了揮手，意思是說先上車再說。

他望著窗外，兩行的綠樹高大挺拔，宛如整齊排列的士兵，肅立在瀝青路上，甲殼蟲似的汽車流水般刷刷地從邊上劃過，天色漸漸暗淡了下來，街上的路燈亦陸續點燃了，還能依稀見到遠處黛色的山巒，影影綽綽地蹲伏在沉寂的大地上，映襯著水墨色的天空。雖然這是他少年時代生活過的城市，但他根本不知道在他生活過的那段日子裡，這座城市是否就已經建造了這座飛機場。二十多年前他匆匆地回來過一次，但也是坐著火車來的——彼時的他，還是一個兩袖清風的窮人，在一家公司打拚，根本不可能想像有一天能坐上飛機，他覺得那種奢侈的生活方式距離他還十分遙遠。

「去哪？」司機還是忍不住地追問了一句，「我們很快就要上主路了。」

他必須做出抉擇了。他在腦子裡迅速地盤算了一下，是否應該先去看看他過去住過的那幢小樓？他還能模糊地記起它的模樣，鶴立雞群般地矗立在一片破敗的瓦舍中，可是現在已近黑夜了，去了也看不清什麼，再說了，他還帶著一個拉桿箱呢，似乎應當先將自己安頓好，然後再作打算。

「去酒店吧。」他說。

「酒店？哪家酒店？」司機說。

這倒是把他給問住了。是呀，哪家酒店呢？這座城市對於現在的他來說完全是陌生的，他根本不知道它都變成什麼樣了。

「你知道有一個解放路嗎？」他問。

「解放路？」司機歪著脖子想了想，搖了搖頭，不知道。他說。

他怔了一下，這是他事先沒想到的。「解放路。」他又重複了一遍。

司機還在搖頭。他打量了司機一眼，是一個二十來歲的小夥子，臉上的青皮刮得很乾淨，眼神則顯得有些疲倦。「你剛開出租嗎？」他問。

「什麼意思？」司機不高興了，「我對城裡太熟悉了，我在這裡長大的。」司機說。

他笑了笑，「喔，別誤會，我只是隨便問問，這座城市曾經有一個解放路呀！」他說。司機還在搖頭。「不可能。」他說，「沒有我不知道的，大街小巷我都跑遍了，沒有你說的解放路，你記錯了吧？」

他無可奈何地搖了搖頭。怎麼可能，記錯了？我可是在那裡生活過好些年呢。但司機顯然沒有撒謊，他的眼神在告訴自己他說的是實情，可到底是怎麼回事呢？他納悶地想。

「去哪？」司機又問。

顯然，再去詢問什麼解放路是徒勞的。

「找一家市中心的酒店吧！」他說。

第二天起床後他便向前臺打聽解放路，前臺小姐也說，「我們這裡沒有解放路。」這真是奇了，他突然有一種恍如隔世的感覺，像是來錯了地方一樣，或者說他是在癡人說夢。「不可能。」他向前臺小姐解釋道，「我以前就住在這座城市，那時這座城市一定有一個解放路，因為我就住在這條路上。」他強調說。

「是嗎？」服務生客氣地說，「對不起，您說的這條路肯定是沒有了，否則我們不會不告訴您的。」

他一下子覺得自己的情緒落到了冰點。出發前他就設想過了此行有可能會遇到的各種情況，可就是沒想到，他要尋找的記憶中的解放路居然消失了。

「您是說這條路曾經存在過嗎？」女服務生問，聲音婉轉動聽。

「是的。」他說。

「那好，先生請您等一下，我幫您再找人問一下，對不起了。」

他又返回了客房，有點煩躁。他點燃了一支煙，狠狠地吸了一口。他已經戒煙好些年了，他甚至為自己以堅強的毅力和意志將香煙戒掉而感到了得意，因為他看到太多的人，在戒煙的過程中最終還是被煙癮擊潰了，而他卻堅持了下來。可在一個月前，他不能自已地又抽了起來。他覺得自己的情緒過於的消沉了，他必須拿一個東西來重振精神。就這樣，香煙又一次地回到了他的生活中。何以解憂？唯有香煙了，他曾自嘲地想。

電話鈴聲驟然響起，讓沉浸在遐想中的他嚇了一跳。他拿起了話筒。還是剛才那位前臺小姐的聲音，但這次，不是那樣軟綿綿地透著職業的聲音了，而是隱然有了一絲興奮。

「先生，剛才我問了我爸爸，他說過去真的有過一個解放路，但城市改造後這個名字被取消了，我爸爸說好像在那裡建造了許多高檔公寓。對不起，那時我還小，這些我都不知道，耽誤您了。」

「沒關係。」他說，心裡又燃起了一線希望。「那我怎麼可以找到那裡？」

「哦，你就說去豪門公寓，城裡人都知道，那是富人區，可有名啦！」

三

他叫了一輛出租，直接奔了豪門公寓。可他萬萬沒有想到，過去曾經存在過的一切，都煙消雲散了，那裡只有一幢幢昂然高聳著的豪華樓群，樓下是各種時髦的配套設置——商場、書店、超市以及咖啡館。他有些失落，有一種夢幻般的感覺，畢竟他是為了追尋記憶而來，可是這裡已然沒有了一絲一毫記憶中的痕跡。

難怪那個前臺小姐不知道呢，他想，她剛才不是說她那時還小嗎？這就是人們常說的「隔代」了！也許，一代人記憶猶新的往事，對於下一代人只能是一片空白，現代化急促的步伐，在無形地消泯以往的生活痕跡，她們這一代自有她們的記憶，比如眼前的這個豪門公寓；而在他的記憶中，這座拔地而起的公寓卻是一片空白。

他一邊品著香濃的咖啡，一邊遐想著，思緒縹緲般地飛揚了起來。

那麼我下一步能做些什麼呢？他突然自問道。一種驟然而起的悵惘之情迅速地襲攫了他，記憶亦像被籠罩在了一層淡淡的薄霧中，若隱若顯。

他又要了一杯咖啡。和煦的陽光懶洋洋地映照了進來，照亮了咖啡廳的一角，那裡坐著不少人，看上去都是些悠閒的女人，唧唧喳喳地談天說地，神情愉快，一望而知是住在豪門公寓裡的貴婦們，正在享受愜意的晨光和咖啡。

這時他將目光轉向了潑灑著金色陽光的室外，在初升的旭日下各色人等正在埋頭走著，步履匆匆，從公寓大門內不時地開出各種不同型號的豪華臥車，流水般地向遠方駛去，城市又開始了它新的一天的喧嘩與騷動。日復一日，循環往復，似乎沒有盡頭。他很長時間沒有這麼悠閒地去感受生活了，他總是被各種繁雜的事物纏繞著，無暇去體味流淌在生活中的真切味道，他只是在沒完沒了地奔忙著，就像一個長跑運動員，甚或是個上了發條的機器，永無止境地向著一個遠大目標進發。但目的地究竟在何方？什麼才是一個人最終的精神歸宿？那時他沒有去多想，他只知道，只要這樣不停地奔跑下去，財富的指數就會如同幾何級數般地累加，這讓他感到了刺激和興奮。

可是，彷彿一夜之間這一切都消失了，就像一個巨大的泡沫，被一股突如其來的颶風吹散了，灰飛煙滅，似乎什麼都沒留下，他不無驚恐地發現，自己居然還欠下了一屁股糊塗債，而這些債務，在過去的他看來，是可以迅速地轉化為更大的財富。世事難料，他想，誰能想到一個曾經頤指氣使的風光人物，轉瞬間就會一無所有了呢！他重新回歸了生活的原點，甚至還要更加糟糕，這對於一個像他這樣享受過浮華和成功的人來說，再度墜入人生的起點，近乎一貧如洗，那種滋味是一般人難以體會的。

他就這麼靜靜地呆坐著，靜靜地觀望著窗外川流不息的人流和車流，有瞬間的恍惚與迷離，曾經親歷過的生活，就像一場不真實的夢幻——那不過是一個發生在別人身上的傳奇故事，他想。就這樣，那一段貌似輝煌的經歷，居然在此時此刻被莫名其妙地「空」了過去，他一下子回返了一無所有的年代。

那時他還是一個未諳世事的少年，就生活在腳下的這片土地上。他想起了當年在這一帶的嬉戲與玩耍，以及他的家庭在文革中所遭逢的命運，那個命運後來伴隨著他長大成人。

這時，他的目光停留在了一個傴僂行走的老人身上，他衣衫襤褸，臉上滿是污垢，一臉的皺褶宛若百年的老樹皮，目光則是渾濁的，拄著一根竹棍權作拐杖，顫抖地伸出一隻黑黝黝的手，手中托著一個缺了口的白瓷碗，向路過的行人哈腰乞討。

幾乎沒人停下腳步來理睬他，至多只是略微地搖了搖頭，又一臉木然地匆匆而過，即便如此，老人還是在向行人鞠躬行禮，嘴裡似乎喃喃低語地訴說著什麼。老人看到一輛車緩慢地停靠在了路邊，眼睛裡似乎燃放出一線希望，顫顫巍巍地顛著腳走了過去，向車內的人頻頻哈著腰，點著頭。沒人搭理他。老人輕拍了一下車窗，又是一個勁兒地點頭哈腰，雙手抱拳做著揖，然後伸出了他的白瓷碗。還是沒人搭理。

過了一會兒，車窗搖了下來，一隻手臂先伸了出來，向老人揮著手，接著他看到了從車裡露出的面孔。是位中年人，跟他的年齡相仿，一臉的不耐煩；副駕駛座上似乎還坐著一個年輕的女孩，頭髮是淺棕色的。車窗又被搖上了。沒過一會兒他們下了車，繞過老人趾高氣揚地向咖啡廳走來。老人失望地側過身，茫然地望向遠方。

女孩從老人身邊走過時，忽然停下了腳步，稍一遲疑，又回身走向老人，從錢包裡摸出一張紙幣，高高地攥著，然後脫了手。紙幣在空中飄飛了一下，落在了地上，老人趕緊彎下腰去，動作有些遲緩，似乎差點摔倒了。他坐在了地上，撿起了錢，看了一眼，把它摟在了懷裡，然後伏在地上向女孩雙手作揖地磕了一個頭。女孩像看戲耍似地抿嘴一樂，閃開了。那個中年男人站在一邊冷冷地看著。女孩回來時，他對她說了一句什麼，女孩甩了一下頭，撒著嬌。

他突然覺得心臟被什麼東西尖銳地戳了一下，有一種說不上來的疼痛感，一股熱血騰地一下湧了上來，恍然覺得某種記憶被瞬間喚醒了，閃電般地從他的腦海中快速劃過。他暈眩了一下。記憶還在飄浮著，隱隱綽綽的不很清晰，但那層籠罩在記憶中的薄霧正在消散，內心彷彿隱伏著一種驀然湧來的激動。

剛才下車的中年男人帶著女孩快步來到了咖啡廳。女孩先找了一個雙人座坐下了。她很漂亮，棕色的齊脖短髮，前額上的斜角耷拉著幾縷垂落下來的髮際，一看就是刻意修飾出來的。髮絲被拉直了，像鋼絲一般堅挺但又不失柔軟，顯得時尚而富有風采。她化著很濃重的煙熏妝，眼底和眉眼顯然是被眉筆描畫過了，透出一道媚人的暗影，臉上施了一層厚厚的粉底，昂著腦袋傲慢地掃視了一圈周邊的人，似在炫耀。

男人則直接去了櫃檯。

男人腋下夾了一個名貴的皮包，看得出，穿著亦是一身響亮的名牌，他甚至認出了牌子是「傑尼亞」的，因為這也是他所喜好的牌子，每季這個品牌上新款時，他都會去京城的星光天地拈上幾件，所以他有一身幾乎與此人一模一樣的服飾。男人的打扮竟然與他的過去近似一般無二，這有點讓他感到了滑稽。他嘴角自嘲地彎曲了一下。那個男人的臉上還充斥著一種睥睨一切的傲慢，亦讓他想起了過去的自己。

沒錯，過去自己也是這麼一副德行，身邊常帶著一位時髦款的妙齡女郎，可那時他一點也沒覺得彆扭呀！相反，唯其如此，他才感覺風光無限，與他的身分地位相符。但現在，當這個男人像一面鏡子，無形中映照出自己曾經有過的形象時，他感到了不舒服。

人為什麼只有到了生活落魄時，才會反思自己曾有過的人生呢？他想。滄海桑田呵！他心裡不由得感嘆道。

他的目光又一次地掉向了窗外。那個行乞的老人還在，落寞地坐在了馬路牙上，他只能看到他的瘦骨嶙峋的背影。老人從口袋裡掏出了一個硬梆梆的饅頭，在嘴裡啃著，那根竹棍斜靠在他的肩上。這個背影讓他感到了熟悉。那個隱約飄來的記憶瞬間被啟動了，越來越強烈地衝擊著他，他覺出體內熱血的沸騰，好像一下子沉浸在了那個久遠的苦澀的歲月中，甚至聞到了從江河流水中泛起的那股潮濕的水腥味。

他站了起來，大踏步地朝外走去，經過那個老人身邊時，他蹲下身，看著老人。老人也看著他，呆了呆，目光渾濁。老人似乎患有青光眼，瞳仁是灰白色的。他們就這麼凝定地打量著對方。就在這時，老人幾乎是下意識地從地上撿起了那個帶有缺口的瓷碗，向他伸出了手。他的心又疼了一下，點了點頭，從兜裡掏出了三百塊錢，放在了老人殘破的瓷碗裡。可能錢數太大了，老人呆了一下，滿臉驚愕，他難以置信地從碗中顫抖地拈起票子，仰頭對著太陽光看了一眼，臉上浮現出一絲喜悅的笑容，又迅速地從肩上拿起竹棍，硬撐著就要跪下。

他趕緊伸出手來扶住了老人。「不用。」他說，心裡感到哀傷。他起身走了。走了一會兒，再回過頭來向老人看去。那位躬著背的老人還在遠遠地看著他，頻頻地向他彎腰鞠躬，手裡仍拄著他那根要飯的竹棍。

四

他坐上了列車。他沒想到高安縣已通火車了，而在過去，那裡只通長途汽車，僅憑這一點，他完全能夠想像高安的巨大變化。這是必然的，畢竟時代不同了，一晃三十多年過去了，「彈指一揮間」，文革時期的這句名言他一直記在心裡，因為在他以後的人生旅途中，他真的感覺到了時光似箭，人就像進入了一個快速急閃而過的時光隧道，一眨眼就來到了中年，他甚至不敢相信自己已澈底地告別了青澀的少年、青年時代，正在走向壯士暮年。

真的不敢相信，他想。時間過得太快了，他還沒來得及認真地體味一下生活的滋味就多少年晃過去了。可是自己十幾年來的生活，有多少東西真值得再去回味的？豪宅、名車，美女，諸如此類，對了，還有沒完沒了的應酬，以及夜夜笙歌的夜店狂歡，除此之外還有什麼嗎？可這一切在現在的他看來又有什麼意義呢？為什麼每天都像在重複過著「同一天」的生活？日復一日地循環往復，根本沒有有價值的生活內容，每一天都是對上一天的變相複製。

那個時候他根本沒時間去想這些問題，他只知道欲望的潘朵拉盒子一旦打開了，釋放出的能量是驚人的，足以將當時的自己澈底淹沒，這就是所謂的欲壑難填！那時他的人生信念就是兩個字：征服——征服財富，征服女人，征服所有他渴望得到的東西，一旦擁有了，就意味著自己擁有了人人豔羨的權力，而權力就如同可卡因，讓他上癮，刺激得他不斷地走向瘋狂，時刻處在一種極度的亢奮中。

可一夜之間它們就像一陣風似地消失了，無聲無息地消失了，他的情緒亦如消失的財富數字一般一落千丈，就像做夢一般。他一時還不願相信，直到銀行和催債人逼上門來，他才意識到自己真的是一無所有了，重新變得兩袖清風，一貧如洗，他只能苦笑了。他不會像有的人絕望之下從高樓上一跳了之，輕易地結束自己的生命，他還沒有那麼脆弱。他知道生命的可貴，但只是覺得命運對自己不公，他過去那麼努力，不顧一切地往前衝，無所畏懼地一往直前，雖然也曾有過失敗的紀錄，但他從不氣餒，總有一種改變命運的欲望在時刻召喚著他，而且總能在關鍵時刻轉危為安，就像有上蒼護佑一般，他甚至產生了一種幻覺，以為無論遇到什麼險情，冥冥之中總會受到某種神祕力量的保駕護航，讓他安然無恙地渡過艱險與危機。

幻覺終歸是幻覺，它總有一天會破滅的，就像一枚飄浮在天上的氣球，輕輕一戳，就會「砰」的一聲破裂成微小的碎片被風捲走，變得無影無蹤。他現在就是那個曾經一度自以為飄在天上的碎裂的汽球。

他心裡在隱隱地擔心，或許此行又將是一次徒勞的遠足，完全有可能，中國現在就像一艘身軀龐大的巨輪，開始乘風破浪地起航了，它不再像過去那般僅是一葉簡陋、破敗的輕舟，經不起風吹浪打，隨時都會有傾覆的危險。它的確強大了，強大到了讓世界不得不刮目相看的程度，這要是在過去簡直是不可想像的。他慶幸自己在有生之年親歷了這樣的經濟奇蹟，眼看著祖國從過去的一窮二白，一躍而起，成了擲地有聲的世界強國，可他又覺得與此同時，於無形之中喪失了人生最彌足珍貴的東西。這究竟是什麼呢？這個奇怪的念頭曾有一度糾纏過他，但他沒有再往深處探究，他沒有時間去認真思考這些念頭的由來，雖然他也曾想過，應當讓自己匆忙的腳步，多少能夠慢下來一點，哪怕停上那麼一小會兒，好好想想為什麼財富越多，自己越會感到空虛和無聊。

他覺得一旦進入了富人的行列，似乎什麼都不會缺了。改革開放初期看電影時——好像是一部香港電影，挺鬧騰的一部電影，裡面有一句臺詞說：這個世界就是有錢能使鬼推磨，只要有錢，沒有辦不到的事。後來有人說，這就是罪惡的資本主義邏輯，當時他並沒有太多的感受，因為那種有錢的生活，畢竟距離他當時的經濟狀況遙不可及，他只是在懷疑金錢能有這麼大的魔力嗎？

當他在一番驚心動魄的博弈中獲得了巨大財富後，才深切地體會到那句話的千真萬確。在今日之中國，任何事情都可以用錢來擺平，沒有錢將一事無成，人世間的所謂道義、友情和所謂的互惠互利，在急遽轉型的中國社會，似乎都隱藏著金錢的身影，所有的人脈關係若沒有了金錢在其間的流轉、滋潤和暗中推動，只能是空懸在藍天之上的一個虛幻的名詞，一旦維繫人脈關係的金錢鏈條斷裂，所有的平素溫情脈脈的友情，也就隨之煙消雲散了。

這次突如其來的「一無所有」，讓他更加深刻地感受到了這一點，當需要朋友助他一臂之力時，回首一望，所有的人都一溜小跑地不見了身影，只留下一長溜兒滾滾煙塵，迅速將他們的身影湮沒了，當他好不容易放下自尊向他們電話求救時，他們要不然就是故意不接電話，要不然就是倒過來向他訴苦，說這次可怕的金融風暴讓自己損失慘重，你能不能幫幫我？於是他明白了，再說什麼也是無益的，這些人都是過去號稱隨時願為朋友兩肋插刀的酒肉朋友，只能有福同享，不能有難同當。

有事說話，這是過去的朋友們經常在他面前拍著胸脯說過的話，真到有事了，全不見人影了。世態炎涼，他唯有感嘆了！他是被迫地停止了行進的腳步，終於有了充裕的時間來好好地想想自己的人生了。也就是在那一刻，他決定尋訪自己消失的記憶。

可是在他生長的那座城市，他曾經的生活足跡被城市化的改造工程徹底抹去了，只是諷刺性地矗立起了一個個龐大的號稱是「豪門公寓」的樓群，他什麼也沒找到，甚至連解放路的稱謂，也一併消失了。

他由此而感到了惆悵和落寞。

五

他得感謝那位沿街乞討的老人，他的出現，喚醒了蟄伏在他潛意識深處的某種東西，颶風般地撼動了他死寂的心靈，引領著他去追尋一段不無憂傷和感嘆的歲月。

列車在電掣風馳般地向前飛奔，能聽到鐵軌有節奏的「哐噹哐噹」地鳴響，應和著他的心跳。一排排樹影和灰牆黛瓦、飛簷翹壁的農舍，飛快地從眼前一一掠過，就像影片般令人目不暇接。大地展現出它的遼闊和壯麗，那一片片綠油油的農田在無盡地延伸著，稀稀拉拉的幾個農夫在田間彎腰耕作的渺小身影，點綴在青山綠水間，遠處，能望見高聳入雲的崇山峻嶺，以及籠罩在淡淡薄霧中的褐色叢林，彷彿融化在了藍天白雲的深處，構成了一幅如詩如畫的卷軸，依次展開。

他突然感到了輕鬆，一種久違的輕鬆感，這讓他驚奇，這才驀然間發覺，這麼長時間以來，自己其實始終處在一種焦慮和惶恐之中，從未真正地放鬆過，總是一件事接著一件事，一單生意接著一單生意，雖然當完成了其中的一單後，自己會油然而生一種欣悅之感，但伴隨而來的是更大的野心和欲望。那不是輕鬆，那是貪婪，他想。

現在才是真正的放鬆，什麼也不想，只是一個遠足的旅行者，愜意隨性地欣賞著大自然的美景，同時心裡在追思著往昔的記憶。這種感覺真好，他想，其實人生的幸福，不就是能有點時間可以盡興享受悠閒與逍遙嗎？

他確實覺得不可思議，生意失敗後的沮喪和灰暗，為什麼會在倏忽間變得無影無蹤了？可它曾經像一可怕的魔影，亦步亦趨地纏繞著他，大腦便像灌滿了鉛一般地沉重，有一種恍惚和暈眩，他猶如飄浮在另一個陌生的世界中。那時他根本無法接受慘敗的事實，他甚至覺得那只是一場空無的噩夢，只要拚命地從夢中睜開眼就好了，如同他過去從噩夢中驚醒一般。但眼下發生的一切卻都是真的，真得就像他能夠感受到的劇烈心跳，讓他無從逃避。

只能面對了。

當精神終於承受不起而瀕臨崩潰時，他想到了出走，沒跟任何人打聲招呼就悄悄地離開了，踏上了追尋往昔的路，至於為什麼，他當時並不清楚，因為出走之前，他確實為究竟逃往何處煞費苦心，一度陷入了選擇的困境。他不是沒有想過要踏出國門，去歐洲或日本，這都是他過去喜歡旅遊的地方，在海邊找一家豪華酒店住下，眺望著近在眼前的大海，傾聽大海波浪起伏的濤聲，或者一個人步行在沙灘上，隨意走走，看著鬆軟的海灘上，留下的自己曲曲彎彎的腳印，彼時的心境，便如同那一望無際的大海，遼闊而渺遠。

可不知為什麼，這一次的心境卻截然不同，當他閉上眼睛，想像自己再度光臨域外海灘時，他還是感到了心亂如麻，惶惶不可終日，既然如此，那再去又有什麼意義呢？他想。但那些催命鬼般的討債電話如影隨形地追逐著他，逼迫他必須做出一個逃離的決定，他突然想到了追尋自己當年的逝水年華，這個念頭讓他莫名地興奮了起來，產生了一種驀然生出的踏實感，心裡頓時熱乎乎的了。

可南方的這座城市，並沒有留下任何值得他去回憶的痕跡，他很失望，又陷入了一種灰暗的心境，而那個老人，那位沿街乞討老人的突然出現，彷彿冥冥中賜予了他一個啟示——老人就像一個遠古時代的祭師，在他那張飽經滄桑的臉上，似乎寫滿了神祕的等待著人們去破解的密符，讓他迅速地辨認出他需要行走的方向了，他義無反顧地按照他的引領，走向了一條在此之前自己都不知道為什麼會選擇的路。

可是那裡是否也會被現代化徹底改變呢？他不無憂慮地擔心著。

第一章 × 「陌生」的小鎮

一

臨近黃昏時他抵達了高安。他早就聽說，曾經的高安縣已然升級為高安市了。不算太大的中型火車站，下車的人卻不少，月臺上忽喇喇地擁滿了遠道而來的客人，大都是輕裝上陣，而且年輕人居多，步履匆匆，臉上洋溢著出遊的喜悅。有三五成群的，嘰嘰喳喳地在大聲說著什麼。有的人還展開了地圖，指手劃腳。而他卻是孤單的，孑然一身望著這個已然陌生的縣城。哦，不，他曾從報紙上獲悉，過去的高安縣已縣改市了，他恍如隔世，就像他從來就沒有來過這裡一般。

是的，他沒有來過此處，這裡的一切對於他都是新鮮的，火車站，以及站外的那一片並不太寬敞的廣場，他多少有些落寞，他原以為一到站，就能看到他曾經那麼熟悉的過去呢！

他知道，遠離高安市區的一座叢山峻嶺，有一風光旖旎的旅遊景點，是好幾年前才發現的，當地政府及時進行了資源的開發。景點據說處在雙峰並峙的一座大山深處。他還是有一天偶然從報紙上讀到這個消息的，當時他見了這條新聞時還不禁一怔，是因為那個被發現的景點在高安——他少年時曾經生活過的地方，據聞，就在兩山之間的峽口邊緣，有一巨大的岩石洞穴，裡面充滿了奇形怪狀的石鐘乳、石筍、石幔、石簾、石花、石鱗和石葡萄，就像一個個龐大的列兵方陣，氣勢宏偉，跌宕起伏，洞中有洞，顯得陰氣森森，頗顯幾分詭異和神祕；再往前行進幾里路，穿過一片密密匝匝的樹叢和雜草，便會呈現出一片露天的碩大無比的「天坑」，天幕在此一覽無遺地敞開著，可以直接仰望藍天白雲，以及夜晚璀璨閃爍的星河，給人以奇異的猶如神話般的景觀。

據說東漢末年，因了戰亂頻仍，有一支來自中原的蕭氏宗族，避難中遷徙至此，偶然間發現了這個神奇的洞穴，便集體駐紮了下來，覺得可以從此遠避戰亂，逃離殺戮，安身立命了，他們甚至迷信地相信，那些怪石林立的石叢陣仗，便是上蒼賜予他們的護身符，足以抵禦世外的鐵騎與大軍。

龐大的蕭氏宗族一住就是好幾代人，在此繁衍生息，最初他們還想延續以往的農耕生活，結果發現地表下是厚厚的石岩層，根本沒法種植糧食菜蔬；就這樣，農耕文明的記憶漸漸地淡漠了，最終被遺棄，他們過上了最為原始的採集和狩獵、捕魚的生活。多少年過去了，這個當年的「天坑」，實在容不下不斷膨脹的人口，為了生存競爭，這個有著血緣關係的宗族，彼此間便開始了地盤的爭奪，以致大打出手，曾經攜手並進，風雨同舟，共同南下的宗族鄉黨，形成了不同的派系。有一部分人終於敗下陣來，從這裡逃逸了出去——他們又經過一番艱辛的尋尋覓覓，在兩山的狹谷間找到了一處適合居住與耕作的土地，於是他們再度開墾出新的家園，並開始接受和吸收外來的影響，逐步重建起了相對先進的農耕文明的宗族社會。

又是多少代人過去了，當年因保命而逃出的這批來自北方的移民，終於壯大成了一族頗具規模的聚落，他們沒有忘了口耳相傳的祖輩當年經歷過的恥辱，這一「恥辱」甚至記錄在冊——這是一個關於血仇的記憶，隨後他們組織起了一支進攻的隊伍。

那時候仍屬冷兵器時代，但他們手持的「現代化」的武器裝備，已然足以讓原始的「天坑人」聞風喪膽了。

於是，當天坑外的這一宗族隊伍向「天坑人」討伐時，很快就取得了輝煌的戰績，輕而易舉地就征服了幾代居住於此的，與他們祖上同根同源的鄉黨宗親。畢竟「天坑人」的生產方式還停留在最原始的狩獵、採集時代，語言亦已退化，就連武器也只是石塊和木棍，根本經不起重新融入「文明」社會且以鐵器為武器的征戰隊伍的掃蕩，乃至一戰下來血流成河。這一世代居住在天坑的族人很快就被外來的隊伍蕩平了；隨後，得勝的聚落，在天坑舉行了一個隆重的血祭儀式，以此告慰先祖的在天之靈，掩埋了戰死的天坑人的屍骨——畢竟死者均與他們一脈相承，從遙遠的中原，一路遷徙而來的宗親血族，彼此間，只是相隔了幾代人，已然形同陌路了。

在那個寒風悲號的夜晚，星光隱沒在了天幕背後，烏雲密布，在天坑之下，面對著橫七豎八堆積成山的屍身，這一支殺紅了眼的族人，燃起了號稱驅魔的熊熊的烈火，升騰起來的火焰映紅了黑色的天幕，亦染紅了他們血腥的面孔。他們集體起誓，從此不再踏進天坑一步，因為他們相信，天坑內有魔邪之氣在詛咒著族人，否則，為什麼會產生如此的血族間的仇殺？他們深信那些被殺的族人都是中了魔咒的人，該遭天譴，必須予以清除，否則將後患無窮。他們面對著熊熊燃燒的篝火起誓，誰都不許再重提這樁殘酷血腥的往事，它必須從親歷者的記憶中被澈底抹去。

族人轉身離去時，能聽見大火燃燒天坑時發出的巨大的劈剝之聲，整座大山被照亮了，一片耀眼的火海，接踵而至的雷雨，亦沒能澆滅這場漫天的大火，這場映紅了天際的大火據說燒了整整六天六夜。

於是，這場烈火燃燒的血祭儀式，從此成為了聚落族人的禁忌，後代默契般地遵從著先人的傳統，不再有人提及，也無人再踏入天坑一步。從此，天坑再一次失去了人間氣息，又重新回復了洪荒太古時代，無聲無息，回歸於大自然，天長日久，漸漸地被天坑中的茂林、雜草、樹叢和蓬蓬勃勃的綠色植物所覆蓋，慢慢地從人們的記憶中淡出，並漸漸地消失了。

只有一戶人家的血脈，還保留了當年的這一殘酷的歷史記憶。這家人的先人曾是一名儒生，後代一直延續著祖輩傳下的讀書傳統。就是通過這家後人留下的祖傳祕笈，這一殘存的記憶才最終得以保存。只是這家人的血緣後代，當時並沒有過多的在意，因為他們根本看不懂銘刻在竹簡上的晦澀含蓄的文字，只知道祖上傳下了一句話，這是傳家之寶，記載了這一宗族從北到南、由興而衰的歷史。於是一段歷史的記憶，就以這樣一種方式被偶然地留存了下來。

二十世紀六十年代的一天，一支從事田野考察的小分隊途經這裡，偶然聽說了這一在民間中流傳的祕密。他們一開始還懷疑有可能只是一個部族的神話傳說，雖然據說亦有古老的文字記載，但當地無人確切地知曉，這裡存在過傳說中的天坑，在遙遠的古代，還發生過一場慘絕人寰的血族間的殺戮。偶爾被問起時，有當地的老人會鎖起眉心想想，他抽著粗大的竹筒煙，嘴裡噴出一股濃烈的嫋嫋上升的煙霧：「好像聽老一輩人說起過，山裡有那麼一個藏著的大坑。」他說，「但沒人見過，也不知是真是假！」接著，老人咧著缺了幾顆大牙的嘴巴，憨厚地笑了，擺了擺手，再次強調只是傳說，沒人真見過那孔洞穴。

小分隊相信了，不久後集體撤離，只留下了一個簡單的田野考察報告，這個報告，亦例行性地進入了當時的縣誌。

直到文革後的一天，一位對歷史及田野考察充滿了興趣的退休教師，偶然間在縣誌上發現了這一當年的田野考察報告，興致大增，他堅信這個傳說絕非無中生有，肯定在源遠流長的歷史長河中，曾經有過這麼一個天坑的存在，而且冥冥之中，他亦以為天坑一族的蕭姓，與他的身上的血脈有著一脈相承的血緣關係。

他先是尋訪了當年下放在那一帶的幹部和知青，可那些人聽了之後呵呵地樂了，均言只是聽說過，甚至當年在他們寂寞無聊時，也曾尋找過這一傳說中的天坑，結果什麼都沒發現，顯然，它根本就不存在，讓他別再突發奇想地枉費心思了。

可那位退休教師的執著是驚人的。誰也說不清他究竟受到什麼信念的支配，以致一有時間便會來到當地，找個老鄉家住下，雇上一名嚮導，成天在大山裡轉悠，在周圍的崇山峻嶺中一一排查。蒼天不負有心人，終於在一個雷電交加、傾盆大雨的午後，他急著躲雨，意外地發現了一個已被重重密布的雜草和叢林覆蓋的石穴，穴內奇異的景觀讓他震驚不已——倒懸在石壁上的大小不一的石乳，還在滴滴答答地墜落水珠，宛如一支和諧悅耳的小夜曲，在石穴中此起彼伏，發出空曠而又沉悶的迴響。這裡完全不像他在人世間見過的奇景，他目瞪口呆。那一刻，他覺得自己不枉此生了！他禁不住高聲地嚎叫了起來，洞穴裡傳出了悠長而綿綿不絕的回音，漸次蕩漾開來，幽幽地飄向了無盡的遠方。於是他隔天又來，燃起了一束火把，摸索著，順著聲音傳導的方向繼續前進，終於，他驚喜若狂地看到了那個傳說中的神奇的天坑。

顯然，眼前的這些匆匆而來的遊客，便是衝著「天坑」之名而紛至遝來的。他想。

二

這時，他心中泛起了一絲隱隱的擔憂，曾經熟悉的這座城鎮，還能保留當年的風貌嗎？抑或是一如他在省城見過的那般，歲月的痕跡被夷為平地，矗立起了一座座陌生的高樓，充滿了對往昔歲月的冷漠與拒斥，喻示著一個曾經有過的時代的被遺棄？

難道新時代的來臨，就是要以毀滅過去的生活痕跡為代價嗎？為什麼不能為一代人的集體記憶留出一些空間和位置，讓人可以據此憑弔和緬懷人類親歷過的歷史？

記憶從來是與一個人的成長有關的，記憶的痕跡一旦被斷然塗抹了，消隱於無跡與無形，那麼成長不就成了一片空白了嗎？中國古人常說的，觸景生情，說明了這個「景」，是記憶的憑證與橋樑，它消失了，情又緣何而生呢？

這個火車站處在過去城鎮的什麼位置？他自問，又有些茫然了，畢竟它是文革後的產物，可那時他早已離開了這座城鎮，去了遠方的大城市，所以任何追問都是沒有意義的。

只能打聽了，他想。

他隨著大批的人流湧向站外。出了站口，人群開始四下散去，他定了定神，點燃一支煙，狠狠地吸了一口，巡逡了一圈周圍的景物。雜亂無章，這是留給他的第一個印象，小攤小販在嘶聲吆喝著自己的貨物，號稱是當地的土特產，並以「天坑」的招牌來招搖兜售，有所謂精製的「天坑」蜜餞，「天坑」蜜桃、大棗等等，五花八門，包裝得雖然土氣，但確有當地的風味與風情。他身邊有一位小女子在嬌滴滴地纏著男友，要求買上一點嘗嘗。「天坑的耶！」她聽到那個女孩在天真地央求。

他卻沒有這份興致，這完全可能是假冒偽劣的，國內向來造假一流，一旦什麼東西有了市場效應，商家便會趨之若鶩地一哄而上，天花亂墜地炮製出各種誘人的「神話」，以此來嘩眾取寵，他們可以從中坐收漁利。他可不想上這個當。

他的目光一一掃過了周圍的環境，他看到了一長溜計程車在路邊趴活兒，便走了過去，拉開頭裡的那輛車的車門，坐了進去。

「去哪？」出租司機是一個年輕人，態度熱情，剃了一個小平頭，精氣神挺足，可他注意的卻是他的那一口鄉音。好久沒聽到這麼熟悉的口音了，他想，這聲音在他聽來竟是如此地親切，使得他有了一種賓至如歸的感覺。

「市政府附近有酒店嗎？」他問。

「有的嘍。」小夥子愉快地說，說著發動了汽車，很快就上路了。

「離這近嗎？」他問。

「不遠。」小夥子一邊開著車，一邊回答。「我們高安市本來就一點大，你說能有多遠？」

「火車站什麼時候蓋的。」他又好奇地問。

小夥子怔忡了一下，沒回答，偏頭看了他一眼，眼神裡藏著困惑，似又在思索。「你還真問住我了，以前這裡沒有火車站嗎？」

他笑了。他太年輕了，顯然，這個車站是在他出生前蓋的，所以在他的記憶中，它就一直存在著。記憶，一代人有一代人的記憶，他感嘆地想。

「以前是沒有火車站的！」他說。

「是嗎？」小夥子懷疑地眨巴了一下眼睛，「我一出生好像它就在那了。」他沉吟了一會兒，說：「你以前來過？」

「以前來過的吵。」他模仿著當地土音說了一句，自己都覺出了生硬和彆扭。

小夥子笑了，「還真來過的喲，像我們的家鄉話。」

「像嗎？」

「像。」小夥子說，嘴角掠過一絲微笑。

「那時你們這裡沒有火車站。」他說，心裡突然湧起了一絲傷感，隨之又一怔：我這是怎麼啦，這麼容易傷懷？

「那是哪一年？」小夥子問。

「一九七〇年。」他說。傷感的情緒在加劇。

「哦，難怪，那時我還沒出生哩。」小夥子說。

「哦，對了，市政府還在城關南碼頭附近嗎？」他忽然想起了什麼，忙不迭地問道。

「不在了。」小夥子說，「好幾年前就搬了，遷到城北去了，蓋了好大一座豪華大樓，看著都嚇人。」說著，小夥子笑了。「我們城裡的人說了，當官的真會享清福，連辦公樓都蓋得像白宮。」

「那浮橋還在嗎？」他急切地追問。

「浮橋？在嘍，頭幾年還有人說要拆了蓋跨江大橋，後來又沒動靜了，聽說是自從天坑發現了之後，政府又說不拆了，留著讓旅遊的人來看個稀罕，這叫地方風情，我們市裡的人都說那些旅遊的人傻，這有什麼好看的？我們祖輩看著這些東西長大的，一點沒啥看頭的吵，嘿，可人家就喜歡吵，你瞧看的人那個多吵！人和人真不一樣哦，我就不喜歡看那個，瞧瞧我們市政府大樓多洋氣吵，我喜歡看這個，有氣派吵，你說對不？」說著，嘿嘿地又樂了幾聲。

他想著那座橫江而臥的浮橋，它就像一個清晰無比的電影鏡頭，驟然間浮現在了他的腦海中，他甚至看到了浮橋上來來往往的行人，還有碼頭的水邊停泊的那些深褐色的漁船，那種感覺讓他的心裡湧起了一股熱流。他沒再過多地打聽浮橋的情況了，他只想親自去瞧瞧，給自己留下點期待中的懸念；或許，他怕聽來的消息會讓自己沮喪？不知道，反正他沒再開口問下去了，他害怕會失去什麼。還是給自己留出點念想吧，他想，然後再去慢慢地印證。

「碼頭附近有酒店嗎？」他突然問。

「有呀，你要去幾星的？我們這幾星的都有。」

他驚了一下。這裡居然開始有星級酒店啦？發展真快呀！這要在過去，簡直不可想像！他在的那會兒，城鎮裡只有一家縣政府招待所。

他琢磨著該去住「幾星」，他覺得來到這裡再住進豪華星級酒店不合適，儘管他過去出差在外時，住下的酒店是極盡挑剔的，但這次來並不是為了享受，而是為了尋訪久遠的記憶。

「我們這還有城裡的居民自家開設的小旅店哩，也不錯，便宜吵。」小夥子見他在猶豫，笑說。

「真的嗎？」他興奮了，這才是他真正想住下來的地方。「太好了。」他說，「我願意住在鄉親家裡。」他毫不猶豫地接受了這一建議，心裡樂陶陶的，剛才生出的傷感驀然消失了。

三

他住下了，找了一家城關南碼頭附近的家庭小旅店。這是一棟青磚黛瓦的連排居民房，只有二層，每層的層高足足有四五米之距，沿著青石鋪設的街道邊緣，一長溜地依次排開，樓下的大門，是由幾條好幾米長的結實粗壯的樟木大板安裝上去的。這一帶的山林中盛產這類參天大樹，遠遠地就能聞到一股從木頭縫裡散發出來的清香。門板上下各有一條突出的滑槽，長條木板，就這樣一塊塊地鑲嵌在其中了，拼合成一個別致的朝外的大門。

這類房型是他所熟悉的。彼時他一大早上學時，會經過這條在初露的晨光下泛著青光的石砌小路，然後看著路兩邊的住戶，一家家像統一接到號令似地將戶門一一卸下、敞開，能聽到門板被拆下時的嘎吱聲。那個卸門板的聲音，在他的記憶中消失很久了。只不過那時的住房，還是由清一色的粗大的木板搭建，現在則改造成青磚黛瓦了，但大門的式樣，依然延續著古老的傳統模式。

他沒有想到惟這裡還依然如故，就像年代突然終止在了某一個時間的節點上，好像什麼都沒大變。唯一變化的是這裡多了許多人，陌生的面孔，一張張地晃過，好奇、興奮、熱烈以及悠閒自在，這些表情是他過去未曾見過的，這是一群旅遊者，很多人亦選擇了在小城的民居住下，一如他的選擇。

這讓他的內心隱隱地激動了，因為他好像回歸了他曾經熟悉的生活情景，就像坐在一條隨波而流的遊船上，忽然經過了他昔日的生活場景，一切都是那麼地熟悉、親切，讓他陡生緬懷和感嘆。他一路上還在擔心，這裡也會像那條「解放路」似地無聲無息地消失了呢。可是沒有，真好。還是那條他熟悉的石砌的小路，還是小路邊矗立的民居小樓——只是不再是木板房了，但模樣猶在，尤其是那些整齊排列的木板門。

「來人嘍。」出租司機喊了一聲，一個上了年齡的老婆婆聞聲晃了出來，一臉的歲月留下的痕跡，皺紋密布，但透著慈祥和喜悅。

「喲，快進來，坐吵。」老婆婆說著，從白泥的小火爐上拎起一個鋁壺。熱水還在鼓嘟著。她沏上了一杯清茶。一股濃烈馥郁的茶香味飄逸而出。他的鼻孔稍微一嗅就知是綠茶了。這是當地種植的茶葉，有一股沁入心脾的味道，那個時候，他的父親常飲這種綠茶，他偶爾也會偷偷地嘗上一嘴，沒覺得怎麼好，但卻留下了清香的記憶。後來他養成了喝茶的習慣，某一天，他突然回憶起少年時代偷嘗過的那種綠茶，心裡便油然而生了一種說不上來的滋味，亦苦亦甜了。

他沒想到剛一落腳，就能喝到記憶中的綠茶，這讓他感到了親切和溫暖。「明崽，去給客人弄點點心來吵，快去。」老婆婆喊道。那個出租司機去了。這時，他忽然覺得他們像是一家人，稍微納悶了一下，後一想，這也正常，這地方本來就不大，一家人做各種生意也是應該的，沒什麼好大驚小怪的。

被喚作明崽的小夥子，沒過一會就從裡間閃了出來，手裡托著一瓷盤，裡面盛滿了自家釀製的各種小點，有糯米糖、凍米糖和花生、果仁等等，不一而足。

「剛才我沒跟你說，是怕你生疑吵，這是我家，你自己感受一下，如果覺得住得不舒服，我帶你再換一家吵，沒關係的。」明崽笑說。

「不了，這裡好極了，謝謝你！」

老婆婆笑了，臉上的皺褶像朵花似地盛開著。「我們是實誠人吵，我們明崽是老實孩子，不會撒謊吵，你就放心住吧。」

他點了點頭，覺得自己真是幸運，遇見了這麼一個好人家。他忽然想起了什麼。「你們家一直住這兒嗎？」他迫不及待地問道。

「是呦。」老婆婆說，「好幾代在這裡住吵。」

他沒再說話了，心裡湧起一股複雜的心緒。在那個已然消逝的年代，他時常從這個門前經過，踏往上學的路。這個老婆婆那時見到過我嗎？那個少年的我？或許見過，只是當時她沒有留意罷了。那我自己呢，注意過這家人嗎？他承認記憶中有過這麼一長溜的沿街而立的房子，只是裡面的住戶，他那時沒有太在意過，經過時他會偶爾地瞥上一眼，僅此而已。或許他見過老婆婆清晨起來後，從門口一塊塊地卸下門板，然後搬個板凳倚門而坐，無神地望著青石小路和從門前走過的稀稀落落的行人。那時她還算年輕，至多是位中年人，那時人的神情沒有像今天的人這般活泛，有一種麻木般的刻板——那個陰沉壓抑的年代鑄造出的一種特殊的表情。

一對男女進了屋，很年輕，打扮得也很「旅行」，亦時尚，一身的戶外裝束，洋溢著朝氣。男孩肩揹著一個大大的行囊。他們四下裡看了幾眼。婆婆沒起身，陪他坐著，就像是沒人進來似的。大概這種情景她早已習慣了，以致見怪不怪。

「還有房嗎？」女孩問。

「有一間，住下哦？」

「先看看再說。」男孩說。

「明崽，帶客人去裡屋看看吵。」老婆婆說。

明崽領著他們去了。他啜飲著清茶，心境如同蕩漾在清水中，愜意恬適。他喜歡這種感覺。

「他們住下了。」明崽回來說，顯得頗為快樂。

「你不進去看看吵？」老婆婆說。

「不用了。」他擺擺手。他從老婆婆那一身簡素而又整潔的打扮上，就知來這裡住下肯定是來對了，何況他喜歡這裡的氛圍，還有手中的這杯清茶。

「婆婆，他還會說我們這裡的話吻。」明崽說。

「哦，客人會說我們當地人的話吵？」老婆婆略驚地問。

「會一點。」他說，有點尷尬，「只會一點點。」

「來過啵？」老婆婆又問。

他很想告訴老婆婆，他曾經在這裡住過一年多，那還是文革年代的一九七〇年，他熟悉當時這裡的一切，他就是為了尋訪舊時的記憶而來的。但他什麼也沒說，他覺得這一趟旅行，是受到了一種莫名的神祕力量的感召，他不能說破，一旦說破了，好像藏在心裡的東西就會驀然間消失無影了一般。

「城北的那座小山坡上，曾經住過一戶人家，那屋子還在嗎？」他答非所問地說。

老婆婆的眼角迅速地跳動了一下。「以前來過啵？」她說，緊盯著他看，「那幢老屋子早就拆了呦，地都平了哦，蓋樓房了。是曾經住過一戶人家，好久以前的事了，後來那家人好像出事了吵，留下的人走了，那都是很早以前的事了呦。」

老婆婆說時有些沉重。他的心，亦跟著彈跳了一下。老婆婆的目光還停留在他的臉上，像是在仔細地尋找著什麼。他迎著這道目光看去，沒有退縮。就在那一剎那間，彷彿彼此有了一份無言的默契。

「明崽，把客人帶客房去吵，那個大間的。」老婆婆說。

「哦，不用，就我一人，小間就行。」他說。

「去大間。」老婆婆繼續說，很堅定的樣子，像是沒聽到他在說什麼，然後轉向他，「你不是一個普通的客人。」說出這話時，老婆婆的目光中有了一種洞察一切的犀利。「不用擔心錢，一分不多收，跟小間一樣的價錢吵。」

他感動了，但沒表達，只是點了點頭，心裡暗驚老婆婆的敏感，像是勘破了他的心思。

四

他奔了城關的南碼頭。他想看看記憶中的那條奔騰不息的大江，當地人將它喚作錦江。江水依然滔滔，但卻是渾濁的了，望不見水底，水面上泛起了許多黃泥與污濁的雜質。

他記得那天被眼前的錦江震撼了一下。彼時，他還是人生第一次這麼近地眺望這條並不太寬闊的大江大河。他是沿著由青石板鋪砌的石階，一步步地走向錦江岸邊的，江水清澈、湍急，蜿蜒曲折地流向無盡的遠方，水銜長天，浩浩蕩蕩，他印象最深的是江水能一眼見底，甚至能瞧見逆流而上的一群群搖頭擺尾的銀色的梭魚，這就足以喚起他少年時的好奇心了。

還有的，就是那座奇異的神話般的浮橋了。這是他從來沒有見過的，甚至連在傳說中都不曾聽人說起過，它就這麼陡然間展現在了他的眼前，像是一座青灰色的玩具搭建在錦江的兩岸，橫跨南北。他看呆了，瞪著眼睛東張西望，似乎看不夠，只想將這個奇異的景象盡收眼底。

那時他還是一個年近十五歲的少年，骨瘦如柴，膚色黑黝黝的，像是經年累月經受烈日的曝曬，以致像一個剛從田間玩耍歸來的鄉村少年。

是的，少年是從高安縣的農村來到這座小城的，那時這裡只是一個再普通不過的小縣城了，他還從未想過竟有一天，自己獨自一人奔了縣城。在此之前的近二年中，他一直伴隨母親下放農村，母子倆相依為命，他漸漸地習慣了自己是一名鄉下孩子，儘管完成這個適應過程是經過一番磨折的。他習慣了，甚至形成了一套簡單的農村生活的規律。直到有一天，他挑著從山上砍來的柴火進了家門，母親幫他洗了一把臉後，微笑地說：「若若，明天上縣裡去吧。」

他怔忡了一下。「上縣裡？」他問，「媽媽也去嗎？」

母親搖了搖頭。「就若若去。」母親笑得更燦爛了。少年很長時間沒見過母親的這種笑容了，他感到了開心。他喜歡母親的這種微笑，但記憶中母親發出的微笑彷彿是很久以前的事了。自從文革開始後不久，母親就失去了這種笑容，眉心蹙成了一個大疙瘩，愁雲密布，即使偶爾發出一絲微笑，在少年看來也是勉強和苦澀的。

「為什麼我要去縣裡呢？」少年困惑地問。

「去看你爸，你爸在縣裡了。」母親說。

「真的呀！」少年快樂地跳了起來，歡呼般地雙手向天，一種驟然而起的喜悅激盪在他的心間。少年想起他又有好長時間沒見過父親了。他常會想念父親，可一旦問起，母親總會神祕兮兮地告他說：「快啦，你爸爸就要來看我們了。」

有一天郵遞員送來了一封信，少年一看信封就知道是父親的信，父親筆走龍蛇的狂草字跡他是那麼地熟悉。他拿上信就奔了田間。母親正在水田裡插秧苗。正是春耕時節，母親頭上戴了一頂斗笠，身披一襲蓑衣，脖子上搭著一條白肚巾，與眾多的農夫一道，隱沒在了一大片綠油油的秧田裡。在廣袤的田野上，能看到許許多多褐色的人影，在瀟瀟的細雨中一起一伏地插秧，機器人一般，動作整齊劃一，田壟間不時傳出秧苗插入水田時噗哧噗哧的聲響。

少年望了一圈，仍沒看清哪個人是自己的母親。田間插秧的農夫們一水的煙蓑雨笠，甚至男女都難以分辨了。他有些沮喪，只好扯開大嗓門高呼了一聲：「媽媽！」

少年的聲音，伴隨著微風細雨飄向了田間，又像輕風似地隱沒在了空氣中，沒人應答。少年索性向秧田走去。他穿著一雙粗布鞋，不時地踏進了田埂上的水窪裡，有水星濺了出來，沾濕了少年的鞋底。他的腳心有點涼了。少年哆嗦了一下，確實感到了涼，涼得刺骨。

少年繞開了這幾塊秧田，向另一個方向快步走去，那裡還有許多彎腰插秧的農夫。

少年又亮開嗓門喊了一聲，這時見一人直起了腰，緩慢立起，動作顯得有些笨重。是少年的母親。少年高興了，又喊了一聲，立時脫下濕透了的布鞋，下了秧田。

少年聽見母親在田間高喊：「別動，別動，媽媽這就過來。」他裝著沒聽見，一門心思只想著把父親的信，儘快遞到母親的手中，他也想儘快瞭解信裡的內容。他快步向母親跑去。秧田裡的浮水濺得更加歡快了，啪啪響著，蹦出了一尺多高，甚至連少年的褲腿、衣襟和臉上都濺上了水泥星子，少年顧不上那麼多了。

「媽媽。」少年高興地喊道。

「怎麼了？」媽媽順手從脖頸上扯下白肚巾，擦了擦臉上的雨水，見少年跑到跟前了，也幫他擦了擦臉。「瞧你，盡是泥點子，在上面站著不好嗎，非要下田？」媽媽心痛地說。

少年揚起了手中的信。

少年注意到母親看信時臉上流露出的喜悅。「爸爸說什麼啦？」少年問。

母親看了少年一眼，笑笑，沒說話，又低頭看起了信。

「你先回吧。」看完，母親將信揣進了兜裡，「媽媽還要做農活兒呢。」母親最後說。

他嘟了一下嘴角，轉身跑遠了，他聽到母親在背後喊道：「若若，別跑那麼急，小心水涼……」少年這時已經感覺不到涼意了，褲腿上沾滿了濺起的泥濘，心裡卻熱烘烘的。

當少年回到家時，天放晴了，太陽露出了模糊的影子，但仍罩在一片朦朧中。少年先是匆匆地洗了一把臉，然後拿起耙子，抄上扁擔和草架，又上山去了。他要去扒柴火，晚上好燒飯，心裡還在琢磨著父親會在信中說些什麼呢。父親這麼長時間沒來看望他們了，他覺得不快樂。他想父親了，但母親欣慰的表情還是讓少年隱隱覺得會有什麼好事在發生。會是什麼呢？

少年跟隨母親下放農村近二年了，父親時不時會抽空來看望他們，少年也已經習慣了，可是近一段時間父親突然沒了蹤影。每當少年向母親問起時，母親總是淡淡地說：「快啦，或許爸爸以後會常來看我們了！」少年就這麼一直悄悄地期盼著，望眼欲穿地盼著，可盼來的還是一封信，這讓他多少感到了一絲不快。但父親有信來，也讓少年覺得有了點盼頭，而且母親讀信時的表情，似乎又在預示著什麼。

他在太陽快落山時進了家門，迎面撞上的是母親的一張笑臉，一張他久違的笑臉。母親告訴少年：「若若，你準備一下，明天就上縣裡去。」

「媽媽為什麼不去呢？」少年納悶地問。

「媽媽要忙春耕呢，等忙完了這陣兒，媽媽會去縣裡看若若和爸爸的。」

就是在這時，少年才知曉了父親已調到了縣裡。

「爸爸真的在縣裡了嗎？」少年高興地問。

母親快樂地點了點頭。「是的，爸爸在縣裡了，若若以後每天都能看到爸爸啦。」

少年當然想不到父親是為了母親和他，主動向上級要求調到了高安縣的，在縣武裝部和縣革委擔任要職。少年那時還想不到這些，母親也沒告訴少年。少年家有一條不成文的規定，絕對不允許提及父母的職務，以及官銜的大小。「我們都是普通老百姓。」父母總是這麼告誡少年，「以前我們還是農民呢，所以你和其他孩子沒什麼兩樣，沒有高低之分，知道嗎？」

少年聽進去了，更何況文革改變了少年家庭的命運，他從此不再敢像過去那般輕狂無忌了。

「告訴爸爸，媽媽在這很好，讓他別操心，好好做他的事。」臨走前，母親叮囑少年說。母親還讓少年捎一封信交給父親。

少年孤身一人上路了，母親沒有送他，少年所在的欠上村距離公路還有一段不小的距離，他要在狹窄彎曲的田埂上行走很長時間。少年肩挎著一個母親幫他打理好的小包裹，大步行走在通往公路的鄉間小道上，然後蹲在鋪滿沙礫的公路邊，等待著長途汽車的到來。那個時候農村還沒有什麼長途車站，只須站在大馬路邊，看到長途車經過時揮揮手，車便會停下來，然後上車買票。

那是少年第一次抵達縣城。長途車站破破爛爛的，只搭建了一個簡陋粗糙的大棚，然後有一間破敗的候車室，只有稀稀拉拉的幾個人，表情呆滯地坐在長條椅上。少年也坐下了。母親告訴他，到了車站，借用車站內的電話給父親打一個，就說你在車站等父親了。少年照辦了，只是在求人要電話時他哆哆嗦嗦的，心裡緊張，因為電話在那時是個太金貴的玩意兒了，他還害怕別人會拒絕他呢。

可是沒被拒絕，當他說要給縣武裝部打電話時，電話旁的那人是熱情的。那個年代軍人是很風光榮耀的，受到國人的敬仰和愛戴，所謂軍民魚水情，所以他根本沒費什麼勁兒就與父親通上了電話。

少年聽得出，當父親聽到他的聲音時顯得特別高興，末了又問：「你媽呢，她沒來嗎？」

「沒來。」他告訴父親，母親因為要忙春耕，說是晚些日子再來，只給他捎了封信。父親聽了沉吟了一會兒。「那你在車站等著，我派人去接你。」父親說。

五

少年乾巴巴地坐在木質的長椅上，裹著一件破舊的棉衣，打量著陌生的環境，心裡卻悄然揣著就要見到父親的喜悅。那時，這一帶根本沒有通上火車，唯一與外界相連接的交通工具就是這趟長途汽車了，每天只跑一趟。

有人在長椅上四仰八叉地睡著了，衣衫襤褸，身上還發出一股難聞的酸臭味，像是一討飯的乞丐，嘴角淌著乳白色的口涎，還有呼嚕之聲響亮地傳來。

少年一動不動地坐著，有點呆滯麻木。他有太長的時間沒離開過農村了，都快忘了城裡的模樣，哪怕僅是一座小城，忽然間來到了這麼一個陌生的地方，來到了一個還有長途車站的城鎮，內心驀然滋生了一種疏離感，有一種似真非真的恍惚。

父親怎麼會突然就來到縣裡了呢，而且是在縣武裝部？這讓少年很是感慨。少年知曉武裝部的大名，還是因了每年一度的，以武裝部的名義派人下到農村展開的招兵活動，彼時，便會有許多農村青年踴躍報名參軍，過上一段日子，又能看見他們中的幾位，穿著沒有領章帽徽的綠軍裝，胸口戴著一朵大紅花，被村裡人敲鑼打鼓地送走了，那種喜慶的場面如同過大節。少年夾雜在歡送的人群中，看著那幾位光榮入伍的農村青年，個個臉上洋溢著抑制不住的幸福感時，心裡便會陡生出許多羡慕。少年這時便會不由得想起了父親，父親在少年的幻覺中神采奕奕地出現在他的面前，微笑地看著他：「有一天，你也會成為一名光榮的中國人民解放軍戰士的。」父親慈愛地對他說。少年笑了。可他很快又會從幻覺中醒轉過來，失落地望著絕塵而去的卡車，和卡車上向他們揮手告別的那些當上兵的農村青年。

少年就是這樣知道武裝部這一名號的。

少年一直呆呆地望向窗外。來來往往的路上，走過的大都是些農民打扮的人，挑著擔子，或推著獨輪木，「吱吱呀呀」地從窗前一一劃過。

一輛北京吉普，捲著漫天的塵土急駛到了候車室外，戛然而止。他看到一位軍人叔叔匆匆地從車上下來，又匆匆地進了候車室。少年意識到了這是來接他的人。那人的目光還在候車裡睃巡著時，少年兀自站了起來。

「是若若？」叔叔問。

少年怯生生地點了點頭。叔叔笑了，急步上來摸摸他的腦袋，又輕輕地拍了拍他的肩。

「個頭滿高的嘛，長得真像我們政委！」叔叔親切地說，「走吧。」

叔叔伸手從少年的肩上接過那個包裹，拎在了自己的手中，護著他，向門口走去。來到吉普車旁，叔叔幫少年拉開了後座的車門。「上去吧！」叔叔說。少年聽話地爬上了後座，叔叔則坐在了副駕駛座上。

「回武裝部。」他對司機說了一聲。

汽車開動了，有些顛，但比坐拖拉機的感覺好多了，少年心想。少年在農村時，有時會跟著村裡人一道去公社的集市上「趕墟」，大家集體坐上手扶拖拉機，「突突突」地一路顛簸，拖拉機噴吐著濃烈的嗆人的黑煙，一路下來，少年的屁股都顛得生疼，但他不敢吱聲，車上的其他人倒是興高采烈的，因為所謂的「趕墟」，在農村，就像是去參加一個歡樂的慶典。母親曾反覆告誡少年，要認真地向當地農民學習，改造世界觀。母親的叮囑，少年聽進去了，他也想學著和當地的農民一模一樣。

吉普還在猛烈的顛震著，但少年此時覺得這可比坐手扶拖拉舒坦多了。他透過車窗，張望著車外掠過的風景。這裡的一切都讓少年好奇，可車輪裹挾起的煙塵，像濃霧似的讓周圍的景物變得模糊不清。少年一直在想，叔叔為什麼稱呼父親為政委呢？到目前為止，少年只知道父親調到縣武裝部了，這還是臨行前母親告訴他的，但他根本不知道父親的職務是政委，所以叔叔說到「政委」一詞時，少年還是稍稍地有些發懵。

少年眼角的餘光，注意到叔叔在掉過頭來看向他，他也轉過臉來看著年輕的叔叔。他發現這位叔叔長得眉目俊秀，細皮白嫩的，目光中透出柔和的親切。

「我姓季。」叔叔看了他一會兒，笑說。

「季叔叔好！」少年嘟嚕了一聲。

季叔叔笑得更猛烈了。「我還以為，政委的孩子是一個調皮搗蛋的小鬼頭呢，沒想到這麼大了，還這麼老實巴交的。」說著，他向少年遞上了一塊奶油糖。他先小心地剝開漂亮的包裝紙，撚出糖果，送到少年的嘴邊。「吃了吧！」季叔叔說。

少年搖頭。季叔叔怔了一下：「你不喜歡吃糖？」少年還是搖頭。「那是為什麼？」季叔叔不解地問。

這是少年從小養成的習慣。小時候，父母就告誡過他不能隨便接受別人的東西。他怔怔地坐著，沒吱聲。

季叔叔笑了，他猜出這是為什麼了：「吃叔叔送你的沒關係。」他大聲說。

少年呆呆地看著那塊奶白色的糖果，不知所措，其實嘴裡是有些饞的，在糖果出現的一剎那間，居然勾起了少年的一段溫馨的回憶。少年已經很長時間沒吃過糖果了，記憶中，還是跟隨著母親下放前的往事了。那時媽媽下班回家後偶爾會帶來一包小白兔奶糖，少年總是捨不得一口氣吃完，而是放進嘴裡，細嚼慢嚥著，慢慢地品嘗著它的香甜，心裡充盈著幸福和快樂。

「我不會跟你爸爸說的，是叔叔送你的，吃吧。」季叔叔說。他把糖果直接塞進了少年的嘴裡。少年下意識地含住了它，霎時一怔，還在猶豫，但看到季叔叔誠懇的目光，嘴唇蠕動了一下，舌頭緊跟著一捲，糖果順進了嘴裡，一股甜滋滋的味道迅速席捲了他，沁入心脾，那些消失的歲月，驀地又回復到了他的體內，他微驚了一下，想起了一九六八年以前，在省城度過的時光，心中霍然湧起了一股感傷的熱淚。

「怎麼了，不好吃嗎？」季叔叔詫異地問。

「沒有。」少年搖搖頭。他不知道該說什麼了，他有些語塞。

季叔叔的目光中，掠過了一絲狐疑。「好吃就好。」他說。

少年微微地點了點頭，心裡充滿了對這位和藹可親的季叔叔的感激，是他，讓他一下子又想起了過去，他曾經以為，過去的一切，自己都快忘光了呢！近三年下來，他已經習慣了農村的生活，甚至覺得，自己就是一名地地道道的農民的孩子。

吉普車拐進了一個操場般的開闊空間，三面有圍牆包裹著，只有中間有一道豁口，沒有門。吉普車的速度顯然在減緩，很快停住了，季叔叔先跳下了車，幫少年拉開車門。「到了。」季叔叔笑眯眯地說，「到家了。」

少年下了車，還是怯生生的，四處張望了一下，面對他的是一長溜刷成白色的平房，中間有一個敞開的大門。環境的陌生，讓少年滋生出一種內心的拘謹。季叔叔向前走去，少年跟在他後頭，目光一直盯著拎在季叔叔手中的包裹，隨著季叔叔手臂的擺動，包裹也在晃悠著。

進了一個大門，有一條狹長的甬道，左側有一間屋子，門口的上方掛著一個小木牌，上面書寫著「傳達室」三字，從屋裡走出一人，鬍子拉碴的，帽簷歪斜地擰到了一邊，背有些駝，軍裝漿洗得亦有些發白了，少年覺得他粗粗拉拉且帽子歪歪戴的模樣，很像電影中見過的國民黨兵，吊兒郎當的。

「誰的孩子？」那人問。

「政委的。」季叔叔說。然後轉身對少年說，「這是武裝部的胡叔叔。」「胡叔叔好。」少年說，臉上飄過一絲羞澀。胡叔叔笑了，笑得爽朗，拍拍他的肩。

「你在這等一會兒，你爸在開會呢，我去喊他。」季叔叔說。說完，他快步向著對面的一幢二層樓房走去。少年注意到，在傳達室的這一排平房與辦公樓之間的空場上，有一顆粗壯的大樹，樹身傾斜著，像是不堪重負地在向一旁倒下，但被一根粗大的木樁，從斜面頂撐住了。少年不知道這是一棵什麼樹，只是覺得好奇，樹椏有些禿，樹枝則顯得光溜溜的，殘留的幾片奄奄一息的樹葉，亦是枯萎的。

沒過一會兒，父親出現了。

父親的臉上洋溢著慈祥的微笑，陽光直射在他的臉上，父親的眼睛都快眯成一條縫了。少年還是木訥地站著，看著父親，一時不知該要說些什麼了，腦子裡忽然空空蕩蕩的，恍如隔世一般。這是真的嗎？少年的心裡在問。幾小時前還跟著母親待在農村呢，然後和母親揮手告別，穿過田間泥濘的小路，遠遠地能見著農夫忙碌的身影，他迎著初升的朝陽，獨自一人走向了一個新的陌生的環境，那個地方他也只是聽說過，因為那裡是他與母親所在縣的縣城，但他從來沒敢想過竟會有一天，自己獨自前往。現在的他，倏然置身在了陌生的縣武裝部的院內，許久沒見的父親出現在了眼前，這太像一場夢了。

少年看著父親亦覺得有些陌生了。

我這是怎麼了？少年呆呆地想。

六

「若若來了！」

父親這時站在少年的身邊了。

父親慈父的表情還是讓少年隱隱地激動了起來。「爸爸！」他輕聲地喊了一聲。

「路上累了吧？」父親關切地問。

「不累。」少年說，然後將母親託帶的信交給了父親。父親將信拆開了，匆匆地掃了一眼，有些釋然了，「哦，你媽媽等閒下來會來看我們的。」父親說，也不知這話是有意說給少年聽的，還是說給自己聽的。父親又沉吟了一下，轉頭向季叔叔道了一聲謝，領著少年走了。

他們繞過那幢顯然是辦公的樓房，拐了一個小彎，向樓後走去。首先映入少年眼簾的，是一棟二層高的小洋樓，孤零零地兀自矗立在開闊的平地上，顯得格外的扎眼和別致。小樓是由紅磚壘砌而成的，牆體爬滿了一目了然的蘚苔，樓頂由褐色的瓦片遮蓋著，構成一個好看的尖頂三角，斜角的屋簷下，能看到一個透窗的小閣樓，閣樓往下的二樓，伸出了一個木質陽臺，誇張地從樓內延伸了出來，扶欄雕著暗色的花紋造型，看上去滿講究的。

進了小洋樓，父親領著少年穿過一條較為寬敞的過道，少年注意到過道兩旁的房門是緊閉著的，能聽到幾聲喑啞的嬰兒的啼哭。他們沒有停下腳步，徑直上了樓梯。樓梯隨即傳出嘎吱嘎吱的聲響，能感覺到腳下木板的晃動，少年下意識地放輕了腳步，生怕一不小心會踩塌了樓梯。父親回頭看了少年一眼。

「沒事。」父親說。「這幢老房子有些年頭了，就是有點晃，沒事的。」後來少年才知道，這幢房子在解放前是為當地的一位縣太爺蓋的。難怪它顯得鶴立雞群呢！少年想。

少年點了點頭，但還是輕步上著樓梯。少年注意到父親的腳步也放輕了。樓梯上到中間時，又拐了一個大彎，他抬頭望見衝著樓梯口有一扇門，亦是關閉著的。

終於蹬上了二樓，剛一右轉就見一道虛掩的門，父親伸手推開了，一個方方正正頗大的空間，隨即展現在了若若的眼前，顯然，這是一間前廳式的過堂。父親站住了。

「這兩邊都是我們家。」父親說，「若若以後就住在這了。」說著，父親往左邊指了指。

「那我不回農村陪媽媽了嗎？」

「不回了。」父親笑說，「你就要在縣裡上學了。」

「那媽媽呢，媽媽也來縣裡嗎？」少年問。

父親沉默了，將手中拎著的少年的包裹，放在了廳堂的一張孤立的木桌上，從軍裝口袋裡掏出了一支大前門香煙，劃著了火柴，悠然地抽了一口，一股濃濃的煙霧從父親的嘴裡噴了出來。

「來，兒子，先坐這。」父親指了指廳堂靠牆的一張竹藤椅，然後自己先在另一個藤圈椅上坐下了。少年仍在拘謹地站著，還是有些不適應。少年已然習慣了農村日出而作，日落而息的單調生活了，習慣了農村的清冷孤寂的土坯房，突然來到了一座陌生的小城，一個講究的環境中，這裡的氣場對他無形中構成了一種莫名的壓迫。

「坐這呀。」父親望著少年，有一絲不解。

少年蹭著步子過去坐下了，身子板板地挺得筆直，雙手疊放在膝蓋上。

父親笑了。「若若像變了一個人喲，怎麼變老實了，跟爸爸在一起還要拘束嗎？」

「媽媽能來就好了！」少年忽然說。他想起了母親孤身一人還待在貧困的農村裡，沒人照顧，那兒的生活環境，和這個地方真有天壤之別呀！他隱隱覺得待在這裡有點對不起母親。出發之前，少年就根本沒有想到，自己從此就在縣城住下了，母親並沒有事先告訴他。

「別急，需要慢慢來。」父親說，又吸了一口煙，「你不是先來了嗎？媽媽以後也會來的。」

後來父親領著少年參觀了樓上的三間大房，左手邊是二間套屋，右邊有一間房，朝向衝南，全是一水的木質地板，只是一走動就會吱嘎亂響，晃晃悠悠的，讓人稍有不適。屋裡擺放的東西也會跟著嘩啦啦地顫動，人就像漂在一葉扁舟上，隨著水波在蕩漾。最初少年還有些擔心會塌陷，但很快就適應了。父親將少年安置在了西邊朝南的那個單間裡，裡面的單人床、書桌、板凳、五斗櫃一應俱全，還升起了燃燒得正旺的炭火盆。顯然，在少年來到之前，父親什麼都安排好了。

少年和父親的臥室，僅隔著一個寬敞的廳堂，廳堂的南向有一道玻璃門，一經推開，就能進入陽臺了。陽臺的左側有一株巨大的桑樹，上面的葉片是油綠色的，少年只要伸出手，就能夠著桑樹的闊葉，在它的近旁則是一株矮小的桃樹，像是經受不起嚴寒的侵蝕，垂頭喪氣地耷拉下了腦袋，這兩株聳立在院落的樹緊挨著，就像一對生死相依的伴侶。

父親先安排少年洗了一個澡，是父親從樓下的武裝部食堂拎來的熱水，一筒筒地倒進一個圓大的木桶裡，父親還伸手試了試水溫。「好了。」父親說，「你可以洗了。」說完，父親走了，告訴少年他一會兒再回來，因為機關還有些事要及時處理。

七

少年淨身泡在水桶裡，身體迅速地被蒸騰的熱氣所包裹，有一種要被水溫融化的感覺，舒服極了，一身的疲憊正在悄然散去。少年把腦袋靠在水桶的邊緣上，雙腳蜷縮在水桶裡，只有膝蓋還不得已地裸露在水面上，有絲絲涼意在侵擾著它。沒辦法，水桶還不夠大，只能委屈它了。

少年閉上了眼睛，享受著這份難得的愜意。直到這時，少年仍不敢相信真的脫離了他已習慣了的農村生活，隻身來到了父親所在的小城，從此就要重新過上城裡人的生活了，而眼下的這一切，僅僅是一個開始。少年想起了母親在他臨行前所說的：以後若若會跟爸爸在一起生活了，他當時並沒有太在意，來了之後才知道父親成了縣武裝部的政委，而他，從此之後將與父親一道在縣裡生活。

少年這時才真正地感覺到，在此之前，自己的身體始終處在一種僵硬麻木的狀態中，那是因為天氣過於的陰濕寒冷，但他似乎已習慣了天寒地凍的感覺，那種潮乎乎的寒氣，有時真像一股錐心的刺冷，直接鑽進了他的骨頭縫裡，凍得他渾身哆嗦，可又無處逃遁。

農村不可能像城裡似的，大冷天還能升起一旺驅寒的炭火，只能苦熬著，最多在燒飯時，少年可以靠近灶口，讓噴吐出的熱氣騰騰的火舌，把自己的臉膛和身子烤熱，那一刻，他會沉浸在一種難得的幸福感中。

天長日久，居然把少年生生得熬了出來，他的身體機能，已經淬煉得有足夠的禦寒能力了。

在農村地凍三尺的寒天裡，他很少能夠痛痛快快地洗一次澡。洗澡太麻煩了，要燒上好多好多的熱水，這麼多水，還得出門走上一段距離，從井邊一桶桶地拎，一次還燒不了那麼多，可每當再燒上二鍋水時，頭一鍋倒進澡盆的水，已經半涼了。他上過一次當了，結果在溫熱的水裡泡著讓他更加地冷，凍得渾身起了雞皮疙瘩，嘴唇發抖。從那天之後，少年就儘量不洗澡了，一直要捱到夏天，才與農村的少年一道跳進湍急的溪流裡，痛痛快快地洗上一次，常常是一個冬天下來，衣服的領口都是油乎乎的一片污垢了。

少年還注意到，村裡農夫很少有冬天洗澡的習慣。既然農夫都能做到我為什麼不能呢？少年那時想，我們就是來接受貧下中農再教育的，這是母親告訴少年的，母親說，這是偉大領袖毛主席的教導。

隨著熱水的浸泡，他覺得身體裡麻木僵硬的感覺，正在一點點地消融，人亦變得清爽鬆弛了起來。

洗完澡，少年覺得舒服多了，就像經由熱水一泡，僵硬的筋骨和四肢都獲得了舒展，脈管裡的血液流淌得更加迅猛了，彷彿化開了一般，身心都得到了一次澈底的解放。這種感覺讓少年心生喜悅。這是少年很久以來沒有感受過的一種體驗了。少年從澡盆裡爬起時才發現，在旁邊的一條靠背椅上，整齊地疊放著一摞衣服，簇新的衣服。

少年出了澡盆，剛起身出來時，感到有一股冷颼颼的寒氣，襲擾了他，皮膚緊跟著一陣發涼。他哆嗦了一下，身子下意識地躬了下來，縮起脖子，嘴裡哈著氣，雙腳在地板上彈跳著，他就是在這時看到了那堆疊放整齊的衣服的，心中頓時有一股暖流悄然劃過。這一準是父親事先就預備好了的，他想，可父親並沒有告訴他，只是說：「兒子，先洗個澡。」父親把水兌好後就離去了，他注意到父親走時投向他的目光，有一絲掩飾不住的疼愛和喜悅。

洗澡前，少年手忙腳亂地脫了身上的衣服後，立馬就感到了皮膚被凍得發緊，他呼哧帶喘地鼓動著身體裡的熱氣，雙手抱肩，飛快地跳進了澡盆裡，忽悠一下，熱水散發出的暖意迅速地將身上的寒氣驅逐了出去，那時，少年只是盡興地享受著那一刻的溫暖，根本沒注意父親為他事先備好的衣物。

少年躬著身子將衣服抖落了一下，是一身小號的草綠色的軍裝，嶄新的，衣服上還散發出一股迷人的味道，就連內衣內褲都是軍人的配製。少年趕緊穿上了。那身軍裝穿在身上還是顯得過於的肥大，雖然看得出，父親已讓人按照少年的身形做了重新的裁剪，但套在他瘦削的身板上還是逛蕩著呢。少年穿戴齊整後，跑到桌上的圓鏡前，拿著鏡子上上下下地打量了一番。滿精神的一人，臉上還泛著紅潮，不再像農村裡的那個帶著泥土氣息的少年了，他現在是重新回歸了城裡少年，但這個嶄新的形象，在眼下的少年看來，著實有了一絲陌生和疏離，以致讓少年在喜悅中還摻雜著一絲半點的傷感。少年也說不清這個驀然出現的傷感，究竟是因了什麼。

父親為少年備好的是軍人的冬裝，所以棉衣棉褲套在他瘦小的身上有些臃腫。少年挺起了胸，學著軍人的姿勢一二一地邁了幾步正步，屋裡空間仄狹，少年只能轉著圈地來往走上幾步，然後自娛般地抿嘴樂了。這是自少年離開了母親、離開了他已然熟悉了的農村生活後，發出的第一個微笑。少年見到父親的第一眼時還沒笑過呢，那時的他，只是怯生生地望著高大偉岸的父親不知所措。

八

少年聽到樓梯發出了嘎吱嘎吱的聲響，他知道那是父親回來了。整個樓房又在搖晃，此刻的他，就像待在了碧波蕩漾的小船上。他安靜了下來，筆直地站著，等候父親的出現。

父親一露面，迎向少年的就是一張樂呵呵的笑臉，看著少年，目光略微洩露出一絲驚喜。「我兒子穿上軍裝還真不錯。」父親笑說。少年不好意思了，父親過去很少誇獎他，他有些不適應。

「走，兒子。」父親說，「跟爸爸出去走一趟，也到吃飯的點了，順便熟悉一下周圍的環境。」父親說，「餓了吧？」

少年搖搖頭。其實他略略地有些小餓了，但他不想說。

父親為少年戴上了一頂線帽。「外面涼，小心感冒。」父親說，「你剛洗完澡，頭髮還是濕的呢。」父親仔細地將線帽給少年戴好，還將線帽的兩翼拉下蓋住了耳朵，又給少年繫了繫衣領上的風紀扣。「這樣就好了。」父親又說，「這樣出去就不會凍著了。」

可是在少年聽來，父親的聲音變得微弱了，這都是因了戴了帽子的緣故，少年想。他把線帽往上推了推，露出了一隻耳朵，他不想聽什麼聲音都是嗡嗡的一片，聽不太清。父親又樂了。

少年重新走在了來時的路上，沿途經過時能看見不少軍人，他們都客氣地喊父親一聲：「王政委。」然後神色驚奇地轉向他：「這是政委的兒子嗎？」父親點著頭，微笑著。從父親臉上自然流露出的微笑，在少年看來是一種自豪的微笑。「唔，這麼大了！長得像政委。」叔叔們都這麼說，少年羞澀地撇過臉去，閃開了叔叔們投射過來的目光。父親會說：「若若，叫叔叔好。」少年機械地回應了一聲：「叔叔好。」一說完，少年又掉開了眼睛。他看到不遠處亦有不少正在玩耍的孩子，也在朝他好奇地看著，指手劃腳地議論著什麼。那些孩子顯然都比他小。

父親先帶少年去了武裝部的食堂，逕自地走向了後面的操作間。「羅師傅！」父親響亮地喊了一聲。

「來……來嘍。」

一個帶著渾濁濃重地方口音的人出現了，屋裡的光線有些灰暗，少年一時還看不清來人的臉，他正向著他們快步走來。少年還在奇怪，這人說話為什麼是滯拙的，甚至還帶著一絲結巴。現在這個人就站在他們的面前了。少年認真地打量了他一眼。他個頭很矮，比他還要矮一截，亦奇瘦，瘦骨嶙峋的一張臉，肩膀一邊高一邊低，右肩向一旁耷拉著，臉色倒是顯得滿好的，閃著油光，但皺褶又是顯而易見的，他外套著一件大白兜，滿臉堆著笑，樂呵呵的。

「政委，這……是若……若吧。

「羅師傅。」父親指著他對少年說，「這位叔叔就是我們武裝部食堂的羅師傅。」少年喚了一聲「羅師傅」。

「您吩……吩咐的……魚……魚快……快……好了。」羅師傅笨嘴拙舌地說，還是一臉諂媚的笑意。少年微微地樂了。他覺得這位被稱作羅師傅的人，那口結巴滿好玩的，以致羅師傅一旦開口說話時，少年都會在一旁跟著為他著急。

「那就好。」父親說，「一會兒我帶兒子來吃。」說著，父親從廚臺上抄起了一個鋁製的飯盒。

父子倆又走了。這次出了武裝部，直奔小城外的街角。

沿著街口的兩側，市井的鼎沸之聲不絕於耳，正是晚飯的時間，不少房頂的煙囪，升起了一股股飄在空氣中的炊煙，還有人將爐火乾脆放在了屋外，上面放了一口大鍋，止燒飯炒菜呢。少年看著好奇，這番鮮活的生活場景，是他以前從來沒有見過的。

少年從未在小城鎮生活過，他腳下的這條延伸至遠方的青石板路，就讓他感到了格外的新鮮，腳踩上去滑溜溜的，在斜陽的映染下，反射出一縷縷晃眼的橘紅色，而駐紮在石板路兩側的木質房屋的大門，一律向外亮敞著。

經過一個鐵匠鋪，能見著屋內燃旺著的一團耀眼的火爐，藍色的火舌躥升而起，像風中舞動著的蛇信子，一位上了點歲數的老人圍著皮兜，用一大鐵鉗夾著一塊生鐵，從燃燒的火爐中抽出。那塊生鐵已燒得通紅了，宛若初升的朝陽通體透亮。老人將燒紅的鐵塊擱在了鐵砧板上，旁邊一個精壯的漢子，掄起了一把大錘，玩命地、連續不斷地、向著燒紅的生鐵砸了下去，隨即發出叮哩哐啷的脆響，閃爍的火星四濺開來。

少年停下了腳步，好奇地凝神望去。父親在一邊陪著少年。

「沒見過？」父親問。

「嗯。」少年應了一聲。繼續看著。他看著那一老一少的臉膛，被爐火映亮了，額上還淌著大顆大顆的汗珠。

繼續往前走。腳下的青石板路開始顯得凹凸不平了，棉鞋膠底踩上去有些硌，但少年喜歡走在石板路上，他也不知道為什麼，就覺得腳踏上去有一種親切的潤澤感，他甚至喜歡石板上泛出的那一道道染了色的輝光，看著舒服，心裡亦會泛起一絲溫暖。少年驀然覺得，心裡總在糾結的某種陌生感，漸漸地化開了。

他們去了一個小店鋪，是一家臨街的副食品店，店面不大，但物品在那個年代還算齊全，一米見高的櫃檯上，擺放著一排透明的玻璃瓶，裡面盛著各種糖果、糕點和餅乾，櫃檯外緣的靠牆處，擱著兩張奇矮的小方桌，搭配著幾個像小孩坐的板凳。

有幾個當地的鎮民正在吃著什麼東西，其中一張桌上，坐著一位白髮蒼蒼的老人，正喝著小酒，嘴裡亦沒閒著，正與一塊坐著的人，嘶喊般地說著什麼，他的手臂不時地高高揚起，額上的青筋便突暴了出來。他很瘦，幾乎可以說是皮包骨頭，膚色蒼黑，臉頰上的顴骨奇峰似地隆起，亦爬滿了蛛網般縱橫密布的褶子，看起來有點像蛇皮。少年不寒而慄。少年還特別注意到了老人的眼睛，說話時精光四射，炯炯有神，放射出一道犀利的光澤。少年之所以有意識地打量起了這位老人，是因為他那旁若無人的大嗓門，還有父親對他的恭敬。

「老鄭，你也來啦。」父親向他客氣地打著招呼。也就是在這時，少年才注意到了這位老人。

老人斜目瞥了父親一眼，沒做太大的反應，也沒起身，繼續喝他的杯中酒。這讓少年感到了不舒服。他見到的人都對父親尊敬有加，可這個人卻不是這樣的，嘴角甚至流露出一絲不屑，只是下巴頦微微地往上抬了抬，掃了父親一眼。

少年這時有點討厭他了。他顯然是喝大了，繼續雷霆般吼叫著，說著一些讓當時的少年聽不懂的話。坐在他邊上的人只是在應付似地點著頭，臉上陪著笑臉，但在少年看來，那種奇怪的微笑中暗含著一絲揶揄。少年很想向父親打探這個人究竟是誰，但還是忍住了，他覺得這種人似乎也不值得搭理。

「炒一碟肚片。」父親客氣地對店員說。「好咧。」一位中年的女店員說，她顯得有些小胖。胖店員瞅了父親一眼，「這位解放軍同志，您是新來的吧？」父親笑了，點著頭：「剛來的。」旁邊一位瘦點的中年女店員則趴在櫃檯上望著他們，沒說話。

「武裝部的？」胖店員又問。父親還是點頭。「武裝部的人我們都曉得的嘞！」胖店員愉快地說，「常來店裡的。」父親笑說：「我以後也會常來的。」「歡迎歡迎。」胖店員高興了。

「這是你的崽仔嗎？」一直伏在櫃檯上的瘦店員突然問了一句，目光盯著少年看。「嗯。」父親回應著，亦衝她笑了笑。少年被瘦店員的眼神盯得不好意思了，他把臉別向了一邊，這樣一來，他只能直視那個還在吹牛皮的老人了。他仍在滔滔不絕，唾沫星子四下裡橫飛著，坐他邊上的人都笑了，笑得十分怪異。

「他娘西皮的，他算個老幾吵？老子扛槍的時候，他們還穿著開檔褲呢！」老人梗著細脖子說，舌頭有些不利索了。少年隱隱地覺得，他的話是衝著父親說的。

沒過一會兒，肚片炒出來了，熱氣騰騰的，泛出一股濃烈的油香味，少年肚子這時開始咕咕地叫了。炒肚片的味道，一下子勾出了少年的味覺和飢餓感，心裡頓時明白了，父親為什麼會帶他來到這裡。父親是知道他最喜歡吃炒肚片的，父親這是專門為了犒勞他的。少年覺得父親一向對他很嚴厲，對少年的父愛輕易不會流露出來，但父親總是通過行動，讓少年感到了父愛如山，這一次亦然。

父親將炒好的肚片，細心地倒進了鋁製的飯盒裡，謝過了二位店員，領著少年走了。臨走，父親還沒忘了與那位喝大了的老人打了聲招呼。那人還在興致勃勃地向旁邊的人噴著車軲轆話，根本沒回應，甚至這次連眼皮也懶的抬一下，少年看著生氣，他不明白這位老人為什麼這般地蠻橫無禮。

他憑什麼？少年心想。

第二章 × 怪癖的老頭

——少年當然不可能想到，一個多月後，他又與這位當時令他討厭的老人相遇了，他更不可能想到，這位傲慢無禮的孤寡老人，在他以後漫長的人生中，留下了一道清晰可見的刻痕，就像那條鋪設在小鎮街道上的，被歲月的腳步磨礪得分外光滑的石板路，時常會在心底泛起一抹依稀可辨的光暈，隱約映照著他以後的人生之路。

少年是插班進了高安縣中學的。他的出現，很快引起了同學們的注意，或許是因了他身分的殊異，或者是他入學方式的特別，抑或是他的那身醒目的軍綠色的服飾？總之，他的突然出現，引起了班上同學的竊竊私議。

少年是跟著班主任蕭老師，來到教室的。

上學前，父親把少年喚到跟前，嚴肅地看著他，然後將他的新書包斜挎在他的肩上。「今天你就要去新學校上學了。」父親說，「記住了，不要對任何人說你是誰的兒子，和班上的同學搞好關係，不要搞特殊化，能記住嗎？」

少年默默地點了點頭，心裡有些彆扭和緊張，因為他又要去到一個陌生的環境中了，這種時候他總會有一種莫名的不安和惶惑。他總是這樣，每當到了一個陌生環境少年都會有羞怯感，讓他一開始就會萌生出墜入黑洞的感覺，那種感覺會讓他從中體驗到一種森冷。

在去學校上學的頭一天傍晚，父親帶上少年出去散步，悠悠達達地出了武裝部的後門。事先，父親並沒有告訴少年要去哪，只是說：「走，兒子，我們出去溜溜彎。」少年屁顛屁顛地跟著父親走了。

少年注意到父親並沒有領著他走向武裝部的正門，而是穿過院子的後門，進入了另一個植被豐茂的大院，少年後來才知道那是縣革委的院子，父親經常會去那裡上班，因為他還兼任著縣委副書記的職務。

少年印象很深的是這個院落的安靜，四周種滿了各種綠色植物，還有許多鑽天昂揚的大樹，都是他叫不上名字來的樹種。他能聞到空氣中散發出的一種清新的味道，甜絲絲的，還泛出一股子潮濕的氣息，尤其是在這樣一個寂靜的黃昏，這種味道顯得更加地耐人尋味了。

少年沒看到院子裡有什麼人。他們順著一條羊腸小徑走著。少年注意到對面有一座突然隆起的小山岡，山上的林木蔥蘢鬱馥，有許多雲杉和蒼柏，還有一叢叢低矮的茶樹群蓬蓬勃勃的一片；最顯眼的，還是山腳下的那一株拔地而起的粗壯的參天大樹，那是一株年代久遠的古老樟樹，有著粗大猙獰般的軀幹和茂密的旁逸斜出的枝椏和綠葉，由於季節的緣故，樹葉不再翠綠而略顯枯黃，但老樟樹虬曲向上伸展的形象，還是給少年留下了深刻的印象。他聽到了群鳥歸窠後歡快的聒噪聲，唧唧喳喳地鬧成一片，讓少年恍然間覺得來到了動物園的鳥族館。

少年還注意到，在繁密樹叢的掩映下，遠遠地能看到山岡上有一座矗立的碉樓，這是少年在電影中見過的造型，很像日本鬼子在華北平原建造的碉堡，圓古溜秋地高高隆起，上面還設有許多射孔。少年好奇，很想擺脫父親一個人跑到山岡上去瞧一眼。少年想，如果我一個人躲在這座碉堡裡會怎樣呢？一定好玩。少年過去只在電影裡見過，現在的它，就那麼明白無誤地矗立在了他的眼前，他不能不心動了。

「這是一座碉堡，過去留下的。」父親注意到了少年的目光，說。

「是日本鬼子蓋的嗎？」少年問。

父親怔忡了一下，迷惑地向碉樓望了一眼，「唔，我還沒來得及問呢。」父親說，「你這一問，可把爸爸問住了！」父親笑了一下。

他們穿過花圃般的院子，又推開了一扇圈在圍牆裡的不起眼的側門，向外走去。

出外就見一條向上傾斜約莫三十度的坡道，亦由一塊塊的青石板鑲嵌而成，水磨般光滑的石板，在黃昏的天幕下泛著一層淡淡的駝紅，小風吹得有些緊，刮在臉上涼颼颼的，少年趕緊裹了裹身上的棉衣，跟上了父親的步伐，向石坡上走去。少年的左側是一排灰色的高牆，牆頂上密布著森冷的鐵絲網。「裡面是監獄。」少年聽見父親嘮叨了一句。少年沒說話，又看了一眼高牆。他過去沒見過監獄是什麼樣的，他有點好奇，想像著高牆內的情形。

「我帶你去學校。」父親說，「從明天起你就去那裡上學了。」

少年明白了，在他來到城鎮前，父親已把他的生活和學習的事項都安排妥當了，少年知道從現在起，自己的身分就是一個城裡人了——儘管這裡只是一個彈丸般的小城，不可能跟他從小長大的省會城市一般寬大熱鬧，但畢竟他不會再重返農村了，那裡只留下了母親一人。

一想到母親孤零零地待在農村，沒有了他在身邊陪伴，少年就有點兒說不上來的負疚感。近二年來，他與母親一直相依為命，已經漸漸地適應了農村清貧寂寞的日子，可現在，一切又要重新開始了。少年的心裡談不上有什麼快樂，相反，倒有些落寞，這裡的一切都讓他感到了陌生，感到了拘謹，就連在父親面前亦如是，他甚至覺得都不太適應待在父親身邊了。

我這是怎麼了？少年想，但他一時還想不明白。

少年跟著父親又走了一段路，是爬坡似的石板路，因了石板小路變得有些陡峭，邁步時便顯吃力了。走過了高聳的灰色圍牆，再走上幾步，視野驀然間變得開闊了，見了一片片深褐色的農田，有的仍在閒置著，被犁鏵過的土地，翻捲得就像一條條兔唇似的，還散發出一股陰冷的泥腥味；有的農田已插上了碧綠的秧苗，一叢叢偃伏在泛著暗光的水田裡，排列整齊；再往前，便是座落在路邊的規模不大的小村落了，只有幾戶農家，屋頂上冒出嫋嫋炊煙，有幾個黃口小兒閒坐著門檻上，扒拉著晚飯。泥屋掩映在稀疏的樹林中，顯得雜亂而不規整。能見到幾隻黃犬，木訥地望著他和父親，衝著他們狂吠了幾聲後，很快又沒聲了，似乎僅是表示一下，便顛顛地溜了；還有零散的幾個雞群，在地上「咯咯咯」地搖頭擺尾覓食，這番情景很像少年待過的農村，在少年心中喚起了親切之感。

進入了一片平地，石板小道亦在這裡終止了，只有被夯實的泥土路面，坑坑窪窪的，前方能見到有一個不大的池塘，水濁，池面上飄著一些水草和枯萎耷拉的殘荷；再遠處，還能見到一排排規整的青灰色的平房，在池塘的前端矗立著，像沉睡一般靜臥在大地上，無聲無息。

看不見一個人影，寂靜而安詳。

「這就是縣裡的學校。」父親說。

父親領著少年，圍著學校轉了一大圈。除了通向公路的西頭，築起了一道不高的矮牆，學校的內向三面都是向外敞開的。天色更暗了，灰濛濛的一片。少年注意到，在第一排的校舍後面，是一個開闊的籃球場，球場的另一端，則是幾排和前面長得一模一樣的青灰色的平房，亦是校舍，就在這時，少年見到了有一人端著臉盆走過。

他走在校舍前的長廊裡，一邊走，一邊向他們所在的方向望來。這人穿一身藍色的中山裝，人顯得瘦弱乾癟。中山裝剪裁得過小，裡面還套著厚厚的棉衣，棉衣的下襬掙扎著顯露在了中山裝外，使得他的形像，乍看上去頗顯怪異。現在的他，加快了步伐，迎著父子倆走過來了。

「解放軍同志，有事嗎？」那人問。他戴了副眼鏡，是那種土色的老式角質眼鏡，藏在鏡片後的那雙憂鬱的眼睛，在不時地眨巴著。

「哦，沒有。」父親客氣地說，「你是學校的老師吧？」

那人點了點頭。「有事？」那人又問。

父親笑了。「你們辛苦啦。」父親說。那人怔了一下，目光下移，毫無表情地從少年的臉上快速劃過，沒再吱聲。

那人端著臉盆走了。少年注意到，他走路時肩膀一邊高一邊低，走起路來有點「外八」羅圈，是斜著身子走路的，這讓少年覺得滑稽，但他沒說。

「這就是你的新學校，明天你自己來這裡上學。」父親說。

二

少年當然不可能想到，頭天傍晚在學校內偶遇的那位戴眼鏡的人，竟然就是他班上的班主任蕭老師。

第二天，當他怯生生地出現在校委會門口時，立刻有一位中年人樂呵呵地迎了出來。「是王若若吧？」那人熱情地說。他的過度熱情讓少年更加地不好意思了，一時不知該如何回應，只是傻傻地點了點頭。「歡迎歡迎。」那人說。少年注意到屋子裡的人都站了起來，齊刷刷地看向他。少年覺得臉上有些發燙。

「來，先坐這。」中年人說。他拉過了一把椅子，讓少年坐下。少年拘謹地坐下了，這才發現中年人並沒有跟著坐下，而是給他倒了一杯熱水。少年不好意思地又站了起來。「沒關係，你坐吧，客氣什麼？」中年人臉上依然掛著微笑，向他擺著手。

「蕭老師。」

少年聽到中年人喊了一聲。有一人聞聲從人群中閃了出來，快步向這裡走來，少年望向他，迅速認出了他便是昨天見過的端臉盆的人。剛坐下的少年又一次地站了起來，恭敬地木立著。

「蕭老師，這就是王若若，我跟你說的，你班上的新生，由你負責帶他了。」中年人說。

「知道了，蔣校長。」

蕭老師又像昨天傍晚似的，迅速掃視了少年一眼，臉上還是沒有表情。直到這時，少年才知道熱情招呼他的那位中年人，是他的校長。

「蔣校長好！」少年突然說。

顯然，少年突然發出的這一聲喊，蔣校長還沒有足夠的心理準備，一直在沉默寡言的少年，讓蔣校長覺得他過於的木訥了，所以當少年冷不丁地喊出一聲「蔣校長好」時，他大吃一驚，很快又大笑了起來。「瞧，這是一個多麼懂禮貌的好學生哦，還是家教好。」蔣校長誇張地說。

「蕭老師好！」少年又說了一聲，自然地向校長和蕭老師恭敬地鞠了一躬。辦公室的人都笑了。少年還注意到，只有蕭老師綳著一張臉，始終沒笑，他顯得格外的嚴肅，好像和這裡洋溢的氣氛格格不入，這讓少年又有些緊張了，他覺得蕭老師可能屬於不容易接近的人。少年隱隱地有些怵他了。

「你爸爸不讓說你是誰的兒子。」蔣校長溫和地說，接著又嘿嘿地樂了幾聲，「但這事是瞞不了幾天的，我知道王政委的意思，他是擔心你在我這裡搞什麼特殊化。」蔣校長說，說完，他讓蕭老師領著少年去了教室。

少年這時站在了講臺邊上了。班上同學的目光，像一盞盞聚光燈，照射在他的臉上，少年驀然驚覺，他反而不太犯怵了，這讓他自己都覺得有些訝異。他注意到，男同學們的衣服都是深色的，而且顯得破舊不堪、邋裡邋遢的，甚至有些人還蓬頭垢面，只有個別女同學，穿著淺色的帶印花的外套，從一片沉悶的冷色調中，醒目地蹦跳了出來。農村女孩是不穿這麼顯眼的衣服的，少年不由得想。

少年依稀聽到蕭老師在講臺上嚴肅地介紹自己，但只說王若若同學是剛從外地轉校來的學生，大家要好好的互幫互助，共同進步，搞好班上的團結，做毛主席的好學生，然後，他安排少年坐在了後排的一張桌上。坐在少年邊上的，是一位男同學，他剃了一個難看的馬桶蓋頭，班上的男同學大都剃著同類型的頭兒。這位與他同桌的人，長得臉龐端正眉清目秀，只是眼神顯得有些迷亂和渾濁。

「我叫羅勝利。」少年坐下時，旁邊的同學側過臉來說了一句。少年回說：「你好，我是王若若。」「知道。」羅勝利笑說，「你還沒來時老師就介紹過了。」說著，向少年擠了擠眼，少年聽出他的語調帶著濃重的當地口音。

接下來蕭老師開始授課，這一節講得是語法修辭。少年在農村時就沒有聽過這類課程，所以大腦有些犯懵。在農村上學時，他幾乎沒有好好地上過一天課，老師教得也不認真，成天背誦「老三篇」，完全是應付，現在突然正規地上起課來了，他倒顯得不適應了。但少年還是硬著頭皮聽了下去。時間開始變得有些難捱了。

中午回武裝部吃飯時，少年一人悠悠達達地推開了縣革委大院的後門，院子裡悄無聲息。少年第一次獨自推開了這道門。他注意到同學大多數仍待在學校裡，自帶了飯菜，大冷的寒冬，吃的是提前預備的冷飯冷菜。少年發現，臨來學校前，父親並沒有專門交代讓他帶飯，當同學中午下課後，紛紛從書包取出飯盒時，少年這才意識到他只能回去吃午飯了。他落寞地一人走回了家，畢竟學校距離武裝部還不算遠，走走也就到了。

少年穿過縣革委大院，向武裝部的方向走去時，發現在灑滿陽光的院牆下，蜷縮著幾個人，正在那裡埋頭扒著飯，各吃各的，沒人交頭接耳地聊天，氣氛倒顯出了幾分怪異。少年再細看，見這些人蹲下的身子前，似乎還擱著一塊大紙牌，這便引發了少年的好奇，他緊著幾步走了過去，然後定睛望向這些不同尋常的怪人。

都是些白髮蒼蒼的老人，膚色發青，目光愁苦，表情麻木、呆滯，脖上經由一根小細繩，繫著一個垂下的大紙牌，上面分別寫著幾個歪歪扭扭的毛筆大字：「死不改悔的走資派」、「歷史反革命」、「叛徒」等等，不一而足，這讓少年萌動了油然而生的惻隱之心。

他想起了自己的母親。就在四年前的一九六六年，母親也是被人掛著同樣的牌子遊街示眾的，這個記憶讓少年刻骨銘心，雖然在歲月默默無聲的流逝中，那個慘烈的記憶漸趨淡漠了，可就在這一瞬間，出現在少年的眼前大牌子，彷彿一下子成了記憶的提示，甚或是對他記憶的懲罰，讓被歲月淡忘的記憶，又一次地甦醒了。少年回憶起了，當他第一次目睹母親被人強行按著腦袋掛著大牌子遊街時的情景，以及在那一霎時心中所產生的震驚和暈眩，那是少年一生都難以抹去的慘痛印象。

三

少年默不作聲地蹲下了身子。他也不知道從哪來的一股勇氣，居然蹲下身同情地打量起了他們。或許是因了少年行為的突兀，其中有幾個人停止了扒飯，抬眼看向少年。少年這時才發現，在這群人中有一個一臉滄桑愁苦的老女人。她頭髮斑白，修剪得很短，一身深藍色的男式服飾，以致讓少年一開始沒能意識到這人會是一個女人，直到她看向少年時，少年才猛然間驚見，原來她是一位上了年齡的阿姨。少年看了一眼垂放在阿姨胸前的牌子，上面寫的是：「叛徒、歷史反革命——蕭晨英」。

阿姨顯然注意到了少年的目光，微微一笑，蛛網般密布的皺褶四散開來，剛才還顯麻木的眼神立刻有了點生氣，透出慈祥與寬厚，就像一位老祖母在慈愛地打量自己膝下的孫子，讓少年亦想起了自己的姥姥當年看著他的眼神。少年就是在姥姥的這種關愛的眼神中長大成人的，他太熟悉這種眼神了。霎時，少年恍惚間覺得與這位阿姨的存在距離在悄然消隱。

阿姨又看了一眼少年斜挎的書包。「放學？」阿姨輕聲問。

「嗯。」少年點了點頭，他還想說點什麼，但發現不知該說什麼了。

「孩子，我沒見過你，新來的？」

少年又「嗯」了一聲。阿姨低沉的聲音讓少年不知所以地感到了溫暖，他發現自己很願意和這位阿姨聊天。只是他又不知該如何開口說話了。

阿姨又問少年是不是在縣中學讀書，讀幾年級？少年一一做了回答。現在，少年覺得心裡順暢多了，說話也不再有障礙了。但讓少年感到有點奇怪的是，這位阿姨似乎一個勁兒地追問少年，他的老師姓什麼？當少年回答說是蕭老師時，阿姨的眼中迅速劃過了一絲驚喜，但很快又被一層若隱若現的陰影所籠罩。這讓少年感到了困惑。少年直感阿姨好像話中有話，一系列的問話裡似乎還隱瞞著她未曾真正表達出來的內容。

那會是什麼？少年納悶地想。

少年後來離開了阿姨。他覺得時間有點晚了，他得趕緊回到武裝部食堂去吃午飯，否則父親會說他貪玩的。他向阿姨告別了，臨走時，阿姨向他揮了揮手，有一絲欲言又止的猶豫停留在她的嘴角，少年看出來了，可是她最終什麼都沒說，只是向他揮揮手，頹然地靠著牆，微微地閉上了眼睛。少年注意到，阿姨的眼中不知為什麼好像溢出了一點閃爍的淚光。

難道是我看錯了嗎？少年當時心想。

少年跑著小步奔向武裝部食堂，還沒有走進食堂的大門，就已見到不少軍人正悠然地走出食堂，一見他，都投來錯愕的眼神，顯然他們中的許多人沒見過少年。少年沒理會，只是快步衝進了食堂大門。

食堂的大廳裡空蕩蕩的沒幾個人了，大多數餐桌亦是空的，散發著一股食堂特有的米香味，在靠裡的一張桌上，父親孤零零地一人坐著，側臉望向大門，他的旁邊，站著的是那位結巴的羅師傅，正在絮絮叨叨地向父親說著什麼，一臉謙恭的笑容。

父親見了少年，沒有表情，只是向邊上的板凳指了指，然後對羅師傅說：「上菜吧。」羅師傅滿臉堆笑地去了。少年坐了下來，心裡劃過一絲內疚，他知道父親也沒吃，正等著他呢。

飯菜端上來了，熱氣騰騰的，羅師傅熱情地招呼他們快吃。「還熱著呢。」羅師傅說。父親客氣地謝過了羅師傅，說：「難為你了羅師傅，要不然菜都涼了。」

「沒……沒事的。」羅師傅結巴地說：「我一直……直，在蒸籠裡擱……擱著哩，沒……沒事的。」

少年這才感到肚子在骨碌碌地歡叫著，真餓了，他迫不及待地一把抓起飯碗，狼吞虎嚥起來。「慢點吃，別噎著。」少年聽見父親在一旁叮囑了一聲，他眼角的餘光見父親也端起了碗，細嚼慢嚥地吃著。少年有點不好意思了，意識到剛才的吃相有點不堪。這都是在農村養成的習慣。農民蹲在田頭時就這麼吃飯的，大口大口餓虎般地扒拉著，嘴角還吧達得山響，轉眼一碗飯就一掃而空了。他剛去農村時還不太適應，那種城裡人斯文的吃法受到了農村孩子的嘲笑，後來他學著農人的那種急慌慌飢不擇食的吃相，漸成習慣。父親的提醒，讓少年一下子意識到他又重回了城裡人的身分，他不能再像過去，不管不顧地一副惡劣的吃相了。他慢了下來，學著父親細嚼慢嚥，但還是感到了彆扭和不適。

快吃完時父親問，「學校好嗎？」「好。」他說，夾了一口菜，塞進了嘴裡。父親的筷子已經放下了，看著他。他愣了一下，也將筷子放下了。「你吃。」父親說。少年還是看著父親，沒動。「我吃好了，你吃吧。」父親又說。他遲疑地再次伸手拿起了筷子。

「怎麼中午回來晚了？」父親問。

少年這時開始猶豫了。是否要問問父親，剛才自己在縣革委院子看到的情景？但他沒開口問，只是埋頭吃著飯。

「你有話要問，是嗎？」父親說。

少年抬頭瞅了一眼父親，發現父親目光犀利地盯著他。「我剛才在院子裡看到了幾個掛牌子的人。」少年囁嚅地說。少年注意到，父親的眉心微微地閃跳了一下。

「你跟他們說話啦？」

少年遲疑了一下，「嗯」了一聲。

父親沒再說什麼，只是讓少年先好好吃飯。他們沉默了一會兒。這時候父親始終在一邊陪著少年，抽著煙，煙霧在食堂的上空嫋嫋盤旋，食堂裡已經沒人了，少年覺得煙味很好聞，好像還傳遞出了父親身上的一股特別的味道。

少年扒完了最後一口飯，放下了筷子，抹了抹嘴角。「那點剩菜也扒拉乾淨了，別浪費！」父親說，口氣有些嚴厲。少年只好照辦了。父親一旦嚴肅起來，少年還是懼怕的。

「那是幾個被揪出的『走資派』和『反革命』。」父親終於說了。「你還想問什麼？」

少年確實在想該不該繼續往下問。他猶豫著，腦海裡自然地浮現出了那位白髮蒼蒼阿姨的面孔，這個面孔，現在那麼奇異地與母親當年掛牌子的情景融合交織為一體，難分彼此了，這種映射，在少年的腦海中交替出現著。

「媽媽當年也是這樣的。」少年低聲地說了一句。說完，少年膽怯地瞥了父親一眼，生怕父親會因此而責怪他。可是沒有。這時的父親似乎陷入了沉思，香煙快要燃到煙蒂上了，燃燒過的煙灰很長很長，微微地下墜，欲落未落，眼看著就要燒到父親夾煙的手指了。少年很想提醒父親，可他沒吭聲。父親沉思的表情讓少年沒敢去驚擾他。少年只是默默地端坐著，望著沉思中的父親。

「爸爸還不瞭解當地的情況，爸爸剛來。」末了，父親說。

「他們挺可憐的。」少年突然說。他又想起了一九六六年母親掛著牌子遊街、打掃廁所的情景，那時少年就逐漸開始改變文革初期對所謂「牛鬼蛇神」的看法了，他從此不再相信那會是一些該被打倒的壞人，就如同他不相信自己的母親會是反革命一樣。

「去準備一下，你下午還有課吧？去吧。」父親站了起來，將煙頭扔在了地上，用腳踩了踩。還好，少年想，煙屁股還是沒有燒到父親的手。

父親將擱在桌上的軍帽拿起，戴在了頭上，順手正了正帽簷。父親總是很講究軍容風紀的，關於這一點少年一向是知道的。「以後你到點就自己來食堂吃飯，爸爸就不管你了，爸爸還有許多事要處理，你也大了，得懂得照顧好自己。」

少年點頭，也跟著站了起來，將書包斜挎上肩。

四

一個週末的黃昏，少年下了課，和同學們結伴離開了學校，一塊向城區走去。

學校駐紮在城鎮的邊緣，校園的近鄰，除了一條塵土飛揚的砂石公路，剩下的三面均被山林和農田所環抱。這座小鎮劃分為城南城北，縣革委機關與武裝部座落在離學校最近的城南，南北間隔著一條約莫上千米寬的川流不息的大江，當地人稱這條江為錦江。橫跨大江南北的，是一座架設在水面上的浮橋，少年的同學大都住在大江另一頭，也就是城北了。

在眾多的同學中，少年總是第一個率先抵達自己的家。按照慣例，他只須沿著石板鋪砌的坡道，自上而下地走上十來分鐘，就到了由高聳的圍牆圈住的縣革委大院的後門了。

那是一個很不起眼的小木門，靜悄悄地支在圍牆的中段，似乎沒人會任意地推開這道虛掩的小門，就好像它根本就不存在。木門從不上鎖，亦沒人把守，在少年出現之前，它宛若一扇被人遺忘的不起眼的小木門。少年有時會萌生一種奇怪的幻覺——這扇不怎麼引人注目的木門，只是專為他上學、放學而設置的。

一開始，少年放學後總是盡可能悄悄地避開同學，他只喜歡獨自行動，他發現待在農村的那些年，性格也被不知不覺地改變了，變得有些落落寡合，不太愛說話，也不愛與人交流。他遽然出現在班裡引起了同學的好奇，他又何嘗沒有注意到，同學在他出現的那一刻射向他的驚疑的目光呢？他知道，因為從來沒有人像他這樣中途入學的，他成了一個特例，只是父親的叮囑讓他時刻牢記在心：

「別告訴別人你是誰的孩子。」父親嚴肅地說。

他當然記住了，他從小到大父親和母親一向是反對他身上沾染任何優越感的，他們一直教導少年要做一個樸素而又誠實的人，就像那些窮人家的孩子。在農村時，他時常與村裡的孩子一道上山砍柴、種田、插秧、割稻子，一道瘋耍，一道在夏天的水塘裡嬉戲玩鬧，游泳、撈魚，久而久之，他快忘了自己曾經的城裡人的身分了，與村裡的野孩子們已然不分彼此了；而現在，一旦恢復了城裡人的身分時，他真的感到了不自在，這種不自在來自於同學看待他的那種眼神，有一點陌生，一點疏離和驚疑，還有一份抑制不住的好奇。少年是敏感的，他現在遇見任何事都會暫時地先擱在心裡，不輕易地說出來，但他知道，那些投向他的目光隱藏了什麼特別的內容，這讓他感到了不舒服。

所以他總是獨自一人上學、放學，後來漸漸地與同學們稔熟了，有人會主動地上來與他搭訕，這讓他很是快樂，可是他們總是在問：「你從哪來的？」他頓時語塞了，只能支吾地應付著，說是農村來的，他們聽後總會狐疑地咧嘴一樂：「不像！」

每當這時，少年又不知該如何跟他們交流了。他們之間還暫時缺少更多的共同語言，畢竟他來自偏僻的農村，那裡資訊閉塞，平時能夠交流的內容都是貧乏的。少年很長時間沒有享受過城裡人的生活了，那種曾經的生活，彷彿因了記憶的遙遠而漸漸地淡薄了，而現在，淡薄的記憶又開始變得清晰了起來。雖然這裡僅是一個彈丸般的小鎮，但與他待過的農村相比，已然有天壤之別了。

少年一人獨自行走有一個他自知的目的，那就是能夠悄然地避開同學的視線，不為人所知曉地推開縣革委後門回返家中，他很清楚，一旦被同學發覺自己是經由這道門回家的，他的真實身分就會大白於天下了。他不想讓人知道。

所以，當少年與同學們熟絡後，下課時，同學們會邀著他一塊放學，他無法推辭。同學是好意，只能應允。一旦遇見這種情況，少年便不會獨自推開那扇默然緊閉的小門了，倘若那樣的話他的身分就會澈底暴露了。他不能這樣做，這種情形下他會若無其事地與大家一道走過這扇小門，一直走到通往城北的城門下，然後與同學們揮手告別，自己再返身拐回，經由另一條道，走向武裝部的正門。

這一次則不同了，當少年經過縣革委圍牆邊的那扇緊閉著的靜悄悄的小門時，同學們嘻嘻哈哈地推著少年說：「呶，你到家了吵。」少年心裡一怔，心想，他們發現我的身分啦？他裝著沒聽見，繼續跟著一道走。「說你呢，王若若，你回家不從這走嗎？」又有人說。少年知道躲不過去了，但又一時不知道該怎麼辦，呆了一下。「去吧！」同學們嬉笑地說，「別以為我們不知你是誰家的孩子。」少年不好意思了，猶豫著。後來索性推開那扇門，大方地向同學們告別了。他心想，遲早是要知道的，何必呢，瞞著同學終歸不是個長久的事兒。

五

少年後來才知道，與他坐在同一張課桌上的男同學，居然是羅師傅的兒子。可他當時一點也不知道，因為那位被稱作羅勝利的同學長得眉清目秀，一副瀟灑俊朗的模樣，少年無論如何也想像不出他竟會與身材短小，長得歪瓜劣棗的羅師傅聯繫在一起。

有一天放學後，他正準備吃晚飯，羅師傅給他做了一碗雞蛋湯，樂呵呵地端了過來，少年的嘴唇剛湊在碗沿上，就聽到背後有人輕喚了一聲「爸」。他知道那是在叫羅師傅，他當時僅是出於好奇，想一探究竟，羅師傅的兒子會長成什麼模樣？結果剛一回頭，少年就愣住了——他沒想到這個人竟是他的同桌羅勝利。

羅勝利見到少年時並沒有顯出大驚小怪，只是向他禮貌地點了點頭，那神情似乎是早就知道他的身分了。少年迅速明白了，為什麼班上的同學知道了他是武裝部王政委的兒子。一定是他洩的密，少年想，否則以自己的謹小慎微，不可能讓同學們那麼快就知道了他是誰。這也不能全怪他，少年心想，暴露身分不過是遲早一天的事而已。

「這……這是……是我兒子。」看到少年在看著他們，羅師傅笑眯眯地對少年說。

少年站了起來，拉著羅勝利要一道吃飯，羅師傅趕緊攔著。「他吃……吃過了。」少年看出羅師傅在撒謊，儘管這是一個善意的謊言。少年說：「他也是我的同學。」羅師傅一怔，笑了，感嘆地說：「我兒……子……勝利，是政……委兒子……同……同……學！」羅師傅顯得滿快樂的，興奮得脖子都漲得通紅。少年看著他們父子倆，怎麼看也不像是一對父子，羅勝利清俊的模樣，反襯得羅師傅更加地矮小猥瑣。羅勝利居然會高出父親半個腦袋。羅師傅微駝著背，精瘦精瘦的一人，又一臉皺褶像根苦瓜似的；而羅勝利的身形則筆直挺拔，臉上泛著一層發亮的油光，皮膚光滑，他的身材甚至比少年還要高出一點。

父親這時也走進了食堂，一聽說羅勝利是少年的同班同學，不由分說地招呼他坐下來一塊吃晚飯，又吩咐羅師傅再加炒幾道菜。羅師傅受寵若驚，又攔不住父親的執意要求，激動地顛顛地去了。父親認真地問了問少年在班上的表現，羅勝利一一做了回答，他顯得落落大方，一點沒像他父親似地小心拘謹，但他很少發出微笑，神情亦有些游移。父親顯然對羅勝利的回答很滿意，誇了他幾句，並讓他能經常幫助少年進步。

就在這時，外面傳來刺耳的嘈雜聲，起先是一人在扯著大嗓門嚷嚷，一聲高一聲低，很快那聲音便如連珠炮般地嘹亮了起來，幾乎像是在叫罵了。似乎有人在輕聲勸慰著，可那個大嗓門不但沒停歇，反而更激烈了。那人似乎還在高聲嚷叫著要面見王政委。少年見父親的眉心緊蹙了一下，側耳聽了一會兒，沒再理會，繼續吃著飯，但他已不再說話了，亦有些走神。羅師傅這時已紮著圍兜站在了食堂的大門口，翹首張望。

季叔叔快步走了進來。父親抬起頭，嚴肅地問：「那是誰，在武裝部為什麼這麼大聲嚷嚷，有什麼事要這麼喊叫？」

季叔叔伏在父親的耳邊嘀咕了幾句，父親凝神聽著，似乎明白了，點了點頭，眉心聳動了一下，想了想，將碗筷一推，說了聲：「你們先吃吧！」站起身走了。少年和羅勝利對視了一眼，兩人像是有了默契，快速地扒拉完了剩下的飯菜，幾乎同時起身離開了飯桌，跑出了食堂，他們也想看看外面到底發生了什麼情況，他們亦感到了好奇。

少年剛跑出門，一眼就認出了那個大聲嚷嚷的人是誰了——父親領著他在副食店裡見過的那位一臉滄桑的老頭兒，他的形象太特別了，紅色的臉膛，細長的脖子，臉上的兩塊凸起的顴骨，就像墜著的兩顆怪異的圓球，還有他脖子上高高的喉結，隨著他青筋突起的嘶聲喊叫而在上下滑動著，看上去煞是滑稽。

父親微笑著走向前去，可沒等父親開口說話，那位老頭兒就像頭惡狼似的一步躥了上來，伸出嶙峋般的手指在父親的臉上指指點點，旁邊的人驚了，急忙勸說：「鄭老，你先別急呀，有話慢慢說。」老頭根本聽不進，只是喊叫著；「你當過啥麼子兵嘛，槍林彈雨經沒經過吵？老子死人都見多了哦，還怕什麼屌毛吵？」老頭在肆無忌憚地爆著粗口。

「哦，老鄭，什麼事把您給惹惱了？您說，我幫您作主。」父親笑說。

老頭兒梗著脖子又要發飆，可似乎一口氣沒喘上來，突然一個趔趄直往前栽，父親眼疾手快地趕緊扶住了他，又有幾個叔叔上來攙扶著他，把他架到了傳達室門前的一張椅子上，讓他坐下了。他大口大口地喘著粗氣，漲紅的面孔開始變得發青。

少年就站在老頭兒的近旁，聞到了從他嘴裡噴出的濃烈的酒味，是有點發臭的酒味。老頭兒坐著俯下身去，拚命地喘息，手撫著胸口，胸膛一起一伏的，似乎心口燒得難受。趁著這一空隙，父親與周圍的叔叔對視了一眼，有人附在父親的耳邊小聲地嘀咕了幾句，父親皺著眉心聽著，神情顯得有些為難。

「這老頭是誰？」少年聽見站他旁邊的羅勝利問了一句。少年側身看了他一眼，搖了搖頭。少年確實不知道這個老頭兒究竟是什麼人，也不知他出於什麼緣故要大鬧武裝部，但他看得出來，站在他周圍的叔叔們都挺怵他的。

季叔叔及時端來了一杯溫水，遞給了老頭兒，他接過，仰起脖子幾聲咕嘟一飲而盡。他緩過點神來了，仰倒在木椅的靠背上，兩條大腳前伸，微閉著朦朧的醉眼，喘息聲平緩了許多。少年驀然驚見，這位剛才還怒髮衝冠的老人，眼角流下了一行渾濁的老淚。

父親搬過一張椅子在老頭的對面坐下了，一隻手輕輕地搭在老頭兒的膝上。「老鄭，有什麼委屈儘管對我說，別在心裡憋著，我聽著呢。」

「很多年了，太多的年頭啦，我一直找她，這是我們師長交代我的任務呵，我沒有完成好呀，我對不起師長！」說著說著，老頭兒猛烈地抽泣了幾聲，眼淚縱橫而下了。

父親聽著一臉的迷惑。少年也一樣，他完全不能了然這位哭得稀哩嘩啦的老頭，嘴裡在不停嘮叨的是些什麼情況？他唸叨的師長又是何人？少年納悶地看了看四周，似乎所有的人都在沉默。鴉雀無聲了，只能清晰地聽見老頭的哽咽之聲。父親從老頭手中接過溫水，送到了他的口中。

「老鄭，我知道您心裡難過，別急，慢慢說，有什麼事要我幫著解決的，我義不容辭，您慢說。」少年注意到，父親的臉上浮現出一絲凝重。

「她不是叛徒，不是！我能為她做證。」老人突然說，眼睛瞪得像燈籠那麼大，看定父親，臉上還掛著淋漓的淚水。父親聽了一怔，臉色沉了下來，似乎明白了些什麼。

「大家都去忙吧，這裡有我，我跟老鄭單獨聊聊。」父親站起了身，向周圍的人看了一眼，鎮定地說。圍觀的人群在陸續散去，這時父親看到了少年，目光在示意少年也儘快地離開。少年只好轉身走了，羅勝利跟著一塊離去。羅師傅還站在食堂門口瞧著熱鬧，少年上前問羅師傅：「這個人究竟是做什麼的？」羅師傅望著少年，半晌沒吱聲，最後嘆了一口氣，搖了搖頭。少年的心裡對這位怪癖的老頭更加好奇了，他覺出了這人的身分很不一般，否則，這麼的大鬧武裝部，大家不可能還待他敬畏三分，生怕招惹了他。他會是一個什麼樣的人呢？少年心裡想，這成了飄浮在少年心頭的一個懸念，一個深深嵌入了少年的大腦而揮之不去的不解之謎。

六

母親來信了。母親在信中說：暫時還來不了縣城看望若若和爸爸，因為媽媽在村裡還有許多農活要做，叮囑若若一定要聽爸爸的話。

後來少年聽父親說起過，母親之所以還不能來看望他們，是因為農村的大隊黨支部背著母親的原單位，正在考慮恢復母親的黨籍和摘掉現行反革命的帽子；父親還說，原單位的「造反派」聞迅後，還想將母親重新揪回去另行發配，結果被農村的叔叔阿姨們堅決制止了，甚至將省裡派來的造反派「驅趕」了回去。

「這一段時間還很敏感，你媽媽暫時還不能來看望我們。」父親說。

少年已經逐漸適應小鎮的生活環境了，只是他時常想念孤身一人還在農村的母親，他常常會一人呆呆地望著窗外明媚的豔陽，望著枝椏快要探進窗內的那株兀立著的大樹。大樹的樹葉依然耷拉著，宛若一位老態龍鍾的孤獨老者。

母親現在過得好嗎？少年忍不住地懷想著，她一個人該怎麼吃飯？過去都是少年事先將米飯燒好，等著母親從田間歸來後，再炒上一道香噴噴的熱菜。所謂的熱菜，其實只是一點蘿蔔乾，灑上一點小蔥花，偶爾還能從村頭的一個廢棄的寺廟裡，買來一塊熱豆腐煮煮。那座舊社會遺留下來的寺廟，因了文革中「破四舊立四新」被改造成了村裡的豆腐作坊，操作者是一位傳說中的右派，據說這個人過去還是一位作家，一九五七年「反右」時就下放到了農村，接受勞動改造，他後來成了少年的「朋友」，少年沒事時愛找他談天說地，他很愛講述各種稀奇古怪的傳奇故事。

農村一年四季難得吃上一頓豬肉，因為平時不讓殺豬，只有輪到生產大隊殺豬時，少年才會跑上好幾里路去大隊部割上一點豬肉，還不許多買，至多半斤。平時少年只能從由下放幹部和知青集體種下的自留地裡，採摘一點逢季的新鮮蔬菜——韭菜、青菜、蘿蔔、南瓜、番茄，讓母親炒點熱菜，其實這種機會很少很少，地頭上生長的那點蔬菜基本不夠大家分的。少年猶記得，由於自留地小得可憐，就那麼一丁點地兒長出的蔬菜，大都留給知青吃了，母親說：「這些孩子可憐，遠離父母，省下來給他們吃吧，他們還在長身體呢，我們湊合湊合就行了。」

平時母子倆只能吃點醃製的芥菜和蘿蔔乾。少年那時還像農村人那般養了幾隻咕咕叫的大母雞。輪到母雞下蛋時，母親會為少年炒上一盤雞蛋，那就算是改善生活了。少年印象最深的，便是母親偶爾為他炒的那一份韭菜雞蛋，那種香噴噴令人垂涎的味道一直存留在少年的記憶中。

少年自已不會炒菜，雖然他很想學，可母親總說：「不用了若若，你燒好飯就行了，媽媽回來給你做菜。」久而久之這成了他們母子倆的一種默契。在那過去的近兩年中，他們就是這麼一點點地捱過來的，每當看到爐火燃起的光暈，照亮了母親操勞憔悴的面孔時，少年便有些心痛。可現在，少年離開了母親，只有母親孤家寡人地仍待在寒冷的農村。少年又想起了母親坐在爐灶前的情景，那麼地清晰，歷歷在目一般。

又是一個週末了，父親要下到農村去檢查工作，一大早，父親把正望著窗外發呆的少年叫到了身邊，給了少年五毛錢：「晚上你自已去那家副食品商店買碗炒肚片吃，你知道那個小店在哪吧？爸爸出差要走幾天，不能照顧你了。」少年點頭，想起了又有很長時間沒吃炒肚片了，一想起它，肚子就開始不聽使喚的咕咕地叫上了，有了一種垂涎欲滴的感覺。少年心想，爸爸真好！也就是在這時，少年想起了那天和父親一道去那家小店遇見的那位老頭，他很想從父親口中知道那位怪癖的老頭究竟是一個什麼人，可過去的他一直沒敢問。

「那個老頭是做什麼的。」少年鼓起了勇氣問。

「老頭？」父親微怔，「哪個老頭？」

「就是那天在小店見過的，後來又來武裝部嚷嚷的那個老頭。」

「喔，他呀！」父親笑了，「你該叫他伯伯才是，你怎麼會想起他來了？」父親問。

少年無語了。怎麼跟父親解釋呢？他只是覺得這個老頭怪兮兮的，也說不上來究竟是什麼地方引起了少年的好奇。

「他是一位革命老同志，老紅軍。」父親看著少年那副期期艾艾的模樣，說。

「紅軍？」少年沒想到，感到了意外，在他的印象中，紅軍不該是他這副模樣的，在少年所受到的教育中，那些爬雪山過草地，走過二萬五千里長征的紅軍戰士，個個都是颯爽英姿、威武雄壯的人，是他心目中所崇拜的英雄好漢，怎麼可能會是這麼一副落魄邋遢的樣子呢？太不像了。老頭的出現，完全顛覆了紅軍戰士在少年心目中樹立起的高大形象。

「我不信！」少年說。

「你不信他是紅軍？」

少年堅決點了點頭。

父親更樂了。「為什麼不信呢？」父親說，「爸爸還會騙你嗎？他是的，是一位老紅軍戰士。」

「那他為什麼那麼一副樣子？」少年說。

「怎麼個樣子啦？」父親問。「哦。」父親思忖了一下，似乎明白了。「他只是平時愛喝幾口酒。」父親說。

第三章 × 風中的少年

一

傍晚時分，飄起了一陣小雨，天色陰冷陰冷的，少年放了學，撐著一把油紙雨傘一路小跑地回了家，石板路滑溜溜的，在煙雨迷濛中泛著鐵灰色的微光。少年心裡還惦記著那碗炒肚片呢。

快到家時雨歇止了，少年收了傘，甩了甩，聽見背後有細碎的腳步聲在跟著他，他也沒做理會，自顧自地走著。當他正要推開縣革委的那扇緊閉的小門時，背後的人飛快躥了上來，搶先一步推開了門。

少年認出了她。

是他的鄰居，和少年住在同一棟樓。少年知道她是武裝部崔部長的女兒，她有時也會待在與少年僅一牆之隔的那間屋裡。少年住的那棟樓的樓上，基本上是他們一家人住的，只有獨獨一間，也就是戶門衝著樓梯口的那間，劃歸了崔部長家。後來還是父親告訴少年，崔部長家人口多，是父親主動讓出了樓上的這間屋。

這個女孩時常與少年在樓梯上迎面相遇，躲都躲不開，而且她一準會眉眼聳動一臉笑意地望向少年，似乎有話要說。少年平時見了女孩是害羞的，何況農村待了這麼長時間，更不知道如何跟城裡的女孩打交道了。他始終是一個內心羞澀而又自卑的少年。

女孩推開那扇門後，返身擋住了少年，故意不讓他進門，凝神看著少年，然後抿嘴一樂：「不認識我嗎？」聲音滿好聽的，透著一股撒嬌之氣。少年木訥地點了點頭。

「嘿，我在問你呢，你除了點頭，難道不會說幾句別的話嗎？」女孩嗔怪地說，眉心緊蹙。少年也不知為什麼，竟覺眼前的女孩，一旦皺眉，眉宇間便會浮動一絲若隱若現的「殺氣」。

「你好！」少年說。他也只能說出這句話來了，雖然說出時，自己都覺得心裡滿彆扭的。

女孩兀自「咯咯咯」地笑了起來，聽上去就像是鴿子叫。「就好像我倆頭一回見到，還『你好』呢！」她一別嘴，嘲諷地說。

「沒呀！」少年說，「我們是見過的。」

「而且見過不止一次，是常見。」女孩意味深長地說。

女孩快樂的情緒感染了少年，他也笑了，點了點頭。這時，門背後的不遠處傳來喧嘩聲，那是同學正走在放學的路上，再過一會兒，他們只要拐過一個小彎道，就會看到他倆了。

「快離開這！」少年說，他顯得有些不安了。少年不願讓同學看到自己站在光天化日之下，與一位女孩聊天。

「你怕什麼？」女孩說，一臉無所謂的樣子，還是鎮靜地站著沒動，把著門。

傳來的聲音變得更加清晰了，眼看同學就要出現在了視野中。刻不容緩，少年只好輕推了一下女孩，側身閃進了門裡。女孩也跟著進了門，反手將小門關上，又「咯咯咯」地笑了起來。「膽小鬼。」女孩說。

少年沒吱聲，埋頭一人先走了。女孩追了上去。「哎，你到底怕什麼？」

「讓人看了多不好。」少年埋怨道。

少年第一次見到女孩時是在樓梯上，正好他上女孩下，結果迎面撞上了。由於樓梯的狹窄，相遇時只能同時側身禮讓，這樣才能彼此通過。少年那天低頭上樓時感覺到了樓梯的晃動，傳出「嘎吧嘎吧」的聲響。彼時的少年，剛從農村來到縣城沒幾天。他下意識地抬起了臉，直接闖進他眼簾的，就是這個女孩直視著他的目光。火辣辣的目光像一團熾燃的烈火，炙了一下少年的眼睛，他心裡也不知為什麼「咯噔」了一下。他停下了腳步，側過身，向扶欄邊緊靠了一下，想讓女孩先過。女孩卻在他面前停住了，還是那麼大膽無忌地望著他。

「你是王叔叔的兒子？」

這是明知故問，少年想，要不是他的兒子，我能住這嗎？但他沒說，只是點了點頭。

「我早就知道你要來了。」女孩說，聲音有些發嗲，嬌滴滴的，還帶著點兒清脆的綿羊音，倘若不是當面見到本人，光聽聲兒，還以為會是一個沒長大的小姑娘呢。她長得眉目清秀，典型的瓜子臉，眉梢尖尖地往額角上微翹著，瞳孔晶亮晶亮地泛著光，她說話時眉飛色舞，猶顯一派嬌媚，腦後紮著一對自然垂落的小辮，髮絲看上去滿細的，色調泛黃，額前還耷拉著一綹修剪齊整的劉海。

「我們是鄰居！」她說。

少年這才驚覺，他倆兒臉對臉地站著樓梯上，都側著身，可誰都沒再動彈一下。少年很想馬上離開，他與女孩單獨說話時總會顯得不知無措，甚至不知道該如何交流，這方面他是有些笨拙，關於這一點少年是自知的。可是女孩友好的目光，讓少年的身體一時還動彈不了。更讓少年尷尬的是，在這個逼仄狹窄的樓梯上，兩人的身體幾乎貼在了一起，他甚至能聽到女孩的心跳。

少年很少與女孩這麼近地靠攏在一起。他的臉頰不自覺地微微地泛紅了，心跳了起來。他已經很久沒有這麼近距離地看著一位城裡的女孩了，他甚至都快忘了她們長了一副什麼模樣，一旦又見，記憶被喚醒了，這才想起城裡的女孩有一種說不上來的妖嬈——眼神會隱約地浮現出勾人心魄的嫵媚，這在農村的女孩子中是罕見的，農村的女孩，幾乎喪失了女孩身上所固有的性別特徵，性格中透著一種與男孩一般無二的野性和爽朗，這瞬間的感知，讓少年驀然覺出自己身上所散發出的土氣，少年滋生了一種發自內心的自卑和羞赧。

少年避開了女孩盯視他的眼神，讓過了她，徑直上了樓，背後傳來女孩清脆的笑聲，也不知是在嘲笑他呢，還是在發出快樂的歡意，少年只知道自己逃也似地想趕緊溜回家。

當少年踏上最後一級階梯時，女孩的聲音再次從背後傳來：「哎，看到了吧，你現在抬頭面對的就是我的房間。」少年的腳步放慢了，下意識地抬起了臉。迎面對著他的那間屋子的門緊閉著。他第一天來到這裡時就注意到了這間屋子，後來從父親的口中知道，這是樓上唯一的一間不屬於他們家的房子，它屬於崔部長家的。

「噢。」他應了一聲，他也不知這算不算是一種回答。

「讓人看到了又能怎樣，有什麼不好嗎？」

進了縣革委的那扇小門後，女孩緊跟在少年的背後，固執地纏著他問。這時他們已經繞過了院內的那片花圃，距離武裝部的後門很近了。

少年也說不出為什麼不好，他只是怕同學無中生有地說三道四。少年沒有回答女孩，加快了腳步向家裡的方向走去。

「嘿，王若若，你啞巴了嗎？」女孩生氣了。

「你怎麼知道我的名字？」少年一怔，站住了，轉回身問。

「呦呵，瞧你大驚小怪的，你的名字還需要保密嗎？」女孩發出一串銀鈴般的笑聲。

女孩的伶牙俐齒讓少年感到了尷尬。

「我們不是鄰居嗎？」女孩接著說，神情亦變得有些詭異，「我還能不知道你叫什麼？笨！」

少年想了想，也是，同在一棟樓裡，而且只有一牆之隔，我怎麼能這麼糊塗呢，她不可能不知道我的名字！

「我叫崔燕妮，記得住嗎？也不能光我知道你，你不知道我的名字呀，對吧？」崔燕妮歪著腦袋說。

少年只好點著頭，算作回應，然後一溜兒小跑地回到了家裡。

他將書包扔在了桌上，又轉身下了樓，在樓梯上又遇見崔燕妮，他衝著她友好地點了點頭，側身讓過她。「嘿，你好！」少年應付地說。

「不是什麼『嘿』，是燕妮，你已經知道我的名字了。」

他只好笑笑，覺出女孩性格的執拗，他有些無奈。少年又拐向了食堂，向羅師傅借了一個白瓷大碗，走時，羅師傅還說：「你……就……就在這吃呀，食堂的飯……飯都做好了，我……我這就……就去打給你。」他謝過了，心裡還惦記著令他胃口大開的炒肚片。

「不用了，我一會兒就回來吃。」少年說，揚了揚手中的碗。

少年衝出武裝部時，季叔叔正站在傳達室門口，見他急匆匆的樣子，問：「出去玩？快黑天了。」少年又一次揚起了手中的瓷碗，季叔叔的臉呆了一下，估計是沒明白少年要表達的意思，少年也沒有多做解釋，只是往外衝去。

二

少年到達小店鋪門前時，天色已經擦黑了，傍晚的冷風收斂了一些，但寒意更濃了，瀰漫著一股陰濕森冷的感覺，石板路上的低凹處，還積著一窩窩的小水坑，在昏暗的路燈下泛出一絲絲幽暗的藍光，晃著少年的眼。

少年還沒踏進小店鋪，就聽到有人在裡面扯開嗓門大聲說話了，那種獨特的濃重的口音，讓少年很快就猜到說話的人是誰了。他放慢了腳步，心想真倒楣，為什麼偏偏又遇上了他呢？少年很不喜歡他的那張青筋暴突的臉，還有他嘴裡時時噴射出的那一股子發臭的酒味。少年在門外徜徉了一會兒，一直在猶豫是否該徑直地進入店鋪，可他真是不想再見到那位面目猙獰的老頭。

少年想轉身返回，可又抗不住炒肚片的誘惑，他不知道該怎麼辦了。正猶豫時，背後傳來急促的腳步聲，一個人影從暗夜中晃了過來，走過他時還不經意地甩了他一眼。少年認出了他，是鐵匠鋪裡他見過的那位精壯結實的漢子。他也是要進這家店鋪。只見他腳步輕盈地踏上了門檻，就要閃進店時，又側臉瞥了他一下，臉上流露出一絲好奇。

清冷寂寥的路面上，已經沒有幾個過往的行人了，家家戶戶都燃起了燈火，沿街的一排排木板房裡，飄逸出一縷縷炒菜的清香，這香味撩撥了少年的味蕾，少年的肚子亦在向他發出無聲的抗議了，咕嚕咕嚕地叫喚了起來。他不能再猶豫了，於是索性一梗脖子也進了小店鋪。

不出少年所料，果然是那位赤紅面孔的老頭，旁若無人嗚嚕哇拉地正衝著人大聲說話，由於他的臉孔正好衝著敞開著的大門，少年剛一露面就進入了他的視線，他的聲音忽然戛然而止，頓了頓，又愣了愣神，似乎在回憶著什麼，但很快又嚷嚷了起來。少年不敢再看他了，只想著儘快辦完他的事，早早地離開這裡。這時，少年注意到店員正轉臉瞅向他，嘻嘻笑著，也不知她們在笑些什麼。

「買什麼？」其中一瘦店員問。少年將碗擱在了櫃檯上，「炒一碗肚片。」少年說，「能快點嗎？」

「他哪兒的？我怎麼沒見過這個小崽子？」一個廚師模樣的男人問。少年上次來時沒見過這人。

「我瞅著他也眼熟，好像在哪兒見過哦？」旁過一人說。少年認出了說話的這個人，她是上次跟他還說過話的胖店員。少年知道城鎮不大，來來往往的人大都不會面生，彼此熟悉，只因他來到鎮上的時間太短，讓人好奇了。

少年的碗被一隻手拿走了。是他不認識的那個廚師。他推開櫃檯的一扇側門，進到了裡間。門又被關上了。胖店員還在盯著少年看，像是認真在琢磨在哪見過他，看得少年都不好意思了。他別過了臉去。少年背後就是那個令他討厭的唾沫橫飛的老頭，他正和剛踏進門來的年輕鐵匠勁頭十足地聊著呢。

「老子怕啥子嘛，老子殺過的人比雞還多吵。」老頭亢奮地說。

少年聽了嚇了一跳，心想，難怪老頭長得一副兇神惡煞的模樣，弄了半天他還是一個殺人無數老東西呀！但他殺過的人，一定都是少年從書本上看過的那些流裡流氣的國民黨匪兵。少年想起了父親對他的那副尊敬的表情，想起了父親對他紅軍身分的介紹，霎時對老頭又產生了高度的好奇，他能想像這個不那麼討人喜歡的老頭，心裡一定裝滿了許多匪夷所思的傳奇故事。於是少年裝作若無其事地看著門外，其實豎起了耳朵，在仔細聆聽老頭在說些什麼。

「來，鄭老伯，我敬您一杯酒！」少年聽得出來，說話的人一準是坐在老頭對面的年輕鐵匠。接著，少年聽到他倆咕嘟咕嘟的喝酒聲，一股濃濃的酒味飄了過來。少年這時有點討厭鐵匠了，因為他的一句話，讓老頭停止了嚷嚷，少年心裡還急切得想知道下文呢。

「哈——。」傳來一聲長長的酒後嘆息。「血哦，那些血糊刺啦的血，滿地都是，流呀流呀……

嚇死人了哦，嚇人，睜開眼看見的都是血，躲都躲不掉嘍，還有滿地滿地的死人吵，堆得像一座座小山包，一坨子一坨子地往下耷拉著吵，那些胳膊，那些腿……耷拉著，滿眼滿眼的……到處都是，躲都躲不掉……」老頭的聲音突然變得喑啞了起來，甚至還裹著一絲哭腔，聽得少年雞皮疙瘩都起來了。這時他看向站在櫃檯後的瘦店員，她正雙手交疊地趴在櫃檯上，一臉麻木地盯著他看。

「我知道你是哪個啦！」瘦店員的頭往上一昂，忽然說。胖店員一聽興奮了，「是哪個？你說他是哪一個嘛？」

「你是那天來過的那位解放軍家的娃崽子，是不是吵？」瘦店員問少年。

少年沒有回答，他也不想回答，迅速地將臉掉了過去，避開了她的審視，可就在這剎那間，他的目光，不由自主地與老頭的目光對視上了。也許是老頭聽見了店員的追問，他正好覷著眼在打量著他，看得少年有點心驚。少年心裡是懼怕這個人的，他很想衝著老頭擠出一個微笑，以緩解此時此刻驀然襲來的緊張，可他竟沒笑出來，臉像是僵住了。少年就那麼呆傻地望著老頭，不知所措。

年輕的鐵匠這時也看向了少年。「這人我們不認識。」他說，晃了晃頭，就像是腦袋裡灌滿了沉重的鉛水似的，竭力想一股腦地將它甩開。

「認得的。」老頭突然說。因了喝多了酒的緣故，老頭的眼白都是通紅的，目光渾濁，但仍像一把利劍般地刺向了少年。也不知為什麼，少年從他血紅的眼球裡看到了殷紅的流淌著的鮮血，忽喇一下盈滿了他的視線。少年暈眩了一下。

「老子見過你啵？」老頭厲聲問，「在哪見過的吵？你說！」他說出來的話是不連貫的，甚至有點莫名其妙。少年瞠目結舌，不知道該如何回答他了。

胖店員「咯咯咯」地笑出了聲。「哪兒見過的吵？鄭老頭，又喝醉了喲！在我們這裡見過的吵。」

「打亂子胡說。」老頭紅眼一瞪，下巴頦的那一綹灰白的小鬍子直翹了起來，「老子見過這個瓜娃子！在哪見過吵？你告訴老子好啵！」

少年覺得，眼前出現的鮮血之幻覺，正在漸次褪去，視野中又變成老頭的那張扭曲變形的面孔了。他已經沒有退路了，從眼下的情形看，他只能回答，否則老頭還會窮追不捨。

三

「在這見過。」少年囁嚅地說，「是這裡見的。」

「我說的嘍！」胖店員公鴨似地咯咯地笑了，有一絲得意，像是意外地中了一個頭彩似的。

「酒。」老頭瞪著眼乾嚎了一聲，「快拿酒來。」他舉起了喝光的空酒壺，倒懸著晃了晃，罵罵咧咧地沒完沒了。

「喝多了吵，鄭老頭，不能再喝了。」瘦店員板起面孔說。

「不能罵人！」瘦店員瞪起了眼，看著他。

「你……你媽……嘞個……屁……屁！」

「罵人？」老頭這時搖搖晃晃地站起了身，突然閃了一個趔趄，像是被人猛抽了一鞭子。「老子他媽罵……罵了個……啥麼子嘛？」

鐵匠也站起身來了，上前攙扶著老頭。「鄭老伯，您坐下，有事坐下說。」說著，向瘦店員飛了一個眼神。

「老子當年出生入死打仗時，你們這些龜孫子們在做啥子嘛？你們說，做啥子嘛！」老頭這時已被鐵匠摁在了桌上，他在掙扎，揮舞著手臂大聲說。「老子就要喝酒吵，拿酒來！」

「給老伯上點酒，算我的。」鐵匠說。

「到時又要耍酒瘋了吵。」瘦店員嘴裡嘟囔著，胖店員則從櫃檯裡繞出來，從鐵匠手中接過空酒壺，又回到櫃檯內，不情願地從身後一張條案上放著的深赭色陶罐裡，用一竹勺，舀出了一些高粱酒來。濃烈的酒香味迅速瀰漫了整個店鋪。老頭顯然受到了酒精的刺激，享受地咂巴了一下乾裂的嘴唇。

「你是好人！」老頭醉醺醺地說，「好人……」眼神變得更加地迷離了。

「誰是好人？」胖店員將酒壺重新遞給鐵匠後，雙臂又擱回了櫃檯上，笑眯眯地瞅著老頭問，嘴角擠出了一絲嘲弄。

「說，誰是好人？」老頭一拍桌子，大聲問。顯然，他忘記了這句話出自自己之口。「誰？誰是好人？」他固執地追問，四下裡看了看，像在尋找那個好人，他就藏在小店鋪的某個旮旯裡。但他終於失望了。「好人……在哪裡喲？」他迷糊地說，又從桌上伏下身去，好像要尋找的那個好人，就藏在桌子底下，沒一會兒，他的眼神又迷惑了。瘦店員開始大笑。

「這龜孫子是誰？」伴隨著瘦店員的笑聲，老頭渾濁的目光又落在了少年的臉上，那種感覺就像他從來沒見少年似的。倘若不是為了等待正在裡間爆炒的肚片，少年一準會轉身逃離，因為老頭瞪眼看他的模樣實在有點嚇人。

「你剛才不是問過他了嗎？忘嘍？」胖店員嬉笑地調侃說。

「你閉嘴，聽到？閉……嘴。」老頭臉色一凜，嚷嚷了一句，又看向少年，「她說老子剛才問過你啥子嘛，聽到了啵？」

少年也不知該如何回答，心裡發怵，又覺好笑，他發現鐵匠在向他偷偷地擺手，他這時就站在老頭的身後。

「沒有。」少年說，「你沒問過我。」

老頭兀自笑了，先是幾聲怪異的乾笑，接著是狂然大笑，笑得渾身都像在抽筋。「這瓜娃子是個好人！來，跟老子乾一杯。」說完，抖索著手，拿起酒壺往酒盅裡盛酒。少年知道這是鐵匠剛喝過的酒盅。不大的酒盅很快就溢滿了酒，流了一桌，老頭伏下頭，伸出舌頭湊向桌面，舔吸和追趕溢出的烈酒。鐵匠見狀，趕緊拽起他，可被老頭甩開了。

舔乾淨了。老頭揚起了臉來，滿足地嘿嘿樂了幾聲，用衣袖抹了一把滴酒的下巴，神情快樂，搖晃了一下身子後，又擎著酒壺往酒盅裡倒。酒水又一次流了出來。鐵匠眼疾手快地一把搶過酒壺。

「夠了。」鐵匠說。

「過來，陪老子喝一盅。」老頭衝著少年喊。

少年還是站著沒動，腦子裡霎時一片空白。「過來呀！」說著，老頭撅起屁股要去抓少年，可坐在椅子上的身子趔趄了一下，撲了一個空，又一屁股坐回了原位，打了一個重重的酒嗝。他閉了一會兒眼睛，似乎要養養神。但很快又睜開了，手忙腳亂地抓起了剛才倒滿的酒盅，掙扎著要站起身來。他的手一直在發抖，酒盅亦在不停地在他手中搖晃，內裡的酒水便跟著潑灑了出來。鐵匠快步過來，接過了老頭手中的酒盅，遞給了少年。

少年一開始沒接。他在猶豫。少年覺得這是強人所難。儘管他在農村時與知青們一道偷喝過燒酒，甚至大醉過一次，還引來知青大哥哥們的一通嘲笑，但他不想和這位醉態龍鍾的老頭喝，他心裡頂不喜歡這位醉醺醺的老頭。

「沒關係，你先接著，有我呢。」鐵匠湊在少年的耳邊悄聲說，給了他一個鼓勵的眼神。少年只好伸手接過了，身體僵硬地站在一邊。

「老子就知道這個瓜娃子有種，有種，好！嘿嘿。」老頭一邊打著酒嗝，一邊快樂地笑著，伸出了一個大拇指，身體還在晃著呢。他的外地口音很重，大大咧咧地拍著桌子，隨即發出了一聲聲嗵嗵嗵的巨響，他在招呼少年在他身邊坐下。

少年這時還是站著，心裡仍在惦記著他的那碗炒肚片。怎麼還沒炒出來？少年心想，他多麼希望能儘快地端出來，以便讓他儘快地脫身逃離。可他現在的處境卻是進退兩難。少年為難地看了一眼一直在笑的胖店員，她眯縫著眼，多出一塊肉的下巴頦抬起，示意他過去：「沒事的。」她說，「不用怕哆，其實他是一個好老頭喲。」

少年只好戰戰兢兢地過去坐下了，挺直了腰板，那杯酒還僵硬地端在手裡。手有些抖。老頭迷迷登登地看著他笑，一種怪異的扭曲的笑。笑過一陣之後，老頭突然說：「你見老子醉了，是啵？」少年抿緊嘴沒吭聲。「你喝。」老頭忽然不笑了，認真地說。少年還是坐著一動不動。老頭顯得有些失望了，使勁地拈了一下下頷的那一撮泛白的髭鬚，像是在琢磨著什麼事，目光開始游離。他嘆了一口氣，「男人是不能沒有酒的哦。」他喃喃低語地說，那副樣子，又不像是在對少年說。他伸出嶙峋的五指，看也不看地往桌上抓了一把，結果抓了一個空。桌上什麼也沒有，老頭的眼睛瞪大了。鐵匠彷彿明白了他想要什麼了，將手中的酒盅遞了過去。老頭看也不看的一飲而盡，享受地「哈」了一聲。

「好酒！」老頭嘆道，雙臂伏在了桌上，腦袋亦埋在了胳膊裡。少年求救般地看了鐵匠一眼，想趁機溜了。這是一個機會，少年想。鐵匠只是在笑，再看瘦店員，亦在輕笑。少年起身了，把酒還給了鐵匠。

「我的肚片好了嗎？」少年問瘦店員。

「噢。」瘦店員彷彿這才想起了少年的那碗肚片，不無歉疚地看向他。「我去看一下子嘛，差點忘了哦。」她說。她向緊閉的那扇門走去，敲了敲：「好了啵？」她大聲問，又敲了敲門。

沒動靜。少年急了，「我不要了。」他說，「不要了，我要走。」正說著，那扇小門彷彿聽話似的「咯吱」一聲敞開了，廚師模樣的男人閃了出來，手中端著少年拿來的那個白瓷碗，裡面盛著熱氣騰騰的炒肚片。「好了喲。」胖店員在一旁說，眼睛笑得快眯成了一條縫了。「久等了吵。」廚師說，「你曉得不，這是我臨時從外面買來的豬肚哦。」少年沒再說什麼了，從兜裡掏出事先準備好的五毛錢，塞到了胖店員手中，端起肚片拔腳就走，他覺得現在離開正是個好時機。

四

當少年轉過身時，他呆住了，那個酒醺醺的老頭，正直不愣登地盯著他看呢。「把錢還給他吵。」老頭說，「還他好啵。」說著，老頭從口袋裡摸出一把硬幣，看也不看「哐噹」一聲甩在了桌上，有幾個零子隨著這一聲爆響滾落到了地上，在地上叮零噹啷地打著漩兒。「算我的，我還要跟這個瓜娃子喝酒吵。」

「我不會喝酒。」少年終於開口了。「不會喝！」他強調了一句。

「啟明，去……讓這瓜娃子坐下，好啵？」少年這時才知道鐵匠的名字叫啟明。他看著啟明。啟明站著沒動，有些為難地看著少年。「聽到了嗎？」老頭把桌子拍得「劈啪」山響。他生氣了。少年又不知道該怎麼辦了，他怕就這麼溜開，老頭還會過來攔住他。

「坐下吵，吃過飯了啵？老伯請你吃，好啵？」老頭口氣這時變得溫和了，少年發現他的目光中還噙著淚水，便有些奇怪了。「來，陪老伯喝一杯。來，喝！」他又衝著站在櫃檯後面的店員扯了一嗓子：「再上點白米飯，算老子的。」

少年知道自己走不了了，知道今晚在劫難逃，他身體僵硬地被啟明幾乎是拖著拉到了桌邊，又一次坐下了。啟明拿來了一個酒盅，幫少年斟上酒。

「娃子，我知道你怕老伯，很多人怕我。」老頭說，臉上的表情看不出究竟是在笑，還是在哭，他的眼角還含著一絲淚光。「娃子，你真的會怕老伯嗎？」說完，老頭重重地嘆了一口氣，「很多很多人都死了，一個個就像你這麼大的瓜娃子。」老頭突然說，眼角的淚水一下子滾落了出來。「都死了，一堆堆的像小山一樣高！」他哀哀地說。

「來，娃子，跟老伯喝上這一口。」

少年看得出來，老頭在拚命地抑制自己，他一隻手端起了桌上的酒杯，另一隻手則托著杯底，站起了身。少年這時只覺得頭皮發麻，有一種說不上來的情緒在浸潤著他，只好學著老頭也站起身，端起了杯子。老頭的眼神變得深沉了，向他點了點頭。

「這杯酒，我要敬我死去的戰友，我鄭大壯從沒有忘了你們。」說完，老頭將酒杯一斜，手托著，將杯中酒沿一條弧線潑灑在了地上。少年看著，也學著老頭將酒灑在了地上，儘管他根本不清楚，究竟在表達什麼。

老頭這時已然淚流滿面了。

「我為什麼還活著，可他們都死了？」老頭哭嚎地說。「走了，那麼多人都走了……我們師長，你交我的任務我沒完成好呀！」老頭沒再說話了，只是捂著臉，嗚嗚地哭上了。少年的胸中，突然湧來一陣感動。

少年第一次這麼近地和一位當年的老紅軍坐在一起，可他又覺得眼前的這位老頭和他想像中的紅軍不太一樣。紅軍會是他這種樣子嗎？少年的心頭一直在糾結著這個念頭。那他究竟是個什麼樣的人呢？他是什麼時候當上紅軍的？還有，他說的那些死去的戰友，又到底是怎麼回事？少年這時相信了，這位行為怪癖乖戾的老頭，心裡藏著許多他所不知道的故事。

啟明默默地坐下了，表情凝重。這時瘦店員送來了幾個小碟，還配上了點花生米。

「鄭老伯，您不要太傷心了！」少年也不知怎麼就突然冒出了一股勇氣，對老頭說。啟明看了他一眼，「你不用安慰鄭老伯，他一會兒就會好的，我曉得的。」他說。說完，又給老頭斟滿了酒，然後端起了酒杯：「鄭老伯，來，我們乾了。」老伯抹了一把臉上的淚水，一昂脖子，舉杯說：「乾！」啟明示意少年也端起酒杯。

他們一道將杯中酒一飲而盡了。少年覺得烈酒下肚後有些灼心，他咂巴著嘴，哈著粗氣。「快吃點東西，娃子。」老頭說，他夾了一點肚片送到少年面前的小碟裡，「吃吧，娃子，喝了酒你就是一條漢子了，是個男人，就不能沒酒的吵！」他說。

少年注意到老頭的口吻變得親切了起來，他甚至覺得老頭的大腦此時異常清醒，這讓少年多少有些詫異。冒著熱氣的米飯也端上來了，老頭開始用筷子扒拉米飯，嘴巴咂巴得山響，像一頭餓極的荒野之狼，完全屬於典型的農民式的吃相。少年突然想樂，但他很快就抑制住了，他知道自己不能笑。

老頭剛扒上幾口，又斜眼瞅了少年一眼，「嗯」了一聲，讓他也跟著一塊吃。少年拿起碗亦扒拉了一口。老頭舒心地笑了：「你是一個好娃子。」他說。一股酒氣，順著他大張的嘴瀰漫了出來，他又昂頭喝下一杯酒。少年發現老人根本不是真的要吃飯，而是在貪戀杯中酒。那碗熱氣騰騰的炒肚片，很快就被他一人夾光了。

少年看著心疼。他還沒顧上吃幾口呢！沒辦法，趕上今晚倒楣了唄，少年心想。他還是想離開這裡，但又知道沒法一走了之。啟明默默無聲地陪著老頭喝著，不時衝著少年友善地笑一下，表情有些尷尬，大概是覺得過意不去，畢竟他們將少年的炒肚片攫為己有了。「老伯喝點酒腦子就糊塗。」鐵匠附在少年的耳邊悄聲說，「你莫介意！」少年只是點頭，他忽然對這位被喚作啟明的鐵匠有了一份親近感。

沒過一會兒，胖店員又端來一盤炒芥菜。少年有些納悶，看著胖店員，可她沒有表情地轉身離去了。少年又看向瘦店員，她還是一臉的麻木，望著牆壁發呆。

「沒事，是我要的。」啟明說，「吃吧。」

「他是一名紅軍？」少年終於向啟明問了一聲。他是壓低了嗓門說的。

「說什麼？」老頭突然說，眼神發直地瞪著他們，「你們在說我麼？」

「沒說，沒說。」啟明笑了笑，哄著老頭說，「您喝您的。」啟明趁機看了少年一眼，向他眨了眨了眼。少年就沒法再問下去了。

待少年吃飽時，老頭已經爛醉如泥了，開始說起了胡說，一再梗著脖子辯稱自己沒醉，嚷嚷著還要酒喝。啟明向店員丟了一個眼色，意思是不能讓他再喝了，然後哄小孩似地哄著老頭，可他還在高聲地嘟嚕著什麼，手臂大弧度地在空中揮舞。

少年發呆地坐著。現在的他，已經有些適應老頭的胡鬧了。桌上的碗碟已被店員收拾走了，包括他自帶的那個白瓷碗，凌亂狼藉的桌面也已擦乾淨了。少年在等著他的白瓷碗，等著它從廚房裡洗好後再送回到他的手上，這樣，他就能離開了。他覺得有些累了。

就在這時，老頭的嘴裡在呼喊一個人的名字，少年最初也沒太在意，只是覺得老頭有點兒可笑，他東倒西歪硬撐著要站起來，被啟明強行地摁在了凳子上，他是怕他一不小心會跌倒在地。

「晨英……晨英吶，我會去救你出來，會，相信我……」老頭說，「我答應過師長的，晨英……」他一直在激烈地呼喊著這個名字，一遍又一遍，眼中的熱淚又一次奪眶而出，涕泗滂沱，嗓門亦變得嗚嗚的了。

少年忽覺老頭喊出的名字有些耳熟，不禁激靈了一下。咦，這人是誰？我在哪兒聽說過這個名字呢？少年拚命地回想著。胳膊肘被人碰了一下，少年抬起臉，白瓷碗已送到了他的眼前，是胖店員送來的。「拿走吧。」胖店員說。少年從她手中接過，站起了身，向門口走去。

「你等等。」背後傳來一個聲音，少年知道是啟明在喊他，他回身看著啟明。「你等會兒再走，好啵？幫我個忙，我們把老伯攙回家，要不然他一個人回不去的，他醉了，只能我們送他回去。」啟明的臉上掛著一絲歉疚。少年稍稍遲疑了一下，又看了一眼爛醉如泥的老頭，覺得不好推辭，無奈地點了點頭。少年將手中的碗又擱在了櫃檯上，瘦店員順手接過，會意地點了點頭。「先擱這，去吧！」她說。

少年也不知道為什麼就這麼輕易地答應了啟明，他覺得自己其實是想要儘快離開的。他感到了荒謬。

五

剛一出門，老頭就「嗷嗷」地大吐了起來，像攤爛泥似地差點癱軟在地，好在有少年和啟明在架扶著他，但他的身子，還是不聽使喚地出溜了下來，蹲在地上嘔吐不止，嘴中的穢物，狂風驟雨般地噴射了出去，強烈的酒臭在冷風中顫慄著，又擴散開來，彷彿空氣都因此而改變了味道，亦成一無形的醉漢。他一邊吐一邊嘶聲喊叫：「晨英吶……我會豁出命來救你……你等著我！」少年忍受著刺鼻的酒臭味，這股味道讓他有了一種反胃般的噁心，但沒辦法，他還脫不了身。

「讓你委屈了。」少年隱約聽到啟明在說。這時的少年，腦子裡還在搜尋晨英這個他彷彿熟悉的名字，他越來越相信，肯定是在什麼地方聽說過這個名字。可是在哪聽到過的呢？此時的記憶像團氤氳的迷霧，顯得虛無縹緲，如同這夜晚的颼颼冷風，行蹤無定，那點殘存的關於這個名字的印象有時似乎離得很近了，觸手可及了，可當他試圖攫取它時，它又遽然遠去了，宛若消失在了那一片迷濛的夜幕之中。

他們就這樣攙扶著老頭，一路跌跌撞撞地去了他的家。少年發現老頭的家住在城鎮的北邊，他們尚須先穿過一個清代建造的大觀樓的拱門，然後步入由青白的大條石鋪設的一長溜由高向低的石階，走到底，便是靜靜流淌的錦江了，能聽見江風的呼嘯，就像是有人在調皮的吹著口哨，嗚嗚響著。銜接城南城北的便是這座如同臥龍似的浮橋。

少年第一次見到浮橋時就被震撼了一下，它橫跨大江南北，說不上氣勢如虹，但足以讓人有種天高地闊的感覺，有一種天地遼遠的浩蕩之嘆。浮橋經由一隻隻木船相銜接，船體與船體之間架設著一塊塊杉木大板，左右兩側亦設升高幾尺的護欄，是由上下兩根圓粗的原木鑲嵌在木樁上的，木樁被蟒蛇一般粗大的麻繩緊緊的綑綁著，顯然是為了預防船體隨波漂移，這就使得這座別開生面的浮橋，看上去像一雄峙江面、絕世獨存的奇觀異景。船體外表的漆皮已然斑駁脫落了，無意中洩露了它年代的久遠，彷彿在提示消逝了的歷史的年輪，一腳踏上時還會有一點悠蕩之感，人亦顯得有些神思飄搖了，就像微微蕩漾的秋千一般。少年喜歡走在浮橋上，他覺得悠悠然地行走在橋面上，竟會萌生一種童話般的奇幻感。

過江沒走多遠，就快到老頭家了，它座落在一個微微隆起的小山包上，那上面蓋了幾幢稀稀拉拉低矮簡陋的小樓，在暝茫的夜色中影影綽綽地聳立著。

啟明一手扶著老頭，另一隻手開始敲門。很快，少年聽到了細碎的腳步聲。房門「吱呀」一聲開了，一道亮光洩洪似地迎面撲來，讓少年感到了一絲溫暖，就像這微暝的燈光，裹挾著一股奇異的溫度似的，少年知道那僅止是一個幻境。門內閃出了一張臉，因了背光，少年一時還沒能看清那人的長相，但她隨即發出的細潤略帶點兒沙啞的聲音，還是讓少年了然了這是一位年輕的女子。

「回來啦！」女子說，沉默了一會兒，她俯下身去觀察老頭：「爸，又喝醉了吧？」

「胡說，老子沒醉。」老頭嘟囔道。

老頭已經很長時間沒說話了，只是在微喘，少年還以為他已經睡著了呢。

「好，好，您沒醉。」女子說，搶上一步替換下了少年，和啟明一道將老頭小心地攙扶到了屋裡的一張竹榻上，榻上還鋪了一條毛絨絨的綠色軍毯。老頭身子跟著一軟，躺倒了上去，大口大口地呼哧帶喘。

少年隨後也進了屋，落寞地站在屋子的中央。少年現在無事可做了，他無聊地打量起了這間屋子。

屋內的陳設簡陋質樸，屋中央支著一張八仙桌，圍繞著桌子擱著四把圓凳，正面牆的中間支著一個三斗櫃，上面擱滿了毛主席的「紅四卷」，還有小紅皮的《毛主席語錄》，桌子上方懸掛著兩幅畫像，一幅是偉大領袖毛主席的標準像，另一幅則是毛主席在天安門城樓接見紅衛兵時的畫像。毛主席在城樓上揮舞著軍帽，旁邊站著的是他的接班人——瘦弱謙卑的林副統帥。毛主席神采奕奕地雄視遠方，臉上容光煥發；畫像的兩邊，分別垂掛著紅紙寫下的兩幅對聯：「四海翻騰雲水怒，五洲震盪風雷激。」上幅則是「敬祝偉大領袖毛主席萬壽無疆！」

少年漫不經心地看著，直到有人在邊上說：「謝謝你了。」這才扭身看去。是他剛才見過的那位姐姐，背後垂著兩條細長細長的大辮子，她手中不知什麼時候已端上了一杯冒著青煙的熱水。「來，喝點熱水吧，天冷。」她說，笑吟吟地定睛看著他。

少年接過了熱水，甚至忘了說聲謝謝，他好奇地打量起了她。

「咦，好像沒見過你喲！」姐姐說。她的聲音宛若經由清水的浸泡、又讓細沙粗粗地摩挲過一般，夾著澌澌的沙啞聲，還帶著一點點低沉的喉音，眼神透出些許的稚氣，但她的面部表情卻已然是一大人了，矜持而沉靜，只是她發出的嗓音與這副面孔搭配在一起時，在少年眼中顯得有些怪異而已。少年一時還猜不出她大概有多大了，但能隱約看出她其實比自己大不了幾歲。少年注意到女子眼神中會不時地發出一道亮光，而且她在定睛看著他時，目光的背後似乎還隱藏著一絲審視。

「我以前也沒見過他。」啟明說。他站在不遠處瞄了那位姐姐一眼，好像已然知曉她想要瞭解什麼。

「你是哪來的？」姐姐問。

「農村。」少年說。他不想說出自己的真實身分，所以他採用了含糊的說法。

「農村？」姐姐輕笑了一下，但利刃般的目光，還是駐留在了少年的臉上，像是要把他看穿似的。少年低下了頭。啟明走了過來，遞了一碗熱水給姐姐，她稍微猶豫了一下，接過，低低地道了聲謝。少年發現啟明微微一怔，臉上飛快地掠過一絲沮喪，瞥了一眼少年。少年趕緊將目光掉開了，他覺察到氣氛似有一絲尷尬，他也不知道為什麼竟有這種奇怪的感覺。

「你又讓我爸喝酒啦？」姐姐看向啟明，問。

「沒有，沒有。」啟明慌亂地說，「是鄭老伯自己要喝的。」啟明顯得有些委屈：「我只想陪陪他，我怕他喝多了。」

「可他還是喝多了！」姐姐輕輕嘆了口氣。

啟明像是受到責備似地臉漲紅了。姐姐轉過身，去了老頭的身旁，站立了一會兒，又默然無聲地在他邊上坐下了，凝神看著他。老頭還在呼哧呼哧地大喘著，眼微閉，嘴裡嘰哩咕嚕地說著誰也聽不懂的胡話。

少年發現姐姐看向父親的眼神有一點古怪，剛才跟他說話時的那份冷靜矜持消失了，竟流露出一絲溫柔的憐愛，就像一位慈母在打量自己的孩子，眼波亦如秋水蕩漾。啟明無聲地走了過去，在她的身邊站定了，似乎不太敢緊靠著姐姐，有意拉開了一點距離，他先是略顯尷尬地看向老頭，很快地又將目光悄然落在了姐姐的臉上，凝然不動了。少年覺得啟明的眼神也是怪模怪樣的，有一種說不上來的東西在啟明的眸子裡靜靜地流淌，閃爍不定，一如風中搖曳的燭光，時隱時顯。

少年覺得待在這裡有些多餘了，時間亦有些晚了，他想向他們道別，可他們的注意力都放在了昏昏沉沉的老頭身上，就像他根本不存在似的。他轉過了身，獨自向大門口走去。他步子邁著極小心，竟然笨拙得像一木偶，生怕腳步聲大了會驚動別人。他躡手躡腳地走著。快到門口了，少年的心裡居然泛起了一絲喜悅。

少年伸出的手，就要觸摸到虛掩的房門時，聽到了背後傳來的腳步聲，一陣風似地刮了過來。

「你要走嗎？」

少年抬臉看去，是姐姐，從容地看著他。少年點了點頭，因為他不知道能說什麼。「謝謝你送我爸回家了。」姐姐由衷地說。少年還是點頭。姐姐笑了，是那種極淺顯的微笑。「你為什麼不說話？」她問。少年又開始不好意思了。這時她的身邊多了一人，是啟明。

「你還沒說過你是從哪來的呢？」姐姐說，「鎮上的人我大都見過，我沒見過你。」說著，她探尋般地看向啟明。啟明搖頭，討好地看著姐姐，那意思分明在說我也不知道他從哪來的。

少年知道不能撒謊了，囁嚅地說了一聲：「我是武裝部的。」

「咦。」姐姐的目光閃爍了一下，露出了少女的神情，少年覺得她突然流露的表情，與她的年齡才是般配的，而在此前，她似乎一直在裝大。「你不會這麼小就當兵了吧，像我爸爸似的？不會吧。」顯然，她對少年的回答極為好奇。

啟明笑了一下。「哪裡嘛，他一定是武裝部的子弟，對啵？」啟明說。

少年也撇嘴笑了一下，是那種不好意思的微笑。

「我說呢。」姐姐說，「我說怎麼沒有見過他哩！」她這話是衝著啟明說的。「他肯定是剛來鎮上的，對嗎？」

「那是。」啟明應聲附和著，笑得舒展，姐姐對他說話顯然讓他非常快樂，眼睛快眯成一條縫了。他一直在盯著姐姐看，眼神特別。

「我要回家了。」少年說。說完，不管不顧地出了門。一陣寒風吹向了他，他哆嗦了一下，趕緊裹緊了衣服。他感到了冷。背後隱約傳來姐姐的聲音：「你也該走了。」

「那鄭老伯呢？」是啟明的聲音。

「你不用管了，有我呢。」姐姐說。

大門「嘎吱」一聲從背後關上了，那一縷從門逢中射出來的燈光霎時熄滅了，少年陷入了一片黑暗中。接著是上門閂的嘎啪聲，有腳步聲向他奔來了，少年沒回頭，他知道是啟明。現在啟明和少年肩並肩地行走了，兩人一時都沒說話，少年埋著頭向前快步走著。

「今天真得謝謝你了。」啟明說。慘澹的夜色裡，他的聲音顯得渾厚低沉。

「謝我什麼？」

「我們把你的肚片都吃了呀。」啟明說，接著，他笑了。

少年這才回想起他的那碗肚片。沒錯，自己沒吃上幾口就讓老頭給搶吃光了，他有些惋惜。一想到這，少年的肚子又開始發空了，他沒吃飽。

「沒事！」少年裝作大度地說。

「他就是這樣！」啟明忽然感嘆了一聲。

「你說誰？」

「他呀！」啟動明瞪大了眼睛。「那還能有誰，剛才是誰吃了你的肚片啦？」他說。「他太愛喝酒了，一喝就高，完了就什麼也不顧了。」

「他真是一個紅軍麼？」少年問，他知道明知故問。

「當然是紅軍。」啟明說，「他肚子裡藏了好多好聽的故事哩。以後讓他慢慢地講給你聽，我看他喜歡你。」

「你跟他在一起，就是因為喜歡聽他的故事嗎？」少年天真地問。

啟明的神色一呆，靜默了一會兒，又擺了下腦袋：「也許吧！」稍停了一下，又說：「哦，也不完全是。」

「那為什麼？」少年問。

啟明的表情又愣了一下，欲言又止。「哦，沒什麼。」他敷衍地說。少年覺得啟明的目光突然變得迷惘了起來。

少年沒再說什麼了，他們已經不知不覺走過靜夜中的浮橋了，再穿過城樓拐過一個小彎，就是武裝部的大門了。少年家距離老頭家僅隔了一條浩浩蕩蕩的錦江。少年向啟明揮了一下手：「我回家了，再見！」他開始了一溜兒小跑。

「喂，你叫什麼來著？」啟明在背後喊了一聲。少年沒有回答，很快消失在了蒼茫的夜色中。

六

少年衝進武裝部大院時，靠在傳達室門口的季叔叔喊住了他。他停下了腳步回頭望去，季叔叔正笑眯眯地看著他。

「這麼晚了才回來？」他說。

「沒晚。」少年說。

「還不晚？」季叔叔笑得更厲害了，「你爸爸不在家，你就趁機找夥伴去玩了吧？」季叔叔說，「來，過來坐會兒。」

少年沒再說什麼，走了過去，與季叔叔一道進了傳達室。少年喜歡季叔叔，在他看來，季叔叔是武裝部院子裡最與眾不同的一個人啦，長得細皮白肉，鼻樑挺直，尖尖的臉頰勾勒出鮮明的面部輪廓，腮幫上的鬍髭刮得一乾二淨，在少年看來，他英俊得像個演員。武裝部的其他叔叔則不是他這樣的，他們總是一臉的鬍子拉碴，臉膛也顯得分外粗糙，說起話來亦粗聲大氣，那些叔叔口音一聽就知是北方人。季叔叔不是北方人，就連季叔叔穿身上的軍裝，給人的感覺都是熨燙得一絲不苟；少年還注意到，在季叔叔敞開的衣領裡露出的白襯衣，亦顯一塵不染，而別的叔叔的領口則滿是一片顯眼的污垢。

有一次，少年忍不住地向父親打聽過季叔叔的來歷，父親先是愣了一下：「你怎麼打聽起他來了？」少年說：「季叔叔好像和別的叔叔都不一樣！」父親樂了：「哦，是不一樣，他是上海人，上海人愛講究。」少年由此記住了父親說過的話，他覺得父親使用「講究」二字來概括季叔叔這個人是準確的，他還想不到使用這類詞來形象地比喻季叔叔呢。

在少年的印象中，季叔叔總是笑吟吟的，而且一旦笑起來，讓少年偶爾會覺得，他像一位婉約的女子在發出迷人的微笑，就好像他從來沒遇上過什麼愁心事似的。少年覺得季叔叔是一位可以親近和信賴的人。

季叔叔領著少年進了傳達室，剛一進門，季叔叔便隨手將大門關上了，少年的臉跟著熱了一下，感到了暖意。屋子裡擱著一盆炭火，木炭被烈火燒炙得一如橘紅色的火球，這讓少年很自然地聯想起了他在農村時一人坐在溪水邊，仰望著黃昏中緩緩沉落的夕陽。

屋子裡氤氳著一股暖暖的熱氣，環繞著少年凍僵的身體，就像是霎時為少年裹上了一件厚厚的棉襖，少年這才意識到，剛才在外面頂著夜風行走有多麼地寒冷了。

「坐這吧！」季叔叔說。

他們坐下了，圍著炭火。炭火燃得不太旺，季叔叔拿起火鉗撥拉了一下，盆內隨即冒出了一股嫋嫋青煙，又升騰起了幾片羽片般的炭灰，在空中輕揚地飄浮著，有一片居然飄落在了少年的眼瞼上，少年眨巴眼睛時覺得有東西在硌著自己，他輕揉了一下眼皮。

「把腳搭在盆架上，這樣烤著腿腳會很舒服。」季叔叔說。「瞧，像我這樣。」季叔叔在炭架上示範式地跺了跺腳。少年瞄了季叔叔一眼，心想這我知道，不用你說，但他還是將雙腳架了上去。「噓，別太靠近，小心烤著了褲角。」季叔叔笑說。少年又將伸出的腿往外挪了挪，雙手懸空地擱在炭火的上方，感受到了炭火灼烤的溫暖與愜意。僵硬的身體像要被融化了似的。

「這麼冷的天，幹嘛去了？」季叔叔問。

「打菜去了。」少年說。

「打菜？我們不是有食堂嗎？」季叔叔說，眉角微微地上揚了一下。「哦。」季叔叔輕笑了一聲，「對，我看你走時還拿著一個碗。」

「我愛吃肚片。」少年嘟囔了一聲。

「你爸爸臨走前讓我多關照你，我想若若也不是一個調皮搗蛋的孩子。」

「我不是孩子了。」少年說。

「呦呵，若若還要當大人了？」季叔叔嘻笑地說。「你還真沒長大，上幾年級了？」

「初二。」少年說。他學著季叔叔樣兒拿起了火鉗，在火盆裡搗鼓著，橘色的火焰驀地升騰了起來。

「我不喜歡別人說我是孩子。」少年又說，目光卻盯在了燃燒的火苗上，他覺得冷天看著火光是一種享受，那火光也照亮了他的臉。「那個老頭像我這麼大都當紅軍了呢！」少年說。

「你說誰，哪個老頭？」季叔叔納悶地問。

「那個老紅軍呀。」

「哪個老紅軍？」

少年想起了那天老頭大鬧武裝部的情形，他記得季叔叔當時就站在一旁看熱鬧，還是他把爸爸叫出來的。「就是那天來武裝部找我爸爸的那個老頭。」

「他呀！」季叔叔想起來了，「他很有故事吵。」季叔叔呵呵樂著，就像在說一位好笑的人似的。

「他怎麼了？你知道他的故事嗎？」少年說。

「你想知道？」季叔叔停止了微笑，抬起臉看向少年。

少年沒有馬上回答，他也不知道該怎麼回答，少年也覺得奇怪，為什麼自己這麼想瞭解那個老頭的故事呢？

「他是一個古怪的老頭！」少年說。

「古怪？為什麼你會這麼說他？」季叔叔問。

「說不好，就是覺得好像紅軍不是他這樣的。」少年說。

「哦。」季叔叔又笑了，「你是見他喝醉酒說胡話了吧？」

少年默然了，點了點頭。

有人敲門，季叔叔起身將門拉開了，一股冷風灌了進來，跟著是一個人影閃了進了屋。「在……在這呢！」來人說，一臉的微笑，「我說去哪……哪了呢，原來在……在這，我還……還一直等……等你呢。」

進來的人是羅師傅。

「羅師傅。」少年喊了他一聲，「你找我？」

「你爸爸走……走前安……安排我讓你吃好，你……你怎麼拿了碗一跑就……就沒……沒影了呢？吃了飯……飯嗎？」

「羅師傅來找過你好幾趟了。」季叔叔說。「羅師傅你坐。」季叔叔又搬來了一張木椅，讓羅師傅坐下。「不坐……了……不坐坐……了，我就是來找……政……政委的孩子，看吃了沒有，這大冷天不……不吃飯可……可不行。你吃……過了嗎？」

少年很想說自己吃過了，可抗不過肚子又在咕咕的叫喚了，他的確感到了飢餓。「還有飯嗎？」少年問。

「還真……沒……沒吃！留著呢，我這……這……就拿去，在蒸籠裡還熱……熱著呢，你等著。」說完，羅師傅樂顛顛地走了。

屋子又剩下季叔叔和少年了，季叔叔叼上了一支煙，用火鉗夾了一根燒紅的火炭，點上，又將火炭放回了盆裡。「你跟那個老紅軍聊天去了吧。」季叔叔審視地看著少年，問。

「嗯。」少年承認了，「他說他打過仗。」少年說。

「我瞭解得也不多。」季叔叔抽了一口煙說，「聽說他是四川籍的老紅軍，提前離休後主動要求來我們縣安置代管，關於他的事有各種傳說，什麼樣的說法都有，我們也搞不清，你爸爸來縣裡後他常來找，說是要解決什麼政策問題。」

「什麼政策？」少年好奇地問。

「我們也搞不清楚，但聽說這個被要求的政策還不是為了他自己。」他停頓了一下，看著少年，像是在沉思。「聽說是為了一個什麼女人，我看你爸爸也挺為難的。」

「女人？」少年一怔，瞪大了眼睛，隱隱覺得這個女人與老頭在酒後呼喊的那個叫晨英的女人有關聯。那麼，這會是一個什麼樣的女人呢！她和老頭又是什麼關係呢？少年沉思著，她覺得這個女人，不大可能是他剛見過的那位姐姐，畢竟看上去她比他也大不了幾歲，她這個年齡的人，不大可能涉及什麼政策問題。那還能有誰呢？少年越來越覺得蹊蹺了。

「你知道是哪個女人嗎？」少年問。輪到季叔叔搖頭了：「不關我們武裝部的事，這是縣革委解決的問題，我們也不問，你問你爸爸就知道了。」季叔叔說。

少年知道自己無法向父親打聽，父親一向守口如瓶，從不會對他說起工作上的事。少年有些失望了。羅師傅來了，帶來了米飯和炒菜，裝在了一個金屬殼的保溫筒裡。

「快吃……吃吧，趁熱吃。」羅師傅熱情地說。

七

少年告別了季叔叔，快步往家裡走去。

在炭火邊時，他一點也沒感覺到冷，可一出門，就打了一個寒噤，感到了天寒地凍。就在剛才，他還希望能從季叔叔的口中，多瞭解一些老頭的情況呢。他也搞不清為什麼竟會對一位萍水相逢的老人產生這麼大的興趣，他試圖弄明白，但最終發現還是徒勞的，只好放棄了，不再去想它了。

少年在寒風中縮緊了脖子，把棉衣裹得嚴嚴實實，三步併作兩步地跑回了家。此前，他還後悔出門時沒將父親送他的軍大衣裹在身上，那件大衣足以幫他抵禦風寒，其實離家沒幾步路了，他知道都是讓炭火給鬧的，從一個溫暖的燃放著炭火的室內一下子來到了室外，不冷才怪呢。

很快就到家了。他在樓下跺了跺腳，像是要驅除身上的寒氣似的，接著「噔噔噔」地跑上了樓梯。他覺出了腳步的沉重，因為樓梯因了他的負重發出的「吱嘎」聲格外的響亮，人又像是要飄起來了。樓道裡沒有點燈，也沒有燈，他只能黑咕隆咚地摸黑走。但這些路他已然非常地熟悉了。

二樓正對著他的那扇門緊閉著，裡面一絲動靜也沒有，他有時經過那扇門時會聽見裡面傳出的說話聲，他知道那是崔叔叔家的孩子在聊天，可今天沒有。

走完最後一級樓梯了，他側過身，開始用鑰匙打開自己家的房門，是那種掛在倒勾上的大鐵鎖。手凍得發僵，開鎖時顯得有些不利索。「吧嗒」一下鐵鎖開了，他正在取下鐵鎖，身後的門「吱溜」一聲地開了，一道燈光，清泉般地傾瀉了出來，闃黑的樓道一下子被照亮了。少年知道將要出現的人會是誰了。一準是崔燕妮。少年沒有回頭。

「嘿，回來啦？」

少年先推開自家的房門，這才回過臉去。崔燕妮臉部背著光，只能依稀看見她臉上的表情，似在微笑，笑臉在陰影的映襯下顯得有些詭異。

「回來了。」他說，重新又轉過身，徑直走回自己的屋子，他還在猶豫，要不要像平時那樣順手將自家的大門關上，可崔燕妮還站在他家的門口，這樣就顯得不禮貌了。

「就這麼走啦？」崔燕妮說，移過身子，倚靠在了少年家的門框上。

少年拉開了家裡廳堂的電燈。漆黑的屋子一下子亮堂了起來，心也亮了，他覺得舒服多了。他回身，再一次地看向崔燕妮。她還在似笑非笑地定睛望著他，目光閃爍。少年突然覺得心臟激跳了一下。

「不想上我家來坐坐？」崔燕妮歪斜著腦袋問。

「你弟弟呢？」少年說。他知道自己答非所問。平時崔燕妮是和弟弟住在隔壁單間的，她的母親前不久又生了一個小妹妹，少年住在樓上偶爾能聽到孩子的啼哭聲，可能是因為不想讓孩子的哭鬧影響了其他孩子的睡眠，她們家才做出了這樣的安排。

「不在，他跑樓下睡去了。」崔燕妮笑說。

「呃。」少年有些尷尬。他想告訴崔燕妮，自己不想去她的屋裡了，他覺得這樣很不好，再說，和一個不太熟的女孩獨處一室會讓他感到彆扭。但他沒有說，崔燕妮的表情讓他一時還說不出口，這種感覺有點怪兮兮的。

「來吧，給你看樣兒好看的東西。」她愉快地說，「真的好看！」

她的口氣讓少年沒法拒絕了。

「行，那我就坐一會兒。」少年說。

他跟著崔燕妮進了她的屋子。屋裡並排安置了兩張單人床，一張床亂糟糟的，床單是凌亂的，七皺八斜的，中間還積著一團污跡，被子也沒疊，像一堆破爛攤在床角；另一張床則是整潔的，枕頭和被面由花色圖案點綴，一看就是女孩睡的床。兩床之間支著一張跟少年家一模一樣的五斗櫃，靠牆擱著。崔燕妮一進屋，就一屁股扎在了自己的床上，還屈著腳仰躺著像盪鞦韆似的悠蕩了一下，接著「哈哈」了一聲，很快又坐了起來。「好玩嗎？」她快樂地說。

少年還站著，心中的尷尬仍在持續著，多少有些手足無措。「你坐呀，愣在那幹嘛？我又不會吃了你！」又發出一陣「咯咯咯」的笑聲。少年前後左右地看了看，桌前的凳子距離崔燕妮近在咫尺，他如果挪動的話會不小心踫到她伸出的腳，剩下的地方，就是燕妮弟弟的那張凌亂的床了。

他還是沒動。

「坐這吧，膽小鬼，坐。」燕妮嬉笑著，拍了拍自己的床，示意少年坐在她邊上。

少年坐下了。但他坐的是燕妮弟弟的床，這是他所能做出的唯一選擇了。現在他們倆面對面了。

「你爸爸今晚不在家？」燕妮問。

「出差了。」少年說。

「我爸也出差了，樓上只剩下我們兩人了！」燕妮說，意味深長地端詳著少年，「我早就想跟你說話了，可你老裝著目中無人，沒你這樣的。」她說。

「我怎麼了？」

「目中無人唄，你不承認？」燕妮嬌嗔地說。

少年又不知說什麼了。他知道自己並非目中無人，而是燕妮是一個女孩，他從不會主動與一位陌生的女生搭腔，不是出自傲慢，而是他在女生面前從來就不知道該怎麼跟她們交往。他有深深的自卑感，他也不知道這一自卑從何而來，好像自懂事時就開始了，一直在困擾著他。他滿佩服在女生面前無所畏懼的那些男生，他們甚至敢用挑釁般的火辣辣的眼神盯緊了女生，可他不行，女生只要直視著他，他就會心慌意亂。現在的他，籠罩在了燕妮目光的包圍之下，他感到了不自在。

「我要走了。」少年說。他站了起來。

燕妮坐著沒動，臉色卻變了：「你怕什麼，你爸爸又不在。」

少年向門口走去了，他只想趕快逃離這裡，燕妮眼神裡有一種東西讓他感到了不安。

「你真不想看看好看的東西嗎？」燕妮在背後說。

「不看了。」少年心慌地說。

「回來！」燕妮突然說，聲音透著生氣。他走不了。只好轉回身來，看著燕妮。她確實生氣了，臉漲得紅紅的，像是受到了意外的羞辱。「你真是一個膽小鬼！」她咬牙切齒地說。說完，從枕頭底下抽出一本薄薄的小畫本，丟在對面的床上。「你拿去看吧，好玩著呢。」她又「咯咯」地笑了起來，臉上浮出一絲神祕。

少年湊過身去，將小畫本從床上拿了起來，沒翻，只是匆匆掃了一眼，像是一本漫畫書，封面上是一些高鼻子長睫毛形象醜陋的外國人。「謝謝！」他說，轉身走了。

「喂，別讓別人看到。」她小聲地叮囑了一聲。

「哦。」

「千萬別讓你爸爸看到。」

「行。」

「你爸看到準會罵你的，罵了你，你肯定會出賣我的。」燕妮說，笑得更猛烈了。

八

少年離開了燕妮的房間，向家拐去，燕妮的笑聲仍在持續，這笑聲在他聽來頗為放浪。

他匆匆地刷了牙，又從開水瓶裡倒出一些熱水，兌上鐵桶裡的冷水——那還是父親臨走前幫少年打好的水，抹了一把臉，然後回床上脫衣服滅了燈，趕緊鑽進了被窩裡。被子冰涼冰涼的，像是凍上了一塊冰似的。他屈著腳，縮緊身子，瑟瑟顫抖地一動也不敢動，等待著用身體的熱量，將冰涼的被子暖和過來。這是少年的習慣，一入冷冬，他睡覺時都會是這個習慣性動作，對付這類情形，他已經很富有經驗了。

終於緩過一點了。少年開始慢慢地舒展著縮在被窩裡的僵硬的身體，把縮起的彎曲的腿，伸直了一點。這下感覺好多了。頭還埋在被窩裡頭。他從枕頭邊摸出了手電筒，又就手摸來了那本漫畫書。

少年喜歡躲在被窩裡看書，只有在此情境下，少年才會覺得這個世界是屬於他一個人的。這是一種奇異的感覺，他知道即使說出來別人也不可能懂，但少年就是這麼固執地相信，每當這一時刻來臨時，他便擁有了整個世界，就像他小時候和小朋友一道玩捉迷藏遊戲，他藏身於草叢裡，雜草覆蓋了他的身體，也隱去了他的行跡，他嗅到了一股青草發出的濕潤、甜澀的清香，他躲在別人看不見的地方，唯在這樣一種情境之下，他才會覺出心裡的踏實。這種奇異的感受由此延續了下來，但他已經長大了，不可能再像小時候那樣去玩什麼捉迷藏遊戲了，但他還是懷戀童年時將自己藏起來的感覺。此時，把自己埋在被窩裡，就讓少年重返了這種感覺，好像成了他童年記憶的一種延續，一種回應。

漫畫書中展現的，是一些用俏皮生動的鋼筆線條勾勒的高鼻深目的洋人，一個個身形纖細苗條，就像直立著的長蛇一般，男人身裝燕尾服，一律戴一頂怪兮兮的圓頂高帽；女人則一襲長裙裹身，頭上盤著高聳的髮髻，扭著水蛇腰，拋著媚眼，就像迷人的妖精。他們聚在一間寬敞的大屋裡，壁牆下角，還燃著旺旺的爐火，而男女間的對話，是以水泡式的方式標注了出來。那些對話以譯文表達，看著還挺有趣的，充滿了隱祕的欲望的暗示。少年覺得滿好玩的，便津津有味的一頁頁地翻閱了下去。

當進入後半段時，他的心臟像突然受到刺激似地激跳了一下，下意識地閉上了眼睛，既像在迴避，又像是回味。他又睜開了眼，有點不敢相信從漫畫中看到的情景。當他再次定睛看去時，臉騰地一下漲紅了，火辣辣地炙著他，下體亦在蠢蠢欲動了。

漫畫畫著一對青年男女，待在一間臥室裡，那洋女人一絲不掛地仰倒在沙發上，似乎在哈哈大笑，兩條雪白的大腳敞開著——她沒穿褲子，大腳間的那一撮黑色的毛不赤拉的「烏跡」赫然醒目，還有她胸部勾勒的凸起的迷人曲線，讓少年心驚肉跳；漫畫中的男人則背對著少年，看不見表情，他上身還穿著件奇短的衣物，可下半身已然露出了赤裸的誇張的大白屁股，還微微地往上撅著，似乎在向裸女炫耀著什麼。

少年暈了一下，一股湧蕩的熱流，炙燙著他的臉，真像心中燃起了熊熊烈火，火燒火燎地撩撥著他的身體，下體不再聽從他使喚的小東西，正在一點點地充血膨脹，漸漸地翹了起來，變得硬梆梆的了。少年突然覺得燥熱。他一點也不感覺冷了，相反，整個身體就像是一塊砧板上被烈火炙透的生鐵。少年一下子明白了，燕妮在說要給他看一個好玩的東西時，為什麼臉上掛著那麼一副神祕挑逗的表情了。少年現在很想不顧一切地衝過去，敲開燕妮的房門，他能想像接下來會發生什麼情景，一如漫畫中所見的那樣。

少年發現他的額角在開始淌汗了，他騰地一下掀開被子，坐了起來。沒感覺冷，相反，體內還像在燃著一團火。他索性站在了地板上，那種蜂擁而至的欲念，竟是如此不可阻擋地在他的身體裡衝撞狂嘯著，他覺得快要受不了了。燕妮就睡在他的隔壁，他們僅有一牆之隔，他只須壯著膽子衝過去就行了。

在農村時，有一天他喜歡的一位知青姐姐當著他的面，和她的知青男友開了一個粗鄙的下流玩笑，刺激得他不可抑制地升騰起了一股莫名的強烈欲望，整個人忽悠一下就懸空了，身體就像張脆薄的紙片，被人點了火。那位姐姐肯定沒有意識到她隨口說出的那句玩笑話，竟在少年的心中掀起滔天巨浪。

他沒動，他也不敢動，一種更大的恐懼在壓迫著他，他有了一種深重的犯罪感，額角上滲出的汗滴像針尖似地扎著他。

過了一會兒，他還是動了。但不是奔向燕妮的房間，而是來到了窗前。他推開了緊閉的窗戶，一股凜冽的冷風灌了進來，吹向了他燃燒的身體，他哆嗦了一下，就這麼一下，他覺得發燙的身體在慢慢地冷卻了下來。

真冷！少年打了下寒顫，他又重新關上了窗戶，重新爬上了床。

第四章 × 啟明與少年

一

天濛濛亮時，少年醒了，睜開眼，發覺窗外的天色顯得有些不同尋常，濃濃的深灰中，反射出一縷縷的白光；側耳細聽，還能依稀聽見從窗戶的底框邊緣溜進來的風聲，發出細長的蛐蛐鳴叫般的尖嘯，就像有人在隨心所欲地吹著呼哨。

那時少年還不知飄起了紛揚的飛雪，玻璃像被蒙上了一層白霧，結滿了冰凌。他看不清窗外了。

少年是被父親的腳步聲驚醒的。父親向來有早起的習慣，起床後就下樓了，沒過多久又嗵嗵嗵地上了樓，隔著他的房門大聲喊一聲：「兒子，起床上學嘍。」說完，又嗵嗵嗵地走了。

少年這時才會懶洋洋地從暖和的被窩裡爬起來，雖然極不情願，但他還要去上學，這也是沒辦法的事。他一邊掀開被子，一邊噓著粗氣，就像是在為自己鼓勁。天寒地凍時從床上爬起是一件最痛苦不過的事了。

當少年拉開自己的房門時，就會發現父親已將熱水打好了，那是一個鐵筒，裝滿了溫度適中的清水，靜靜地蹲伏在前廳的地板上，冒出嫋嫋熱氣。這一切在少年看來就像是一個父與子之間的例行性儀式——父親清晨起來，幫他從廚房打好熱水，拎回家，然後衝著他的房門吆喝一聲，父親再度離去上班，少年聞聲起床，來到前廳，用熱水洗漱完畢，奔食堂吃早餐，然後上學。父與子之間由此而形成了一種不成文的默契。

自從少年來到小鎮上與父親住在了一起之後，這種有規律的生活方式就開始運轉了。季叔叔曾打趣地問少年：「嘿，你長這麼大了，還要爸爸每天早起為你打水洗臉嗎？你為什麼不能幫爸爸打呢？」他聽了一怔，不知該如何回答了。這個問題他好像還從來沒有想過，父親也從來沒有要求過他，似乎這是一件順理成章的物事，無須置疑，可經季叔叔這麼的一個提醒，讓少年心裡覺出了一點反常，畢竟那是他的父親，作為兒子的他，是有義務承擔起一份責任的。

但少年很快就將這件事情忘諸腦後了，終歸他是不可能比父親早起的，他喜歡大冷天縮在被窩裡貪上一會兒懶覺，不到萬不得已時，他是極不願意主動起床的。而且父親對他做的事亦樂此不疲。

當少年用熱毛巾抹完臉，洗濯完畢後，推開了通往陽臺的門，發現天上飄起了紛紛揚揚的大雪花，雪片像一隻隻上下翻飛的白蝴蝶，漫天飛舞，地上已然落滿了厚厚的一層積雪，開闊的空場上聳立的那一棵棵松柏和老槐樹，霎時變成了老邁的蓑翁。

這是少年來到小城後第一次遇見的雪天，大雪讓他的心境頓時變得亮堂了起來。不遠處已經有幾個小朋友在玩雪仗了，他們的歡聲笑語隨著呼嘯的風吹向了少年的耳畔，少年由此想起了自己童年時打雪仗的情景，那是他孩提時代度過的最快樂的一段時光。

少年來到食堂吃早餐時，見到了同學羅勝利，他先向少年打了個招呼，端著飯碗過來了，坐在了他的邊上。這時羅師傅亦開始幫少年張羅早飯，告訴少年他父親已經吃過了，讓他自己吃好了去上學。

早飯備有一碗稀粥、一個大紅薯、二個肉包子，還有幾碟小鹹菜什麼的，他覷了坐邊上的羅勝利一眼，見他只有可憐巴巴的一碗稀粥和一個紅薯，沒有包子。少年順手將自己的包子遞了一個送給羅勝利。羅師傅見了急忙說：「不……用……用，你吃。」少年沒理會羅師傅的勸阻，執意要讓羅勝利吃他的包子，他不喜歡自己在同學面前顯得特殊，他覺得這樣太不公平。憑什麼別人要跟自己不一樣？少年心裡想。

羅師傅走了。羅勝利說他是一大早來的，是他母親交代他來給父親送一件厚棉衣的。少年只是點頭，他覺得羅勝利不必向他做什麼解釋，他喜歡他來。少年又埋下頭喝了幾口粥，嚼著紅薯。他喜歡吃紅薯，尤其喜歡那種咬上一口便能流出油來的紅薯，他現在吃得就是這種紅薯，這讓他感到了快樂，何況外面還飄著雪花。

羅勝利見周圍沒人了，悄聲對少年說：「王若若，你在班上別告訴同學說我爸爸是武裝部的炊事員，我不想讓人家知道。」

少年抬起眼皮看著他。羅勝利的目光似在懇求。他「嗯」了一聲，心裡卻在琢磨這究竟是為了什麼呢？他一時還不能完成理解。炊事員又怎麼了？他心想，大家都是平等的，父親也常這麼教育他，只有革命工作的分工不同而已。

「同學都不知道我爸爸是武裝部的炊事員。」羅勝利說，他光滑潤澤的臉上泛起了一層發亮的油光。他長得跟羅師傅真是太不一樣了，羅師傅矮小委瑣，而羅勝利則相貌英俊，這父子倆站一起時真是顯得有點古怪。少年心想。

羅勝利手中的那個肉包子沒幾口就吃完了，看上去還意猶未盡，少年索性將剩下來的那個包子也送給了羅勝利。「你吃。」少年說。羅勝利貪婪地看著包子，沒動。「吃吧！」少年說。「那你呢？」羅勝利沒好意思拿。「沒事的，我不想吃了，飽了。」少年說，「如果還不夠我再向你爸要，算我的。」羅勝利這才拿過來吃了。看得出來，他吃得很香。

「你知道嗎？班上的同學都以為我爸是武裝部的幹部，沒人知道他的真實身分，這樣也好，這樣別人不敢瞧不起我了。」羅勝利說，「所以你千萬別告訴別人，求你了。」少年答應了，他知道這是羅勝利的虛榮心在作祟，他不喜歡人是這樣的，他喜歡誠實。但他沒再說什麼。

二

他們走向了武裝部的後門，那是通往學校的近路，推開門就是縣革委的院子了，少年平時上學放學時抄的就是這條近路。

他與羅勝利愉快地聊著天，踩著地上鬆軟的積雪，嘎吱嘎吱地來到了後門邊，羅勝利搶先一步，將大門忽悠一下拉開了。

就在大門敞開的一剎那，少年看到了一位白髮蒼蒼的老人，在低頭掃著積雪，或許是聽到了門的響動，她下意識地抬頭掃了一眼，很快又低下了頭，繼續清掃著門前的積雪，動作機械遲緩。

少年認出了她，她是有一次他放學時見過的那位「叛徒」和「歷史反革命」。就在這一剎那間，恍若有一道照亮夜空的閃電，從少年的腦際飛速掠過，他的大腦轟隆了一下，遽然想起了上次從老紅軍的口中聽到過的名字。當時少年只是影影綽綽地覺得在哪裡見過這個名字，可一時竟沒想起來，為了這份記憶的迷糊，他甚至一度在心裡責怪過自己，以致懷疑有可能記錯了，其實根本就沒聽說過這個名字。

少年緊前了幾步，在老女人面前駐足了，目不轉睛地盯著垂落在她胸前的那塊紙做的大牌子，目光聚焦在了紙牌上。

記憶瞬間被喚醒了——蕭晨英，一點沒錯，這是她的名字，上次在他一瞥之下存留的記憶中，還只是一個糊塗的印象，根本就沒太上心，只是老紅軍的酒後醉語，讓他的心莫名地咯噔了一下，那糊塗記憶，便開始時隱時現地騷擾了他，以致成了一個懸浮在心的疑問。現在一切都渙然冰釋了。那片模糊的記憶，在這塊鮮明標注的大牌子上被驗證了。只是他感到驚奇，那位佝僂著身軀的老紅軍和這個老女人之間，究竟存在著一種什麼樣的神祕關係呢？老紅軍那天在醉酒中好像還說過要救她呢！

可為什麼要救她呢？她不是一個叛徒和歷史反革命嗎？顯然，她也是季叔叔那一天提到過的女人。

一個疑問解開了，接踵而至的卻是更大的疑惑，這是少年事先未曾預料的，它竟然發生得讓他猝不及防。羅勝利在一邊拽著少年，催他走，少年站著沒動，甩開了他的手。

「您好！」少年上前一步說。

正在掃地的老女人隨之一震，遲緩的動作停下了，扶著大掃帚的手竿，身體僵直得一動不動地立著，彷彿凝固在了紛飛的大雪中，她的肩上、頭髮上乃至衣襟上都已沾滿了潔白的雪花。

羅勝利又扯了少年一下，「走吧，她是叛徒，你不能跟叛徒說話。」少年沒理會，只是定睛看著這位像老奶奶一般的老女人。她頭上有幾根蒼蒼銀絲在風中飛舞，臉上聚滿了悲涼的苦澀。少年又走近一步：「您好！」

老女人臉上的表情霎時像被雪化開了一般，勉強地笑了笑。「你是喊我嗎，孩子？」她說，一副難以置信的神情。

「我是在問您好！」少年說。

不遠處，幾位雪地中零零落落掛著牌子的老人正聞聲往這邊偷看，少年亦往他們所在的方向瞥了一眼，他們趕緊又低下了頭，揮著手中的大條帚掃起了地上積雪。「哦，我想起來了，你是縣中學的那個新來的學生，對嗎？有什麼事嗎？」老女人一邊掃著地，一邊說。少年這時看不見她的表情，因為她低著頭。少年啞然了，該怎麼回答她呢？

「您認識一個老紅軍嗎？」少年冒失地問了一句。

老女人的身體像遭了電擊似地僵住了，但只是那麼一眨眼的工夫，她又恢復了常態。她沒有回答少年，繼續掃著積雪，而且像是在故意地背對少年。

「您認識他嗎？」少年不甘心地追問道，「有個姓鄭的老伯伯。」

「我不認識什麼姓鄭的，不認識。」沉默了一會兒，老女人說，語氣生硬而堅定。「你走吧，不要再問我。」

少年怔了一下。他沒想到阿姨竟以這樣的態度回答他。他發呆地看著她。大片大片的雪花從他的眼前緩緩地飄過，靜靜地落在冰冷的剛掃過的硬土上，又融化了。少年覺得臉頰發冷，心裡有些委屈。

少年回過身，落寞地走了。通往縣革委小門的石砌小道，積雪已被清掃乾淨了，地面上還有些滑溜兒，那幾位掃雪的老人們正扶住大條帚，曲身地偷眼打量著他。他沒理會，繼續走著。

「孩子。」背後忽然傳來老女人沙啞的聲音，「我真的不認識你說的那個人。」

少年轉過身看向她，老女人臉上的表情是堅毅的，她直立著身子，凝視著少年。他們的目光彼此對視了一會兒，老女人又向他微微地點了點頭，似乎流露出一絲感激，忽然，她的眼眶中有一滴晶亮的淚光閃了一下，下意識地抬起手臂擋了一下自己的眼睛，迅速低下頭，背過身去，笨拙遲緩地又開始掃起雪地了。

積雪在她條帚的揮動下，揚起了泡沫般的粉屑，四散開來。

「她一定認識那個人！」在踏往學校的路上，少年說。

「你說的那個人是誰？」羅勝利反問。

少年沒有回答，只是加快了腳步向前走著，心裡糾結著的那個謎團更加濃厚了，他隱約覺得，這裡面一定藏著不為人所知曉的驚人祕密。

「她是誰？」少年問。

「誰是誰？」

「剛才我們見的那個老阿姨。」少年說。

「她呀！」羅勝利笑了，「她是一個叛徒，她胸前的牌子上不是寫明了嗎？」

「這我知道，我是說她是誰？過去是做什麼的？」

「哦。」羅勝利這才明白少年想向他打聽什麼了，他回憶了一下，說：「我只聽說她在文化大革命前是縣政府的副縣長。」停頓了一下，又說，「文革一開始就被揪出來打倒了。」羅勝利輕鬆地說，「那幾個掃地的老傢伙都是她們這類人，過去都是縣裡的領導，現在又都成了被打倒的牛鬼蛇神啦。你不該跟他們說話。」最後，羅勝利強調了一句，「這是階級立場。」

少年不會再像過去那樣輕易地相信別人了，他不再相信凡在文革中被打倒的人都是壞人，自己的母親不是也被造反派打倒過嗎？母親至今不是還戴著反革命的帽子嗎？可母親從來就是一個好人呀，熱愛黨，熱愛人民。那麼她呢，這位一臉滄桑的阿姨，她真的會是一個壞人嗎？真的像大牌子上說的，叛變過革命、出賣過革命同志嗎？這是需要少年去解開的一個祕密，一如老紅軍與她之間隱藏的祕密。假如阿姨真的是一個大叛徒，一個出賣過革命同志的人，那麼那位老紅軍為什麼在醉酒時要說救她呢？那天他在武裝部出現，找父親嚷嚷的落實政策是不是為了這個阿姨？老紅軍和她究竟是一種什麼樣的特殊關係呢？這一連串的疑問，就像天空中的雪花似的向他紛至遝來，不停地在少年的腦海中上下翻滾。

少年更加迷惑了。

三

後來，少年又去了幾次那家小店，可都沒能遇上老紅軍，這讓少年感到了失望，其實他也不知道為什麼，渴望見到那位奇怪的老頭，要是果真見了，他能向他打聽什麼嗎？好像不太可能。其實，他對這位喜怒無常的老頭，還是有些怵的，只是他有一種強烈的衝動，想要瞭解那個祕密。

父親時不時地會下鄉檢查工作，這便給了少年許多自由打發的時間，父親每次臨走前都會給少年留下一點錢，讓少年安頓好自己的生活。「不要太委屈自己。」父親總是愧疚地說，「若若，爸爸忙，關心不了你了，你要照顧好自己。」每次少年都會回答說：「放心吧，爸爸，我很好。」

少年其實喜歡一人獨處，這樣一來，他就可以去做一些自己想做的事了，而不至於在父親的眼皮底下畏首畏尾。他是一個天生喜歡自由自在的人。

那天他去那家小店鋪買了幾根棒棒糖，那個瘦店員還瞅著他樂，樂得意味深長。少年覺得她的笑容有些蹊蹺，便問：「你笑什麼？」瘦店員笑得更厲害了，說：「你不是愛吃肚片嗎？怎麼換成棒棒糖了吵？這是女崽子愛吃的。」少年臉紅了。「沒關係沒關係，我只是在逗你呢。」瘦店員笑說。

「那個老人家還來這裡嗎？」少年問。

「哪個老人家？」瘦店員收斂了笑容。

「他一定說的是那個死老頭哦。」旁邊的胖店員不耐煩地說。她們都趴在案臺上看著少年，一副百無聊賴的樣子。

「誰？」瘦店員還沒明白過來。

「那個愛喝酒的死老頭吵。」胖店員說，一副料事如神的樣子。

「他喲！」瘦店員又樂了，「是啵，你是說他嗎？」

少年點了點頭。

「你為什麼打聽他？我們這裡的人都躲著他哦，他愛發酒瘋，你也躲遠點吧，別惹這個老東西。」瘦店員認真地說。

「還想把你的炒肚片送給他吃啵？」胖店員說，咯咯咯地大笑了起來。

少年覺得沒趣，謝過了店員離開了。出了門，他拐了一個彎，又沿著石街向前走。沒走上幾步，沿街一家鋪子的打鐵聲清晰入耳。他剝了一根棒棒糖放到嘴裡，吸含著，思忖是不是要去鐵匠鋪找啟明。

那天他與啟明聊得滿好，說不定還能從啟明那裡多瞭解一點有關老頭的消息呢。少年想著想著，就不知不覺地來到了鐵匠鋪。

門板敞開著，屋裡的爐火燃著正旺。啟明一頭大汗地打著鐵。他左手執把大鐵鉗，右手拿著把小鐵錘，在一塊燒紅的鐵器上反覆錘打著，動作精準，手法嫻熟。少年見過的老鐵匠不在屋裡，屋裡只有啟明一人。

少年邁過門檻，走了進去，站在一邊癡癡地看著。啟明這時背向著他，手中的鐵錘有力地落下，發出叮叮噹噹的脆響，鐵砧上頓時火花四濺，像是璀璨的煙花般四散開來。少年霎時覺得屋裡暖融融的，大概是因了燒了爐火的緣故。他把頭上扣著的軍棉帽一把擼了下來，夾在臂彎裡，一聲不吭地看著啟明打鐵，有些忘神，甚至忘了先跟啟明打聲招呼。

鐵錘叮哩噹啷地打上了一陣，啟明又將鐵板鉗了起來，送進一旁的冷水桶中浸著。少年只聞傳來的一聲拖長的「哧——喇——」，宛若泄了氣的皮球發出的呼哨，猶見一陣青煙氤氳，散發出一股嗆人的焦糊味道。

「要打什麼？」啟明沒回頭，問。

少年仍沒吭聲，呆呆地站著。屋裡安靜了，無一絲聲響，啟明也沒再說話，一隻手鉗著鐵板將其按在水中，另一隻手從胸前的皮圍兜裡摸出一支煙，熟練地側轉身，用鐵鉗從旁邊的爐火中夾出一塊燒透的火炭點上煙，狠狠地吸了一口，這才偏過臉來瞅了少年一眼。

「是你！」啟明目光有些驚訝。「你怎麼來這了？要打鐵器嗎？」他想了想，輕輕地搖了搖頭，「不會，你不像是要來買鐵器的人。」

少年眼角掃視了一圈，屋角的旮旯裡堆滿了各式各樣打好的農用器械，有釘耙、鐵鍬、鋤頭等等。

「我來看看你。」少年說。

他們圍在爐火邊坐下了，啟明遞了一杯熱水讓少年喝。少年接過，放在了一邊。「你來我這我很高興。」啟明說，眉眼笑得更加歡快了，「你是武裝部的娃崽，和我們不一樣。」

「為什麼不一樣。」少年問。

「這還用說嗎？你們家裡是當官的，解放軍，多神氣，我只是一個打鐵的！」啟明說。他輕嘆了一口氣。「我只懂打鐵。」啟明說，「讀了幾年書我就幹這個了，是不是挺沒出息？我也想當兵，可惜，當不上。」

少年搖頭。「滿好的。」他說，「學生畢業後不是也要去上山下鄉嗎？你滿好的，在城裡。」

「我本來就是村裡的，後來跟著叔叔來到鎮上學打鐵，也算是有一門手藝了，對嗎？」

「滿好的。」少年說。「那個老頭怎麼沒見人了？」

「哪個老頭？」

少年抿了抿嘴角，定睛看著啟明：「那個，哦，愛喝酒的鄭老頭。」

啟明笑了。「你說鄭老伯呀？可不能叫他老頭，你也叫鄭老伯吧，他前一陣子聽說出門了。找他有事？」

「哦，沒事。」少年說，「我只是隨便問問。」

啟明的目光聚焦在了少年的臉上，像是在審視，停留了一會兒，他微微地搖了搖頭。「不像。」他說，「你不像沒事。」

少年沉吟了一會兒，點了點頭：「他好像有很多故事。」

「哈，我就知道你有事，瞧瞧，還是說出來了吧！你和我一樣，想知道他的故事，對吧？他肚子裡的故事好多哦。」啟明說。

「你都知道？」

啟明生動表情一下子凝固了，看了看少年，又瞅了一眼火爐裡升騰的火苗，起身，用鐵鉗夾了幾塊大木頭塞進了火爐裡。

四

「知道得不多。」啟明說，「他只在醉酒時會吐嚕一點，但你是不能問的。」

「為什麼？」少年說。

「為什麼？」啟明歪著脖子想了想，「這還真是一個問題喲！」他擺了擺手，「我也納悶過，為什麼一問他過去的事，他就會衝我發火呢？就像突然變了一個人似的，不是他了。後來我習慣了，今天你這麼一問，倒讓我又覺得怪怪的了。」他說，眉心皺緊了。「對呀，為什麼就不能問吵？」

「那天晚上去他家，見過的那個姐姐滿客氣的，她是鄭老伯的女兒，對嗎？」

「是哦。」啟明的眸子裡，突然射出一道光來，顯得頗為興奮。「對，對，你也見過她的喲，你覺得她好啵？」

少年的心思根本就沒在那個姐姐身上，他剛才只是隨便問問，但啟明倏忽間呈現出的熱情，讓他覺得有些怪異了。「我不知道……呃，應該是吧，我沒怎麼跟她打過交道。」少年說。

啟明失望了，定睛望著少年，努力想從他的臉上再發現些什麼，當他意識到少年說的都是真話時，搖了搖頭，伸出長臂，圍著爐邊烤著火，神情發木。

少年覺得無聊了。啟明的神情一反常態，思緒好像飄浮在遙遠的天際中。少年無聲地站起了身，向門口走去。

就要邁出門檻時，少年聽到啟明在喊他，他回身看著啟明。這時的少年，一腳還停在門內，一腳已然邁在門外了。啟明又恢復了常態，微笑地望著他。

「我們去鄭老伯家看一眼吧，看他回來了沒有，好啵？」啟明說。

「不大好吧？」少年說。嘴裡雖然是這麼說的，其實少年的心裡還是想去看看的。

「有什麼不好的？」啟明問道。

「我又跟他不熟，跑人家家去，合適嗎？」少年試探地說。

「你真是個學生崽，講究。有什麼不好的吵？我知道他喜歡你。」

「我才不信呢！」少年說。心裡還在猶豫去還是不去。

啟明不再說什麼了，他讓少年先進屋坐著，等他一會兒，自己徑直地將暖水瓶裡的熱水倒進洗臉盆裡，又兌了兌涼水，洗了把臉。他洗得認真，毛巾反覆在臉上揩抹著，又用肥皂洗了好幾遍手，直到伸出雙掌看著沒了污跡為止。他返身進了裡屋。

從少年的角度，能看見啟明在裡間做些什麼。他拿出了幾件摺疊得整整齊齊的衣物，湊近鼻翼嗅了嗅，估計是滿意了，開心地樂了，又偏臉瞟了少年一眼。見少年也在看他，還不好意思地衝著他別了別嘴角，這才脫去他的皮兜和工作服，抖開了剛取出的那一身衣服穿上。末了，又回來洗了一遍手，還雙手窩著從盆底撈出了一掬水來，往凌亂的頭髮上抹了一抹，摸出一把小梳子，精心地把頭髮往邊上捋了捋。

啟明做下這一系列的動作時是背著身的，從少年的視角已然看不見他的正臉了。此時的少年，正無聊地站在一邊等待著啟明。他不再看著他了。少年的目光投向了敞亮的門外。偶爾，從門前會劃過一兩個漫步的閒人。少年覺得啟明有些臭美，不就是去串個門嗎，何必那麼講究？少年心想。這時少年想起了「講究」一詞，父親曾當笑話說過，當時父親是用來形容季叔叔的。季叔叔是個平時愛講究的上海人。想到這，少年心裡想發笑了。

啟明轉過身來了，衝著少年「嘿」了一聲。「看我行啵？」他問。

少年將視線從門外轉了回來，懶洋洋地側過了臉來看啟明，隨即一怔。這時的啟明，正眉開眼笑地望著他呢，嘴角微微地向外撇了撇，形成了一道淺顯的彎溝，悄然滑過一絲不經意的得意。少年瞪大了眼睛打量著他。熟悉的啟明真像是換了一人似的，不再是以前的那個粗糙邋遢的鐵匠啟明了，轉眼之間變成了一個清爽俊朗的小夥子，簇新的藏青色的中山裝套在他身上尤顯出幾分神氣活現。

「怎樣？」啟明歪著脖子繼續問，然後扳了扳身子，以立正的姿勢打量著少年。少年抿嘴樂了。「挺好！」少年說，忽然有了一種與啟明親近的感覺，那種與啟明若即若離的感覺正在漸漸褪去。

「那我們這就走吵。」啟明愉快地說。

出門時少年幫著啟明，將門板一塊塊嚴絲合縫地嵌入凹槽內，啟明掏出了一把大鐵鎖，「喀嚓」一聲落定，上路了。

少年拿出一塊棒棒糖遞給啟明，啟明瞟了一眼婉拒了。「我不吃這東西。」他說。少年沒再管他，自顧自地含了起來。「這麼大了還吃這東西呀？」啟明笑問。少年沒回答。

「不冷嗎？」走出門外讓冷風一吹，少年才意識到啟明沒有穿棉衣，那身筆挺的中山裝在陰沉的天色中顯得有些單薄。

「不冷。」啟明說，「心裡熱著呢。」

他們不再說話了。少年覺得冷，冷得只能縮著脖子走，把軍棉帽捂著更嚴實了些，護緊了雙耳，後來乾脆把棒棒糖含嘴裡吸著，雙手袖在了衣管裡，顛著腳，微駝著背，遠遠看去就像一步履蹣跚的小老頭。「呦，沒這麼冷吧？」啟明說。少年注意到啟明在寒風中哆嗦了一下，但很快又挺起了胸，一副不懼嚴寒的架式。「別說我，你肯定冷，我都看出來了。」少年說。「我還敢在這大冷天裡光著膀子在路上走呢，你信不？」啟明笑說。少年搖頭，臉上的表情寫滿了不信。「那好，我就讓你瞅瞅吵，看你還敢不信啵。」說著，啟明伸手解開了衣領上的扣子，又順著往下解，驀地又停住了。「不行，今天不行了哦，以後吧，我會讓你看到的吵。」啟明說。「還是不敢了吧！」少年也笑了。他開始覺得和啟明待在一起滿快活的，不再有陌生感了，他很想再逗逗啟明。「你不敢耶！」

「哪個說我不敢吵？今天不行了哦，我們要去見人，會把衣服弄皺的吵。」啟明說。

「那怕什麼？不就是去人家裡見個人嗎？」

「呃，她可不是一般的人吵！」啟明說，臉上滑過了一絲狡黠。他的這副表情在少年看來頗有內容。

「你是說那位老頭？」少年問道。「不許說老頭，不禮貌，我不告你了嗎，叫他鄭老伯吵！」啟明說。

「喔，鄭老伯。」少年重複了一句。

「但我說的不是他。」啟明說，神情有些游移了。

「那你說誰？」

啟明沉默了一會兒，匆匆地埋頭走著。少年琢磨了一下，跟上了幾步，「你是說那個姐姐嗎？」少年天真地說。啟明沒回答，仍在快步走著。

「是說她嗎？」少年追上幾步，問。

「你說她這個人好啵？」啟明的步伐慢了下來。

少年想了想。「不知道，我又沒跟她打過交道，我怎麼知道人家好還是不好呢？上次你問過我了。」

「哦，那也是！」啟明嘟囔了一句。

少年腦子裡忽然有一個念頭閃了一下。「咦，你幹嘛總是問她呢？」

「你覺得她長得好看麼？」啟明突然問。

少年隱隱地意識到了些什麼。他有點明白啟明為什麼出門前要刻意打扮一番了。少年想著，抿嘴偷樂了一下。

「你笑什麼？」啟明敏感地察覺了從少年臉上一閃而過的表情，認真地問。

「沒什麼。」少年裝出一副無所謂的樣子，但心裡卻覺得像是猜中一個謎底似的。

「你覺得好笑，是唦？」啟明問。

不知為什麼，少年覺得，此時此刻的啟明神情有些緊張。「沒有，我可什麼都沒說。」少年說。

「有人幫我就好了。」過了一會兒，啟明自言自語般地說。

「幫你什麼？」少年問。

「唉。」啟明嘆了一口長氣，「以後再說吵，你還小，不懂的喲！」他在冷風中揮動了一下有力的臂膀。

「喂，啟明，不准再說我小，我不小了，我都十五歲了！」少年抗議道。啟明笑了，「好好，你不小嘍，你是大人了吵，行了啵？」

「這還差不多！」少年抿嘴樂了。

走過浮橋沒多遠，他們就能看見鄭老伯家的那幢小樓了，梨在小山坡上，孤零零地兀立著。

風聲漸漸地緩和了下來，天空中的雲隙間透出了一抹微弱的光線，在冷風中顯得有些猶豫不決。

五

他們在鄭老伯家的門前停下了腳步，少年還是袖著手，哈著腰，等著啟明上去敲門。可等了會兒，啟明仍沒動彈，少年拿眼睛向他示意，他搖了搖頭。

「還是你來吧，你來敲。」啟明期期艾艾地說。

少年皺了一下眉，不解地望著他，那神情分明在問：為什麼？啟明尷尬地笑了一下，做出一個手勢讓少年去敲門。少年心裡笑了，他覺得這時的啟明顯得很沒出息，敲個門怕什麼呢？他上前一步敲起了門。

少年先是輕輕地敲了幾下，然後退後一步站著等，見沒動靜，又俯耳貼在門上聽了一會兒，還是沒動靜，他看了看啟明。「聲音太小了，你得敲大聲點。」啟明悄聲說。少年又扣響了大門，這一次他用了一些氣力。當他剛要將耳朵再次貼在門板上去傾聽時，有急促的腳步聲傳來了，他又後退了一步等著。「有人來了。」少年說，回過身看了看啟明。啟明這時顯得頗為激動，但在激動中似乎還夾雜著一絲緊張。

大門「嘩啦」一下打開了，一張興沖沖的臉露了出來，少年認出了她，是上次見過的那位姐姐。她先是一怔，臉上的表情由興奮轉換成了失望，大概因了少年的頭上捂了頂棉帽，她一時沒能認出少年來，驚疑地打量著少年。

「找誰？」女人說，口氣冷冷的。

少年側過了身，想讓啟明過來告訴她，發現身後沒了啟明，正納悶呢，這才見啟明閃到一側去了，緊張地瞄著這邊正在發生的情形，猶豫不決，一路上還神氣活現的啟明，霎時變了一人似的，有些蔫了。

少年的表情變化顯然被姐姐及時地捕捉到了，她從門內探出身，看見了啟明。啟明正衝著她笑，笑得尷尬。姐姐回身進了屋。門仍是敞開著，少年在用表情問啟明：我們是不是要進去？啟明遲疑了一下，用手示意少年先進。

進房後少年發現姐姐不見了，廳堂空蕩蕩的，只有正面的三斗桌上方供著的那張毛主席畫像，向他們發出慈祥的微笑，這種微笑，偶爾會讓少年恍惚間覺得毛主席像一位寬厚的老奶奶，每當此一念頭像水泡般咕嘟一聲冒出時，少年都會被自己的想法嚇一跳。他覺出了對偉大領袖的冒犯與褻瀆。

少年站在廳堂中央手足無措。這裡的空間顯得頗為寬敞，可能是因為擺放的物件過於稀少的緣故，又顯得有些空寂、落寞和冷清，少年的心裡便不免責怪起了啟明，覺得他不該帶自己來到這裡；還有那位姐姐，剛才呈現的不友好的臉色讓少年感到了彆扭。

少年又一次看向啟明，希望啟明能告訴他下一步該怎麼辦？鄭老伯不在家已然是明擺的事實了，否則這會兒他也該出現在他們面前了——那他們來到這裡究竟是為了什麼呢？

沒過一會兒，姐姐又出現了，沒有表情地招呼少年坐下。「你坐吧！」她說，但似乎沒有讓啟明坐下的意思，這就讓少年更加尷尬了，他不明白姐姐的心裡是怎麼個意思，為什麼獨獨對啟明這麼冷淡呢？他沒坐下，還是乾巴巴地站著不動，他覺得一旦坐下了，對啟明是不公平的。

「如月，你就不招呼我坐嗎？」啟明笑說，但笑容顯得多少有些難堪，這就讓少年更加地不知所措了。「我說了不讓你坐嗎？你不是長了一雙眼睛嗎？」姐姐說著，自顧自地在大桌前坐下了，面無表情地看著他們。啟明拉著少年也坐下了。少年摘下了帽子捧在手上，坐立不安，他很不喜歡籠罩在屋裡的詭異氣氛。

「我們是來看鄭老伯的。」啟明說。

「喔，不是來看我的？」姐姐說，眉眼俏皮地眨巴了一下，直視著啟明。

啟明憨厚地摸了摸腦門。「唔。」他不好意思地支吾了一下，「當然……也是來看你的吵。」

「還要拉上一個人來看我，是這樣啵？」姐姐說。

她先是嚴厲地諦視著啟明，逼得啟明不得不躲避她咄咄逼人的目光。姐姐又笑了。緊張的氣氛因了她的微笑而鬆弛了下來。少年呆呆地看著這裡發生的一切，心中覺出了一絲蹊蹺。但究竟是什麼呢？他一時還不能明白，只是有一種感覺，一種微妙的感覺。

「我曉得你是哪個人了喲。」姐姐忽然說，「剛才沒認得你是誰哦！」她的目光轉到了少年的臉上，但看向他的眼神不再生硬冷淡了，透著熱情和友好。「我們那天晚上是見過的，對啵？那天多虧了你把我爸送回來。」

「還有啟明。」少年說。說著，衝著啟明夾了夾眼皮。啟明會心地笑了。

少年發現，姐姐說起話來時眉眼總在活躍地聳動著，就像不停地變幻各種表情，當然，這只是少年的一種幻覺，他現在還無法將剛才的那位嚴肅冷淡的姐姐，與眼前的這位眉開眼笑的人聯繫在一起。

少年點了點頭，她認出了他讓少年滿快樂的，他很不適應剛進來時的那種緊張氣氛，那種緊張，讓他感覺很不舒服，覺得來到了一個不該來的地方。

「鄭老伯呢？」少年問，「我們真是來看他的。」

「你倆兒是不是攛掇好了？說是來看我爸，根本不是來看我？」姐姐說，她收斂了笑容，故意做出生氣的樣子。

「我跟你不熟呀！」少年說，剛一脫口便覺失言了。

「跟我不熟，那你還跑來做啥子嘛？」

「所以……嗯，所以我們是來看鄭老伯的呀。」少年語無倫次了。他悄悄地瞥了啟明一眼，生怕又說錯了什麼。

「啟明，是這樣嗎？」姐姐正色地問。

啟明臉色刷得一下紅了，少年沒反應過來他為什麼就突然鬧出個大紅臉了，這又有什麼不好意思的呢？

「我也是想來看看你吵！」啟明低聲說，臉紅得更厲害了，「是真的哦！」

姐姐盯緊了啟明的臉，神情陡然一變，驀地出現了一種奇怪的表情。她沒笑，相反浮現出一種冷峻，但這種冷峻和少年一開始見到的那種冷淡是不一樣的，有一種讓人琢磨不透的內容，在她的臉上隱隱浮動。是什麼呢？少年一時還想不清楚，他只是隱約感覺到了，就像他感覺到的在啟明身上存在的那種微妙的蹊蹺。姐姐看了啟明一會兒，似乎出現了瞬間的恍惚，很快又恢復了常態，她站起身，快速離去了。

「看我這人，都差點忘了給你們倒杯熱水哩。」說著，姐姐一陣風似地奔了裡屋，那聲音有如清風似地悠悠地飄了過來。少年審視般地凝望著啟明，想從他的臉上找出一些答案，關於他感覺到的那份「蹊蹺」。啟明顯然注意到了少年投來的詢問的目光，向他咧嘴笑了笑，似乎還在走著神。少年從啟明那裡並沒看出什麼明確的意思來，他覺得小有失望。

姐姐笑吟吟地又出現了，給少年和啟明分別倒上了一杯開水。「喝點熱水，剛進屋，外面冷。」她對少年說，同時，遞了一杯熱水給啟明，少年注意到她的目光卻沒有移向他。

「鄭老伯出門了，是嗎？」少年問。

「我剛才還以為是我爸回來了呢。」姐姐幽幽地說，說時，臉上淡淡地飄過一絲失望。「我也在等他。」說完，輕輕地嘆了一口氣。

少年「哦」了一聲，沉默了。鄭老伯不在家，讓少年覺得再坐下去會顯得無事可做了，因為他不知道該對姐姐聊些什麼。他想走，他覺得應當留出時間讓啟明與姐姐單獨在一起。他用詢問的目光看著啟明。可是啟明只是略微地掃視了他一眼，裝出一副什麼都沒明白的表情看向了別處，但眼角的餘光，明顯地在默默地偷覷著姐姐。少年動不了了。這時他想起了口袋裡的棒棒糖，這讓他一下子興奮了起來。

「給你。」少年說。棒棒糖在姐姐的臉前晃悠著。姐姐的眉眼閃爍了一下：「喲，你還喜歡吃這個哦？」少年還是舉著棒棒糖。她接過了，小心剝開包裹著的玻璃紙，擎著細長的小棍棍，將糖塊伸進了嘴裡，出溜出溜地吸拉著。「謝謝你。」她笑著說，「真的謝謝啦！」少年又拿出一根棒棒糖遞給啟明，啟明擺手，少年自己津津有味地吃了起來。棒棒糖在嘴裡甜滋滋的味道，讓少年感覺很愜意。

「你會常來看我嗎？」姐姐眯細著眼望著少年，說。

少年先是遲疑了一下，覺得姐姐問得有些突然，他完全沒有思想準備。「會吧！」他說，其實他並不清楚以後會不會常來，他知道自己也說不準。

「是『吧』呢，還是『會』吵？回答我。」姐姐說，棒棒糖現在離開了她的嘴，被她下意識地舉著，在少年的眼前晃悠著。

少年覺得姐姐太伶牙俐齒了，不依不饒的，為什麼非要這麼的咬文嚼字呢？而且姐姐的眼神還挺毒，看出了他在應付。少年想。

姐姐笑了，棒棒糖再度滑進了她的嘴中。「我喜歡吃這個，從小就愛吃，我爸以前還常給我買來吃嘍，我一直以為就我一人喜歡吃，可你也喜歡，真好！」她說，接著又加上一句，「你就當我弟吧，好不？」

這次少年沒有再應承她了，他剛才已經充分領教了姐姐的厲害。他看向了啟明，他希望啟明能在邊上說說話，這樣可以幫他擺脫交流的窘境。啟明從進門後就一直在一旁寡言少語，好像生怕多嘴多舌會無意中惹惱了姐姐似的。她有什麼好怕的呢？少年覺得這一點太不像他所認識的那個啟明的風格了，印象中，啟明是一個樂呵呵滿愛說話的人。

「你不用看他吵，這是我們兩人的事哦，跟他沒有關係。」姐姐說著，噗哧一聲樂了，「啟明你覺得呢，你看他像我弟嗎？」

大概是沒想到姐姐會跟他說話，啟明一震，很快就興奮了起來，樂呵呵地摸了摸後腦勺：「像，怎能不像呢！」他說，一副受寵若驚的表情。

「我誰也不像！」少年說，「我只像我自己。」

「呦呵，我的這位小弟弟還滿有點小脾氣的哦，沒人說你不像你自己吵！」姐姐笑說，「啟明你說呢？對了，你上次好像說他是武裝部的小孩，我沒記錯吧？」

少年沒說話。他一向不願意告訴別人自己是武裝部的子弟，不知為什麼，他覺得讓人知道了是件挺害臊的事兒。少年沉下了臉。

「他是武裝部的小孩，我是這麼說的。」啟明討好地說。

少年瞪了啟明一眼，「不准說我是小孩，我跟你說過的！」

「呦呦，還真生氣了吵？小孩子怕什麼？我爸爸剛當兵時，不就是一個沒長大的娃娃麼。」姐姐說，笑了。「那你告訴姐姐，你叫什麼？」

「我不喜歡別人叫我小孩，就是不喜歡，我是大人了！」少年固執地說。

啟明想向少年表示抱歉，被姐姐舉起一隻手臂制止了。「好，我們把你當大人吵，滿意啵，告姐姐你的名字好啵？姐姐只是想知道，沒別的。」她的語氣變得溫柔了起來，讓少年感覺到了一絲溫暖，他覺得沒法再拒絕姐姐的要求了。

「王若若。」少年不情願地說。

「那你以後就叫我如月姐吧，好啵？」姐姐笑說。

少年彆扭了一下，他不習慣稱呼別人為姐姐，他好像有點叫不出口，但他詫異地發現，這位如月姐看向他的目光真像是一位和藹可親的姐姐，充滿了溫暖和體貼，不再像一開始見到她時的那副咄咄逼人的樣子了。

「你不必急著喊我如月姐吵，沒關係的，心裡知道就行了啵，反正呀，你這個弟我是認了吵。」說著，發出一串爽朗的笑聲。「啟明，你瞧，我終於認了一個弟弟嘍！先別急著走，時間也晚了，姐姐給你做頓好吃的，純口味的川菜，辣子能吃嗎？對，你一定能吃哦，老俵也吃辣的吵……」

「別……」少年想說不用麻煩了，可還沒等他開口說完，如月又說：「別急著走吵，姐這就給你做去。」

如月又一陣風似地走了。悶聲不響的啟明站了起來。「如月，我來幫把手吧！」他跟著如月去了。在屋角拐彎時，還回頭向少年扔了一個愉快的眼神。

空蕩蕩的大廳只剩下少年一人了，他的目光再次投向了廳堂正中央的毛主席畫像，這時他才發現，心裡覺得毛主席他老人家像一位慈祥的老太太也沒什麼不好的，他笑容中隱著的那份寬厚的老奶奶般的慈祥，讓少年更有了一種親切感，這種感覺會讓他心生溫暖，就像他現在所感受到的這位如月姐姐。他覺得跟如月不再有那麼強烈的陌生感了。

可毛主席能跟如月姐一樣嗎？他是一位老爺爺，而非老奶奶。少年又一次發現了自己對偉大領袖的不恭，在心裡詛咒了一句自己，站起了身，面向毛主席畫像，畢恭畢敬地鞠了一躬。

六

「你覺得她好啵？」啟明問。

從如月家出來已是下午時分了，時間過得真快，啟明一直沉默不語，悶悶不樂地一人在頭裡快步走著，少年亦沒有主動跟他搭訕，他也不想說話。

就在剛才，他們在如月家吃了一頓豐盛的午飯，有臘肉炒香乾、雞蛋炒韭菜，還有一些別的。菜裡放了不少辣椒，少年剛一上口就被刺激了一下，張大了嘴哈哧哈哧地吸著氣，舌頭上，隨即像燃起了一團熾熱的火，燒灼著他，他趕緊站起了身，仰起臉來大口吸氣，眼眶裡立時湧滿了淚水。如月在一邊「咯咯咯」地大笑不止，笑得前仰後合，眼中也因了大笑而盈滿了快樂的淚光。

如月將那一盤盤新鮮出爐的炒菜端上來時，眯細著眼瞅著少年說：「快吃，餓了啵，嘗嘗姐專門為你炒的。」少年早就感到飢腸轆轆了，剛才從廚房裡逸出的那一陣陣炒菜的味道，就在刺激著他的味蕾，雖然混合著辣子的嗆味。味道好香，香得與他平素聞到的味道還不太一樣，充滿了家常的溫暖與新鮮，很容易勾起他欲罷不能的食欲，與此同時，他還能聽到廚房裡不時傳來的嘰嘰咕咕的說話聲，好像啟明和如月聊得滿歡實的，這讓少年又有些不解了，那為什麼來時，如月對啟明有點愛搭不理的呢？

炒菜分別由如月與啟明端出來時，少年還想起身伸把手接過的，被如月制止了。「你坐，坐。」如月說，「沒你什麼事，你就張嘴等著吃就行了吵。」

少年有點不好意思了，他沒想到到人家來，竟成了一個蹭人飯吃的食客，這不大好，少年想，畢竟彼此素昧平生，莫名其妙地吃起了人家家裡的飯來了。他不由得在心裡感嘆道。但又確實餓了。他從小就有個毛病，總覺得別人家做出的飯菜就是比自家做得香，做得好吃，他也不知道為什麼，竟會有這樣一種奇怪的感覺，為了這，少年的母親可沒少數落過他。

炒菜都擺放好後，如月又從一個保溫用的稻草包裡盛了一碗熱騰騰的白米飯，端給了少年。少年注意到她並沒有為啟明亦舀上一碗。

少年雙手疊放在膝蓋上，沒動彈，畢竟是在別人家裡，他不能過於的放肆。他還是有些拘謹的。如月勸他快吃，末了，還衝他說了聲：「一點不辣，別怕。」於是，在飢餓感的驅策之下，他先扒了一口米飯，又伸出筷子夾了盤裡的臘肉炒香乾放進了嘴裡，衝著如月還笑了笑。她亦在微笑地點頭鼓勵他。少年大口地嚼了起來。上口時他就覺出了熱辣的滋味，他還頓了一下，可是來不及了，那一大口辣菜已塞滿了他張大的嘴，他只能勉為其難地強行嚥下了。就在這時，那股子不可遏制的熱辣感海浪般地席捲了他，他被辣得不得不蹦著腳跳了起來，拚命得「哈哧哈哧」地倒吸著氣，眼中噙滿了淚花。如月的歡笑聲就是在這時嘹亮地響了起來。

「我還真的以為你能吃辣子喲！」如月笑說。少年狼狽極了，頭也沒敢抬起。他覺得在人前丟臉了。再吃時，他變得格外的小心翼翼了，生怕一不留神又要丟人現眼了。如月似乎一直在瞅著他瞧，臉上的表情亦是快樂的。「沒事，大冷天辣點會舒服的吵。」她說。過了一會兒又說：「我就喜歡看你這個樣子，小弟弟。」說著，咯咯咯地笑了幾聲，幫少年又夾了幾道菜。少年覺得她真的有點像他姐姐了，他也不知道為什麼，突然就有了這樣的一種感覺。只有啟明一直悶頭吃著，偶爾也會附和地微笑一下，笑得勉強。如月注意到了，杏眼一瞪，「啥子了嘛？我做得不好吃麼？」「喔，沒，沒。」啟明憨厚地笑笑，「好吃好吃。」

「那你做啥子這個樣子嘛？」如月說。「沒有喲，我做什麼啦？」啟明求救般地望向少年。少年沒說話，他一直沒搞明白他們之間的狀況，又不知該說些什麼。如月夾了一筷子菜送到啟明的碗中，啟明怔了一下，端著飯碗手停在了半空中，目光有些癡了，呆呆地望著如月，受寵若驚。

「啟明，你以後就當我哥吵，反正我也沒哥哩。」如月說。

啟明一個勁地點著頭，「嘿嘿」地傻樂著，在少年看來，他笑得並不開心。

「你就是我弟弟吵。」如月轉過臉，又衝著少年說。「今天我有了一個哥又有一個弟弟了呦！來，慶祝一下吵，我把我爸藏的酒拿出來。」還沒等少年說我不會喝酒，如月已然風也似地衝進了內屋，沒一會兒又出現了，手中多了一瓶當時的名產「四特酒」，因為興奮，她的臉上泛起了晚霞般的紅暈。

離開如月姐家時已是午後了，走時啟明仍有些戀戀不捨。少年的小臉感到有些發燙，那是因為他被迫喝了一些酒，好在啟明幫他攔下了幾杯，否則以少年的酒量非喝高了不可。如月的酒量卻大得驚人，一口接一口地連著灌自己，像是藏著什麼心事，欲借酒澆愁。這是少年的直覺。如月姐的心裡一定擱著事呢，看著如月姐喝酒時的瘋樣兒，少年不由得心裡想到。啟明陪著她喝，偶爾勸她少喝時竟被如月姐怒目圓瞪地呵斥了回去。末了，如月的酒杯都舉不起來了，她目光渾濁地嘀咕了一句：「我想我爸了，你們……你們想……想他啵？」

她突然逼視著啟明的眼睛，死死地盯著他，就像有什麼深仇大恨似的。啟明先是惶恐地看著她，很快便冷靜了下來，配合地頻頻點頭，陪著笑臉說：「想，當然想哦，我們就是來看望你爸爸的吵。」

如月仰臉大笑了起來：「對的嘍，你們其實是來看我爸的，不是來看望我的！」她笑得痙攣了一般，纖細的身子不停地抖顫著，笑聲亦變得更加地肆無忌憚了，就像經粗糲的沙紙摩擦後發出的怪笑聲。少年在一旁看著不知所措。

「我想我爸跟你們誰都想的不一樣，知道啵？」她大聲地質問道，臉上亦淚水漣漣了。啟明安慰她說：「知道，我們知道……」話音還未落下，如月發怒似地喝斥了一聲：「你知道個啥子嘛！」突然，她雙手趴伏在桌上號啕大哭了起來，身體一起一伏地抽搐著，在少年聽來，她心裡充滿了難言的苦澀和委屈。接著，她開始了嘔吐，噴射的穢物落在了少年的腳邊，一股子嗆人的酒腥味立時瀰漫了開來。

這個突發的情景讓少年猝不及防，他呆住了。啟明趕緊上前，好聲勸她不要再喝了，要攙扶著她回屋裡歇息，如月反抗，拚命地甩著手，有幾次甩出的手臂重重地拍打在了啟明的臉上，發出幾聲刺耳的脆響。啟明也不急，甚至不躲閃，強行將她抱了起來，不顧她的掙扎，將她架進了內屋。少年聽到如月入屋前發出的一聲哭號：「啟明，你走吧，不要再來看我了，我心裡難受，你們不知道我心裡有多難受。」

少年一動不動地坐著，望著虛空發呆。他已經沒有食欲了。過了一會兒，啟明從內屋出來了，沉著臉，開始收拾桌上狼藉的杯盤碗筷，少年要去幫他，反被他制止了：「坐著吵，我來就行了哦。」

桌上又整潔了起來。兩人默默無聲地坐著。啟明從口袋裡摸出一支煙，哆索著將火點上，大口大口地抽著，無神地噴著煙霧，可能是因了酒喝多的緣故，他臉膛發紅，額角上淡藍色的青筋一根根凸起，清晰可見。

坐了一會兒，聽著裡屋的如月沒動靜了，他們便出了門。出門前，啟明還去內屋瞅了一眼安然睡去的如月，出來後少年望著他問：「如月姐沒事吧。」啟明搖了搖頭，「沒事的，睡了。」少年這時提出要走。

「不能再待會兒嗎？」

「不了，我該回了。」少年說。他聞不了屋子裡濃烈的酒腥味，這味道讓他有了一點想嘔吐的感覺，他感到了不舒服。

他們站了起來向門口走去。「我送送你吧！」啟明說，「她一人在屋裡我不放心，我還得回來看看她。」

出門後，啟明最初沒說話，一個人悶頭在前頭匆匆走著，就像沒少年這個人似的，看得出他心思重重。後來他想起了什麼似的，放慢了腳步，等著少年緊著幾步跟上他。

「你覺得她人好啵？」

啟明就是在這時問出這句話的。

「你說誰？」

「如月呀！」啟明說。

少年的腦海中浮現出如月的那張變幻莫測的臉，他覺得自己琢磨不透如月姐，一開始還快快樂樂的一人，怎麼一下子又變成那樣了呢？他不懂。

「怪怪的！」

「如月？」

「嗯。」

啟明沉默了。過了一會兒，又說：「她是有點怪！知道啵？如月不是老伯的親生女兒。鄭老伯也滿奇怪的哦，一輩子沒找老婆，如月是在她七八歲沿街討飯時，讓鄭老伯看見了，覺得這孩子可憐，就把她收養了。鄭老伯說，那天他看見如月時，她一個人大冬天縮在垃圾桶裡，在寒風中凍得都快死了，身上只裹著一件破爛的粗麻布，後來老伯問起她的身世，她只記得父母親和家裡老人在大饑荒時餓死了，親戚領著她出去要飯，在一個晚上扔下了她，從此就沒人來照顧她了。那時她還小，找不到回家的路，只好繼續在那一帶要飯，好在遇到了鄭老伯，要不然她那條小命早沒了哦。所以鄭老伯是她的救命恩人吶！」

「鄭老伯真是一個好人！」少年感嘆道。

「那你說如月呢，她好，還是不好？」

「好呀，如月也好。」少年說。

啟明苦笑了一下，又不說話了，沉默不語地走了幾步，望著鉛灰色天空嘆了一口長氣。「告你實話吧……」啟明欲言又止，臉上飄過一絲迷茫，用很輕的聲音說了一句：「我喜歡她！」

「那她喜歡你嗎？」少年愣了一會兒，問。剛一問出口，少年又覺得自己太唐突了。

啟明呆了一下，低下頭想了想。「不知道。」他說，緩緩地抬起了臉來，輕輕搖了搖。少年又不知道該說什麼了，只好輕聲嘀咕了一聲：「她人是滿好的！」

「那你說，她為什麼對我不愛搭不理的？」

少年怔了一下。少年知道這是他無法回答的。啟明緊鎖眉心，盯著少年的臉看著，彷彿少年的臉上，隱藏著解開這個祕密的鑰匙似的。又過了一會兒，糾結在啟明眉心上的那道若隱若顯的陰影，又悄然褪去了，他如夢初醒地晃了晃腦袋。

「有時候我真想哭！」啟明說，臉色紅噴噴的，眼中閃爍著淚光，眼神亦有些游移了，透著一股微醺的意思。「她的心思我看不懂！」啟明感嘆了一聲。少年多少明白了一點，剛才在如月家時，為什麼氣氛變得那麼奇怪，甚至還有些壓抑，啟明時下的神情和口吻，讓少年陡生出一種莫名的沉重，他很想安慰啟明幾句，可又想不出更好的話來說。他只好沉默了。

「你不用安慰我。」啟明似乎看出了少年的心思。「不用的！」他說。「我只是想找個人說說話，說出來了，心裡就痛快多了！」

這時，他們正在穿過江中的浮橋，啟明忽然站住了，長久凝望著奔騰的滔滔江水。幾隻銀灰色的江鷗，發出一聲鳴叫，閃電般地從長空掠過，飛快地擦過江面；接著又是一聲空曠的長鳴，江鷗傾斜著劃過一道弧線後，奮力向遠方展翅飛去，漸漸地遠了，只留下映在天幕上的隱約可見的淡影。

「有時我會想。」啟明說，「我是一隻江鷗就好了，你瞧牠們多自在呵，可以在天上自由地飛翔，無拘無束。」

少年站在啟明的身後，他忽然覺得這時的啟明，就像是一位傷感多情的詩人。

七

可以望見城南的城樓了。

這座看上去滿目滄桑的城樓，顯然歷經歲月的洗禮，它沒有真正的大門，只有圓拱形的徒壁門洞，抬眼望去，天頂是由青磚鑲嵌的弧形壁面，凝結了斑駁的殘跡和苔蘚，一塊塊青磚碼得嚴絲合縫，沉實而厚重。

很難想像這座古老的城池，無聲地記載了幾經興衰的歷史年輪。據傳，當年太平天國曾攻占了這裡，就在這座城樓上展開了一場生死角逐。清兵一開始還負隅頑抗，後被重重包圍了幾週後，終於彈盡糧絕，在接下來的一場刀光血影的廝殺中，城牆的一角被轟塌了，太平軍蜂擁而入，清兵死傷無數，血流成河，城池就這樣易主更迭了。

曾國藩聞迅後勃然大怒，親率水軍八千，溯江而來，霎時間錦江上千帆競過，旌旗招展，圍剿太平天國占領軍的戰役就此拉開了序幕，歷經幾場血戰之後，太平軍終於兵敗如山，潰不成軍，這座高聳江邊的城池再一次回到了清廷的手中，但城樓已然滿目瘡痍了。事後，曾國藩站在硝煙散盡的城垣、箭樓轉了一圈，眺望著被鮮血染紅的綿江，熱淚長流，或許他在哀嘆大清的江山，已在風雨飄搖中走向衰亡。

這則故事若若是聽季叔叔講述的。那一天，他們穿過這道城門，季叔叔面帶微笑地向他娓娓道來，少年的心中卻升起了一股愴然之嘆，彷彿在穿越歲月的迷霧，抵達了當年的那個血腥的沙場。他記住了這個故事，這個用鮮血寫下的故事。

少年在浮橋的盡頭停下了腳步，他覺得該跟啟明分手了，只要他再走上幾級石階，穿過城門，武裝部就在前方的不遠處了。

「你去吧！」啟明說。

啟明並沒有順原路返回浮橋，而是向著江邊的方向走去。少年迷惑地望著啟明的背影，忽然覺得應該再陪陪他，他知道啟明此時的心情不好，他不忍心撂下他孤自離去。他再次跟上了啟明。

他倆順著石階又一級級地下到了水邊。石階一直延伸到了水底深處。水岸邊泊著幾條破舊的漁船，船頭伸出了幾根長竿，懸空在水面上，竿上站在一排褐色的魚鷹，在風中蜷縮著，一副無精打采的樣子，有幾隻魚鷹的腦袋還扎進了翅膀裡。

「去坐坐？」

「上哪坐？」少年一時還沒反應過來。

「上船。」啟明說。他拉著少年的手，亮開大嗓門喊了一聲：「細崽。」

有人回應了一聲，聲音是從船上傳過來的。沒過一會兒，一個方臉男人出現了，他臉膛黧黑，矮挫的小個兒，臉上還長滿了暴起的疙瘩豆。

「有事？」他問，一臉的木然。

「我們上去坐會兒好啵？」啟明說。

「又喝酒了哦！」那人叨嘮一句，站在甲板上伸了一個懶腰，返身又鑽進了船篷裡。少年見狀要走，被啟明一把拽住了。

「別走吵。」他說。

「人家不歡迎我們。」少年說。

「你不曉得，他這人就這個脾氣喲。」啟明說。

那個人又出現了，手裡拿著一塊長長的鋪板，吆喝了一聲，鋪板伸了過來，啟明熟練地伸手接過，將鋪板的一頭彎腰搭在了岸邊的石階上，幾乎與此同時，那個人亦將鋪板架在了船頭上，然後抬起身來，向少年與啟明勾了勾手。

啟明先行一步，回過身，招呼少年跟上。少年猶豫了一下，也踏上了一步，鋪板晃悠了一下，少年的身子跟著擺了擺，他趕緊伸出雙手平衡了一下身體，心裡有些緊張。湍急的江水就在他腳下流淌。啟明牽住了他的手：「沒事的，穩住。」啟明說，「對嘍，就這樣走，跟著我吵。」

他們終於上船了。船身委實太小了，一下子又增加了兩個人，使得這條小船晃悠得更厲害了。上船後，啟明先拉著少年手不動，穩定了一下身體，然後衝他咧嘴笑了笑：「行了，我們到裡面去。」說著，啟明拉著少年一頭鑽進了船篷裡。

船內的空間過於的狹小了，船篷低矮，少年只能貓著腰。少年是第一次來到漁船的船篷內，有一種陌生的新鮮感。細崽已坐在篷裡底頭了。篷內的光線很暗，只燃了一盞小油燈，散發出一縷微光，少年一時看不清細崽的臉了。

「喔，太暗了。」啟明說，「我們還是坐在外頭吧。」還沒等少年回答，啟明拉著少年的手，從篷裡鑽了出來。他們又一次站在了甲板上。太陽西斜了，終於穿破厚厚雲層透出了臉來，懶洋洋地向著遼闊的江面，潑灑著碎銀般的光斑，起伏的江水，泛起了一道道魚鱗般的波紋，還是有風，但不大，四處靜悄悄的，偶爾有人從石階上緩步走下，奔向了浮橋。少年將頭上帽子又捂了捂。

「不冷嗎？」少年問。他想起了啟明身上的衣服穿得單薄。

「不冷。」啟明說，「我有時還會冬泳呢。你會麼？」

少年搖搖頭，其實他身上有點兒發冷，但他不想說。

細崽搬出了兩張小矮凳，讓他們坐下，又順著船與船之間銜接的鋪板，去了另一條船上，那條船上出現了一張老人的臉，他探出頭向這邊瞅了一眼，伸手向啟明無聲地打了個招呼，又消失在了船篷裡。

「他們是一家人，打魚為生。」啟明說。

他們坐下了。無遮無擋的光線映染在他們的身上，少年覺得滿舒服的，他還從未有過如此的清新體驗，心裡忽然感到了平靜，就像身下靜靜流淌的一彎江水。他彎下腰，伸手掬了一捧江水。水涼，他哆嗦了一下，想起了啟明說他有時會冬泳，他覺得在這麼冷的水中游泳，是需要很大的勇氣的。冬天，我是不敢游的，少年想。

「這裡很好，對嗎？」啟明說，他已經點燃一支煙了，默默地吸了一口，冒出來的煙霧迅速被江風吹散了。他沒轉臉看少年，而是直視著前方，似乎那裡有什麼東西在深深地吸引著他。少年順著他的視線看去，那裡除了幾棟沿著江岸搭建的頹朽歪斜的民舍之外，似乎什麼也沒有。啟明好像突然想起了什麼，從口袋裡摸出他的那包煙來。

「來一支？」

少年搖頭。「不會。」他說。

啟明盯著他看了一會兒。「不吸煙還是男人麼？」他說，「抽支嘗嘗，男人都吸煙的。」

少年沒法拒絕了，接過煙。啟明掏出火柴，雙手曲成一小團，劃著了火。第一次火苗被風吹滅了，啟明又劃了一次，這次沒滅，但少年在伸出煙頭點火時不小心地將火吹滅了。他有些洩氣。

船身又搖晃了，是細崽回來了，沒說話，一頭扎進了船篷裡，沒再出來。

「沒事，再來。」啟明說。

少年叼著煙，再一次伸向了火苗，拿煙的手有些發抖。這一次成功了。「趕快吸兩口。」啟明叮囑他說。少年拚命地吸了幾口，結果大聲地咳了起來，嗓子眼就像被什麼東西憋住了一般，眼淚都流出來了。

啟明笑了，「你不行哦。」他說，「你真不行！」

又沉寂了下來。他們默默地吸著煙，望著川流不息的滔滔江水。啟明還是心事重重的樣子，少年很想打破沉悶的氣氛。

「你怎麼會認識他？」少年問，回頭望了一眼篷內的細崽，他正埋頭整理魚具。

「我是在江上長大的孩子，細崽是我家鄉的老表，我後來跟著叔叔學了鐵匠活計，離開了江河。」啟明說。停頓了一會兒，他吐出了一團煙圈，又被江風吹得七零八落。他抬起了臉來，像是欲在風中找尋散去的煙霧，可是它看不見了，煙霧融入了透明的空氣中。啟明的表情，停留在了冥思似的嚮往中，他仰起臉，微閉著眼睛，夕陽的餘暉溫柔地灑在了他的臉上。

「其實我喜歡自由自在的生活。」過了一會兒，啟明睜開了眼，望著平靜的江面，幽幽地說。「在我很小的時候，媽媽就離開了我們，爸爸沒有說媽媽是為了什麼離開的。那時我還小，也不懂事，從此爸爸一人帶著我，成天在江上漂著，偶爾會來鎮上看看我這個叔叔，後來的一天，父親也『走了』，我是在一個清晨起來後，發現他走的，當時我還以為他睡沉了呢！」

「直到中午了，我去推爸爸起來吃飯，發現他已沒了呼吸，身體冰涼。」啟明述說時，聲音是平靜的，猶如靜靜流淌的江水，少年卻能感受到他內心的激盪。

「叔叔幫我掩埋了爸爸的屍首，對我說，娃崽，你以後就跟著我吧。」啟明將嘴角的煙蒂吐了出來，又點上了一支狠狠地吸了一口，「就這樣，我離開了熟悉的大江，離開了我的漁船，上了岸。那一年我才九歲。」

少年的心中，湧蕩起了一股蒼涼之感，他覺得啟明的人生，就像這條浩浩蕩蕩一眼望不到盡頭的江水，默默地記載了無法言說的艱辛和苦澀。

「那你怎麼會認識鄭老伯的？」

當少年向啟明提出這一問題時，他馬上又開始後悔了，他覺得啟明還沉浸在往事的追憶中，他問得過於的唐突了。我是不該打破他的這份沉浸的，少年想。「對不起！」少年說。

「為什麼要說對不起呢？」啟明轉過臉來看著少年，臉上劃過一絲不易覺察的微笑。「其實，今天我也想跟你說說鄭老伯呢。」他說。

八

太陽快要落山了，江面上霎時霞光萬道，少年告別了啟明。

啟明說他還要回去看一眼如月，他心裡不放心。臨別時，少年發現啟明的神情中有一絲隱隱的激動，又有些茫然，只是說：「我們該走了，我不知道她現在好點了嗎？」少年當然知道他嘴中的「她」指的是誰。

他們上了岸，分別踏上了不同的方向，少年一人穿過了城樓的拱門，心裡還想著坐在船頭時，啟明告訴他的那個關於鄭老伯的故事，這個故事讓少年知曉了許多有關鄭老伯的鮮為人知的祕密，誘發了他對鄭老伯的更大的好奇。當少年從啟明的口中聽到「西路軍」這一稱謂時，大腦就冷不丁地忽悠了一下，覺得似乎在哪裡聽說過這支隊伍。可是在哪兒聽過的呢？記憶彷彿模模糊糊籠罩著一層揮之不去的霧幔。

後來啟明又說，鄭老伯在他喝醉了酒時會大聲地喊冤，他依稀聽到鄭老伯說西路軍執行的不是張國燾的錯誤路線。說到張國燾這個名字時，啟明還問少年：「你知道他是誰嗎？」

少年一下子明白了自己在哪聽說過西路軍了。張國燾的名字少年是知道的，他在小學的課堂上聽歷史老師提起過，那天老師在講述十八勇士強渡大渡河的故事時，還義憤填膺說到了張國燾叛變革命的分裂主義路線，說他在長征途中貪生怕死，臨陣脫逃，企圖叛黨而另立中央，以致四方面軍三渡草地，他甚至還圖謀殺害偉大領袖毛主席。老師在歷數張國燾的滔天罪行時隨口提及了一句西路軍，說這支隊伍當年就是執行了張國燾的錯誤路線，最後兵敗祈連山下，幾乎全軍覆沒。老師當時只是輕描淡寫的一筆帶過，但就是這個貌似輕描淡寫的一筆帶過，意外地留在了少年的記憶中。

難道鄭老伯跟張國燾和這個西路軍會有什麼特別關係嗎？沉思中的少年，並沒有告訴啟明他所依稀瞭解的這一切，他只是想著如何從啟明的口中知道更多一點鄭老伯當年的祕密。可啟明講述得頗為凌亂，雜亂無章的情節一時讓少年還難以梳理出一條清晰的思路。

少年一路走著，一路在腦海中拼湊啟明所描述的關於鄭老伯的經歷。顯然，鄭老伯在他的那段西路軍的歷史中，飽經滄桑，出生入死，他沒有想到當年他跟隨西路軍踏上的竟是一條死亡之路，那是遠在大西北的一條狹長的漫漫古道上，被譽為著名的河西走廊，據說古時中華帝國與西方世界進行貿易往來時走的就是這條路線，後來亦被人稱作絲綢之路。

當時紅軍一、二、四方面軍在甘肅會寧會師後，重新進行了整編，鄭老伯所屬的紅軍隊伍接受了中央軍委的命令，又從甘肅靖遠的虎豹口一帶強渡黃河。他們就是從那裡出發挺進河西走廊的。當時強渡黃河的是三十軍、九軍和五軍，一共兩萬一千八百餘人，後來因為遭受到蔣介石軍隊的的圍追堵截，原定的後續部隊最終放棄了渡河，這就意味著，已然搶渡成功的這一支紅軍隊伍將面臨缺少外援的孤軍奮戰。

隨後，這支紅軍隊伍便沿著祈連山脈下的河西走廊，向著新疆方向快速挺進，所謂「西路軍」一說便由此而來。鄭老伯告訴啟明，當時只聽說執行的任務是要打通一條國際通道，接應由蘇聯提供給紅軍的武器裝備。

「鄭老伯說，他那時在紅五軍所屬的師部當一名通訊員，他的師長是江西人，長了一臉的大鬍子，說起話來聲若洪鐘，大家都怕他，可鄭老伯不怕。」啟明說。

「為什麼鄭老伯不怕？」少年還好奇地追問了一句。

「鄭老伯就是由他帶進紅軍隊伍的。」啟明說。

入伍前，鄭老伯還是四川南江縣的一名叫花子，成天沿街乞討，偶爾還會給當地的地主老財當一段長工。有一天，他和一群跟他一樣要飯的小夥伴走在街上，正好看到有人在大聲地吆喝著什麼，還給路上的窮人送吃的。那時他還小，才十五歲，看到有吃的眼就直了，也跟著一塊上去討要，這時一個「大鬍子」看見了他，笑巍巍地走過來問他：

「小老鄉，想參加紅軍嗎？」

鄭老伯抬眼看了他一眼，覺得這個大鬍子笑起來挺慈祥的，不像別的人，看見他一身髒兮兮的躲著走。「紅軍是幹什麼的？」那是他第一次聽到紅軍的名字，他當時還不知道他遇見的是紅軍的「擴紅」宣傳隊。

「紅軍就是專為窮人打土豪、分田地的。」大鬍子說。

「土豪是啥子人嘛？」

大鬍子仰天大笑了起來，上前一步，摸著鄭老伯的後腦勺說：「土豪劣紳就是欺壓你們的地主老財呀！」

鄭老伯當時聽了嚇了一跳，他不能想像地主老財也能被人打倒！這可能嗎？「打倒了他們我們找誰討飯吃去？」他天真地問。

「紅軍會給你飯吃，天天有大塊大塊的紅燒肉吃，人人平等，地主老財再也不敢欺負你了！等到革命勝利了，大家還可以分田分地，也就是窮人從此翻身解放了。」大鬍子說。

「那我也是地主老財啵？」

大鬍子一聽，愣了，想了想，又大笑了起來，摸著他的腦袋說：「小鬼，不是當地主老財，是我們自己可以當家作主了。」

其實，當時鄭老伯根本不知道大鬍子說的是什麼意思，他只是覺得參加紅軍能每天吃到紅燒肉該多好呀！這讓鄭老伯很是嚮往。就這樣，鄭老伯加入了紅軍隊伍，一路上爬雪山，過草地，受盡了艱難困苦，許多當年跟他一道討飯的小夥伴死在了漫長的路途中。

鄭老伯說他的一位老鄉，就是在爬雪山時累得沒氣力了，又加上肚子餓，對他說：「鄭娃兒，我走不動了，你先走吧，我坐下歇口氣。」說著說著身子一軟，一屁股坐在了雪地上，鄭老伯也要跟著坐下，不遠處的「大鬍子」見了衝了過來，一把將他緊緊地抱住，大吼一聲：「不能坐，繼續往前走，一步也不能停下！」他懵了，還沒等他澈底反應過來，大鬍子又彎下腰拉扯坐在了雪地上的小老鄉，可那個人僵直地坐在那裡一動不動了，眼睛還大睜著，人已經沒氣了。

「是大鬍子師長救了我一命！」鄭老伯說，後來他才知道，隊伍中有許多人就是這樣坐下去就再也沒能站起來。紅軍指揮部後來下達了一道死命令，再累再餓也不能坐下，必須咬緊牙關堅持往前走。可是隊伍中還是有許多人中途倒下了。鄭老伯說他在爬雪山、過草地時，沿途看到許多紅軍戰士倒在了路邊。到處都是凍僵的屍體，許多人坐在地上大睜著一雙眼睛，保持著他們最初坐下時的姿勢。鄭老伯每當說到這裡時，眼淚就會刷刷地往下掉。

少年一邊聽，一邊默然地遙望奔騰不息的錦江，彷彿聽到了大江流水的嘶鳴之聲。

第五章 × 燕妮的誘惑

一

少年走在了通往縣革委後門的石徑小路上，再有幾步，便能抵達縣革委的側後門了，他聽到背後好像有人在喊著什麼，最初也沒在意，因為那個聲音不太響亮。少年每天都是這樣悠悠達達地從家裡漫步出來，從武裝部的後門進入縣革委的小院，然後踏上石徑小道，繞過花圃，奔了縣革委的側門，推開這一側門後，就是那條他已然非常熟悉的斜坡石路了，曲曲彎彎地呈三十度的角度上升，在石路的盡頭，便是他就讀的縣中學了。

他依稀聽到背後的人還在繼續呼喚，他沒有停下腳步，就在他的手掌快要觸碰到側門的把手時，背後的聲音忽然響亮了起來，似乎還傳來急遽的奔跑聲。

「小朋友，小朋友，你等一下。」

少年回過頭，見一人在向他快速地奔來，他定睛望去，認出了她，是他見過的那位「叛徒」阿姨。

「您在喊我嗎？」少年驚問。

阿姨氣喘吁吁地來到了他的面前，立足站定，因為跑得過急，臉色有些蒼白，大口喘著氣，但目光中卻透出一絲強烈的渴望。

「是喊我嗎？」少年又問。

阿姨慈祥地笑了笑。「是的。」她喘息未定地說，「我是在喊你，小朋友。」

少年感到了詫異，一時沒明白阿姨為什麼突然喊他，難道有什麼事需要找我幫忙嗎？

「你能幫我捎封信嗎？」阿姨說。

「捎信？」少年錯愕地看著她，「捎給誰？」

「小朋友，你說過你的老師姓蕭，對嗎？」

少年點頭，但他還是不明白阿姨為什麼向他提起了蕭老師。

「呃。」阿姨稍微停頓了一下，微笑地端詳著少年，從口袋裡掏出了一個信封，低下頭，在手掌上撫平了一下信封上的摺皺，臉上忽然浮現出一絲沉重，神情亦恍惚了一下，但很快就穩住了神，又抬起臉來望向少年，抿嘴一笑，將信封鄭重地交到了少年的手中。「你幫我把它交給蕭老師吧，好嗎？」她說，目光中充滿了期待。

少年注意到，在遠處的那些被打倒的「走資派」們，正悄悄地向他們這邊打量著，神情複雜，見少年向他們望去，又紛紛低下頭掃起了地來，少年突然覺得氣氛的怪異。他也不知道為什麼會產生這種感覺。就因為手中的這封信嗎？他有些迷惑。

「行。」少年說。

「感謝你啦，小朋友。」少年這麼痛快地就答應了下來，顯然讓阿姨感到了意外，她神情激動，身體都在微微地顫抖。阿姨的異常反應亦讓少年感到不解。

少年又轉過身來推開了那扇側門，剛要邁出門時，他聽到阿姨又喊了他一聲：「小朋友，阿姨感謝你！」

「不用。」少年說。

「請一定別讓其他人看見了，好嗎？」阿姨又說。

少年回過頭來又一次看向阿姨，他很想問一句：為什麼怕別人看見？但他沒好意思開口，因為從阿姨的臉上，少年看到了一種裹挾在喜悅中的悲傷，這兩種截然不同的感覺雜合在一起，讓少年再次覺出了蹊蹺。他知道這種時候是不該多問的，阿姨的內心似乎隱藏著不願向人道及的難言之隱。就是在這一時刻，少年覺出了手中這封信的非同尋常。

第三節課學的是毛主席的《實踐論》，講課的老師就是少年的班主任蕭老師。蕭老師上課時比較注意個人形象，他總是穿著一身深藍色卡嘰布的中山裝，衣服剪裁合體，雖然洗滌得已經褪色了，但仍被他熨燙得平平展展，領口的風紀扣亦繫得嚴嚴實實的，唇上的髭鬚也刮得一乾二淨，露出一片青光，和少年第一次見到他時判若兩人。他很少微笑，給人以一種一絲不苟的威嚴感，少年的心裡有點兒怵他，始終覺得他是一位令人望而生畏、難以親近的老師。

那堂課，少年也只是瞪大了眼睛假裝在聽，其實他一直在悄悄地觀察蕭老師，琢磨著蕭老師與那位阿姨之間，究竟存在著一種什麼樣的關係？他很好奇，亦頗感疑惑，阿姨交給他的那封私信，現在就靜靜地躺在抽屜的書包裡，此時他的思維，就像是賓士在一條快速跑道上，他沉浸在胡思亂想中。也就在這時，他感覺到了點什麼，臉上遽然熱辣辣地像被炙了一下，這讓少年迅速意識到了從講臺上射向他的犀利的目光，他心裡哆嗦了一下，注意力一下子集中了。

蕭老師在嚴厲地盯著他看，藏在鏡片後的那雙銳利的眼睛，不停地閃爍著，少年心裡在發毛，他趕緊避開了蕭老師直視著他的目光，可還沒等他來得及閃開，蕭老師已經開口問了。

「我講得不好嗎？」

「呃，沒……有。」慌亂中，少年說。

蕭老師還在緊緊地盯著他，像在探究著他的心理。「那你為什麼走神？」

少年窘了一下，額上悄然地冒出了汗珠，針刺般地扎著他。「我……」

「上課要認真。」蕭老師嚴肅地說。

二

下課鈴聲響起後，少年站了起來，羅勝利微笑地拍拍他，俯在他的耳邊說，「放學後我找你玩。」少年點了點頭，他的心思根本沒放在這上頭，他仍在思忖，如何將書包裡的那封信轉交蕭老師。當這一念頭閃過時，他遽然掠過了一絲奇怪的感覺。

咦，是一種什麼樣感覺呢？他蹙起眉心認真地想了想，一時還沒能捕捉到那一閃而過的「奇怪的感覺」，但無庸置疑的是，他剛才確實隱約察覺出一絲異樣，在他雜亂的腦海中短暫地停留了一下，又飛快地一閃而過了，讓他還沒來得及捕捉就倏然消失了。他有些沮喪。羅勝利還站在他的身邊，擺出一副深沉狀，他只好對他說：「一會兒再說，我還有點事。」羅勝利知趣地離開了，臨了，還沒忘了提醒他放學後會來找他。

四下裡無人了，大多數同學都出了教室，在外面喧鬧，少年悄然拉開抽屜，從書包裡摸出了那封信。信封是空白的，一個字也沒留下，封口已被糨糊黏合，看不出有什麼非同尋常之處，但還是讓少年隱然有了一絲好奇。

接下來還有一堂數學課，少年決定，中午下課後再去找蕭老師，那樣一來時間會充裕一些，他不想把阿姨交代的事辦得過於匆忙，他隱約覺得，這件事對於那個阿姨來說至關重要，他不想辜負。

數學課少年聽著騰雲駕霧，腦子完全不在聽課上，更何況數學顯得那麼地枯燥乏味。他心中掖著一絲莫名的興奮，覺得自己正在探究一個鮮為人知的祕密，這可比拆解一個數學方程式有意思多了。下課鈴聲再次響起後，他第一個站了起來，衝出了教室，直接去了教師辦公樓，在長長的走廊裡來回徘徊，少年心知，再過一會兒，蕭老師一準會出現。果然，沒過多久，蕭老師瘦弱的身子出現在了走廊的盡頭，他低著頭，快步向辦公室走來，手裡還拎著他的教案。

「蕭老師。」少年喊了一聲。

蕭老師抬起了頭，沒有太多的表情，只是微微地點了點頭。少年知道他一向如此，臉上永遠繃著一絲不苟的模樣，甚至還緊蹙著眉心，就好像一直在思索某個重大問題。「你是來檢討上課不認真的事嗎？」他問。

少年愣了。他沒想到，蕭老師還惦記著他上課時的走神。他搖著頭說不是。

「那你還有什麼事？」蕭老師疑惑地看向少年。

少年還在猶豫，是不是現在就將口袋裡的這封信直接交給他？還沒等少年做出決定，蕭老師居然與他擦身而過，推開了教師辦公室的門。「進來說吧！」他說，沒有回頭。

少年跟著蕭老師進了辦公室的門。蕭老師徑直去了他的辦公桌前，將教案甩在了桌上，從邊上抽過一張椅子，放在自己的面前，示意少年坐下，自己也坐下了，他先推了推鼻樑上下滑的眼鏡，認真地看著少年：「那你一定有什麼重要的事要向老師彙報，對嗎？」

蕭老師的一本正經讓少年尷尬了，他「支吾」了一聲，索性從口袋裡掏出了那封信，直接擱在了蕭老師的辦公桌上。

少年在做出掏信的動作時，蕭老師的臉上就滑過了一絲錯愕，顯然，還沒明白少年究竟想幹什麼。當信件擺在了他的桌上時，他還不經意地瞥了一眼。就在這一瞥之下，少年見蕭老師的身體不易察覺地顫抖了一下，臉上似乎還有點失色，但他迅速地鎮靜了下來。

「那是什麼？」

「信。」少年說。

「我知道是信，誰的信？」蕭老師的口吻變得嚴峻了起來。

少年沒吱聲了，他也不知道如何向蕭老師做解釋，同時，他也想繼續觀察一下蕭老師的反應。深藏在少年內心中的那份好奇，仍在悄然地誘惑著他。蕭老師的目光變得咄咄逼人了，犀利地盯緊了少年的臉。少年感到奇怪的是，心情反而變得坦然了起來。

「您看了就知道了。」少年說。

「誰讓你把它交給我的？」蕭老師厲聲問。

「您看了就知道了。」少年固執地說。

蕭老師的目光，這時轉向了那個未留下字跡的信封，長久地凝視著，似乎在心裡掂量著其中的分量，眼神有些恍惚，又有些迷離，接著似乎陷入了痛苦的沉思，半晌沒吱聲。過了一會兒，他伸出了手，拿起了封信，又無意識地看了少年一眼，將信撕開了。

當蕭老師展信閱讀時，少年注意到他好像並沒有先看內容，而是匆匆低下頭來掃了一眼信底的落款，就在這一霎時，蕭老師的臉色一下子變得蒼白了起來，臉頰上的肌肉微微地抽搐著，眼鏡亦無聲地從他鼻樑上滑脫了下來，但他並沒有習慣性地往上推去，而是呆呆地看著信中的落款，手在顫抖，信紙在他的手中發出沙沙沙的微響。

沉默了很久之後，他像是突然想起了什麼，對少年說：「你走吧！」少年發現，蕭老師的聲音一下子變得有氣無力。

少年站了起來，向門口走去。蕭老師讀信時的劇烈反應，讓他有些吃驚，雖然他已經預感這封信會引發點什麼，但一向鎮靜自若的蕭老師的失態，還是讓他感到了愕然。少年這時已經拉開門走到走廊上了，他聽到蕭老師在背後喊了他一聲，他又轉過身來返回了辦公室，在門口木木地站下。

「你見到了交你信的人嗎？」

「見了。」少年說。

「你知道她是誰嗎？」

「知道，一個……呃，阿姨。」少年說。

「阿姨？你是在叫她阿姨嗎？」蕭老師幾乎失聲地喊了出來。

少年肯定地點了點頭。蕭老師癱軟地仰倒在了椅子上，「去吧！」過了一會兒，他衝著少年擺了擺手，面色痛苦地說。

從那天起，蕭老師的形象，在少年的腦海中變得模糊了起來。

三

下午放學後，少年獨自一人先走了，他聽到背後傳來的急促的腳步聲，他沒有回頭，一隻手伸了過來搭在了他的肩上。

「不是說好了放學找你玩嗎？」

「喔，真對不起，我忘了。」少年說。

「忘了也沒關係，我記得哦！」羅勝利說，表情神采飛揚。接著，羅勝利在一旁喋喋不休地向他表示感激，說他遵守了承諾，沒告訴任何人他父親其實只是武裝部的一名炊事員：「這對我很重要。」羅勝利強調說。

「為什麼重要？」少年問。

羅勝利嘻皮笑臉地望著他，那種表情，就像少年問出了一句蠻愚蠢的話。「為什麼重要，這你還能不知道？」

「不知道。」少年誠實地說。

「只有你爸爸是個有地位的人，別人才會尊敬你，哦不，是會怕你，明白啵？」

「不明白。」

「為什麼不明白？」

「人和人都是一樣的。為什麼有了一個什麼樣的爸爸，就好像跟別人不一樣了呢？」少年說。

少年其實很討厭仗勢欺人的人，和羅勝利的觀點正好相反，他又是一個特別不願意向人道及父親地位的人，這會讓他臉紅耳熱，會讓他覺得拒人以千里之外，以致與別人顯得格格不入，這是他最不願意看到的。他已經注意到班裡的同學看向他的目光是異樣的了，裡面藏著豔羡和嫉妒，這讓他渾身上下都感到了不舒服。

「我看見你去找蕭老師了。」羅勝利說。

少年沒有回答，心裡還在想著那封交出的信有可能涉及的內容，他覺得自己多少顯得有些怪，按說那封信與他一點關係都沒有，他只是充當了一名信使而已，可他就是擺脫不了對這封信的探究欲望。這是為什麼呢，他反覆想著。

一個念頭，如閃電般地從少年的腦海中劃過——鄭老伯的嘴裡不是出現過晨英的名字嗎，而那個讓他轉信的阿姨又恰恰叫蕭晨英，僅僅是一種偶然嗎？最奇的是老師也姓蕭，這其間會不會有什麼隱祕的聯繫呢？蕭老師看完信後的那種失態亦讓他大惑不解，在少年看來，這一切都太像一道無法索解的方程式了，讓人隱隱地覺出答案好像就藏在這一連串的表象深處，隱而不顯地將呼之欲出，可終究又像是一團亂麻，讓少年還無法追本溯源地探究隱藏在這個表象背後的真相。

他迷惑了。

讓少年沒想到的是，他剛推開縣革委的側門就迎面見到阿姨了。她站在風中翹首以盼，看到少年後便快步向他走來。

「咦，這個人好像是來找你的？」羅勝利說。

「你先去吧，我還有點事。」少年說。

「你是跟她有事？」羅勝利問，臉上滿是詫異。

「你別問了，一會兒我會去找你的，好嗎？」

羅勝利帶著不解和疑惑走了，從阿姨的身邊擦身而過時，還認真地向她打探了一眼。少年亦迎著阿姨走了過去，琢磨著該如何向阿姨解釋蕭老師看到她的那封信後的反應。他多少有些欠疚，覺出了一絲辜負，他能感覺到那封信之於阿姨的重要性——當時交給他時她的那種期盼的表情，再明確不過地說明了問題，可是自己卻一無所獲，蕭老師接信後什麼也沒說。少年不清楚當蕭老師看完信後的心情究竟是什麼，留給少年的只是一種奇怪的感覺。

「哦，我的那封信……」阿姨問，眼神飄過一絲緊張。

「我交給蕭老師了。」少年說。

阿姨的臉上，先是悄然地劃過一絲釋然，很快又轉化為一種熱切地盼望，她目不轉睛地看著少年，似乎想從他的臉上再發現什麼讓她的期盼能得到落實的東西，那種處在極度渴望中的目光，讓少年的心裡遽然湧起了一股酸楚之感。

「他說了什麼嗎？」

「呃……沒。」少年說，不知為什麼，這一聲簡短的回答，竟讓少年覺得自己在虧欠著阿姨的期盼。

少年注意到阿姨使用的稱謂是「他」，而非「蕭老師」。

「噢……」阿姨感嘆了一聲，沉默了，難掩的失望從她的臉上快速掠過，她有些失神了。「他真的什麼都沒說嗎？」她輕輕地嘀咕了一句，少年覺得此刻她更像是在問自己。

「哦，也沒什麼，我該想到會是這樣的。」阿姨忽然說，又恢復了平靜。「阿姨該謝謝你，對嗎？」她說，臉上浮現出溫和的微笑，但少年看得出，阿姨是在強顏歡笑。

「不用謝，阿姨。」少年說，「我沒有做好這件事。」

「為什麼這麼說呢？」阿姨微驚。

「如果我能給您帶點回話來就好了。」少年說。剛一說出口，他便意識到了自己的失言，這樣的回答只會更加刺激阿姨，少年想。他後悔了，低下了頭。

「這不能怪你，小朋友，我已經很滿足了，你已經把那封信親手交給他了了，對嗎？」

「嗯。」

「他真的什麼都沒說，一句話都沒說？」阿姨又變得急切了起來。

少年驀然想起，蕭老師接信後說過的一句話，他還不能確定是否應該將原話如實地轉告阿姨。他在猶豫。

「說吧，孩子，阿姨知道他說了一句什麼，你告訴阿姨，阿姨能承受。」

少年知道躲不過去了，他的表情已然洩露了內心的祕密，況且他還是一個不善於撒謊的人。「他說。」他停頓了一下，又看了阿姨一眼，發現阿姨的表情變了，顯得格外的緊張和不安。「蕭老師問我，『你知道她是誰嗎？』」

「啊！他是這麼問你的，是嗎？」阿姨的聲音突然大了起來，臉有些變形，「你是怎麼回答他的？」

「我說知道，她是一位阿姨。」少年看著阿姨說，他發現阿姨的眸子裡出現了一滴淚光，心裡一動。

「孩子，你是這麼回答他的，對嗎？」阿姨的聲音在風中顫抖，「阿姨要謝謝你！」她說，「後來呢，後來他又說了什麼？」

少年的眼前，霎時飄過了蕭老師在聽了他說這句話後的失態，那種形象強烈地楔入在了少年的腦海中，那麼深刻，可是他該如何告訴阿姨呢？少年感到了為難。

「哦，我知道了，他後來什麼也沒說了，對嗎？」阿姨失望地說。

少年愧疚地點了點頭，他知道自己不得已地撒了一個小謊，心裡有些難過。

「這不怪你，孩子，這是阿姨的命！」阿姨聲音裡透出一絲蒼涼和無奈。

直到這時，少年才在心裡模糊地印證了阿姨與蕭老師之間的關係，徘徊在他腦海中的朦朧的念頭變得清晰了起來，雖然他不清楚在阿姨和蕭老師之間究竟發生過什麼，但少年能強烈地感覺到他們之間所可能發生的故事，而這一故事，又在阿姨和蕭老師的心裡投下了深重的陰影。

「阿姨，您還需要我做些什麼？您就儘管說。」

「不用了。」阿姨搖了搖頭，「只要他好，阿姨就知足了！」說完，阿姨邁著蹣跚的步履，走了。少年佇立在風中，望著遠去的阿姨。寒風中阿姨的背影顯得孤苦伶仃，少年的心中，湧起了一股難言的酸楚。

四

少年剛踏上搖搖晃的樓梯，就聽見樓上傳來的歡聲笑語，這個聲音在他聽來有些刺耳，這時的他，心裡還沉浸在方才經歷過的陰鬱的氛圍中。他感到了沉重。

他很想輕步上樓，儘量不發出一絲動靜，他現在不想跟任何人說話，只想一個人靜靜地待上一會兒。心中盤結的那些揮之不去的念頭，還在死死地糾纏著他，雖然他已然暗暗地認定阿姨與蕭老師的關係了。

當這個謎團終於釋懷時，少年還以為自己會鬆口氣呢，可是沒有，一個更大的疑惑，緊跟著又向他迎面撲來。蕭老師與阿姨的表情輪換地在他的腦海中依次呈現，有時竟會重疊成一個奇怪的面影。此前的那個隱隱約約的感覺，終致讓少年豁然開朗，那個一臉悲苦的阿姨，很可能是蕭老師的母親，這是少年得出的結論，雖然現在還僅僅是一個無端的猜想，但這一猜想，起碼能解釋當蕭老師拿到那封信時，臉上浮現的那種奇怪表情。只是有一點少年還沒想明白，孩子一般與父親同姓，如果他們真的是母子關係，那麼蕭老師為何不隨父姓而隨母姓呢？當然姓母姓的人也有，但接下來的問題是，蕭老師的父親又會是誰？他不可能沒有親身父親呀？

再接踵而來的問題是，如果他們真的是母子關係，那麼母子間究竟發生過什麼？

樓梯發出的「嘎吱嘎吱」的聲響打破了少年進一步的追問，他注意到樓上的聲音驀然停止了。他在階梯上佇立了一會兒。

安靜了。剛才從樓上傳來的歡聲笑語沒有再度響起。他知道是因為自己的腳步聲驚動了他們。少年當然知道樓上的那個女聲是誰發出的——一準是崔燕妮，至於另一個人會是誰？他一時還不清楚，他也不想去猜測。

少年猶記得，那天晚上看了崔燕妮借他的漫畫書後，內心產生的莫名騷動，同時亦在隱隱地驚詫，這個女孩竟然如此大膽地借他看了這樣一本下流的書，雖然僅僅是寥寥數筆勾勒出的人體，但足以讓少年觸目驚心了，那種再明顯不過的性暗示喚起了他蟄伏的欲望。

隨後的第二天，少年早早地就醒了，一夜都處在半夢半醒的狀態，身上火燒火燎，洗漱完畢後就趕緊離開了家，奔了食堂，經過崔燕妮的門口時還故意放輕了腳步，生怕驚動了她。不知為什麼，少年忽然覺得害怕再迎面碰上她了，他不知道一旦與她撞上，自己將會是一副怎樣的表情？那一定會是狼狽的，少年心想。

還好，崔燕妮的房間一點動靜都沒有，顯然她還在熟睡。少年躡手躡腳地從她的門前劃過時，心都快提到嗓子眼了，生恐她聽到點動靜「忽喇」一下拉開了門，讓他不知所措。結果虛驚一場，什麼也沒發生。他快速地下了樓，如釋重負。

那一天放學後，他便有了一種在劫難逃的預感，知道終歸是要與崔燕妮遭遇上的。他有意地延長了有可能遇見的時間，只想給自己的心理一個充分準備的時間。少年也想不明白，為什麼自己一下子竟成了驚弓之鳥，心生忐忑。其實就是那個被喚醒的懵裡懵懂的欲望，讓他欲火焚身了。他感到了驚恐，同時亦愕然於崔燕妮的膽大無忌。少年又一次地想起了崔燕妮的那種特殊的眼神——火辣辣的眼神，此刻亦燒灼著他的心。

晚飯後父親讓少年先回家去，父親說他要去縣革委開會：「你早點睡，不要等爸爸了。」父親說。少年「嗯」了一聲，向家中走去，一路上還故意在嘴裡哼著小曲，以此來驅散內心的躁動不寧，也不知為什麼，少年竟會覺得自己在虧欠崔燕妮的期盼。

少年知道，只有甩開纏繞著他的那個令他感到羞恥的念頭，才能讓心靈重獲寧靜。

他踏上了那個搖搖晃晃的樓梯了。此時的樓道已被微暗的燈光所照亮，他猜都不用猜，就知道那是衝著樓梯口的崔燕妮的房門在大敞著，燈光是從那裡流瀉出來的。潛伏於心的欲望，再度呼嘯般地向他撲來，他又開始心跳了。他只能拚命地抑制內心的慌亂，吹起了口哨。當發自嘴中的口哨聲悠揚響起時，少年依稀覺得那顆跳動的心，開始漸趨平靜。

「嗨，放學啦？」崔燕妮斜靠在門框上，歪著脖子問。顯然，她聽到了從樓梯上傳來的腳步聲。

「你不也放學了嗎？」少年說，裝出一吊兒郎當的樣子，繼續吹起了口哨。這時的少年，已快走完樓梯了，正在踏上最後一級階梯。

「不想來我這坐坐嗎？」崔燕妮說，挑逗地覷著他。少年又開始心跳了，但他沒有停止嘴上的口哨聲，抬了抬書包，他只能利用這種方式來抑制自己的心跳。

「別裝了你，現在誰還會在家老老實實做作業？你以為我不知道呀！」崔燕妮說，小嘴嘟了起來。

「那我也得做。」少年的腦袋高高地昂起，故意用一種高傲的眼神斜睨著崔燕妮。她的臉上明顯地浮現出不悅。

「書看完了嗎？」崔燕妮突然說，意味深長地在少年的臉上剜了一眼，眉眼聳動，一絲不易察覺的輕佻從她的眼角中悄然滑過。

少年迅速從她身邊走過，打開了自家的那扇門，向屋內走去。「看完了，我去拿來還你。」

少年是背身對崔燕妮說的，他知道自己的臉又漲紅了，他害怕被她發覺，只能採取這種方式來掩飾。這時，他聽見崔燕妮跟著他走了進來。「我自己來拿。」少年聽見她說。少年不好再說什麼了，進了自己的房間，從枕頭邊拿起那本書，轉過身遞給崔燕妮。

崔燕妮先是垂著雙手沒接，眉眼上挑，笑瞇瞇地盯著他看。

「好看嗎？」她問。

「嗯，還行。」少年回答。

「是好看，還是還行？」她又問，有點兒咄咄逼人了。

少年覺得自己被她逼到牆角上了，無路可退，咬著牙唐突地冒出一句：「好看。」崔燕妮的眉心舒展開了。「我就知道你會喜歡，我也喜歡看。」目光現在變得更大膽了。少年的心裡霎時熱了一下，那團隱約燃燒的小火苗蹭地一下又升騰了起來，大腦亦有些暈眩了，這便讓他處在了極度的慌張中。他害怕心中逐漸蔓延開來的烈火，害怕它會勢如破竹地吞噬了自己，讓他失控，他突然有了一種負重般的犯罪感。

「你拿去吧！」他說，「我爸爸一會兒要回來了。」少年也不知為什麼要突然提起父親，似乎唯有如此，才能獲得解救，可是心裡又明明有一種焦躁的飢渴感。

崔燕妮目光中的輕佻，在漸漸地隱沒，顯然，她失望了，拽了拽少年的衣角說：「去我那坐坐吧，我那不會有人來。」少年又一次被她逼得沒有了退路，鬼使神差地居然跟著崔燕妮去了她的房間。

剛一進門，崔燕妮就閃身讓過少年，輕輕地將房門掩上。「噓，現在就我們倆了。」她目光挑逗地望向他，臉頰上飛起了兩朵紅暈，顯得很急迫。

少年不敢再看她了，躲開她射來的目光。

「若若，你坐。」她說，聲音中夾雜著一種催眠般的意味。

五

少年在床沿上坐了下來，崔燕妮坐在了他的對面。

「你弟弟呢，他怎麼沒在？」少年故意問，他很想打破籠罩在屋子裡的讓他越來越感到呼吸不暢的氣氛。

「他不會來，我把他趕走了，我們在一起老吵架。」她說。

沉默了。少年發現崔燕妮亦在拘謹著，不再像剛才那般充滿了挑逗。少年的目光在四處巡遊著，不敢在崔燕妮的臉上逗留。

「你為什麼不敢看我？」崔燕妮終於問了。

「我嗎？沒……沒呀。」少年說，語無倫次了。

「還說沒呢！」她嬌嗔地說，「那你看著我說話。」

少年只好將四處逡巡的目光掉轉了過來。當他看向崔燕妮時，心臟驀地劇烈跳動了一下。崔燕妮的臉像被烈火點著了一般，紅成了一片，宛若晚霞般地燃起的一抹彩虹，她亦羞澀地避開了一下少年投來的目光。

「哦，那本書，給我吧。」崔燕妮說，聲音輕極，如同耳語。

少年這才發現，她的書，還無意識地攥在自己的手裡，同時亦感覺到了手心在冒汗。

崔燕妮伸手拿過了漫畫書。

「這本書，還是我弟弟當年跟一幫小孩從圖書館裡偷出來的，讓我發現了，就藏了起來。這書滿好玩的，對吧？」她說。

當著少年的面，崔燕妮隨意地翻開了一頁。少年落在書頁上的目光是倒著看的，但他還是看清了被翻開的那一頁——就是最讓他倍感刺激的那頁，仰坐在沙發上的西洋女子叉著雙腳，在兩腳間露出的那一小點黑乎乎的陰部。他徹底暈了，腦子「轟」地響了一下，一股烈焰騰空般地躥了上來。崔燕妮抬起了臉來，微醺般的眼神飄搖般地覷向他。

少年記不起是誰先開始動作的了，記憶在那一時刻一片模糊，他只記得兩人突然忘乎所以地摟成了一團，兩張嘴巴緊緊地粘黏在了一起，瘋狂地吮吸著。

少年下意識地將崔燕妮撲倒在了床上，她的嘴裡發出了一聲輕微的哼叫，少年的下體早已勃然崛起，抑制不住地想在她的身體上玩命磨蹭，否則，無法熄滅內心高漲的火焰。

他的一隻手，伸進了崔燕妮的衣服內，觸摸到了她微微凸起的圓潤的乳房。這是少年第一次真切地撫摸一位少女的乳房，儘管他多少次在幻覺中出現過這個激動人心的場面，乃至於他偶爾的手淫，都是以此為依託的，但那僅止是一個停留在大腦中的浪漫想像；而現在，他已然實實在在地觸摸到它了，這種感覺讓他的欲望高度亢奮。他餓虎撲食般貪婪地搓揉著，且被一股巨大的熱浪所裹挾，不能自已，他彷彿聽到了壓在身子底下的崔燕妮發出的呻吟，這聲音在他聽來是那麼地悅耳且富刺激。

他更加興奮了。

「快，脫了。」

崔燕妮微張迷醉的雙眼，俯在他的耳邊悄聲說，雙手亦迫不及待地撕扯著少年身上的衣衫。

少年的腦海中瞬間閃過了在農村時，從一位知青哥哥那裡偷看過一本《農村醫療手冊》，其中有一頁形象描畫了一幅女人的陰部，讓他充滿了神祕的好奇和衝動，那一頁的紙張已顯骯髒不堪，一片手指留下的汙跡，且紙面變得稀薄，顯然，它是被人反覆翻閱過最多的一頁。他當時目不轉睛地看著，興奮不已，女性體內的那個隱祕的迷人部位，就是在那一刻，像強心劑般注入了他的大腦，誘惑著他，讓他暗暗地渴望能夠有朝一日真實地見證頁面上的情景，同時這一想像，亦讓少年萌生了一種羞恥般的犯罪感。

當崔燕妮發出淫蕩的輕喚時，他已然顧不了那許多了，急不可耐地想親見一直在誘惑他的那個神祕的部位，這種膨脹的念頭，讓他清晰地聽到了心臟發出的擂鼓般的突突突聲。他手忙腳亂地解開了腰間上的皮帶。

「快，快點。」崔燕妮一邊幫他，一邊在催促著。可能因了過於的激動，居然解了幾次都沒能成功，他絕望地輕吼了一聲。頭上開始冒汗，他痛恨起了自己的無能。

「來，我幫你。」崔燕妮說著，半仰起身來，一雙小手窸窸窣窣地幫他解開了褲帶。褲帶很快就鬆開了，緊接著，少年感到一隻溫柔的小手探進了他的下腹，觸摸到了他勃起的「小傢伙」了，並被輕攥在了手心裡。他「噢」的一聲吼叫，遭受電擊般地擺動了一下身子，剎那之間，體內有股熱流正在不可阻擋地向他洶湧撲來，他害怕地趕緊避開了她那隻仍在動作的靈敏的小手。

熱浪退卻了。少年穩了穩神兒，又俯身上去，狂吻著崔燕妮發燙的臉頰，可是已然湧入小腹的那種騷動的元氣，仍在躍躍欲出，他竭力想抑制它的噴發，可身體好像不再聽從他的使喚了。此刻的少年，急於想昂然挺入崔燕妮的體內。她顯然感受到了少年的急迫，在他的體下自行地褪下了褲子，裸露在外的一雙小腳，正在拚命掙扎，那是她在設法蹬掉已然褪縮在她腿部的褲子。

「幫我一下！」她眯著一雙醉眼說。

少年仰起了身，又彎下，低頭看向她裸露的部位，他心驚肉跳地瞥了一眼，一蓬蓬稀疏的雜草般的陰毛，清晰地映入了他的眼簾。毛色有些發黃，稀稀拉拉覆蓋著那個隱祕的部位，腹部的皮膚，光滑得像是一塊水晶玻璃。這是少年有生以來第一次的親眼目睹，過去他只在書上見過。他的大腦暈眩了，有些發飄，他一把扒掉崔燕妮欲褪未褪的褲子，笨拙且緊張地扶住他高聳的「小傢伙」，對準了那蓬掩映在陰毛中的洞穴就要奮勇直入。沒有成功。他未能準確地找到位置，這時體內蓄勢待發的噴射感更加強烈了，他趕緊鬆開了手。「小傢伙」敏感得讓他不敢再去觸碰。

耳邊傳來崔燕妮的淫聲浪語：「快，快點。」

少年沒敢怏，閉上了眼睛，他想讓那股湧動的衝動先平復下來。就在這時，崔燕妮敏感的小手又一次地伸了過來，攥住了他勃起的小傢伙就要往洞穴中探入。他疾聲喊了一聲：「別！」與此同時，亦急煎煎地回應了崔燕妮的引領，俯下了身去。

少年只覺得身體劇烈地抽動了起來，一股強勁的電流疾速地衝向大腦，做瞬間的盤旋後又順流急下，直抵下體，與此同時，少年發瘋般地向崔燕妮的那個部位挺進了，他感覺到再晚一步將全功盡棄。

晚了。

他猛烈地噴射了起來，嘴中發出聲聲低吼，身體亦如彈簧般抽搐著，彷彿憋足了的那股激流在一瀉千里，「噗噗噗」地激射在了崔燕妮裸露的肚子上和臉上，隨著他低沉的吼叫，身體亦漸漸地癱軟了下來。

少年還是沒能真正地進入，他是在崔燕妮的體外火山般噴發的。當這一切在瞬間發生後，少年的眼前飛快地閃過了崔燕妮的臉上浮現出的失望和沮喪，還有惱怒，但她仍不甘心地又一次地攥住了他的小傢伙，可是它已然極不爭氣地軟塌了下來。「我受不了！」崔燕妮說，她還想努力地讓它再度勃起。但她失敗了，那個小傢伙在她的手中已不再聽從召喚。

少年已然臊得無地自容了。他覺得自己太沒臉面了，腦子亦一下子清醒了過來，身體劇烈地晃了晃，及時擺脫了崔燕妮的糾纏。快速提起了褪落在腳邊的褲子。他不敢再看崔燕妮的那張焦渴的面孔了，轉身衝了出去。他聽到崔燕妮在背後嘶喊了一聲：「你給我回來！」

少年一進入自己家的廳堂，便將門閂插上了，他靠在門板上大口大口地喘著粗氣，心臟亦在狂跳不止。他自己都不敢相信剛才發生了什麼，他覺得都快不認識自己了。我這是怎麼啦？他想，這究竟是怎麼發生的？他有一種快癱了似的感覺。

這時有腳步聲傳來，接著是敲門聲，先是一下，接著又連續地敲了幾下。顯然，崔燕妮沒敢大聲敲門，怕驚動了樓下的家人，她與少年僅一門之隔，她每敲一下，都會在少年的心裡激起一陣洶湧的狂瀾，但他沒敢吱聲，背靠著門板。剛才太丟臉了，他想，這曾經是他朝思夢想的時刻，自從他在農村看過了那本《農村醫療手冊》後，就開始萌動於心的犯罪般的想像，當它的真的猝不及防地發生時，自己居然不行了！

少年羞愧難當了，他度過了一個難熬的無眠之夜。

那天後，少年總是躲著崔燕妮走。他害怕再見到她，害怕她瞅見他時那麼一副譏誚而又鄙視的表情，這表情，讓少年意識到了那天晚上的失態和無能，讓他的自尊心有了挫敗之感。他感到了無地自容。

倘若真的迎面撞上而又無法躲開時，他只會衝著她羞怯地說聲：「你好！」而她呢，則立馬呈現出一種居高臨下的姿態，鄙夷地從他的身邊擦過，傲慢地擺擺手，算是打了一個招呼。這時的少年，臉頰已經紅到脖子根上了。

六

少年走上樓梯，一咬牙讓腳步重重地踏了上去，搖晃的樓梯發出了刺耳的「嘎吱」聲，少年覺得由此可以掩飾自己內心的慌亂。崔燕妮的屋裡還是鴉雀無聲。就在少年走完最後一級階梯，正要側身拐往他的家門時，從崔燕妮的屋裡忽然竄出了兩個人影，接著是「哇」的一聲大叫，把少年唬了一跳。

羅勝利與崔燕妮站在了少年的面前，笑眯眯地覷著他，崔燕妮的眼神還藏著一絲輕佻的挑逗。

「我們一直在等你。」羅勝利說。

「噢。」少年頓了一下。「你們玩吧，等我幹什麼。」少年裝作無所謂地說。

「剛才燕妮還說你不會跟我們玩呢，是這樣的嗎？」羅勝利笑眯眯地問。

少年的臉上又有發燙的感覺了，心裡明白崔燕妮指的是什麼，他有些惱怒，堅決地轉過身，開了自家的房門。

「嘿，你怎麼啦？」少年聽到羅勝利在背後說，他沒再搭理。

「他這是不好意思呢。」崔燕妮咯咯地笑了起來，說。「有啥不好意思的，不就是玩唄，我們是在逗你玩呢，若若。你別生氣，好嗎？」崔燕妮拽住了少年的胳膊，撒嬌地說，「我沒有什麼惡意，只是逗你玩，真的！」

少年恨恨地瞥了她一眼。崔燕妮趁機衝著她眨眨眼皮，這是一個只有他和她才能讀懂的默契。他鬆弛了一點，裝著不情願地被拽進了崔燕妮的房間。

「你們怎麼認識的？」少年問。他知道這是在沒話找話，掩飾尷尬。但他很快就注意到了，羅勝利盯著他看的眼神有點詭譎。羅勝利衝他別了別嘴角，滑過一絲狡黠。

「我坐在樓梯上等你，結果遇上了燕妮。」羅勝利說，「她說也是你的朋友，是這樣吧？」

少年又看了崔燕妮一眼，她正躲在羅勝利的背後，衝著他咧嘴樂著。

「鄰居唄。」少年嘀咕了一句。

「鄰居你還臉紅？」羅勝利說，瞅著少年窘困的模樣，他突然大笑了起來。「我知道你們是鄰居。」他說，「我還想有這麼一個好鄰居呢！」他回過臉，意味深長地看了崔燕妮一眼。少年看不見羅勝利的表情，但他驚訝地發現，崔燕妮看向羅勝利時目光有一絲異樣，眉目中如有一泓水波在蕩漾。這目光是他熟悉的。他心動了一下，感覺到了不舒服。

「勝利說你剛才叫一個老女人截住了，有這事嗎？」崔燕妮問。

少年點了點頭。他注意到她與羅勝利之間似乎已然很熟了，甚至連姓氏都免稱了，心裡便有了一種怪怪的感覺。

「那個老女人是一個叛徒，走資派，你不知道？」崔燕妮說。

「知道了又怎麼樣？我看她就是一個上了點年齡的老阿姨。」少年說。

崔燕妮又咯咯地笑了起來，「就你把她當阿姨，沒立場。」

少年還在詫異，崔燕妮在他的面前所表現出的若無其事，就好像他們之間，什麼事也未曾發生過。

「她跟你都說了些什麼？我看她的表情好像挺著急的？」羅勝利說。

「這不關你的事。」少年說。他想起了阿姨在風中遠去的背影。

少年的反應讓氣氛有了些尷尬，他也覺出不對了。「我要去鎮北一趟。」他說。他想找個理由離開。

「咦，就這麼走啦？」崔燕妮說。

「還有事嗎？」少年問。

「你要去幹嘛？」崔燕妮有些不高興了。

「去書店買書呀。」少年說。

「嘻嘻。」崔燕妮突然咧嘴樂了，「還要買書吶？會有我借你的書好看嗎？」她的臉上霎時充滿了一種莫測的表情，還帶著一絲只有少年能懂的挑逗，目光閃爍。少年立刻明白了她表情的涵義，沒再回答，而是大步走下了樓梯，他聽到崔燕妮在背後嚷嚷了一聲：「別一人走呀，我們也去看看。」

少年很快聽到了雜遝的腳步聲，他沒回頭，一人匆匆地走著。羅勝利先衝了上來，與他並肩而行，崔燕妮落在後面了。

「嘿，你們倆吵架了？」羅勝利問。

「我嗎？沒有。」少年敷衍地說。

羅勝利嘿嘿笑了，「我看你倆不大對吵。」

少年沒再搭理羅勝利。隨便他怎麼想吧，少年心裡說，但這小子眼睛還挺賊，不能讓他看出什麼來，否則我太沒臉面了。少年又想起了那天晚上讓他感到狼狽不堪的情景，馬上又有了一種無地自容的感覺，他只是不能明白，崔燕妮為什麼今天表現得就像沒事一般，他為這個女孩的大膽而吃驚。

這時，他們走下了石階碼頭，少年下意識地望了望仍然停泊在小碼頭水邊的那幾條漁船，他看見一位老漢坐在船頭，咬著一桿長長的旱煙鍋，迷茫地眺望遠方，神情呆滯。細崽沒在船上，少年不知為什麼便有了些失望。正想著，細崽低頭從船篷裡走了出來，伸展了一個懶腰，彎腰從老漢的手中接過旱煙鍋，也吸了一口，目光隨意地飄遊著，轉向了少年所在的這一邊。

少年衝他笑了笑，伸出手跟他打了一個招呼，他先是一怔，很快認出了他，也抿嘴樂了一下，向少年點了點頭，又將煙鍋還給了老漢，重新鑽進了船篷裡。

船頭上又只剩下那個老漢了，他還是一動不動地坐著，背襯蒼茫江水的身影。在風中顯得有些孤獨。

走上浮橋了。江風不大，江水就在腳底下清波蕩漾，輕輕地拍打著連體的浮船，一腳踏上去，有點像踩在鬆軟的海棉上，和他踏在自家的樓梯上又有所不同——樓梯是一種搖晃感，而走在浮橋上則會讓人有種悠蕩起來的感覺，猶如行走在水面上身輕如燕。

「沒想到你來鎮上的時間不長，還認識不少人哩！」羅勝利說。

「他是幹嘛的？」崔燕妮在邊上問了一句。

「打魚的。」少年說。

少年抬頭望了望遼闊的天空，陽光斜斜地懸在偏西方，被一層淡淡的煙雲遮掩著，漫射出微弱的青灰色的反光。忽聽有人吆喝了一聲，少年定睛望去，見幾條大漢竄將上來，動作麻利地在解開拴在中間一節船體上的粗大纜繩，它們平時盤龍臥虎般地糾結在連結船體的木樁上。

很快，就聽到江面上亦傳來高吭的吆喝，就像一聲船號，一條烏青的貨船正向這邊緩緩駛來，船舷的兩頭，分別立著兩位彪悍魁梧的漢子，齊聲吶喊，將一根粗長的帶鐵頭的竹篙先抬起，斜斜地插入江中，然後用肩膀頂著竹篙的頂端，步履維艱地驅策著貨船逆流而上。

浮船兩端的纜繩終於解開了，幾個解繩人噔噔地小跑著，熟練地推動著失去了纜繩束縛的浮船。被解開的船體，便在他們的用力之下緩緩地撕開了一條豁口。

少年一行這時已經來到了豁口邊上，過不去了，腳下就是奔騰不息的江河流水。那艘貨船駛近了，一位垂著虯髯的老漢威風凜凜地站在船頭上，那兩個撐篙的漢子，一邊撐著竹篙，一邊用眼角覷著豁口，船尾處立著另一中年漢子，沉穩地把著船舵，不時地看向老漢擺出的手勢。

少年還是第一次目睹這番情景，有一絲好奇，又有一絲驚喜，他覺得這種場面真真是太壯觀了，心裡便有了隱隱的興奮和激動。他看見羅勝利若無其事地垂手站在邊上，還有些不耐煩。他知道這場面他委實見得多了，所以也就見怪不怪了，不像他，他可是平生頭一回見著。

貨船駛近了，險些要擦向浮橋的邊緣，立於船頭的老漢冷著臉一抬手，那船上撐篙的兩個漢子，趕緊竄了上來，用鐵頭竹篙使勁地別住敞開著的浮橋的邊緣；中年舵手見狀，亦急急地將船舵往左側移動，以防止貨船與浮橋的船緣發生劇烈的碰撞。浮橋震盪了一下，少年的身子跟著一個小小的趔趄，但很快就穩住了腳跟。

貨船終於穩穩當當地駛過去了，像一個龐大的奇異物體，從少年的眼前緩緩划過。老漢又來到了船尾，雙手抱拳，向站在浮橋上的解纜繩人分別拱了拱手。解纜繩的那幾條漢子再次竄將上來，在另一頭站著的大漢，將手裡握著的纜繩從空中拋了過來，這頭的人熟練地伸手接住，躬身往回拉。一度離開浮橋的船體重新在慢慢合攏。

少年倏然發現，在對面攢動的人群裡有一熟悉的身影，他認出了他，居然是啟明。他一陣高興，伸出手向那邊揮舞著。啟明沒看見他，漠然地直視前方，一副心不在焉的樣子。少年又大聲吆喝了一句，啟明好像有了點反應，向少年這邊張望了一下，還是沒看見他。少年這一頭站著太多的人，他擠在人頭攢動的人群的中間。啟明的目光又看向別處了，顯得心思重重。

船體剛一合攏，兩邊靜止的人流便匆匆地走動了起來，少年幾步跨了過去，衝著低頭走來的啟明「嘿」了一聲，啟明還是沒反應，他上前一步拍了拍他。啟明猛地一下抬起了頭，稍一愣神，咧嘴樂了。

「是你！」

「當然是我！」少年說，「叫你也不應。」

「沒聽見吵，我正要找你哦。」啟明說。

「找我？」

「鄭老伯回來了，還跟我打聽你呢。」啟明說。

七

少年萌發了想要立刻見到鄭老伯的衝動，轉身對羅勝利和崔燕妮說自己不想去書店了，要去一個老伯家。崔燕妮嘟著嘴，一臉的不高興，責怪他沒定性，說變就變；羅勝利則在一旁呵呵地樂，眼睛細眯著，在用一種異樣的眼神，看著嬌嗔的崔燕妮。少年的心臟跳躍了一下，覺得羅勝利的眼神裡似乎隱藏著什麼，但他也沒多想，再一次地表示了抱歉，跟著啟明走了。

「他們是你朋友啵？」啟明問。

「嗯，就算是吧。」少年說。

「哦！」啟明沉吟了一下，目光詭譎地閃了閃，沒再說話。

「你想說什麼？」少年問。

「沒什麼。」啟明說，微微一笑，摸了摸腦袋，欲言又止。

「你肯定有什麼話想說，別瞞著。」少年說。

啟明先是樂著嘿嘿了兩聲，又猶豫了一會兒，探究般地湊近少年，「他倆有點什麼事麼？」

「什麼意思，哪能有啥事？」少年說。

「看上去就有點……嗯，那個，嗯，不一樣。」啟明說，「那男崽的小眼神滿怪的，你沒注意到嗎？」

「他是我同學，沒什麼。」少年說，但心裡還是劃過了一絲不爽，他知道啟明想說什麼了。

「那女娃也不像什麼善主。」啟明說，「但人長得還是滿俊俏的。」說完，啟明又樂了。

他們來到了鄭老伯的屋前，啟明站住了，少年納悶地看著他，目光在探問：你怎麼了？啟明低下頭來想了想：「一會兒你就說是你讓我跟著來的，好啵？」少年奇怪了，「為什麼要這樣說呢？」他問。

「你甭管，你就這麼說吵，我有我的原因哦。」啟明說。

開門的是如月，她先是一愣，見是少年，臉上立即綻出了笑靨，「快進來。」她說，「真沒想到你會來，來看我爸吧？」少年亦笑，點點頭，他聽到如月回頭喊了一聲：「爸，有人來看你了。」

這時縮在門外的啟明閃了出來，待如月轉過臉來時，正好與啟明的目光正面撞上，如月稍微地驚訝了一下，臉色沉了下來。

「是我拖他來的。」少年說，給啟明遞了一個眼色，啟明悄悄地向他伸了一個大拇指。「啟明告訴我說鄭老伯回來了，所以我也把他也給拖來了。」

如月的臉上又綻出了笑容，他讓少年以後不用客氣，想來就來，沒必要專門拖一人陪著，「你也是一個大男人了，對嗎？別不好意思。」她嘻嘻樂著，大聲說。

少年與啟明進了屋。屋中央燃著一盆炭火，空曠的屋裡還顯陰冷，鄭老伯披著一件中式的對襟大棉襖，出現在了廳堂裡，覷眼瞄著少年，看不出有任何表情。少年的心裡開始發怵，不知道他的這次不請自來，是否會讓老伯不高興。

鄭老伯彎腰搬了條小矮凳，放在火炭盆的邊上，示意少年過來坐下。少年小心翼翼地走了上去，先說了一聲鄭老伯好。直到這時，鄭老伯的臉上才出現了笑容，摸了摸了少年的腦袋，虛眼瞧著他。少年發現，鄭老伯臉上的皺紋更深了，眸子裡似乎還隱著一層憂鬱。他欠身讓少年坐下，少年亦讓坐。鄭老伯先坐下了，少年這才在他的邊上坐定。鄭老伯伸手烤著火，眼睛一直在盯著炭火看，好像有點走神，這讓少年覺得有些不自在了。少年從來就害怕跟上一輩的人待在一起，也說不清是因為羞澀呢，還是因了膽怯，總之，跟他們在一起時，少年多少會有些說不上來的彆扭。

我為什麼要來呢？少年心想，或許是因為鄭老伯的身上，籠罩著一層神祕的色彩，誘惑著他？或許是因了，他的那個曾經的紅軍經歷？是因為這些原因嗎？好像是，又似乎不完全是，總之，自從那天晚上在店鋪裡見到了這位一臉滄桑的老人之後，少年便覺得對於鄭老伯身上的故事，有了一份難以排遣的好奇。更奇的是，他還隱隱地覺出，那個「叛徒」阿姨與這位鄭老伯，亦存在著一種至今仍無法索解的奇怪關係。

少年一直沒忘了，鄭老伯在他那天晚上喝醉了酒時，忽然從嘴裡冒出的那個名字，在他看來，世上的事絕無可能這麼湊巧，正好他唸叨的名字與那位阿姨居然具有著同樣的稱謂，而這個阿姨姓蕭，又與自己的老師同屬一姓，這有可能是一種意外的巧合嗎？少年在問自己。現在的他，心裡又多出了一個謎團，那位阿姨和少年的老師還存在著一層撲朔迷離的關係，這一切，都在暗中促使少年想弄清楚這其間的神祕連接。

「你還沒吃吧？」鄭老伯突然問。

少年一愣，他沒想到鄭老伯開口說出的第一句話，竟然會是這句，他支吾了一下，「呃，哦……沒……」少年說。

「丫頭。」鄭老伯扯開嗓門嚷了一句，「備點小酒，再給弄點下酒菜來，就這吃。」

「別……」少年想客氣一下，但被鄭老伯給擋回去了，「跟老伯還客氣什麼，正好我帶回了一些四川老家的香腸和臘肉，你也嘗嘗。啟明，你傻站哪幹嘛？也過來坐會兒。」少年聽到如月噔噔噔地走了，身邊一個暗影落了下來，是啟明。他現在就坐在他的左邊。

「啟明是一個好孩子。」鄭老伯說，「可惜我那丫頭還看不上人家！」鄭老伯說著，嘆了一口氣。少年聽著心裡一怔，看了啟明一眼。啟明的臉紅了，羞澀地回看了一下少年，臉上飄過一絲憂傷。少年終於明白了，為什麼啟明在如月面前，會是那麼一副膽戰心驚的模樣，他也明白了，為什麼如月在啟明面前又會是那麼一副頤指氣使的神情。少年的腦海中，呈現出啟明與如月重疊在一起的形象，在他看來，這兩人湊在一起，怎麼看也是合適的。

沒過一會兒小酒和熱菜就端了上來。如月先是擱了一低矮的方桌在火爐邊，將新鮮出爐的熱菜碼在方桌上，一壺盛在熱水中燙著的小酒，亦在桌上擱好了，然後大大咧咧地說了一聲：「爸，都齊了，你們用著。」說完，又風一般地顛了。「你也給我坐下。」鄭老伯招呼如月說。「這就來，我再切點香腸，你們先用著。」廚房裡傳出如月愉快的聲音。

啟明欠身先將鄭老伯的酒盅滿上了。「給這個瓜娃子也滿上。」鄭老伯說。「我不行，我渴不了酒。」少年推辭地說。鄭老伯覷眼打量著他，譏諷般地笑了起來：「不喝酒還算是男子漢麼？我們長征爬雪山、過草地的那會兒，一個個凍得跟狗似的，風刮得像刀子，割人的肉哇，如果有這點小酒。」他「嘿」了一聲，咂巴了一下嘴唇，「那可幸福死了哦！」靜默了一會兒，他先自小飲了一口，「可憐嘍，那個時候沒酒喝，沒有糧食吃吵，看著一個個同志就這麼凍死、餓死了，慘哦。」鄭老伯重重地嘆了一口氣，眼睛濕潤了，情緒亦急轉直下，「有時張眼就像見了他們，可我還活著，唉！所以人哦，活著就別太委屈了自己吵，我的這條命，也是撿來的。沒有我們師長，我也在黃泉路上待著了哦，你們現在也見不到我鄭老伯嘍！喝吧。」

「您說的師長還在嗎？」少年問，他一直想知道鄭老伯口中的那位師長的下落，他覺得他肯定是一個了不起的人。

鄭老伯沒回應少年，兀自沉浸在往昔的歲月中，悶頭喝酒，似乎周圍的人都不存在了似的。他一口口地灌著自己，看上去不像在渴酒，而更像是在懲罰自己。幾杯下肚後，他長長地「哈」了一聲，黝黑的臉膛又紅成了一片。他抬起了臉，看著少年和啟明：「你們喝吵，怎麼不喝啦？」彷彿直到這一刻，他才想起了身邊的人。如月快步走了過來，樂著說：「爸，你還讓人喝不？自己不管不顧地先喝上了，哪會想著管別人哦。」

「你知道個啥？給我住嘴！」鄭老伯突然低吼了一聲，嚇了少年一跳，他不明白鄭老伯為什麼發火。如月的臉，一下子沉了下來，站在一邊手足無措。啟明起身，從如月的手中接過那盤香腸，示意讓她也坐下。如月站著沒動，臉上浮現出一絲哀傷和委屈。少年也趕緊起身，拉著如月坐下，她還是站著沒動。屋裡的氣氛變得有些壓抑了，有一絲尷尬和不安在空氣中迴盪。

少年決定打破這一氣氛，他覺得只能自己先開口說點什麼了，否則他也會坐立不安，更何況，他確實想向鄭老伯問出點什麼。「鄭老伯，您接著說，我們聽著呢。」

「師長不在了。」鄭老伯說，眼圈發紅，呆呆地望著天花板，「他不在嘍！」他重重地嘆息了一聲，又哽咽了一下，淚水湧了出來。少年趕緊端起了酒盅，想敬鄭老伯一杯，讓他轉移一下悲傷的情緒。啟明及時制止了少年，向他丟了一個眼色，示意他先不要打擾鄭老伯。少年默默地縮回了手，他見如月還一動不動地站著，心痛地看著鄭老伯，表情中似隱伏著一絲愧疚。

第六章 × 鄭老伯的故事

一

「我們西路軍那一路打得慘哦！」鄭老伯猛地一揮手，仰起脖頸說道。少年注意到，鄭老伯嶙峋的手指在空中顫抖。

「西渡黃河的時候，還有三個軍，二萬一千多人，可是幾個月下來，打得就剩下不足萬人了喲。好多好多好同志眼睜睜躺在了血泊裡。沒有時間安葬他們的屍首哦，只好在曠野上，匆匆挖個坑，草草地就掩埋了呀，上面壓幾塊碎石，做了個記號，說好了以後我們再殺回來，重新安葬好他們，可是誰能知道呢，誰知道這一去……一去，就沒有了回頭路哦。」

鄭老伯有點說不下去了，熱淚奪眶而出。如月趕緊遞了條熱毛巾給他，他看也不看地接過，抹了一把臉。

「唉，慘呀！」鄭老伯重重地嘆口氣。

後來死的同志越來越多了，只能臨時挖一個大坑，統一給埋了，我那時還小，看著心裡難受，只是一個勁地哭，師長在邊上打了我一巴掌，大聲吼著，「鄭娃子，現在還不是哭的時候，我們要為死去的革命同志報仇，向馬匪討還血債，瞧你個沒出息的，打仗哪有不死人的？』」我抹乾了眼淚，又跟著師長出發了。

知道不，師長的那一條胳膊，也是被馬匪幫的馬刀給砍斷的。看著師長的胳膊在馬匪的揮刀下飛了出去，狗日的還大笑一聲，又惡狠狠地高舉起了大刀，我在後面看到了，拚了命地大喊了一聲：「師長」，來不及舉槍射擊了，便向師長飛奔過來，想擋在師長的身前，保護師長。我聽到師長怒吼了一聲，那聲音大得就像天上炸響的一聲滾雷。

隨著這聲吼叫，師長突然縱身跳上前去，單臂一把拽住那個騎在馬上的馬匪的衣袖，將他硬生生地拉下了馬來，還沒等這個狗日的反應過來，師長緊跟著一個大腳，就狠狠地踩在了馬匪的面門上，跟著傳來一聲慘叫。我正好奔了過來，只聽「噗哧」一聲響，幾道濺出的血線，水流似地飆了出來，射在了我和師長的臉上，那狗日的哆嗦了幾下就沒命了。師長仰頭哈哈大笑了幾聲，先去撿起被砍斷的那條血糊哧啦的胳膊，看了一眼，笑笑說，「它跟了我這麼多年，現在沒用了！」說著，又將斷臂重新扔回了地上。我趕緊將師長的傷口先草草地包紮好，剛包完，師長就推開了我，彎腰拾起馬匪丟下的大刀，衝我喊了一聲：「鄭娃子，殺，殺光那些狗日的，別給咱紅軍丟臉！」

我槍膛裡的子彈打光了，就掄起了槍托，跟著師長衝了上去。師長沒跑幾步就昏過去了，我見了一把抱住了他，「師長，師長。」我抱著我們師長，大聲哭了起來，我還以為師長醒不過來了呢。

沒過一會兒，我覺得被人打了一下腦袋，我用淚眼一瞅，嘿，師長掙扎地坐起身來了，我那兒高興呵！「你這個兵娃子呀，算我白帶你了，就知哭鼻子。」師長埋怨地說，又讓我把他攙扶起來，不管不顧地繼續向前衝了，攔都攔不住。

「什麼是『馬匪』呀？」少年問。

鄭老伯沉重地看了少年一眼，呷了一口酒，「就是盤踞在西北戈壁灘上的馬步芳、馬步青匪徒，我們西路軍這一路上就是跟他們硬拚上的，他們不像人，是魔鬼！」

「鄭老伯，您接著說。」少年說。

我們面前黃沙撲天蓋地，天空都被我們殺黑了，看什麼都是烏突突的一片，我們的隊伍和馬匪的馬隊攪和在了一起，到處是喊殺聲，到處是屍首，一不小心就踩上了。我就被一個倒地的馬匪絆倒了，一個跟頭栽在了地上，吃了一嘴的黃沙，等我爬起來一看，糟了，一個馬匪正準備舉槍瞄準我們師長呢，我冒出了一頭冷汗，也顧不上那麼多了，抄起身邊馬匪落下的槍，連瞄都來不及瞄地衝他放了一槍。

隨著槍響，那人重重地從馬上倒栽了下來，躺在地上不動彈了。師長正好回過身來，看到了，給我伸出了大拇指。這時候，我看到師長的臉突然變了，迅速地從腰尖拔出了駁殼槍，揮手就甩了一槍，還沒等我反應過來呢，一個東西從快跑過來的馬身上摔了下來，重重地壓在了我身上。我又一次趴在了地上，又啃了一嘴的黃沙。我急忙推開壓著我的那個人，乾咳了幾聲，睜眼一看，是一個腦袋上「咕咕」冒著血泡的馬匪，我們師長，正怒睜著眼睛站立在我的前方，還保持著揮槍射擊時的姿勢，大口大口喘著粗氣，臉色煞白，那條斷臂上還在往外冒著鮮血。我知道師長又一次地救了我，剛才壓我身上的這個狗日的，肯定想趁機劈了我，讓我們師長搶了先。

我把師長死拖硬拽地拉到了一旁，喊來了衛生員，給師長匆匆地又處理了一下傷口，他還笑著告訴我說沒事，「我命大。」師長說，「死不了的，閻王爺還沒想帶我走，還等著我們解放全中國呢，鄭娃子，走，再去殺幾個狗日的。」

天擦黑了，馬匪也退走了，地上躺著一片橫七豎八的死屍，部隊的同志開始忙著處理屍體和安置傷患，我和通訊員將師長攙回了師部，其實那就是一座破敗的無人居住的土坯房。師長剛一進屋就倒下了，臉色慘白，我一摸他的前額嚇了一跳，他人燒得不輕呀，額頭上就像著了一團炭火似的，摸著燙手。師長很快就昏了過去。我趕緊和通訊員一道將師長放在了擔架上，又去把衛生員喊來了。

衛生員跑進來看了看師長的傷口，眉心皺緊了。這下我可急壞了，我衝著他大聲地嚷嚷，「你必須把我們師長給救過來，求你了！」衛生員什麼也沒說，起身離開了，我正要發火，他說了聲：「我一會兒就來，我去找醫生。」

沒過一會兒醫生也趕來了，他先是摸了摸師長的脈，然後又俯下頭貼在師長的胸口上聽了一會兒，吩咐衛生員給師長打了一針，又把傷口重新包紮了一下。「傷口發炎了！」我聽到衛生員嘀咕了一句，醫生臉色沉重地點了點頭，「就看他的運氣了！」醫生說。

夜半三更時突然來了一個人，是一個年輕的女人，長得小模小樣的，瘦長個，人滿俊秀的，剪了一個齊耳短髮，罩著一身髒兮兮的軍裝，軍裝穿在她身上好肥大哟，就像套在一根晾曬衣服的竹竿上，晃晃蕩蕩的。

她一進門就撲到了師長的懷裡，大聲喊著師長的名字：「汝松，你醒醒，醒醒，我看你來了！」我看到她的眼圈是紅腫的，像是剛哭過，她拚命地搖著師長癱軟的身體，一刻不停地喊著師長的名字。我好像從沒見過這個女人，但不知為什麼，又覺得彷彿在哪見過，但我就感覺到了她跟我們師長的關係很不一般。

就在這時，奇蹟發生了，師長像是聽到了她的呼喊，無力地睜開了眼，我聽到師長說得第一句話就是：「你怎麼來了，我這是在哪？」

「我來看你了，汝松……」女人話還沒說完，眼淚就跟串珠似地滾落了下來。她趕緊掩著嘴，拚命地想控制住自己別哭出聲來，可是她沒做到，那哭聲，還是衝出了她的嘴巴，我看到她埋在手心裡的臉，在不停地發抖，哭得我都想放聲大哭一場了。

我們師長微微地撐起一點身子，哆哆索索地伸出了手，撫摸了一下那個女人凌亂的頭髮。「哭什麼，我還沒死呢，他們打不死我，你都當了這麼多年兵，還哭呢？我會挺過去的，這你還信不過？」說完，師長勉強地笑了一下。那個女人的哭聲停住了，不好意思地抹去了臉上的淚水，點了點頭，「是我不好，我不該哭的。」女人說。剛說完，又要哭，她趕緊站起身走到一邊去了。我看到她立在牆角擦眼睛，沒一會兒工夫又過來了，這時的她，像換了一人似的，臉上帶著一絲微笑。就在這時，我認出了她，她就是我當兵的那天和師長站在一起的那個女人，那天她還對我說：「小鬼，只要跟著我們紅軍走，就餓不死。」當時我還奇怪，紅軍隊伍裡怎麼還會有女的呢！

「這就對了，紅軍戰士從來不會輕易哭的，該哭的是我們的敵人，你說對嗎？」師長對女人說。「嗯。」女子聽話地點了點頭。

後來我才知道，這位女人是我們師長的女人，她是我們西路軍女子獨女團的一個營長。那天她陪了我們師長一晚上。第二天，天剛濛濛亮她就走了，這是我們紅軍的紀律，戰爭期間夫妻不能隨便見面。她出現在這裡是因為師長的傷情，上級批准她來看望師長的。走時，她拉著我的手說：「汝松就交給你們了，你們要照顧好他，拜託了！」我對她說：「您放心吧，師長是我的救命恩人，我豁出自己的小命也要保護好師長。」結果她不高興地拍了拍我的腦袋說：「小鬼頭，誰讓你豁出命的？我們大家都要好好活著，活著看到敵人被消滅，該死的是他們，不是我們，因為我們是紅軍，知道嗎？」說這話時，她有點像我們師長，我立刻一個立正，向她敬了一個禮：「是，我們一定好好活著！」她笑了：「這才像一名紅軍戰士。」她說，又俯下身對師長說：「汝松，你保重，我有空還會來看你的。」說著，眼淚又流下來了，她趕緊背過了身去。

後來有幾天我沒再見過她了。西路軍所屬的三個軍是分開行動的，女子獨立團始終跟隨總指揮部，平時大家難得碰在一起。但師長的女人時常會捎個紙條過來，師長呢，也會叫通訊員回送一張紙條。這都是後話了。

「唉——」鄭老伯突然發出了一聲長嘆，沉默著，身子一動不動，拚命地搖頭，像是要甩掉腦袋裡的什麼東西似的。

「我再見到師長的女人時，是在一個多星期後了。」鄭老伯說。

二

知道哦？頭幾天，我們還大獲全勝的喲，馬匪有一個騎兵團被我們西路軍殺得丟盔卸甲，狼狽逃跑了，他們一個團的戰馬都被我們繳獲了，徐總指揮還表彰了我們軍，說是等戰鬥結束了，要向中央打報告為我們請功。大家聽了喜氣洋洋的。就用這些繳獲來的戰馬，迅速組建了一個騎兵團，配合大部隊繼續挺進。

那時馬匪咬著我們很緊，我們走哪他們跟哪，一步不拉，謀畫用數倍於我軍的人數圍殲只有二萬來人的西路軍，確實敵強我弱。一路上我們犧牲了太多的好同志，幾乎每天都會遭遇或大或小的戰役。

缺乏彈藥，我們每個人出發時只配備了五發子彈，一到二顆手榴彈，剩下的只能通過繳獲敵人的來補充；又缺乏糧食，也沒水喝，身上還穿著夏天單衣呢。大寒地凍哦，本來說好了的，說是等大部隊統一渡過黃河後，再重新裝備，可也不知為了什麼，後續的大部隊，就愣沒跟著我們共渡黃河，只有我們搶先渡河的三個軍，在孤軍挺進。

天真冷喲，真冷！娃子呵，你們是不會知道那個冷哦，人就像被凍透了似的，身體就像是一塊冰。打仗的時候，運動起來身上還能冒點熱氣，也顧不上什麼冷不冷了，戰鬥一緊張，什麼都忘了，光顧了殺敵人了，可到晚上就不行了喲，沙漠裡的風又尖又硬，刮得就像個惡鬼在大哭，飛沙走石像刀子割你身上的肉，那鬼地方除了黃沙，就是戈壁，幾乎寸草不生喲。不像我們四川的大山裡，到處都能見著青山綠水。在那，偶爾能見到枯萎的駱駝刺，還算能看到了一丁點可憐的生命跡象。那鬼地方根本沒地方能撿到柴火來烤烤身上。怎麼辦哩？沒辦法哦，大家只好在夜裡圍成團，人抱著人，互相取暖，要不然非凍死了不可。

剛才又說哪嘍？哦，對嘍，說我們武裝了一個騎兵團，我還向師長申請調到那個團當騎兵哩，可師長說啥，「鄭娃兒，革命分工不同，你還是跟著我當警衛員吧，別只看著人家當騎兵威風，眼饞。」我確實是看他們好神氣喲，心裡面那個羨慕喲！

有一天，天剛透點亮，麻麻亮，我們還呼呼大睡著哩，突然軍號響起了，我們趕緊迷迷糊糊地爬了起來，知道敵人又包抄上來了，抄起了槍就衝了出去。伏在牆頭往前面一看，好傢伙，馬匪又烏鴉鴉一片圍上來了，壓陣的還是他們的騎兵隊伍。

我們借助村裡的土圍子，準備向他們瞄準射擊。軍部的命令是要等他們靠近了才能開槍，為的是能夠儘量的節約子彈。我們都是等到他們來到跟前十幾米開外，能清楚地看見這幫狗日的齜牙咧嘴的模樣時才開槍。這樣才能打得準呀！

最先衝過來的是騎在馬上的馬匪，揮舞大刀，嘴裡發出像我們大山裡的狼嗥似的怪叫：「殺共匪，賞光洋。」我們不吭聲，就等著他們挨近，然後瞄準了射擊。

先衝上來的馬匪被我們一個個打倒下了，可是後來湧來的馬匪越來越多，狗日的都不怕死。你想敵眾我寡哦，我們殺不完他們，眼看著衝前頭的敵人縱馬躍過了土圍子，揮著大刀殺向我們。我手疾眼快地撂倒了一人。可是我身邊有人被馬刀砍了，「噗哧」一聲就倒那了，我也差一點被刀劈了，好在我機靈閃得快。正在危機關頭，只聽著遠處的軍號，突然嘹亮地響起了，從斜刺裡殺出了一群人馬，馬上的人，高高地揮舞著戰刀，在升起的陽光下閃著一道道寒光。我高興地蹦了起來，還是師長一把把我按住了：「你小子不要命啦？蹲下！」

知道衝過來是些什麼人麼？是我們軍剛組建的那支騎兵團，他們威風凜凜地殺了上來，眨眼工夫，敵人就潮水般地退卻了，隨著師長的一聲令下，我跟著大夥吼了一聲，跳起身，衝了出去，只聽著一片喊殺聲，漫天的沙塵把天空都給遮沒了，戰馬嘶鳴，我感到腳下的大地都在發抖。

可我們終究不是騎兵呀，眼看著敵人的騎兵轉眼間就跑遠了，只有我們的騎兵團還跟在他們後頭窮追不放，我們可趕不上了。就在這時，眼前突然一黑，右側的小山坡上，又出現了一大群敵人的騎兵，遠遠地看去，滿像從地平線上突然冒出來的一樣。他們一個個騎在馬上，立在戈壁灘上一動不動。我心裡還納悶哩，這算是個什麼光景？他們想幹啥子哩？還沒等我想明白，我聽到了一個奇怪的動靜，有點像夜裡傳來的風的聲音，但還不是，那是什麼聲音哩？我一邊往前跑，一邊瞪大了眼睛往那邊瞅著。

哦，我終於搞明白了，是停著不動的馬匪，從嘴裡集體發出的呼哨，尖利的「蚰蚰蚰」的呼哨聲，真的像是夜風在嚎叫。緊接著，我聽到我們在追擊中的騎兵團的戰馬，忽然也響起了掀翻了天的嘶鳴聲，紛紛揚起了前蹄，「嗚嗚嗚」地叫成一片，牠們不再往前衝了，剎住了腳。也就在這一時辰，我們完全預料不到的意外發生了……

鄭老伯停住不講了，先是長久地閉著眼睛，睜開後，渾濁的目光驚恐地望著前方，似乎在走神，又似乎回憶起了什麼可怕的事情。

「到底發生什麼了？」少年問，他被這個驚心動魄的故事強烈吸引了。

鄭老伯像被少年的聲音驚醒了，緩緩地將腦袋掉轉了過來，看向他，一動不動地看著；在少年看來，鄭老伯盯看他的目光，就像是楔入了他眸子裡的一枚釘子。

鄭老伯就是這樣長久地凝視著少年，半晌沒說話。少年亦沒敢再問了，只能等待著，預感接下來的故事將會更加地慘烈，觸目驚心，否則，鄭老伯眸子裡不會發出這樣的一種奇怪的光芒。

「唉！」鄭老伯深深地長嘆了一聲，「閉上眼，就能見到當年的那個情形喲，就像做了一場噩夢，忘不了哇！」

那些馬，先是高高地舉起了前蹄，落下後刨著地，扎地上一動不動。遠處又傳來尖尖的呼哨聲。怪了，停著不動的馬，像是聽到了命令似地，突然側轉身，不聽使喚地向著發出呼哨的馬匪隊伍跑了過去。發生得太突然了，我們所有人都沒反應過來，呆了，不知道到底發生了什麼！最初還以為是騎兵團要轉身殺向敵人呢。

只看見騎兵團的屁股後頭，捲起了一道道看不見天日的煙塵，眨眼間就奔向了那群馬匪。我們還在犯迷糊哩。最初的一剎那，我心裡頭還滿高興的，心想，快跑，宰了那幫狗日馬匪的。

眼見我們的騎兵團跑過去了，可原來騎在馬上一動不動的馬匪，忽然動了，相互靠緊的馬隊，也忽喇一下散開了，讓出了一道豁敞敞的大口子，擺出一副包抄的架式，可我們的騎兵團好像沒反應過來，還馬不停蹄地往裡衝。我忽然就覺得不對頭了哦：他們應該直接殺向敵軍呀，為什麼還往馬匪的包圍圈鑽呢？

沒等我完全醒過懵來，停歇已久的呼哨聲又一次怪怪地響起了一片，馬匪們跟著發出了像魔鬼的喊叫聲。他們到底想幹什麼？不好，我預感要發生大事了！就在這個時候，剛才還散開的馬匪，合圍包抄了上來，像一個可怕的大鐵桶，把我們的騎兵團裹在了裡頭。馬匪們一個個亮出了馬刀……

鄭老伯又一次停下了，眼神發呆，流露出一絲驚恐，就像回到了當年的情景，那情景讓他不寒而慄了。

「究竟發生什麼了？」鄭老伯的表情，讓少年感覺頭皮發麻，情不自禁地追問了一句。

「唉，想不到呵！誰能想得到呢。」說著，鄭老伯猛地連喝了幾杯酒，像是在給自己壓驚。

誰想得到哩？我們繳獲的那些個馬匪的戰馬，其實是他們的陰謀，那些馬，事先都經過了這些狗娘養的專門訓練，只要主人發出一聲呼哨，就會不要命地奔向主人。這都是事後才曉得的，當時哪能曉得這些事呢？不曉得哦！我們紅軍戰士大多數是南方人，真沒見過這個景哟，所以我們當時就像傻了一樣，眼瞅著馬匪揮舞著馬刀，砍殺我們的紅軍戰士。等我們反應過來時，趕緊地端著槍往那裡衝，想趕緊地救出我們的好戰友。

晚嘍，太晚嘍！等我們趕到時，地上橫七豎八躺滿了戰友的屍身，剩下的人，也被馬匪擄掠走了。這事發生得太快了，也就十來分鐘的工夫。馬匪們發出一聲聲鬼叫，一陣風似地跑遠了，我們只和零星落下的一些馬匪交戰上了，我們師長就是在那次戰役中負傷的。

三

「後來呢？」少年問。

「沒有後來了哦，娃子，我們損失了整整一個騎兵團，百號人就這麼消失不見了，眼睜睜看著他們消失的，那種心情，你們是不能夠曉得的，那裡面還有幾個是我的四川老鄉哩。一想到這，我的那個心嘍，就難受，難受哦！」鄭老伯痛苦地說。

「那你的師長呢？他怎樣了？」

師長？哦，師長一開始還沒啥大事，就是一直發高燒，大部隊行進時只能把他放在擔架上抬著走，師長不幹，嚷嚷著說要自己下來走，沒辦法，我們幾個小兵只好把他綁在擔架上，要不然師長他不幹呀。師長就罵我們是混蛋，沒心肝的混蛋，說我們忘恩負義，我裝著沒聽見，讓他罵，罵一會兒他就昏過去了。

後來的戰役打得好慘喲，我們也不知為什麼，總在戈壁灘上來回地走走停停，只在敵人設好的圈裡打轉轉，戰友們也不知道到底發生了什麼情況，仗也沒有這麼個打法的呀，讓人家在屁股後頭追著我們打。我們陷入了被動。這是為什麼？我們的人死傷無數。我受命去問指揮部領導，首長的表情好為難的樣子，只讓我回去轉告，說這是在執行中央軍委的命令，可這個命令我們都知道是在讓我們白白地送死呀！可是沒辦法，說是軍令如山，我們必須聽從指揮，堅決執行。

師長的病情開始加重了，師長的女人逮空會過來看他一眼，師長總是對她笑笑說：「只要蔣匪幫還沒打敗我就死不了，去忙你的，別管我。」每次走時，師長的女人都會淚汪汪地交代我說：「一定要照顧好他，拜託你了。」我說：「您可別這麼說，只要我還有一口氣，我一定會保護好我們師長的，他是我的救命恩人吶。」

「後來呢？」少年急著問。

鄭老伯沒再說了，起身進了裡屋，沒一會兒工夫又出現了，手裡拿著一達卷宗，是牛皮紙做的那種，過來時，他的目光定定地看著我，沉默了好一會兒。

「瓜娃子，鄭老伯託你辦件事，行啵？」

少年一聽，趕緊站了起來。「鄭老伯，您別客氣，我願意為您做任何事。」少年說，心中猶自納罕，鄭老伯能託他辦什麼事呢？他有了一絲抑制不住的好奇。

「把這個東西交給你父親，就說是我老鄭拜託他看的，過去的縣領導都不解決問題，也不聽我說，你爸爸是新來的，又是當兵的，我想他看了會明白的。」鄭老伯說。

「是什麼東西？」少年問。

「不用問了，你爸爸看了自然會曉得的，這事已經拖了好些年頭了，到了該解決的時候了，老天有眼呵，不能冤枉一個好人，她也是從死人堆裡爬出來的人吶，怎麼可能是叛徒呢？我可以為她做證！」鄭老伯說，臉膛通紅，青筋暴凸。

少年聽見鄭老伯說到「叛徒」二字時，心下一凜，隱約意識到，鄭老伯沒說出名字的這個人，究竟是誰了，但少年仍然無法最後確認。

「您說的那個人是……？」幾次欲言又止，少年還是開口問了。

如月過來拍了拍少年，「別再問了哦。」少年抬起臉，看向如月，見她的眉目之間掩映著一抹若隱若顯的憂傷，這時的她，正目不轉睛地凝視著鄭老伯，眸子裡似蕩漾著一縷神祕的內容。啟明亦在深情地望著如月，目光則含著一絲隱忍的痛苦。

少年是在第二天的晚上，將卷宗交到父親手裡的，父親當時詫異地看向少年，顯然，父親沒想到少年竟會將一份材料交給他。

「這是什麼？」父親問。

父親當時還伏在案頭上披閱一堆文件呢，少年進門時他沒有抬起頭來，直到少年將卷宗放在了他的桌上，父親這才抬起眼皮掃了一眼，然後納悶地揚起了臉，驚訝地看向少年。

「我也不知道。」少年誠實地說。

「不知道是什麼你還讓我看？」父親狐疑地盯了少年一會兒，像是明白了一點什麼，「哦，小孩不要參與大人的事，以後人家交你什麼東西不要輕易接，明白嗎？」父親一邊說，一邊撕開了卷宗的封口，從中抽出了幾張紙。父親的目光只在上面溜了一眼便怔住了，「這個東西怎麼會在你的手裡？」

「人家託我幫著轉交的。」少年囁嚅說。

「人家？」父親嚴厲地看著少年，又低下頭匆匆翻了幾頁材料。屋子裡現在顯得格外安靜，少年彷彿聽到了自己的心跳。他有點緊張了。

「是那位老紅軍吧？」父親抬起了頭，若有所思地將卷宗重新擱在了桌上，問。

少年點了點頭。

「你怎麼認識他的？」

在父親審視的目光下，少年不好意思地低下了腦袋。該怎麼告訴父親呢？他想，他覺得一時半會還無法說清他是如何認識鄭老伯的，他蹙起了眉心，認真地思忖著該如何回答父親的詢問。

四

那天晚上從鄭老伯家出來後，少年心情沉重，鄭老伯講述的故事，一直在少年的腦海中浮現，少年覺得彷彿看見了那些發生的場面，一切都歷歷在目，甚至覺得幾乎能聞到，從遙遠的戈壁灘上被風吹來的血腥味。

這是少年第一次從一個真人的口中，聽到這麼慘烈的有關紅軍的故事，平時父親都沒有跟他講過戰爭年代的故事，父親只是把他當作一個不懂事的孩子，很少與他交流。鄭老伯卻不一樣。少年覺得只有鄭老伯沒有將他還當成一個沒長大的孩子，他向他講述的在少年聽來驚心動魄的故事，顯而易見是把他當成一個可以交流的人了，這讓少年一想起來便深為感動，他為自己能有幸認識這麼一位可敬的老人而感到驕傲。

當少年快要走近家裡的那棟樓時，一個人影像隻靈巧的大老鼠似地，出溜一下從樓道的暗影中躥了出來，大概是正好看到了從黑暗中快步走來的他，稍微地愣了一下，一縮脖子，又一溜小跑地消失在了後門外了。少年覷了一眼這人的背影，依稀認出是誰了，不用猜，一準是羅勝利。

這麼晚了，他怎麼還在這裡出現？想到這，少年的心裡不免有些疑惑了。他放慢了腳步，向小樓輕步走去，可羅勝利的身影仍揮之不去。就在這時，羅勝利的一個奇怪的眼神倏地閃現了出來，那是少年在浮橋上和崔燕妮、羅勝利分手時他發出的一個眼神，他當時只是覺得怪兮兮的，有一絲詭異，也沒去多想；可現在一旦想起，便覺得哪裡有些不對勁了，似在暗示著某種事情的發生。

那會是什麼呢？少年心事重重地走上了樓梯，走得慢，腳步亦沉，甚至沒意識到樓梯的搖晃。到二樓了，現在的少年正面對著崔燕妮的房門，它緊閉著，一絲動靜都沒有，就像那裡面根本就沒住人。

望著這扇緊閉的門，少年的意識萌動了一下，有些朦朧的思緒在游動，突然，少年的大腦像被一股電流擊穿了一般，他突然明白了，就在不久前，在這間屋裡發生過的一切了。一想到這，熱血忽悠一下地湧入了大腦，莫名地產生了一種扭曲的憤怒，這股突如其來的情緒，促使少年萌生出要發洩的欲望，他幾乎要揮拳砸向那扇門了。

少年停在了那扇門前，咬著牙猶豫著，那股燃放的小火仍在他體內上下流竄著，最終他還是轉身離去了，因為他不知道父親在不在家，他怕驚動了父親。

進了家裡的廳堂，他快步奔向父親的臥室。父親的門也是緊閉著的。他推開門，沒人，屋裡黑黢黢的，沒有絲毫的動靜，他又順手將門帶上回到了自己的小屋，揿開了電燈。

漆黑的小屋一下子亮堂了起來，他走向桌前。這時看見了父親留下的紙條：

若若，爸爸今天下鄉去了，明天早上你早點起床，自己去廚房打熱水洗臉，上學別遲到了。

爸爸

少年坐下了，將那個卷宗放在了書桌上，蓋住了父親留下的紙條，喘了幾口粗氣。他發現自己仍然心跳不止，剛才升騰在心中的那股無名之火，還在燃燒著，一時間難以平復，腦海中各種各樣的雜念紛至遝來，一股難耐的嫉妒感在噬齧著他。

少年站起了身，衝了出去。

少年又一次站在了崔燕妮的門口，沒有猶豫地敲響了她的門，但沒敢敲得太重，怕驚動了住在樓下的崔燕妮的家人。剛敲幾下他便聽到了腳步聲。

門開了，崔燕妮出現在門口，她只穿著單薄的內衣內褲，披了一個棉襖，一副慵懶的樣子，臉上還泛出尚未褪盡的紅暈，顯得有些疲憊。

「怎麼了？」她問，聲音有氣無力。

面對崔燕妮的質問，少年反而語塞了，直到這時，他才真正地冷靜了下來。是啊，我來幹什麼，我這是怎麼了？少年不禁捫心自問。他開不了口，儘管他越來越強烈地意識到，在他回家之前，這裡曾經發生過的事情；但是，即便發生了和我又有什麼關係嗎？更何況我還拒絕過崔燕妮呢。但憋在心裡的那股無名怒火仍在蔓延著，炙烤著他，讓他非要一吐為快。

「羅勝利又來過了？」少年沒好氣地問，他沒能掩飾一腔怒火。

崔燕妮的臉上閃過一絲難堪，臉更紅了，微微低下了頭，避開了少年投來的逼問的目光。一會兒，她又將腦袋重新抬起，換了一副無所謂的表情：「是的，來過了，你想說什麼？」她的目光變得富有挑釁了。

少年反而不好意思了，對方的目光在灼著他的臉。「他來幹什麼？」少年自己都不清楚，為什麼突然冒出了這麼一句愚蠢的話，剛說出就後悔了。

果然，崔燕妮冷冷一笑，是那種輕蔑的鄙視他的冷笑：「他來我這跟你有關係嗎？」她譏諷般地反問。

少年的腦門轟地一下炸開了，衝動地一把揪住了崔燕妮的衣領，拎起她：「你……」

由於來勢洶洶，崔燕妮先是愣了一下，掠過一絲驚懼，很快又鎮靜了下來：「我怎麼了？」她直視著少年的目光，一副無所畏懼的樣子。少年驀然間覺得，突發的氣力神奇般地消散了，手一軟，鬆開了崔燕妮的衣領，手臂兀自垂落了下來。他沒再說什麼，想掉頭離去，他現在覺得，在她面前自己表現得實在是再愚蠢不過了！

「你也進來坐坐？」崔燕妮說，腦袋偏斜著，手扶在門框上，又露出了少年見過的那種調逗的神情，嫣然一笑。

少年還是走了，走時腦子一片空白。「真沒種！」少年聽到背後傳來的崔燕妮的數落聲，他沒理，重重地關上了廳堂的大門，插上了門栓。

當天晚上少年手淫了。當精液噴湧而出時，他咬牙切齒地低吼了一聲，在他的想像中，崔燕妮像一灘爛泥般地癱軟在了他的身邊，他有了一種征服了她的快感。

五

幾天後的一個晚上，少年聽到樓梯上傳來了父親熟悉的腳步聲。

父親的腳步聲總是那麼地特別，沉厚而有力，但每一步都邁得均勻穩重，節奏一絲不亂，不疾不徐，一如父親的性格。

少年聽到父親逕自來到了他的門前，駐足了一會兒，似乎在門外傾聽了一下裡面的動靜，又轉身離去了。少年這時正倚在床頭看一本《歐陽海之歌》，他放下了書，諦聽著會兒門外的動靜。他以為父親會進來呢。可是沒有，他聽到父親又嗵嗵嗵地進了自己的屋子。他有些失望。

自從少年將鄭老伯的那份卷宗交給父親後，他就期盼著父親的回音，雖然他還完全不清楚卷宗裡都藏了些什麼內容，但他能明顯地預感到，那份東西對於鄭老伯的至關重要，這讓少年多少意識到了身上的那份責任。但他心裡，又有些懼怕父親。

父親平時太嚴肅了，少年覺得很難從父親一絲不苟的臉上看出什麼表情來，父親無論遇見什麼事都會不動聲色，喜怒哀樂從不掛在臉上。但今天，少年卻覺出了父親的異常，因為父親很少像剛才那樣，在他的門外停留一會兒，再轉身離開。他肯定有什麼事要問我，否則不可能會這樣的，或許父親以為我睡了，他不想打攪我的睡眠，少年想。

少年匆忙下了床，裹上了厚厚的棉衣棉褲。寒冷的天氣裡，他一般晚上回到家就會縮進被窩裡，他冬天最不情願的一件事，就是從好不容易捂出點熱氣來的被窩裡又要爬起來。可這一次少年卻一點猶豫都沒有，他相信父親有事要找他，而且這件事跟鄭老伯交代給他的那份卷宗有關。

「爸爸。」少年輕輕推開了父親的房門，倚在門邊喊了一聲。父親這時正坐在桌前的檯燈下，陷入沉思，沒有聽到少年的到來，直到少年的這一聲呼喚把他從沉思中驚醒。父親側過了臉來，目光沉默地在少年的臉上逗留了幾秒鐘，微微一笑：「還沒睡？」父親說，「來，坐這。」父親將他坐的那把藤圈椅往邊上靠了靠，示意少年在他旁邊坐下，那裡一直安放著一把硬木椅，平時有人來找父親時，父親都是讓客人坐在那把椅子上。

少年坐下了，就在落座的一霎時，他看到了父親的桌上，正擺放著牛皮紙的卷宗——正是鄭老伯親手交給他的那份卷宗。

「你知道這份材料想幹什麼嗎？」父親的手，下意識地拍了拍卷宗，說。

「不知道。」少年搖了搖頭，心裡掠過一絲慚愧，但他又依稀覺得，卷宗的內容與那個「叛徒」阿姨有關。

「那個老鄭都給你說了些什麼？」

「鄭老伯嗎？」少年問。父親認真地點了點頭。「他給我講了一些他當紅軍時的故事。」

「你還記得他講過的是哪一段嗎？」

「記得，他說的是戈壁灘上與馬匪幫的戰鬥。」少年激動地說。他說出這句話時還小有得意呢，覺得沒有被父親突然提出的問題難住，與此同時，他亦在小心地觀察父親的表情，希望能看出點名堂來。可是他什麼也沒發現，父親還是不動聲色。

「他提到了西路軍，對嗎？」

少年的心中一凜，心想父親是怎麼知道的呢？為什麼提到戈壁灘和馬匪，父親就能馬上明白指的是西路軍呢？說明父親也知道鄭老伯的那段歷史。想到這，少年的心裡不免有些高興了。

「沒錯，鄭老伯是說到了西路軍，爸爸，你也知道那個西路軍，對嗎？」

少年很快就失望了，父親的表情陡然間變得嚴峻了起來，眉心迅速擰成一個疙瘩。少年很少見父親有這副表情。

「你知道西路軍是幹什麼的嗎？」父親嚴肅地問。

「是紅軍呀！」少年說。這時少年的心裡開始有些膽怯了，因為父親臉上的表情讓他感到了害怕，他不知道自己剛才說錯了什麼。

「沒有那麼簡單，若若，你現在還小，事情沒有你想像的那麼簡單。」父親重重地說。這時少年意外地發現，父親的眼睛裡閃過了一絲憂慼。「這個東西。」父親掂量了一下放在桌上那份卷宗，沉思了片刻，「爸爸也很想幫他，可是這事太複雜了，有很多事情，是在爸爸來縣裡之前就被決定的，給你說你也不明白。」

父親又沉默不語了，表情為難，顯得心情沉重。

「除了西路軍，鄭老伯沒再跟你說到別的什麼嗎？」

少年認真地想了想。「沒有。」他說。

「沒再跟你提到什麼人？」父親又問。

「哦。」少年迅速反應了過來，「鄭老伯提起過一個人，是他的那位犧牲了的師長。」

「這就對了，我想他一定會跟你說起過這個人。」父親說著，手指在卷宗上下意識地輕輕敲打了起來，又陷入了沉思。「他還會說起一個人的……」父親自言自語地說，目光卻沒有看向少年。

少年的腦海裡猶如一道閃電劃過。「對了，他還提到了師長的女人，也是一名紅軍戰士。」少年幾乎喊叫了起來，顯得激動。

「關於這個人，老鄭沒對你再說過別的嗎？」父親問。

「沒了！」少年突然感到了洩氣，他也不知道為什麼會有這種情緒，是因為父親看他的那種奇怪的眼神嗎？那眼神似乎在問：「你瞭解這個女人嗎？」就在這時，那個在寒風中佇立的「叛徒」阿姨的形象，在少年的腦海中清晰地浮現了出來，少年隱約覺得這個「叛徒」阿姨，就是鄭老伯提到的那個師長的女人。可她為什麼又會變成了一個「叛徒」呢，她到底是一個什麼樣的人？

少年百思莫解了。

「爸爸，您知道這個女人是誰嗎？」少年壯起了膽子，問。

「快去睡吧，明天還要上學呢。」父親說。

少年坐著沒動，還在觀察父親的臉色。但他失望了，父親顯然不想回答他的疑問，他只好不情願地站了起來，沒趣地向門外走去。就在少年準備將父親的房門拉上時，忽然又轉過了身來，將門推開了一條小縫，探頭問：「爸爸，您能告訴我嗎？」

「告訴什麼？」父親愣怔了一下。

「那個女人，鄭老伯提起過的那個女人，她是誰？」

父親勉強地笑了笑。「你還真要打破砂鍋問到底了，這事你別管了，太複雜，去吧，有些事情你不會明白的。」

少年只好落寞地回到了床上，重新躺下，然後熄滅了燈光。他又置身在了漆黑的暗夜裡。他瞪大了眼睛，鄭老伯和「叛徒」阿姨的面影此時就浮現在天花板上，交替出現，那些糾結在心頭的疑團，再一次地攪擾了他。

六

一天放學回家時，少年在樓梯上又一次與崔燕妮迎面相撞。少年上樓時她正好下樓，少年聽見樓上傳出的腳步聲就知道那是誰了。他有幾天沒碰見過她了，忽然覺得自己與那天晚上發生的一幕，有了一種心理上的疏遠感，甚至會為自己當時的莽撞行為感到羞恥。

那天他也不知究竟為了什麼，就這麼不顧一切地衝向了她的房門，怒不可遏，似乎要向她索取屬於他的什麼東西似的。可那只是他的一種幻覺，崔燕妮沒有任何東西是屬於自己的，可當時的他並不這麼覺得，固執地認定自己被欺騙了，被崔燕妮耍了，他想要扳回一局。那一次的衝動之後，他便開始後悔了，他覺得體內生發的那股無名之火，伴隨著晚上自摸後的激烈噴發，煙消雲散了。

第二天上學時他見到了羅勝利，他突然覺得對他產生了一種厭惡感，這種感覺讓他覺出了奇怪，就像他當場抓住了一個小偷，他偷去了屬於自己的那個東西。可轉念一想，被偷去的東西，本來也不是屬於我的呀，反過來說，自己是不是真的也想得到那個本來就並不屬於自己的東西呢？或者說，想當一回類似羅勝利式的小偷？

少年啞然了。

這是少年第一次嘗試到了嫉妒的滋味，也是平生頭一回，讓他覺出了自己的體內，所隱藏著的那個可怕的欲望的怪獸。如果那天沒看見羅勝利呢？自己還會那麼衝動嗎？還會那麼渴望得到崔燕妮的身體嗎？倒過來說，自己是否真的喜歡崔燕妮呢？他又覺得，無法解釋自己的行為和欲望了。

少年眼角的餘光注意到，坐邊上的羅勝利一直在悄悄地瞟向他，有一絲躲閃，又有一種探究。少年立即明白他是什麼意思了，他一定發覺了那天晚上從黑暗中閃出的人影是自己，他的迅速逃離就是因了他的這一發現。

課間時，少年一人倚在教室外走道的廊柱上，看著同學們在一邊喧嘩嬉鬧，這時，他感覺到有一人來到他的身邊，僅憑直覺就猜出他是誰了。少年雙手交疊地放在胸前，沒動聲色，那人一直待在他的身後，也一聲不吭。過了一會兒，一隻手在輕拍著他的肩膀，他轉過身來看向這人，仍然不動聲色。他猜得沒錯，正是羅勝利，他正嘻皮笑臉地瞧著他。少年又將臉轉回了操場。

「不跟著同學一道玩玩？」羅勝利討好地問。

「沒啥玩的，看看就行。」他說，他知道羅勝利接下來還會再說些別的什麼。

「唔。」羅勝利支吾了一下，也望向在操場上打打鬧鬧的同學。

操場上喧聲四起，有人在投藍球，又有不少人圍上去哄搶，有幾個人摟抱在一起摔倒在地，騰起一片瀰漫的塵埃。

在少年的視線中，蕭老師正在繞開人群，穿越操場，緩步向教室樓走來，他習慣性地低著頭，弓著腰，目不斜視，偶爾聽到什麼動靜，他會無意識地抬起臉來，這時，太陽投下的明晃晃的光照，會在他眼鏡的鏡片上閃爍一下，就像有一道耀眼的反光，向少年刺來。少年想起了那天交信給他時的情形，那個一直徘徊在他心中的疑雲，又一次地浮現了出來，他亦想起了老女人等待他時的那張急迫張惶的面孔。

「嘿，王若若，你瞧我們蕭老師，走起路來就像隻鴨子，一晃一晃的，同學都在背後笑話他呢。」少年聽到羅勝利在耳邊絮叨了一句，接著他又嘿嘿地樂了幾聲。少年沒接話，他心裡承認蕭老師走起路來有點怪異，耷拉著腦袋，羅圈腿來回晃蕩著，就像立足不穩似的。但少年不想笑話他。少年覺得蕭老師的神情總是那麼地落寞憂傷，以致顯得那麼的鬱鬱寡歡。他很少跟人主動的打聲招呼，永遠繃緊著一張嚴肅的面孔，若有所思而又心事重重。

當他從少年的身邊擦身而過時，少年對著他喊了一聲：「蕭老師好！」

蕭老師只是微微點了點頭，並沒有抬起臉來看他，顧自地走了過去。可是只過去了那麼一會兒，他好像想起了什麼似的，停下了腳步，猛然抬起了頭，稍一躊躇，側過身向少年定睛看來，並下意識地推了推眼鏡。

「哦，是你。」

少年欠身向蕭老師鞠了一躬：「蕭老師好！」

「你喊我有事嗎？」蕭老師的聲音中透著些許的緊張。

「呃，沒事，我沒事。」

少年不免有些納悶了，不明白為什麼一個普通的禮節性問候，竟讓蕭老師會覺得有事？蕭老師的目光仍停留在少年的臉上，似乎有一絲迷茫，又似乎存有一絲隱祕的期待。很快，蕭老師目光中的焦點在發虛，但也只是一會兒的工夫，目光再一次凝定在了少年的臉上，蕭老師的嘴唇嚅動了起來，好像有什麼話想要說，但最終沒能說出，他又轉身離去了。

「蕭老師怎麼啦？」羅勝利納悶地問。

「什麼？」少年還處在恍惚中，沒聽清羅勝利在說什麼。

「我說蕭老師看你的表情有點古怪，你不覺得嗎？」羅勝利說。

「唔，可能是吧……不，沒什麼好古怪的。」少年想起了什麼，趕緊又補充了一句。這時，他看向羅勝利了。羅勝利的表情中浮動著疑問和探尋。

「我怎麼看他，好像有什麼話想對你說呢？」羅勝利又說。

「能有什麼想說的呢？」少年敷衍，心裡卻隱約地感覺到了，在蕭老師的表情中所潛藏著的那層隱祕。肯定是因了那封信的緣故，他想。少年這時有些後悔了，我剛才應該主動問一下蕭老師，他一定有什麼難言之隱。蕭老師和阿姨之間究竟發生了什麼？否則，蕭老師不可能會是這麼一副奇奇怪怪的表情。

「見燕妮了嗎？」羅勝利的眼睛看向別處，漫不經心地問。

「誰？」少年還沒有從思緒中走出，對羅勝利的詢問，一時沒反應過來。

「崔燕妮呀！」羅勝利微笑地說。

在少年看來，羅勝利微笑的背後，藏著一絲狡黠，他恍然想起了，那天匆匆消失在夜色中的羅勝利的背影。

「我們是鄰居，怎麼了？」

「沒什麼，只是問問，她人挺有意思的哦。」羅勝利說，嘴角流露出隱而不顯的得意。

少年走了，他不想跟羅勝利去討論什麼崔燕妮。自從那天晚上發生的那一幕之後，崔燕妮在他的心目中就從此「消失」了，少年覺得那是一次對他的羞辱。少年竭力想忘卻曾經有過的那種蠢蠢欲動的感覺。如果那晚他真的闖入了崔燕妮的屋裡，將會發生什麼呢？他不敢再往下想了，那種後果，只有冷靜下來時才會有後怕之感，從這個意義上說，羅勝利和崔燕妮才真的是膽大妄為呢。想到這裡，少年的臉上有了一種臊得慌的感覺。

少年還記得，那天晚上之後的第二天，在去學校的路上，崔燕妮在縣革委側門口截住了他，他看得出來，崔燕妮是有意在門口等著他來的。他裝作視而不見，想從她身邊擦身而過，可她將身體緊靠著關閉的側門上，直勾勾地瞅著他，目光激射出誘惑之光，還夾雜著一絲挑逗。

「你讓開。」少年不快地說。

「喲，幹嘛生那麼大的氣呀？我又沒把你怎樣。」崔燕妮嘻嘻樂著，就跟沒事似的。

「你想幹嘛？」

「昨晚你都見到什麼了？」崔燕妮問，眸子骨碌碌轉著，透著一絲隱祕。

少年愣了。他沒想到崔燕妮還會厚著臉皮向他打探昨晚上發生的事，她大概一準猜到了，羅勝利的離去和自己的出現，在時間上有一個重合，她顯然在擔心她和羅勝利的祕密關係被人發覺。彼時，亦讓少年想起了，他昨晚的那股失控的無名衝動。少年有點惱怒了，臉上湧起了一抹熱潮。

「沒什麼。」少年說。

「什麼叫『沒什麼』？」

「沒什麼就是沒什麼嘛，我什麼也沒看見。」少年氣鼓鼓地說。

「嗯，說明你還是看見什麼了，對嗎？」崔燕妮沉默了一會兒，目光咄咄逼人地諦視少年，臉色緩和了下來說。「你別告訴別人好嗎？尤其我爸媽，答應我。」

少年沒再回答她，猛地推開了她擋在門前的身體，奮力拉開了側門，一個大步邁了出去。

七

少年的下一堂課是語言練習，先是集體背誦毛主席「老三篇」中的〈為人民服務〉，然後由班主任蕭老師安排布置作業，要求每個學生當場寫下學習體會。這樣的功課不知重複過多少次了，而每一次，都說要結合最新的心得體會。

少年的最新體會，是發生在羅勝利與崔燕妮之間的那一幕，那種體會讓少年印象深刻。可這能寫嗎？顯然，他只能保持沉默。他又想起了鄭老伯，他倒是一名久經沙場的老紅軍，一位從槍林彈雨的死亡線上掙扎過來的革命前輩，身分倒與〈為人民服務〉裡的張思德一般無二，可他好像亦不能入筆，因為他的經歷，似乎籠罩著一層讓少年莫名難辨的疑團，這一切，又似乎皆是因了父親談起鄭老伯時的那副高深莫測的表情；當父親看到由他轉交的鄭老伯的卷宗時，那種一言難盡的複雜表情，讓少年預感到了一種不可言說的祕密。

可少年還是抑制不住地想寫下鄭老伯陳述的那個動人的故事，他告訴自己，起碼那位師長，為了人民的翻身解放而做出的英勇事蹟是沒有錯的，為什麼我不能寫他呢？這麼一想，讓少年心中有了一股奔騰的激情。他毅然決然地提起了筆。文章近似一氣呵成，他覺得在那一時刻，體驗到了一種自己從未有過的文字快感。

終筆時，少年深深地呼出了一口氣，他又從頭至尾地看了一遍，改了幾個錯別字和病句。這下滿意了。

當少年抬起臉來，看向講臺時，正好與蕭老師的目光撞了一個正著。他也在看他，有一絲迷惘，又有一絲恍惚，雖然處在彼此的對視中，但蕭老師好像神遊天外，過了一會兒，思緒才返回了現實，目光凝然聚焦在了少年的臉上，一怔，很快就避開了。

少年舉起了手。

「想說什麼？」蕭老師問。

「我寫完了。」少年說。

蕭老師恍然大悟般地又恢復了以往的平靜，走了過來，從桌上抄起了少年的作文，站在桌邊掃視了少年一眼。少年亦在觀察他，蕭老師的臉部肌肉痙攣了一下，趕緊低下了頭，看起了少年的作文。很快，他的目光浮現一絲驚愕，指尖跟著微微顫抖，作業本亦在他的手中哆嗦著。這讓少年感到了奇怪。蕭老師這是怎麼啦？少年心想。

蕭老師的神情中流露出不可抑制的飢渴，少年的作業本像是具有巨大威力的磁石，將他的瞳孔牢牢地吸引。他一動不動地佇立在少年的身邊，身體如同兀立著的古老朽木。

又有人在舉手示意了，但蕭老師仍然忘情在少年的文字中，不能自拔，似乎那裡面有什麼東西在強烈地誘惑他，他因此而走不出來了。他看了一遍又一遍，漸漸地，少年注意到他的眼眶中溢出了依稀可見的淚光，鼓凸的喉結在上下滾動。

終於，蕭老師仰起了頭，閉上眼，深深地長嘆了一下。當他再次睜開眼，看向教室時，發現有許多學生舉起了手，在耐心等待他的回應。同學們紛紛看向他的目光有些異樣了，這讓他一激靈，醒過懵來了。他又一次地恢復了常態。

「好了。」蕭老師說，「寫完作業的同學，將作業本放在我的講臺上。」

同學們紛紛起身，魚貫地走上講臺，無聲地將作業簿碼放在了講臺上，又沉默地返回了自己的座位，等待蕭老師下一步的指示。課堂上變得格外地安靜，這種氣氛讓少年感了一絲詭異。

蕭老師迷迷怔怔地還站在少年的桌旁，似在躊躇。這時他側過了身子，嘴唇動了動，似乎想要對少年說些什麼。少年懂事地站了起來，可是蕭老師什麼也沒說，而是猶豫了一下，將手臂輕輕地搭在了他的肩上。「你坐下吧！」他說，聲音輕得就像蚊子在哼哼。少年不解地瞥了他一眼，重新落座了。

蕭老師向講臺走去，手裡仍抄著少年的那篇作文。

「同學們。」蕭老師揚起了拿在手中的少年的作文，神情激動，「這是王若若同學剛才寫下的一篇感人肺腑的作文，同學們一會兒可以傳看一下，它記敘了幾位紅軍戰士的英勇事蹟……」蕭老師突然停下不說了，喉結又在奇異地上下滑動，欲言又止，似乎遇到了表達的障礙，努力在尋找更貼切的語言。顯然，他失敗了，這讓他感到了沮喪。他不再激動了，相反，有點兒灰心喪氣，高高揚起的手臂這時無力地垂落了下來。同學們都在呆望著他，不知道究竟發生了什麼事，因為蕭老師的臉上，明顯地出現了一種令人感到奇怪的表情。

蕭老師從講臺上端起了他的那個白色的搪瓷杯，一仰脖子咕咚咕咚地灌了幾大口水，然後再將杯子重重地放在了講臺上，用衣袖抹了一把滿是水漬的嘴角，他好像重新鎮定了下來，目光灼灼地圍著教室掃視了一圈。

但蕭老師接下來說出的話，還是讓少年大吃一驚。

「雖然……」他先用拳頭堵住了嘴，輕咳了幾聲，然後清了清嗓子。「雖然王若若同學的作文向我們講述了一個感人至深的故事，雖然那些紅軍戰士可能是為了人民的翻身解放而流血犧牲，但是……」這時的蕭老師，幾乎可以說是在慷慨陳詞了，但他的聲音驟然低沉了下來，「他們執行的，是一條背離中央的錯誤路線。」

少年的腦子「轟隆」一聲炸開了，簡直無法相信自己的耳朵，他一下子瞪大了眼睛，直愣愣地盯著蕭老師看。他感到了難以置信。

蕭老師避開了少年的目光。少年明顯地感覺到，蕭老師的餘光似在關注他，可他卻故意看向別處。「你們知道西路軍是一支什麼隊伍嗎？」蕭老師反問，沒有人回答，也不可能有人回答，因為那段西路軍的歷史無人知曉，歷史課程上也從來沒有出現過這支紅軍隊伍，這是一段被遮蔽和湮沒的歷史。

「它其實是一支違背偉大領袖毛主席革命路線的隊伍，西路軍執行的是張國燾的錯誤路線，企圖與中央鬧對立。」說到這裡時，蕭老師又一次地沉默了下來，嘴角明顯地在抖動，目光迷離。

「他們的目的是自己搞塊地盤另立山頭，與毛主席親自指揮領導的黨中央分庭抗禮。」後面的這句話，蕭老師幾乎是咬牙切齒地說出來的。

少年的心裡這時一片雜亂，處在了昏眩之中。西路軍的這段歷史，在他有限的知識中是聞所未聞的，他不敢相信蕭老師說的這一切竟是真的——鄭老伯所在的那支紅軍隊伍，執行的竟然是反對毛主席的錯誤路線？這不啻晴天霹靂。

「蕭老師，那王若若寫的那些紅軍戰士，是不是革命的叛徒呢？」

迷迷登登中，少年似聽到了一位同學的發問，少年像被人潑了一盆冰涼的冷水，一激靈又醒轉了過來，這也是他迫切想要瞭解的問題，他支楞起耳朵定睛看向蕭老師，他想知道蕭老師的答案。

「不！」蕭老師揮舞手臂，在空中劃出了一個有力的拋物線，「他們是紅軍戰士，是的……他們……是，可是，他們被矇騙了！」蕭老師說。「所以他們吃了敗仗，兵敗祁連山，只有執行我們偉大領袖毛主席的革命路線，才會是戰無不勝、攻無不克的！」最後，蕭老師聲嘶力竭聲地高叫道。

當下課鈴聲響起時，蕭老師對少年說：「王若若，一會兒你到我的辦公室來一下。」

少年點點頭，起身站了起來，腦子卻還是亂糟糟的，像是蒙了一層濃厚的霧幔。肩膀被人輕拍了一下，少年回頭，是羅勝利，他俯在他的耳邊叮囑了一句：「你真糊塗，趕緊到蕭老師那做個檢討吧，你從哪聽來的這些亂七八糟的東西。」少年沒說話，他注意到同學們看向他的目光亦有些異樣了。

少年突然有一種想放聲大哭的感覺。

八

少年輕敲了一下門。「進來」，他聽到蕭老師的聲音，心虛地推開了門。蕭老師正在埋頭批改作業，少年走了過去，在蕭老師的對面站住了。他不敢坐下，儘管他的面前橫放著一把椅子，可能是蕭老師事先為他備好的，他現在只能是靜靜地等待著蕭老師的問話。

不時有個別老師推門進來，好奇地看了少年一眼，又瞅了瞅了沒有反應的蕭老師，似乎感覺不太對，屋裡瀰漫著一股奇怪的氣氛，他們放下了手中的教案，又離去了。

屋裡重新安靜了下來，這種安靜，讓少年感到了壓抑和不安，他不知道接下來會發生什麼，他只是預感到自己的那篇有感而發的作文惹上了大禍，他在劫難逃。他只能呆立地站著，一動不動地站著。似乎過了很長時間，蕭老師這才緩緩地揚起了臉來，定定地看著少年，像是要從他的臉上探查什麼名堂來，可是他什麼也沒發現。蕭老師有些失望了，眸子裡不自覺地流露出一絲悲涼。

「你坐下吧。」蕭老師說，透著一種令人不解的憂傷。

少年沒動。

蕭老師站了起來，走到少年的身邊，一隻手搭在他的肩膀上，示意他坐下。少年只好坐下了。蕭老師又回過身去倒了一杯白水，放在了少年的面前。

這時，蕭老師點燃了一支煙，他抽煙的姿勢讓少年覺得他更像是在壓驚，以便讓自己儘快地鎮靜下來。現在他的臉上又恢復了以往的冷漠。

「給你講述這個故事的人是誰？」

「呃……是一位……呃，鄭老伯。」少年膽怯地說。

「喔……我知道他姓鄭，你的作文中提到了他的姓，我在問，你是怎麼認識他的，他是哪的？」蕭老師嚴肅地說。

蕭老師開門見山的一番問話，讓少年覺出了一份蹊蹺，他原以為，蕭老師一上來就會對著他一通迎頭臭批呢！可是這一切並沒有發生，發生的只是蕭老師的一串發問。他為什麼會對鄭老伯感興趣呢？他不是說，鄭老伯所在的西路軍，執行的是一條反對毛主席的錯誤路線嗎？少年心想，百思莫解。

少年只好簡略地向蕭老師陳述了他與鄭老伯的相遇和相識的經過，但有意隱瞞了鄭老伯交給他的那份卷宗，他也不知道為什麼要將這一情節隱而不談，他有一種直覺，這份鄭老伯託他轉交的卷宗，不能隨便說出去，他由此想起了父親見到卷宗時的那種奇怪的表情，這讓少年隱約地感覺到，父親的這種表情與蕭老師的異常反應間的異曲同工。

發生在鄭老伯身上的故事，更像是一個無解的謎了。

「你還想說什麼？」蕭老師問。

「什麼？」少年一怔，發現自己剛才走神了。

「就這些？」

「嗯。」少年遲疑了一下，點了點頭。

蕭老師沒問了，表情在怪異地變換著，少年一時還無法判斷他目下處在一種什麼樣的情緒中。只見蕭老師在一支接一支地抽著煙，桌上的煙灰缸已然堆滿了他抽過的煙蒂，有的煙頭尚未被及時掐滅，嫋嫋升起了一股嗆人的味道。蕭老師似乎憂心忡忡地在顧忌著什麼，幾番欲言又止。

「你的作文中提到了一位西路軍的師長。」他停頓了一下，下意識地掐滅了手中的煙，又飛快地重新點燃一支，犀利地盯了少年一眼，「是這樣嗎？」

少年的表情在默認蕭老師提及的這個人。

「那位老紅軍，哦，對，你說的鄭老伯，他關於這個人還對你說了些什麼嗎？」蕭老師問。

「沒有，該說的，我都寫在作文裡了。」

「難道那個人，哦，你說的鄭老伯，就沒再提起這位師長現在是否還活著？」

少年真的被問住了，這才想起自己的粗心！是呀，那位鄭老伯十分懷念的師長，他的救命恩人，是不是還活在人間呢？可從鄭老伯說起這個人時的神情看，雖然沒有具體說到他的下落，但似乎已經光榮犧牲了——假如真是這樣，可以說他光榮犧牲了嗎？他們可是在執行一條錯誤路線呀！

「你又在想什麼？」蕭老師問，目光咄咄逼人。

「沒有，鄭老伯沒有說起那位師長後來怎樣了，真的，他沒說。」

蕭老師的表情明顯地浮現出一絲失望，又好像在心底深深地嘆息了一聲，身子往後一仰，倚靠在了椅背上，閉上了眼睛。

少年傻呆呆地望著他，不知道接下來他還會問些什麼了。少年百無聊賴地將目光落在了蕭老師敞開的衣領上，他注意到蕭老師在灰藍色的中山裝裡，套了一件白襯衣，襯衣的領口已經磨破了，在脖頸處翻開了一長溜兔唇般的裂縫，邊緣還染了一層污亮的油漬。他揣測，蕭老師一定有很長時間沒換洗過衣服了。

「那個人，那個師長的……哦，他的女人，他說過是誰嗎？」蕭老師突然睜開了眼，逼視著少年，問。

少年一激靈，半晌沒說出話來，這是因了蕭老師的發問，讓他一下子有了一個預感。但究竟是什麼預感？他一時還梳理不清，他只是隱隱約約地有一種突如其來的直覺，這直覺亦暗示著某種預感。蕭老師這麼關心他作文中提及的這些人，一定有著什麼不可告人的祕密，他拐了一個彎，最終關心的人物，還是他作文中提到的那個「女人」。

「鄭老伯沒說她是誰！」少年說。

「也沒說她現在在哪嗎？」

「沒有，他沒說。」

就像天空中出現的一道耀眼的閃電，驟然從少年的腦海中掠過，讓少年頓悟般地聯想到了那個可憐兮兮的老女人——她那張悽惶的面孔，在少年的眼前晃動了起來，他彷彿又一次看到了她佇立在凜冽的寒天中，冷風吹亂了她額前的那縷蒼蒼白髮，幾乎與此同時，少年亦想起了這位一臉悲苦的阿姨，讓他交給蕭老師的那封信。

「好了。」蕭老師無力地揮了一下手臂，「你走吧，沒什麼了。」

少年起身往門口走去，可是蕭老師喊住了他。

「以後不要再向人說起西路軍的事了，明白嗎？」

少年點頭。

「我是為你好。」蕭老師又叮囑了一句。

「謝謝蕭老師。」少年說，「可是蕭老師，西路軍真是執行了張國燾的錯誤路線嗎？」

「是的，這是毛主席說的，他老人家不會隨便說的，我們應當相信毛主席。」蕭老師堅定地說。

「那您說。」少年稍稍猶豫了一下，又問，「鄭老伯他們還算是紅軍嗎？」

蕭老師愣了，臉色一呆，沉吟了一會兒：

「這是個問題。」蕭老師停頓了一下，說，「現在我還無法回答你，但聽從毛主席的話是沒錯的。」

可在少年看來，蕭老師表達的意思卻是曖昧的。

第七章 × 啟明的心思

一

溫煦的春天真的來了，踏著輕靈恬靜的腳步悄然而來，彷彿是在一個陽光明媚的清晨，一下子就蹦進了少年的眼簾之中，而在此前，少年居然還渾然不覺呢。

早晨起床後，洗漱完畢，少年一個人步入了寬敞的陽臺，伸展了一下懶腰，忽然覺出空氣中散發出的氣味不一樣了，在他的眼神不經意地一瞥之下，驀然間發現生長在陽臺左側的那棵桑樹，爆出了鵝黃色的嫩芽，如一枚枚寶石般的小小嫩芽，在旭日東升的映照下，泛出一縷縷晶瑩剔透的光彩來，晃著他的眼。也就在這同一瞬間，他的鼻翼，似乎也嗅到了來自春天的誘人的味道——一種潤澤的清新的味道，攜帶著一絲絲沁人心脾的滋味；再抬眼望去，遠處的那一株株層霧般高低錯落的枝杈在陽光的反射下，閃爍出一道道金色的光斑，有的還泛出璞玉般碧綠碧綠的色澤。

他仰起了臉來，藍天白雲就在那無盡的天穹之上，碧空如洗，有幾朵的浮雲懸掛中天，悠閒地遊弋著，像一朵朵巨大的變幻無窮的白蘑菇。昨天的傍晚時分下了一場毛毛細雨，雨後的一切都像在悄然地發生變化，少年覺得大地在一夜之間煥然一新。

真好！少年在心中不由得感嘆了一聲。空氣亦不再蕭瑟般地凜冽了，透出了一股怡人的愜意，還有絲絲縷縷，不知從何處飄來的鳥語花香。少年驀然感到了體內的一種奇異的萌動，宛若一隻隻調皮的小蟲蟲，在他心底深處悄然爬行蠕動，這種感覺讓少年覺得怪怪的。少年一時還梳理不清，這個蠢蠢欲動的欲望，究竟意味著什麼？他只知道這是一種讓自己都感到陌生的感受。

樓下傳來嘰嘰喳喳的喧嘩之聲，那是武裝部的一群孩子正在頑皮地嬉鬧著，他們在院子裡歡快地互相追逐，歡聲笑語瀰散開來，映襯著初春的景致，後面跟著的阿姨們，嘻嘻笑著，看著她們的孩子們的調皮與玩耍，手頭還沒忘了靈巧地織著毛衣。

樓下廳堂式的走道上亦有人聲傳來，聲音清亮，裹著嘻笑之聲，但少年看不見說話的人，因為這些人沒有走出廳堂，來到樓外，少年還無法將他們納入在視野中。但他知道其中的一人是誰，她的嗓音少年一聽就了然了。

自從那晚與崔燕妮發生衝突之後，少年便對她產生了一種說不上來的複雜情緒，覺得這個女孩身上散發著一股風騷的誘惑，可她和羅勝利的隱祕關係，又讓少年心生厭惡，少年的腦海中，有時竟會出現兩個像蛇一般纏繞在一起的身體，激烈地撕扯著、翻滾著、難分難解。

就在這時，崔燕妮的那張被激情燃燒的臉龐，亦會清晰地浮現在了少年的眼前，他驀然一驚，那誘惑的表情，以及她漲紅得像晚霞般的面孔，曾經在他的眼前也逼真地出現過，後來消失了，消失的原因是他的冷卻和逃離。

與崔燕妮肉身糾纏的那天晚上，對於少年而言，是一次驚心動魄的經歷，少年有生以來第一次真切地接近一位女孩，並見到了讓他心驚肉跳的肉身。他還能想起那晚不由自主地體外「噴射」——那一時刻，他幾乎要失聲大吼了起來，但他只是發出了一聲短促的悶哼，便羞慚得無地自容了。他逃走了，他覺得那晚的表現讓他丟盡了臉面，同時內心深處，亦驚恐於那個突如其來的劇烈「噴射」，他甚至奇怪，為什麼竟會發生如此尷尬、狼狽的一幕？

當少年想起這一切時，他倏地明白了，心中蠕動著的隱祕欲念究竟意味什麼了，冥冥之中，它奔向了崔燕妮的那張漲紅的臉龐，和她的那個褪去了遮掩的身體，以及他肆無忌憚的「噴射」。雖然羞愧難當，狼狽不堪，但事後想起，卻又讓他分外懷戀那次痛快淋漓的「噴射」。這種奇異的體味，讓少年一下子將「噴射」與欲念的騷動聯繫在了一起。他又感到臉頰在微微發燒發燙了，並迅速意識到了自己的下流無恥。

正在恍惚中，少年聽到了樓下的一聲喊叫，他一驚，回過了神來，俯身看去，是崔燕妮在樓下向他招手：「喂，下來吧，我們出去走走。」他站在陽臺上客氣地笑笑，沒吱聲。臉上的熱浪正在悄然褪去。

這一段時間以來，少年始終躲著崔燕妮。躲著她，是因為心裡有一種彆扭。是什麼原因竟讓他有了彆扭之感呢？他亦在問自己。他原以為是因了他與她曾有過的「那個夜晚」，後來他明白了，還是因為羅勝利出現的緣故。崔燕妮與羅勝利之間發生的事他已了然於心了，雖然他沒有親眼目睹，可後來的幾次就發生在與他一牆之隔的隔壁，傳出的動靜足以讓他猜出一二，少年甚至覺得，崔燕妮故意發出讓他耳熱心跳的動靜，以此來報復他。崔燕妮所表現出的膽大妄為還是讓少年大吃了一驚。他又想起了在農村時，知青大哥哥私下裡流傳的一句名言：色膽包天，彼時，他還不能完全地理解這句話的全部涵義。

直到那天晚上，當他無意中瞥見羅勝利的背影從樓前消失，怒火萬丈地敲響了崔燕妮的房門，並向他發出質問後，他才真正理解了何謂「色膽包天」。

他發現，自從那天晚上之後，羅勝利時不時會出現在武裝部的院子裡，夜深人靜後，他能依稀聽到樓梯上放輕的腳步聲，以及隨後從隔壁傳來的輕輕的敲門聲。只響了那麼幾下，敲門聲就會消失了，沒過一會兒，隱約會有嘀嘀咕咕地說話聲，接著又有呻吟般的聲音漸次傳來，偶爾還會伴有壓抑般的嚎叫。這一切彷彿就發生在他的眼皮底下。他們兩人居然敢如此地肆無忌憚，還是讓少年感到了震驚，他為他們的膽大妄為而心驚肉跳。

有一次，一聲嚎叫叫得有點兒撕心裂肺了，聲音實在是太大了，連他都被驚得一哆嗦，為他們捏了一把冷汗——要是被人聽見了怎麼辦？但很快就沉寂了下來，沒多久，傳來急促地「嗵嗵嗵」的下樓聲。

第二天一早，他在縣革委的側門遇見了崔燕妮，顯然，她又在故意等待他的到來。

「你昨晚聽到了什麼？」崔燕妮不動聲色地問。

「什麼也沒聽到。」他說，有點心跳，崔燕妮的平靜讓他驚嘆不已。

崔燕妮的目光直勾勾地逗留在了少年的臉上，似乎在觀察他是否在撒謊。「沒聽到就好。」崔燕妮說，顯得有些失望，甩了甩頭，又意味深長地瞥了少年一眼。「就你沒意思，膽小鬼！」她說，帶著一絲挖苦。

少年不再說什麼了，推開側門走了出去，見有上學的校友從這條曲曲彎彎的石徑小路走過，一路上嘻嘻哈哈地聊著，崔燕妮跟在少年背後，緊著幾步竄了上來。

「你要保密喲。」她嘻哈地說了一聲，快步從他的邊上擦過，走遠了。

少年苦笑了一下。也只能保密了，因為他們之間有過耳鬢廝磨的一次不成功的「噴射」和控制不住地吼叫，已然讓少年羞愧難當了，他絕不可能將崔燕妮的醜事透露給別人，一旦洩露出去，等於無形中也把自己給暴露了。

必須保密！他暗暗地告誡自己。

但他也注意到了，發生在羅勝利身上的變化，見到少年時，他的臉上總是浮現著隱而不顯的得意，和一絲不可告人般的詭祕，似乎是想告訴他些什麼，可又故意地賣起了關子，以勾引他的興致。少年也佯裝渾然不覺。他們之間好像存在著一種心照不宣的默契，以致只能共同以曖昧的方式守護著這份「默契」。

其實少年心裡是彆扭的，他不知道崔燕妮是否出賣了他的那次失敗的「意外」。在少年看來，這本該屬於他與崔燕妮之間的「攻守同盟」，唯他們兩人所知曉，絕不向外人洩露。可羅勝利看向他的那種怪異的眼神，還是讓少年心虛了，少年甚至覺得在羅勝利面前，自己已然矮了一截似的，讓他在面對羅勝利的目光時有一種抬不起頭來的感覺。他開始怨恨崔燕妮了，他覺得她就像是大人常說的可怕的狐狸精，他告訴自己盡可能地躲她遠點，越遠越好。

二

那天是個週日，父親又像往常一樣出遠門了，獨自在家的少年心裡想著該去哪玩一會兒，每當閒暇時他的心便會有點兒犯野，就像湛藍的天空懸掛著的那一朵朵悠閒的白雲，渴望自由自在的遊弋，上學的日子總是讓他覺得時間的沉悶和無聊。

他想起了鐵匠啟明。他有一段日子沒見過他了，他喜歡跟他在一起。少年知道啟明並沒有上過學堂，但他酷愛看書，愛琢磨和思考問題，這讓少年感到了不可思議，因為少年沒事時卻不怎麼愛看書，他覺得成天捧著一本書看太沒意思了；但啟明則不然，啟明的床頭上總是放著幾本馬列和毛主席的書，一旦少年問起他為什麼愛看書時，他會沉思地望著他，然後嚴肅地說：「書裡面有很多道理，你不讀是不可能知道的。」每當這時少年便會失聲地笑了起來，他覺得這位鐵匠真是有點迂腐，他一點沒覺得書中藏著什麼道理，即使有，他也看不明白，他接著會問啟明：「那你為什麼沒有上學讀書呢？」

這時的啟明，沉陷在了長久的沉默中，臉上飄過一絲憂傷，手頭漫不經心地捲起了一支紙煙，他像已然不受大腦支配似的，下意識地做著這件事。紙煙一旦捲好，他便會將它送到乾裂的嘴唇上，一動不動地叼著，像是忘了將火點上。少年這時會劃亮火柴，湊到他跟前。火柴發出的藍光晃了一下啟明的眼睛，他眨了眨眼皮，這才像是被人從夢中驚醒了一般，凝神盯上少年幾秒鐘，低下頭，湊近地點著了紙煙，再仰起臉來，狠狠地吸了一口，雙唇微翕，憋了那麼一會兒，嘴一大張，一股濃濃的煙霧便四下裡瀰漫了開來。

「我不能對不住我的叔叔，他覺得我能成為鎮上最好的鐵匠，叔叔年齡大了，身體又不好，我得撐起鋪子裡的這攤事來，沒工夫去上學了。」說著，啟明嘆息了一聲，露出一絲略帶稚氣的微笑，這微笑裡藏著他深深的遺憾。

「你說你從小是在船上長大的，那你又是怎麼學會讀書識字的呢？」少年問。這確實是糾結在少年心頭的一個疑問。啟明不好意思地笑了：「因為我遇見了一個恩人。」他說，「沒有他，我可能不會懂得那麼多的道理，是他教會我讀書識字的。」

「他是誰？」少年問。

啟明似在猶豫，少年催他快說，他有點好奇。

「你一定要知道？」

少年肯定地點點頭。

「我們是朋友，我說出來你不會對別人說，對嗎？」

少年更加肯定地點了點頭。

「那好。」啟明沉靜地說，「我告訴你。」

啟明接下來說出的親身經歷，讓少年瞪大了眼睛，在少年聽來，它更像是一個不可思議的傳奇故事。

啟明從小就跟隨父親在江上打魚為生，他的出生地亦在錦江岸邊的一個小村落裡，村民都是些日出而做，日落而息的農民，偶爾亦會有人來到江邊打魚，但不是做為他們賴以為生的生計，也不知為什麼，啟明的父親偏偏愛上了江上漂泊的生活，他便成天遊蕩在江水之中，自得其樂，他的女人，也就是啟明的母親，或許就是因了他的這種放浪不羈的生活而不辭而別——她一定是感到了情感的孤寂。從那時起，啟明的父親便帶上了幼小的啟明，繼續打魚為生，漁船從此成了他們流動的家。

啟明曉得父親在沿岸一帶的村落中有幾個相好的女人，但他從沒見過她們，只知道父親有時會將漁船停泊在某個村邊，拎上幾條剛打撈上來的鮮魚，再提上一瓶酒，獨自一人上岸去了。凌晨歸來時已然酩酊大醉，嘴裡還會胡亂地說出一些不堪入耳的髒話，也就是從這些凌散的片言隻語中，啟明知曉了父親上岸後的行止。

父親清醒的時候不大愛說話，只是一人悶頭坐在船頭抽著旱煙，眺望著茫蒼的江水發呆。

直到有一天，出現了一個人。

啟明在說到這個人時，神情突然變得分外激動。

「我是遇見了這個叔叔之後，才懂得了人活一世的道理！」啟明深情地說。

那是一個漆黑的夜晚，天寒地凍，北風在江面上呼嘯著，鬼哭狼嚎，遠處黑燈瞎火的，什麼也見不著。啟明的父親一人坐在船頭喝酒解悶，啟明則在船篷裡為父親在小火爐上煮著幾條下酒的小魚。

也不知幾點了，突然聽到岸邊傳來幾聲嘶吼聲，聲音大極，在空曠的天地間迴盪著，傳出很遠。啟明一怔，側耳聽去，四下裡又沉寂了下來，一點聲兒都沒了。他當時還感到奇怪，這麼晚了，有誰沒事會跑到江邊大喊大叫呢？彼時，他還懷疑自己是不是聽錯了呢，也就沒太在意了。

過了沒多一會兒，他聽到「噗嗵」一聲，聲音還挺響，是一個沉重的東西掉進水裡的落水聲，在寂靜的夜空中顯得格外清晰。還沒等啟明反應過來，父親霍地一下從船頭蹦了起來：「不好，又有人跳水了！」啟明聽見父親嘟囔了一句。沒等他起身鑽出船篷時，只見暗影中的父親一個猛子扎進了江水中。接著傳來激烈的划水聲，很快就遠去了。啟明那時還小，不知道外面發生了什麼狀況，也不明白父親為什麼會奮不顧身地跳進水裡，大冷的天，他還擔心父親會在冰冷的水裡凍著呢。

也不知過了多久，划水聲又近了，溟濛的月色下，他見水中的父親正在接近小船，胳膊肘似乎還夾著一團黑糊糊的東西，看不太清；更近了，他定睛望去，才知道那是一個人。

「快，把那根撐竿給老子順過來。」啟明聽見父親氣喘吁吁地喊了一聲，他趕緊回身，抄起船板上的那根長長的竹篙遞了過去。

父親一把抓住了竹篙，在水裡大喘了幾口氣，「明崽，給老子使勁往上拽，使勁，聽到了嗎！」

他慌忙俯下身拽起了竹篙，父親順著竹篙的勁道正在向船邊游來。終於近了，父親一隻手搭在了船幫上，吼一聲：「你站穩嘍。」接著胳膊一使勁，生生地將一人托舉了上來。小船跟著一個劇烈地晃蕩，少年趔趄了一下，險些跌倒，但很快就立穩了腳跟。「幫把手，把這個找死的扶進篷裡去，快，真他娘的不嫌命貴！」父親這時也上了船，嘴裡沒停地罵罵咧咧。

那人現在安靜地躺在船篷裡了。篷內的空間過於狹小，三人擠在一起顯得逼仄狹窄，只能湊合得騰出一點空間讓這人直直地躺下。他眼睛微閉，臉色慘白，嘴唇一直在哆哆嗦嗦地發抖，神志已然不清了。父親一聲不吭地先咕咚咕咚地灌下了一瓶老白乾，然後把濕淋淋的一身衣服褪下，赤條條地步出船篷，將衣服擰乾，搭在了船幫上，又鑽進船篷換上了一身乾衣服。

父親彎下腰，俯身來摸了摸那人的額頭，眉心蹙緊了。「明崽，快，把他這身濕衣服給老子脫了，快點！」父親喊道。

啟明手忙腳亂地按父親的意思辦了，現在這人赤身裸體地橫在了啟明的面前，但他的意識還是迷糊的。父親讓啟明將爐火燃得更旺一些，順手抄過一瓶白酒，先灌了一口在嘴裡，但沒像平素似地一口喝下，而是含在嘴中咕嚕了幾下，然後俯下臉，將口中的烈酒噴灑在了那人的身體上。父親連續地噴射了幾口，接著又把自己的手掌搓熱了，開始在那人的身上、頭上反覆地推搓著，還不時地再噴幾口酒，再搓。

啟明坐在邊上看著，發著呆，他還不明白這一切究竟是怎麼發生的，有些茫然。也不知過了多久，父親停下了手，給這人換上了一身乾淨的衣服，那是父親自己的衣服，小心地扶起了他，給他嘴裡強行地灌了幾口酒，這才讓他重新躺下。啟明注意到這人還是沒有真正地清醒過來，嘴裡不時地嘰哩咕嚕地說些誰也聽不懂的胡話。

三

那人終於安靜了下來，像是沉睡了過去。父親又去摸了摸他的額頭，微微地點了點頭。「好嘍，死不了啦！」父親說，「晦氣，跑這來找死！」父親沒好氣地說，然後對啟明說：「你今晚別睡了，給老子看緊了他，別讓這個找死的醒來再跳河了，晦氣。」啟明答應了，他也不敢不答應。父親很快就顧自地睡著了，鼾聲大作，震天動地的響起。啟明卻一夜沒敢合眼，一直呆呆地看著這個被父親撈上來的人。後來他開始犯困了，眼皮一直在打架，大腦像是灌滿了鉛似地沉重了起來。

他感覺到這個一直躺著的人，身子忽然動彈了一下，睜開了眼。啟明一驚，趕緊湊到了這人的眼前，盯著他看。那人也在定定地看著他，然後微微一笑：

「我這是在哪？」那人問。

啟明看了看身邊的父親，他還在昏睡中，就說：「船上。」

「哦？」那人似乎明白了一點，爬起了身。

少年看著他鑽出了船篷，也趕緊跟了過去，他想起了父親的叮囑，他怕這人又一次跳河，那樣的話父親該斥罵他了。他怕他的父親。還好，這人沒跳，他站在清晨的船板上，仰望著天空中出現的一抹鮮紅的朝霞，沉默地閉了一會眼睛。突然，這人以迅雷不及掩耳的速度，縱身躍進江裡，他趕緊衝了過去，平靜的水面上連個水泡都看不見了，他嚇得大喊了一聲：「爸爸！」

睡夢中的啟明，一激靈醒了過來，睜開眼一看，是父親在搖晃他：「你這個小崽子睡著了？」父親責怪地瞪眼瞧著他。他的大腦還處在一片渾沌中，那個夢魘依然在纏繞著他，他的眼神透出一絲驚恐。

現在的他澈底地醒過來了，強撐著坐好，低頭一看，那個人還直挺挺地躺在船篷裡，他這才知道剛才做了一個噩夢。

「出去透透風。」父親說，「這有我吵。」

啟明鑽出了船篷，站在了船板上。眼前見到的情景一如他夢中所見，天邊透出了一抹鮮豔的朝陽，正在緩慢地冉冉升起，像一枚巨大的燃燒的火球，大地一片沉寂，不遠處的村落，還籠罩在玫瑰色的霞光中，他甚至能依稀耳聞雄雞的報曉，顯得那麼地縹緲。空氣中瀰漫著清新而濕潤的氣息。他揉了揉眼睛，覺得眼前的一切都顯得亦真亦幻了。

當啟明重新回到船篷時，那人已經醒過來了，大睜著雙眼，有些吃驚地望著這陌生的一切，顯然，他對他所置身的地方感到了驚奇和迷惑。

「我這是在哪？」他聽到那人在低聲問道。

啟明心裡一怔，他能清晰地想起發生在夢中的情景，這句話他在夢中是聽到過的，他不由得打了一個冷顫，感到了不可思議。

父親背著身，啜著小酒，沒吱聲，那人又問了一句。

「在你該在的地方吵。」父親說，語氣中挾著一股火氣。

「我怎麼啦？」那人還在追問著。

父親突然將杯中酒一飲而盡，回過身來，衝他吼道：「還怎麼啦?你還好意思問，你想死就去找個好地方吵，跑我這來讓我沾了晦氣，你這人缺德不缺德？」

那人睜大了眼睛，似乎在回想著什麼，終於恍然大悟地坐起了身。「對不起。」那人說，「你們是該讓我一人走的。」說著，他流下了熱淚。

「你曉得打漁的人最怕見什麼啵？」父親問，「見死鬼！」他嚷嚷了一句。「這對打漁人來說是最不吉利的，你曉得啵？」

啟明聽父親說過，成天漂在江上的打漁人，是不能夠見死不救的，這是一個迷信，說是如果見人不救，會遭天打雷劈的，甚至江上見了飄屍都要打撈上來，幫人安葬了，這是漁人的傳統。

那人後來要走，父親沒讓他獨自離開，按父親的話說，既然把人救了，就不能讓他再去尋死，「這也是該著的命喲，得認這命。」父親自嘲般地說。

後來這人便跟著他們父子倆打漁為生了。聊天中，啟明才知道這人其實是一文化人，過去是大學的教授，反右時被打成右派，發配到農村接受貧下中農的改造，妻子孩子因為他的遭際離他而去，他舉目無親，生活一片灰暗，看不見一絲光明和希望，最近又發現自己的身體每況越下，活著太辛苦，一時想不開，就咬牙投了江，想從此一死了之，可沒想到竟被人救了上來。

就這樣，這人被他父子倆收留了。

父親聽了他講述的經歷後，把煙斗在船幫上叩了叩，望著碧綠碧綠的大江之水，低聲地叨嘮了一句：「你們這些讀書人哦，就知道想不開，想那麼多做什麼唦?過一天算一天喲，算了，以後就待船上吧！」說完，長嘆了一口氣。啟明的父親一定也想起了自已的遭遇，啟明的母親就是這樣不辭而別的，因此，啟明的父親同病相憐地可憐上了這個讀書人。

那一年，這位叔叔一直跟著他們父子倆生活，漸漸地亦成為了一名老練的打漁人，心情也變得開朗了起來。啟明發現，其實叔叔還是滿健談的，說起道理來一套套的，比如什麼才是真正的馬列主義和毛澤東思想，當然，還有他對人生的各種看法和態度。

叔叔免不了給啟明講述一些西方文學名著裡的故事，從他的口中，啟明知道了好多外國作家的名字——比如托爾斯泰、杜斯妥耶夫斯基、普希金、雨果、大仲馬、雪萊、歌德等等他聞所未聞的大名鼎鼎的名字，他記得叔叔最愛唸給他聽的一首詩是：「冬天來了，春天還會遠嗎？」他告訴他，這是德國詩人雪萊的一句著名詩句。

沒事時，叔叔還會教啟明斷文識字。因為沒課本，叔叔先教啟明拼音字母，再一個字一個字地寫給啟明看，標上拼音，讓啟明高聲朗誦後再默寫一遍。啟明的那點文化啟蒙就是從那時開始的，這位叔叔成了他人生路上的啟蒙導師。

很多東西他當時讀來還似懂非懂，但依稀覺得自己漸漸地開啟了一些懵裡懵懂的人生道理。他說他的名字也是叔叔給起的，在此之前，他只知道自己的名字叫明崽——那是父親這麼叫他的。

「後來呢？」講述這些往事時，少年與啟明坐在細崽的漁船上，江水輕輕地拍打著船身，微微有些搖晃，陽光被一層薄霧遮沒了，江上灰濛濛一片。

「後來他走了。」啟明說，嘆息了一聲，眼神亦變得朦朧了起來，就像那江面上縈繞著的淡淡的霧嵐。「有一天晚上，我們的小船停靠在了一個小鎮上，爸爸上岸找人喝酒去了，走前，還邀叔叔一塊去，他微笑地搖了搖頭，說是哪也不想去了，就想在船上歇息歇息。父親就一人走了。」

當天晚上，叔叔給我唱了一首〈我們是共產主義接班人〉的歌，在我聽來，這首歌好聽極了，好像從遠方傳來的波濤聲，都在輕聲應和著叔叔的放聲歌唱。叔叔一邊唱，一邊自己還打著拍子，我就給叔叔鼓掌，那天叔叔笑得很開心。後來，叔叔讓我先睡，他就坐在我的身邊，幫我掖好了被子，我望著叔叔，感到了溫暖。現在想起，才覺出叔叔神情其實有些反常，可我當時沒覺得，我就說：「叔叔，你也睡下吧。」可他說：「不忙，叔叔一會再說，現在還睡不著呢，你先睡吧，別管叔叔了，聽話，一定別忘了叔叔給你起的名字：啟明，啟明就是啟示光明吶！」

我還高興地點了點頭，心想，叔叔給我起的名真好，我就喜歡光明。

我不知不覺地睡過去了，那一覺還睡得滿沉的，一直到爸爸黎明回來時把我從睡夢中搖醒，才不情願地睜開了眼，迷迷糊糊的看著爸爸。爸爸喝得醉醺醺的，赤紅的臉，但眼睛瞪得有點嚇人。

爸爸大聲問：「明崽，你叔呢？」

我一下子清醒了，一骨碌爬了起來，揉了揉惺忪的睡眼：「我不知道？」我說。爸爸看我的眼神一下子就不對了，「糟了。」爸爸說，「他準是一個人又走嘍！」

「走了？」我傻乎乎地問了一句，還是不大明白爸爸在說什麼。「你曉得你叔啥時走的啵？」我愣了，看著嚇人的父親，膽怯地搖了搖頭。「該死的，就知道睡！」爸爸說著起身鑽出了船篷，上了岸，一陣急促的腳步聲跑遠了，我能聽見爸爸在晨風中的呼喚，他在叫叔叔的名字，那聲音漸漸地遠去了。我趕緊披上衣服，奔了船頭。天剛濛濛亮，江上不時地飄著一層淡淡的薄霧，江風很冷，吹得我直哆嗦，心裡又急又怕。這時我突然想起了什麼，轉身回到篷裡，點亮了油燈。你知道我看到了什麼？」

少年搖頭。

是一張小紙條，用鉛筆寫著幾行字，我心裡一陣亂跳，大概猜到了叔叔是找不回來了。我湊近油燈，仔仔細細地讀了叔叔留下的紙條：

啟明，叔叔走了，叔叔要一個人去尋找他未來的方向。我要感謝你和你爸爸對叔叔的救命之恩，在與你們相處的這一段日子裡，叔叔度過了他一生中最美好的時光，叔叔會牢記在心。但叔叔現在不想再拖累你們了，所以，你們不用再去找我了。如果有一天，叔叔找到了他要尋找的東西，叔叔會自己來看望你們的，但叔叔不敢說那會是哪一天。

啟明是一個聰明的孩子，你一定要堅持好好學習，知識在今天看起來沒什麼大用，但終究有一天你會知道，知識才是人生中最寶貴的財富，請你一定要記住。

「冬天來了，春天還會遠嗎？」你還記得叔叔常向你提起的這首雪萊的詩嗎？啟明一定會記住的，當有一天你長大了，再回想起這首詩句時，你會明白它究竟說的是什麼的。

再見了，不要責怪叔叔的不辭而別，叔叔會永遠的懷念你們，是你們讓叔叔相信了在這個污濁的世上還有許多良善誠實的好人，支撐著叔叔有了繼續活下去的勇氣。

叔叔的走，就是為了去尋找心中的春天。替我感謝你爸爸，我會想念你們的！

叔叔

說著說著，啟明的眼中靜靜地淌下了兩行清淚。江風還在持續地呼嘯著，裹著綿綿細雨，拂動著啟明額前的幾綹髮際，伴隨著江風在飛揚，如同一面旌旗迎風招展，少年的心中亦激盪著澎湃般的感動，彷彿看到了那位沒有見過面的叔叔，他想像著他的形象，想像著他引吭高歌時的情景，還有，他慷慨激昂地唸詩時的神情。少年也在心中默誦著雪萊的那首著名詩句：

冬天來了，

春天還會遠嗎？

他們沉默了很長時間，啟明一直在拚命地吸著煙，突然抽泣了一聲，說：「我想念叔叔了！」少年的心抽搐了一下，他能體會啟明此時此刻的心情，但又不知道該如何安慰啟明，他現在只能陪伴著他，望著雨幕下的滔滔江水，聆聽著江風的呼嘯。

「後來呢，你沒再見到叔叔嗎？」不知過了多久，少年輕聲問。

「沒有。」啟明搖了搖頭，「我以後再也沒有見過他了。」啟明說，含著一絲深切的憂戚，「也不知道叔叔現在在那裡。」啟明輕嘆了一口氣，「叔叔，您在哪兒呢？」

啟明望著奔騰東去的江河流水，淚光閃爍。

四

少年快步奔向了鐵匠鋪。

沿街的木板房大都敞開了，有的小店鋪剛剛準備開張，亦有人正在將門前的擋板，一塊塊地拆卸下來，放置一旁，神情卻是懶洋洋的。清晨的小城是靜謐的，淡淡的薄霧繚繞在空氣中，一些趕集的農夫，推著獨輪車吱吱嘎嘎地轔轔駛過，車上裝滿了各式各樣準備出售或交換的雜物與貨品。

只有鐵匠鋪還關著門，悄無聲息，少年幾步上前，猶豫了一下，拍響了門。沒見動靜。少年便有些詫異了。在少年的印象中，啟明一般是早起的，他有時清晨路過鐵匠鋪時，都會見到木板門大敞著，裡面爐火熊熊，叮咣哐啷的打鐵之聲此起彼伏，在這條寂靜的石道上，就屬它的聲音最為嘹亮了，少年打老遠就能聽見這一清脆鏗鏘的聲響，他甚至覺得，這就是小城預告黎明來臨的一首高亢的晨曲，倘若有一天，石街上少了打鐵聲，就會缺少了點什麼人生的樂趣，正是因了這鏗鏘有力的打鐵之聲，才讓這條寂靜的青石小街有了生氣和熱鬧。

少年每每透過打鐵聲往裡一瞅，便能見到啟明揮汗如雨的身影，再冷的天，啟明都會光著膀子，身上披掛一件皮圍兜，雙目怒瞪，掄圓了他粗壯的胳膊，憋足了勁，照準砧板上的鐵器一上一下地砸了下去，頓然火星四濺，猶如天女散花。

少年有時會走進去，站在一旁無聲地看著。每當啟明掄起手臂時，少年便能見著他臂上的一塊塊凸起的肌腱，像塊石頭似的上下滑動，讓少年心生羨慕，他自己的細胳膊上就找不到一塊像啟明似的肌肉，這讓他有些慚愧。

有一次他不好意思地問啟明：「我怎麼才能有你這樣的肌肉呢？」啟明聽了一怔，哈哈大笑了幾聲：「你用不著這個，這是我們這些幹苦力的人才會有的，你用不著。」少年嘟起了嘴，他覺得這話聽上去就像在罵人，憑什麼我就不能有呢？他想。

見少年生氣了，啟明趕緊放下手中的活計兒，湊過來安慰他說，他一點沒有要氣他的意思，他只是想說，只有多幹活，才能鍛鍊出一身的肌腱，然後笑著讓少年也來打兩下砧板上的鐵器，他自己甘當一回少年的下手。說著，啟明用一把大鐵鉗從爐火上夾了一塊燒紅的鐵器，擱在了砧板上。

「來。」啟明說，「你打一下試試？」

少年一開始還顯得有些畏懼，沒敢試，見啟明信任地望著他，他一高興，便從一旁拎起了啟明以前掄過著的那柄大鐵錘。

剛一拎起，少年就感受到了它在手中的分量，沉沉的，有點吃力，少年心裡便有些發怵了，他猶豫著。「別怕，有我呢，怕什麼？來吧。」啟明在鼓勵他。少年咬了咬牙，先放下了鐵錘，學著啟明往手心上吐了一口唾沫，搓了搓手，這才使勁地掄起了鐵錘。

剛一高高地掄起，他就知道這個舉起來的傢伙正在偏離方向，可是來不及校正了，他失聲地喊出了一聲「哎喲！」手中高舉著的鐵傢伙，不聽使喚地正在狠狠地砸下，他心知大事不妙，因為砸空了，很可能鐵錘會落在啟明伸出的手臂上。少年驟然變色，鐵錘裹挾著一股勁風快速落下，迅雷不及掩耳，他已經沒有可能制止它了，他嘶聲地大吼了一聲：

「啟明——我！」

這邊廂，啟明早就瞅準了鐵錘砸來的方向，他不慌不忙地往邊上一閃，順手抄起一根粗重的大鐵棍往砧板上一橫。少年的鐵錘就在這時飛流直下，硬生生地偏離砧板砸了下來，恰好被鐵棍給攔截了。只聽見「哐」的一聲巨響，少年手心霎時一陣發麻，鐵錘亦從手中脫落了，他頭皮一陣抽搐，嚇得心臟激跳了一下，大聲地喘著粗氣，驚魂未定。

少年再看啟明時，見他泰然自若般地一臉沉穩，手掌穩穩地攥住鐵棍，一動不動，臉色亦絲毫沒變，手執的那根鐵棍，微微地震顫了幾下後，終於停歇了下來。接著，啟明不慌不忙地將鐵棍重新抄起放下，臉上登時有了笑容。

「怎麼樣，沒事啵？」啟明輕鬆地問。

少年這才發現驚出了一身冷汗，他呆傻地站在原地一動不動，還沒從剛才的驚魂中醒過懵呢。

「這可不是一朝一夕就能學會的。」啟明笑說。

後來啟明告訴少年，他還在江上打漁為生時，父親救起的那位叔叔曾這樣告誡過他：無論你做任何事，都需要時間和耐性，還要有堅強的毅力。啟明還說，最初跟著叔父學這門打鐵手藝時，也有過與少年同樣的經歷，但叔父對他要求極嚴，甚至冷酷，動不動怒聲喝斥他，他曾晚深人靜時不知哭過多少次鼻子，怪自己太笨，沒本事，後來他明白了，嚴師才能出高徒。天長日久，他出師了，這才成為了當地遠近聞名的鐵匠，可在這一天到來之前，沒人知道他吃過多少苦，受了多少委屈。

「現在我的叔父可以回家鄉休息了，我孀子一人在農村帶孩子也不容易，他收留養育了我，現在輪到我來報答他了。」啟明說，臉上流露著滿足的微笑。

從此，少年再也沒有膽量敢舉起那把鐵錘了，再經過鐵匠鋪時，他只是悄悄地趴在門口瞅上一眼，看著啟明聚精會神地工作，然後默默地離開。少年不想過多地打擾啟明的勞作，他心裡對他有一份由衷地欽佩和敬重。

少年又重重地拍了幾下門，還是沒見有聲兒，這時他斷定啟明不在屋裡了，他有些失落，轉身去了那家他熟悉的店鋪。

五

店鋪的門臉剛開，店員圍著圍兜正在打掃衛生，清理著一片狼藉的鋪面。

「這麼早就來了？」

見少年邁進了門檻，胖店員彎著身偏頭問了一句，又低頭打掃起了地上雜物。少年見櫃檯上擱著許多收拾出來的雜件，堆在一起，還沒來得及各就各位，就知趣地退在了一旁，靜候著，這時的他，腦子裡還在轉悠著：我跑這來做什麼呢？他下意識地摸了摸口袋，有幾塊錢，父親每次出門前都會給他些錢，他就一點點地攢了下來。有錢在，他心裡踏實多了。

通往廚房的門開了，瘦店員一陣風似地閃了出來，看到少年「咦」了一聲：「少見喲，好些日子沒來了哦！」

「嗯吵。」少年靦腆地笑笑。

「要來點什麼啵？」她一邊說，一邊將靠牆的矮櫃內擱著的糖果、餅乾的玻璃瓶取了出來，穩穩當當地放在擦拭乾淨的高高的櫃檯上，又用濕布在上面揩拭著。「要什麼？」瘦店員又問。「才知道你是王政委的兒子。」她笑說，「我說上次來怎麼像見過你哩。」

「我要碗醪糟湯圓。」少年突然說。

「還沒起火哩，等一下，好啵？」瘦店員說。她眯眯地樂著，一臉的喜慶。少年答應了。見瘦店員衝著閉門的裡間喊了一聲，「來碗醪糟湯圓吵。」少年還是木木地站著，那幾張桌子和板凳上還是堆放著雜物，他沒地方坐了。瘦店員注意到了少年猶豫的眼神，招呼胖店員趕緊將那地方收拾出來。

少年坐下了。「鄭老伯還常來嗎？」他問。

「哪個鄭老伯？」瘦店員稍有納悶，看著少年。

「呃，那個老紅軍呀，還常來嗎？」

胖店員又咯咯咯地笑出了聲。「噢，說他哦，能不來嗎，三天兩頭地來喲，攆都攆不走吵，來了就醉。這不，昨晚還來了吵，下一點了人還不走，搞得我們也下不了班，吐了一地不說，還砸了一個凳子，差點沒把桌子給掀了吵，攔都攔不住喲，嚇得我們都沒敢作聲。要不，我們怎麼到這會兒了還收拾哩。」

「這老頭故意耍酒瘋！」瘦店員憤憤地說。

「不能這麼說，他像有心思，心裡不痛快。」胖店員說。

「不就是為個婆娘麼？」瘦店員不屑地說。

少年一激靈。「哪個……哦，你說的是哪個——婆娘？」他問道。少年的心裡掠過一絲隱隱的興奮，他察覺出她們可能會知道點什麼。

「你不曉得？鎮上的人都議論哩。」胖女人說，詫異地瞥了一眼少年，「我們這裡就這麼點大，有丁點事還能不傳開？」

「我真的不知道是誰。」少年搖了搖頭，裝出無辜的樣子，他知道這是一種激將法，他算定了女店員很快就會道出原委。

「哦，想起來了，這娃崽還跟那老東西喝過一回酒哩，沒錯吧？」胖店員對少年說。

瘦店員一邊抹桌子，一邊在少年的臉上剜了一眼：「可不是他吵，前一陣子的大冷天，那老東西喝醉了，你也在吵，你們認得的。」

少年沒再說話，而是看著她們，她希望她們兩人能繼續地說下去。可是她們不再提起這件事了，唧唧喳喳地又聊起了鎮上別人家的家長里短，胖店員發出的「咯咯咯」的笑聲在少年聽來就像清晨的公鴨在咕嚕。

「你們知道鄭老伯說的那個女人是誰嗎？」隔了一會兒，少年問。

她們停止了聊天，齊刷刷地看向他，像看一怪物似的。瘦店員搶先問了一句：「你不曉得她是誰？」見少年搖頭，她和胖店員對視了一下眼神，兩人似乎忽然有了一種默契，笑出了聲。「哦，我們也是猜喲。」瘦店員說，說完衝著胖店員發出一個詭祕的微笑。

「你們猜到的人是誰？」少年問。

兩個店員又彼此對視了一眼，似在猶豫，又似乎在斟酌由誰來回答少年的問題。少年也沒再催促了，只是端坐在桌前，一臉平靜地等待著她們的回答。他有一種預感，不管怎樣，她們終究會說出點什麼來的。

胖店員一屁股坐在少年的對面，木椅隨即發出一聲刺耳的嘎吱，那個瘦店員則站在櫃檯後了，胳膊肘搭在櫃沿上，兩人都目光炯炯地望著少年，神情變得亢奮了起來：

「你爸爸肯定曉得咯，你該問問你爸吵。」胖店員說。但在少年看來，她其實是在試探他的口風。

「我爸爸什麼也沒告訴過我。」少年說。

「噢！」一胖一瘦的兩店員幾乎同時發出一聲誇張的嘆息，好像她們的好奇心受到了沉重打擊一般，有了失落。這時，胖店員往少年邊上湊了湊，「你曉得吵，其實我們曉得的也不多哦，只是那老東西一醉了就會胡說八道，我們能聽出點兒那個……那個意思來……喂，你來說吵？」胖店員轉過臉，對瘦店員嚷嚷地說。

瘦店員在櫃檯後頭聳了聳肩，又眨了眨眼皮，「還是你來說吵，你說得好。」她說。她的下巴頦，墊在雙臂交疊的手背上了。「平時不都是你在說？你聽到的比我多吵。」瘦店員嘻嘻笑著，說。

「那你別對人說是我說的，好啵？」胖店員一下子變得格外亢奮，就像意外發現了一個鮮為人知的祕密，又像那些話如果不說出來，會憋在心裡發黴似的，臉上泛出了一抹潮紅。「老東西嘴裡常說的那個女的，我琢磨著……要說啵？喂，你說，要說啵？」她又一次猶豫地轉向了瘦店員，問，像是渴望得到瘦店員的鼓勵。

「說吵，有啥不好說的哦。」瘦店員微笑地慫恿著。她從櫃檯後面轉了出來，在胖店員身邊站下了，耳朵也湊了過來，「你說吵，快點，我也想聽聽。」

「我琢磨著……那老東西像是在說縣裡過去的那個副縣長。」胖店員說。

「哪個副縣長？」少年不動聲色地追問了一句。

「就是被打成叛徒的那個老娘們嘛，你不知道她？」胖店員大驚小怪地問。其實少年已然猜出她們說的這人是誰了，但他裝出一副渾然不知的樣子，他知道自己不能形諸於色，他只要扮好了這一角色，這兩女人便會控制不住地對他喋喋不休。

「這也是我們瞎猜的吵。」胖店員說，嘎嘎嘎鴨子似地笑了起來。

「不是猜，就是這個人！」瘦店員突然說。

「可能是她，但我說不好，這事還真不好胡亂猜喲。」胖店員說。

「是她！」瘦店員說，口氣堅決。

「你怎麼曉得一定會是她哩？」胖店員有點兒迷惑了。

「非要我說吵？」瘦店員問，見胖店員好奇地點頭，她晃了晃細長的腦袋，「告訴你們吵。」瘦店員得意地抹了一把嘴角，又咂巴了一下嘴，然後壓低了嗓音說：「我有一個外甥在縣革委會工作，有一次我沒事時問他，他悄悄告訴我的。」

「告訴你啥的啦？」胖店員問，臉上泛出了一片光彩，變得高度興奮，胖臉上鬆弛的肌肉瞬間繃緊了。

「就是她呀，那個『女叛徒』。」瘦店員聳了一下鼻翼，鄙夷地說。

「噯，就這個呀？我還以為有什麼新鮮事哟！」胖店員失望了，繃緊的肌肉又耷拉了下來，大聲地嚷嚷了起來。

瘦店員樂了。顯然，她喜歡捉弄胖店員，並對自己製造出的效果感到了滿足，一副頗有成就感的樣子。

六

「看上去還真是這個人吵！」胖店員感嘆了一聲。

「可別跟人說了。」瘦店員斂著臉，叮囑了一聲，好像有點後悔了。「省得我外甥又說我多嘴多舌，人家不讓我對外說吵。」

「那是那是。」胖店員頻頻點頭。

「鄭老伯為什麼會一再說起這個人來呢？」少年問，這亦是盤旋在他心中的一個懸念，他很想從兩位阿姨的口中多掏出點什麼，好瞭解一些緣由，畢竟鄭老伯一旦酒醉，便會口無遮擋，或許，她們還真的知道一些更詳細的內容？

直到今天，少年才知道鄭老伯的事情成了小城街談巷議的「新聞」，以致他能想像，在這個無聊而又寂寞的歲月中，這類「新聞」的傳播，能給小鎮的人帶來什麼樣的精神快感。他過去一直以為只有獨獨他一人，準確地猜出了鄭老伯的祕密，竟未料到它不旦不是個祕密了，甚至是幾近盡人皆知的「小鎮故事」，這讓他多少有些沮喪。

「這我們就不曉得嘍。」胖店員說，表情顯得有些遺憾。「噯，你曉得啵？」她扭臉又問瘦店員，「你那外甥還說了些什麼？」

「不能再說了。」瘦店員眨巴著眼，故作神祕地看向他們兩人，眼珠子滴溜溜地轉了一圈，沉默了。

「嘿嘿，我想起來嘍。」胖店員突然激動地揮舞了一下手臂，「你還記得文革開始的那一年，大字報上都說了些什麼嗎，記得啵？」

「說什麼了？」瘦店員迷茫地搖了搖頭，眼睛上翻，似乎在腦海裡追尋消逝的記憶。

「瞧你，連這個都能忘了？縣裡那時不是到處都是大字報麼？這老女人還被人拉到街上遊街示眾了哩，剪了一個陰陽頭，你忘嘍？」胖店員說，口氣急促，就像發出一串連珠炮似的。

「噢。」瘦店員的記憶彷彿甦醒了一般，應了一聲，「那又怎麼嘍？」

「當時好像說這女的叛變了革命隊伍，加入了馬匪幫，還做了馬匪的小老婆，記得不？」胖店員激動地說。

「唔。」瘦店員恍然大悟一般，「我想起來了，還說她跟馬匪生了一個什麼兒子，對啵？」

胖店員興奮得一拍大腳，「沒錯，她還有一個馬匪的兒子吵。」

聽到這時，少年心驚了一下。「她還有一個兒子？」他急切地問。少年更加好奇了。

「她那個兒子，批鬥會上還上臺摑了這老娘們幾巴掌，當眾宣布跟她斷絕母子關係，劃清界線，從此洗心革面，緊跟毛主席的革命路線，我還記得喲！」胖店員得意地說。胖臉霎時變得更加的緋紅了，就像有人在她的胖臉上潑了一瓶紅墨水。「那天他喊打倒那老女人的口號喊得比誰都響亮，記得不？」她激動地說。

「後來呢？」少年問。

「什麼後來？」胖店員收斂了亢奮的笑容，不解地問。

「那個兒子，他後來怎樣了？」

「哦……後來……」胖店員欲言又止，看了看瘦店員，一臉為難，「這都是過去的事嘍！」她嘆息般地說。

「能告訴我嗎，那個過去的事？」少年催問，他對故事中出現的這個人物感到驚奇。在此之前，少年只是隱隱約約覺得在那個叛徒阿姨的背後，隱藏著一個神祕的故事。少年曾經亦有過預感，但這時，這個預感變得更加強烈了，他覺得體內奔騰的血液在快速流動。

「你在縣中學讀書，是啵？」胖店員嚴肅地問，神情詭祕。

少年點頭。預感漸漸地浮出水面，但顯得更加的神祕莫測了，他想牢牢地攫住那個隱然襲來的預感，恍若稍不留神它便會消失了一般。

「那你怎麼會不知道他哩？」胖店員有點遺憾地說，審視地看定少年，眼睛細眯，臉上胖嘟嘟的肉坨擠成了一堆，雙眼變成了二道狹縫。

儘管事先有所準備，少年還是大吃一驚，那個神祕的預感，終於如一聲驚雷忽喇喇地從他耳邊響亮劃過，身體裡奔騰著的血液開始在咆哮。少年震驚地看向她們。

「你知道是誰了，對啵？」胖店員詭祕地笑笑說，臉上的那坨肥肉，又舒展了開來。

少年還是搖頭，儘管迷迷糊糊的朦朧預感正在躍躍欲試地破繭而出，但他仍需要從她們的口中得到進一步的證實，這種強烈的願望讓他熱血沸騰。

「你能告訴我嗎？」少年說。

「他就是縣中學的老師吵，你自己猜是誰，我不能再往下說了哦。」胖店員說完，給瘦店員遞了一個眼色，好像故意要給少年留下了一個懸而未決的懸想。瘦店員會意地點了點頭。

「昨晚鐵匠在這嗎？」少年忽然問。

少年不想再往下問了，心中朦朧的預感其實已然被證實了，但此時，他還在心底深處拚命地掙扎，掙扎地抗拒這一預感的驟然襲來，因為他完全不能相信他的蕭老師——他所尊敬的蕭老師，會是馬匪的兒子，他心裡拒絕相信，同時，他也拒絕相信那位寒風中佇立的阿姨，真的會是一名可恥的叛徒。

「能不在麼？在，哪次他不陪著那個老東西喲？」瘦店員撇了一下嘴，說。

少年霍地站起了身，他現在迫切地渴望見到啟明，他相信啟明知道得會更多一些。他仍然無法明白的是，鄭老伯與那個白髮蒼蒼的阿姨之間究竟還有什麼祕密是他所未能知曉的，還有蕭老師與阿姨之間的關係，究竟是怎麼回事？他越來越覺得這裡面隱藏的「故事」，還會有更加精彩的內容。他想起了上次將鄭老伯的卷宗交給父親後，鄭老伯有一天委託啟明到學校來找過他，詢問他後續的消息，顯然，那是因為自從父親跟他談過話之後，他就沒敢再見鄭老伯，讓他等得著急了。

那天少年將實情告訴了啟明，儘管心有愧疚，但他也不能瞞著啟明，只能實話實說了，畢竟從父親那裡，他確實什麼也沒有得到，而且他亦能看得出，這件事情讓父親十分地為難，顯然，這是一個很棘手的難題，否則父親的臉上，不會浮現出那麼一種複雜而又難言的表情。

當少年向啟明如實道來之後，啟明的臉一下子沉了下來，深思了半晌沒說話。後來少年向啟明小心地打探，鄭老伯到底想要解決什麼問題？

「你不知道？」啟明問，眉心蹙緊了。

「我只能猜，好像猜到了點，是那個人嗎？」少年探問。

「你說誰？」

「那個人，一個阿姨？」

啟明陰沉著臉，沒做回答。「既然不知道，你就不要多問了，鄭老伯說那個人不是叛徒，說他能夠證明她不是叛徒。」啟明還告訴少年，前一陣鄭老伯之所以獨身離開了小鎮，就是為了尋找過去的戰友，收集證明材料去了，他說他一定要為那個人討回清白和公道。

少年不再追問那人是誰了，他心裡有數了。

「後來呢？」他問。

沉默了一會兒後，啟明深深地嘆了一口氣，「後來就有了讓你交給你爸爸的那些材料……」停頓了一會兒，啟明仰起了臉，望著陰鬱的青灰色的天空，「看來還是無濟於事呵！」

啟明匆匆離去了，走前，對少年說，鄭老伯還在家裡迫切等待他的回音，他必須馬上回去告訴他，可他卻不知該如何將這一不好的消息告訴鄭老伯。「他一定會失望的。」啟明說，臉色沉重，就像下著毛毛細雨的天空。啟明來時沒打傘，周身都被雨水淋濕了，但他好像一點也沒覺察到，就這樣佇立在雨中，發著呆。

「對不起！」少年說，聲音輕極，就像再大聲一點，怕會擊碎了什麼他所珍愛的東西似的。他感到了無能為力。

「沒事的。」啟明拍拍他的肩膀，微微一笑，但看得出來他笑得勉強。「這也不是你能解決的，你已經盡力了。」他說。

後來的一段時間，少年一直心情沉重，甚至不敢再去見鄭老伯了，他怕見了會無地自容，為此，他有時會在心裡責怪父親。但他知道，其實父親真的也做不了什麼，他能理解。再後來，他將這件事漸漸地淡忘了。是他有意忘卻的，他不想讓這些念頭一再地糾纏著他，以致讓他糟糕的心情一時難以平復。

直到今天，他感受到了來自早春的醉人氣息，這氣息讓他有了一種爽朗恬適的心情，於是他又想起了久未見到的啟明了。他渴望再次見到啟明，看著他的那張深沉、憂鬱而又不失生動的面孔，聆聽他輕聲慢語而又充滿了人生道理的話語，讓他有了一種難得而又愜意的享受。啟明能把任何事都說得像一吸引人的傳奇故事，還會給人以啟示，這是少年最欣賞他的地方。

少年在這個清幽靜寂的小城，沒有結交什麼朋友，只有啟明一人，是他在內心深處被認作值得他尊敬的朋友，他就像是一位和藹可親、善解人意的大哥哥，在他面前，少年會覺得自己的心境變得平和多了。他也不知道這是為什麼，只要見到啟明，他一下子就變得安靜了下來，同時，少年亦想向啟明打聽一下，鄭老伯最近的情況，他覺得自己對不起鄭老伯。

可他沒想到的是，啟明居然沒在鐵匠鋪裡待著，這讓他頗感意外，於是無聊地踅轉奔了小店鋪，讓他始料未及的是，一個不經意的詢問，居然引出了一段匪夷所思的「故事」，鄭老伯飽經滄桑的身影，因了此一故事而重返了他的腦海，又一次喚醒了他對鄭老伯身世的興致。

興趣不僅僅是針對鄭老伯一人，還有那位「叛徒」阿姨，以及另一個人，那就是他的蕭老師了。他的腦海裡勾勒出了一個生動的畫面，他們三人交織重疊在一起，形成了一個彼此有著隱約聯繫的循環圈，可在他們之間，似乎還缺少一些必要的邏輯環節，以便連接為一個天衣無縫的整體。目下，循環圈上的某些環節還顯得有些斷裂。

還缺什麼呢？他不竟在心中叩問。他決心找到啟明，他想瞭解一些更深在的沒被披露的內容，將那些隱約但又斷裂的邏輯銜接上，他相信啟明知道得更多一些。

少年正要離開小店鋪，被瘦阿姨一把拽了回來，「你的『醪糟』還沒吃哩。」正說著，一個廚師模樣的人端著一碗熱氣騰騰的「醪糟」出現了，往桌上一放，說了聲：「吃吧。」又轉身離去了。

少年現在一點吃的欲望都沒有了，三下五除二地將那碗『醪糟湯圓』匆匆地扒拉了起來。他沒坐下，是站著吞嚥的。站在一旁一胖一瘦的店員笑了起來。他聽到了胖店員一邊笑，一邊打趣地說：「瞧他吃得這個香，是餓壞了唦？就像是三百年沒吃過似的，慢點唦，娃崽，莫把胃給吃壞了喲。」少年沒去理會，迅速將「醪糟」消滅了，將碗往桌上一撂，用袖口抹一把嘴，掏錢付了帳，急煎煎地走了。

他聽到瘦店員在背後喊：「想吃就來唦。」

他沒回頭地晃了一下手。

七

少年踅返了鐵匠鋪。門還是沒開，他下意識地又拍打了一下門，還是沒有絲毫反應，他垂頭喪氣地垂下了手臂，站著發了一會兒呆，視線落在了眼前的這塊破舊的年代久遠的條木門板上，那上面布滿了皸裂泛白的斑痕，能清晰地見出蚯蚓般的裂紋，密密麻麻地，組成了一張奇異而又斑駁的木紋「地圖」。少年無聊地伸出指甲，輕輕地摳著門板上皸裂的斑痕，摳著摳著，他無意識地加強了手指的力量，就像在發洩煩惱。有幾塊木皮被他摳下來了，他感到了一陣報復性的快感。

就在這時，他依稀聽到了屋裡的動靜，他停下了手上的動作，側耳聆聽，聲音又消失了，就像是一種幻聽，他大瞪著眼，乾脆將一隻耳朵，整個地貼在了門板上。是有窸窸窣窣的細微之聲，但又似乎很遙遠。緊接著，有腳步聲傳來了，他心安了，心裡飄過一絲喜悅。

一塊門板被劈哩哐啷地拆了下來，露出了一張臉。果然是啟明。他身披一件棉襖，蓬頭垢面地出現在了他的面前，鬍子拉碴的，顯得憔悴不堪，臉形像有些浮腫，眼睛眯縫著，像是怕見光。

「是你？」啟明說，眼睛一下子瞪大了。

「我都來過幾次了。」少年說，口氣有些埋怨。

「唔，對不起，我都睡糊塗了，快進來吧！」啟明說。他沒有拆下其餘的門板，只露出門板上拆開的這一條不大的小縫，勉強可以擠進一個人來，少年本來就人瘦，稍一側身，出溜一下就鑽了進去。

屋內的光線很暗，黑糊糊的，少年剛從外面的強光進來，一時間還無法適應屋裡幽暗的光線。他只能呆立地站了一會兒，以便讓瞳孔慢慢地適應。他能聽見啟明又鑽進了裡屋，隱約有說話聲傳了出來，然後有一蒼老的聲音在嘀嘀咕咕地嘮叨著什麼。可能是老鐵匠回來了，少年想，覺得此時在他家出現是不合時宜的。他轉過身，想從那條縫隙中再鑽出去。

「怎麼，你要走嗎？」啟明在他的背後說，他這時已站在了裡屋的門口，不解地望著他。

少年又回過了身來了，覺得瞳孔在慢慢地適應屋裡的光線，他感到有些不好意思了。

「我是來看看你的。」少年說，「沒啥事，我該走了，你接著睡吧。」

啟明笑了。

「都幾點了，我也該醒了，我們有日子沒見了吧，怎麼，剛來就要走？」他說。

這時，啟明的背景處又出現了一個人，正在暗影裡看著他。少年的瞳孔能適應屋裡的光線了，他瞪大眼看去，微驚了一下，站在啟明身後的人，居然是鄭老伯。

少年有些詫異，鄭老伯怎麼會在這兒呢？這是他萌生的第一個反應。

「你這個瓜娃子，見了老伯就想走嗎？」鄭老伯埋怨地說，走了過來，像是好久沒見似地認真地打量了少年一眼。「先別走，老伯還有些話要跟你說呢。」

少年尷尬地笑了一下。「沒想走。」他囁嚅地說，「我以為……」

「以為什麼？」鄭老伯反問。

「我還以為是啟明的叔伯回來了呢。」少年說。

鄭老伯笑出了聲。「我昨晚喝多嘍，也不知怎麼地就被啟明收拾到他這躺了一晚，睜眼一看，喲呵，這地界還真沒見過，還以為去了天堂呢！」說完，他笑得更歡了。

啟明這時一直在忙著點爐火，先是用報紙點燃了木屑，爐子裡冒起了一股青煙，好嗆人，啟明彎下腰，湊上去使勁地用嘴巴吹了幾下，那些欲燃未燃的火苗蹭地一下躥了起來，啟明起身看著，見火苗燃成了熊熊火焰，這才往裡面扔了幾塊木頭，火苗燃得更旺了。

「來，這坐，這裡會暖和些。」啟明說，搬來了兩條小矮凳，放在了爐火邊，又給自己拿了一條板凳。他先坐下了，用鐵鉗撥拉了一下火中的木塊，火舌噌噌地往上躥。鄭老伯招呼少年坐下了。屋子裡還是有些陰冷，一旦有燃燒的火光，氣氛霎時變得溫馨了。

「剛才沒聽見你敲門。」啟明說，「睡死嘍，昨晚睡得太晚了哦。」啟明說。

「都是讓我折騰的。」鄭老伯說。

「沒事的。」少年說，「我也沒啥事，只是順道來看一眼。」

啟明好像忽然想起了什麼，起身走了。鄭老伯呆望著火光，似乎有了什麼心思。過了一會兒，鄭老伯問少年：「上次你爸跟你都說些啥？」少年一怔，他沒想到鄭老伯會突然問起了這件事，一時不知該如何作答了。

「我都告訴啟明了，他沒對您說？」少年假裝問，其實是在掩飾自己的愧疚，他知道鄭老伯遲早也會問的，這事他是躲不過去的。

「哦，說了。」鄭老伯說，沉默了一會兒，又問，「我想知道你爸還說了什麼？」

少年認真地想了想，「沒再說什麼，該說的我都告訴啟明了。」

啟明又回來了，手裡拿著幾個紅薯和饅頭，他先將紅薯丟進爐火中，又將三個饅頭用筷子插上，懸在火中炙烤著，很快，一股濃烈的香味升騰了起來，刺激著少年的味蕾，他的鼻翼不自覺地聳動了幾下，他有點饞了，這種香味是他久違了的。

「你們在說什麼？」啟明埋頭烤著饅頭，手中插著饅頭的筷子不停地在火中轉著小圈，好奇地問。

「我問瓜娃子的爸爸都對他說了些什麼。」鄭老伯說。

「哦。」啟明似乎想再說點什麼，但終究還是沒說。

「我昨晚喝多了說啥子了？」鄭老伯突然問道，晃了晃一頭的散亂的白髮，顯得有些懊喪。

啟明抬起臉，看著鄭老伯，呆了一下，又看向少年，向他眨了眨眼。「沒說啥子。」啟明說，「老伯想多了哦。」

「我知道我說多了吵。」鄭老伯嘆了口氣說，「要不，我怎麼會躺你這一晚上！」他拍了拍自己的臉，「多了，又喝多了，告訴我，我說什麼了？」

啟明為難掃地了鄭老伯一眼，神情飄忽了起來，似乎在回憶昨晚發生的一幕。

「我是不是又說起她來了？」鄭老伯突然說。

「鄭老伯，你能忘了這事麼？辦不成嘍，真是辦不成嘍。」啟明說，迴避了鄭老伯射向他的逼人目光，憂心忡忡地說。

一聲巨大的響聲，嚇得少年一哆嗦，他抬頭望去，原來是鄭老伯發怒了，剛才發出的那聲動靜，是他將坐下的凳子抓了起來，重重地拋在了地上，兩眼噴射著燃燒的怒火，臉膛漲得血紅，嘴唇亦在劇烈地哆嗦著。他的這副怒髮衝冠的表情把少年嚇傻了。

「你說什麼？你讓老子算了，你這個小兔崽子你讓我就這樣算了？」鄭老伯一邊說，一邊揮著手臂，額角上的青筋暴跳著，就像要蹦出來一樣。

啟明趕緊起身，和緩地賠著笑臉。「老伯您消消氣，我只是好心說說，你真別當真，我是說……」

「你說什麼？兔崽子，你說讓我算嘍，她委屈呀，她怎麼能是叛徒呢？她是我從馬匪窩裡救出來的人，我能證明她是一個響噹噹的紅軍戰士，沒給我們師長丟過臉，為什麼組織上就不信我呢？還有你們，你們也不信我，你說，這是為什麼？有種你說！我要幫她討一個清白，要不然我鄭大壯死不瞑目，如果我做不到，我們師長的在天之靈也不會饒過我的，我答應過他……」說著說著，鄭老伯老淚縱橫了。啟明的表情驟然一凜，無奈地瞥了少年一眼，微微搖了搖頭，輕拍了一下自己的臉頰，看得出來，他後悔極了。

有一股焦糊味在屋裡瀰漫了開來，少年趕緊抄起架在火爐上的那一串饅頭，怯生生地將它伸到哽咽著的鄭老伯面前：「鄭老伯，您消消氣，這個饅頭您……」話音未落，鄭老伯揮了一巴掌，少年手中的那一串饅頭應聲飛了出去。屋裡的氣氛一下子又繃緊了。少年和啟明都不知所措了，面面相覷地不知如何是好。

靜默，沒有一絲聲響了。

少年傻傻地待在一旁。鄭老伯的咆哮讓他心裡難過，他能體味壓抑在鄭老伯內心中的憤怒與痛楚，他很想為他有所分擔，但無能為力。

耳邊傳來「喀吧」一聲微響，聲音輕極，就像出現的一次幻聽，但在突然出現的一片靜寂中，又顯得挺響亮。少年及時地捕捉到了這一聲息，屋裡的光線遽然沉暗了一下，像有什麼物體擋住了從門隙射進的光線。可他不敢回望，生怕一個微小的動作，會驚擾了盛怒中的鄭老伯——他現在氣喘吁吁的，胸膛劇烈地一起一伏，似乎仍在怒火燃燒。少年不能動，也不敢動，但他又是多麼希望有一個什麼東西能打破這個可怕的沉寂呵！

這時的少年，真切地聽到了細碎的腳步聲，腳步聲是從他的背後傳來的，他終於忍不住地回過身，他的眼睛一下子瞪大了。

八

「如月姐。」少年一聲輕喚。

果然是如月到了，踏著碎步，攜著絲絲小風，輕盈地向他們走來，臉上洋溢著微笑，這微笑，讓處在驚懼中的少年，感受到了屋外萌動著的春的氣息，他覺得如月姐姐臉上綻放的笑容，就像結在桃樹上的一朵含苞欲放的花蕾，他心裡劃過了一絲欣悅。少年微微鬆了口氣。此刻，如月姐姐的出現，讓少年猶覺她像一個從天而降的天使，給瀰漫在屋裡的沉悶的窒息感，帶來了一股清新怡人的空氣。

「喲，爸，您這是怎麼啦？老遠就聽見您一人在大聲嚷嚷，我還以為出啥大事了哩！」說著，又嘻嘻地掩嘴樂上了幾聲，「其實也沒啥大不了的事，您說呢，爸？」她先自站在了鄭老伯的身邊，悄悄地向啟明遞眼色。啟明會意地轉身離去了，沒過一會兒拎出一個暖水瓶和幾隻瓷杯出來了，他往杯中倒上水，又兌上了點涼水，然後端起其中的一杯，恭敬地送到如月手中。如月接過了杯子。

「爸，您先喝杯熱水吵，剛才說多了哦，嗓子眼上火了對不？來，喝口，消消氣。」說著，如月將杯子遞到鄭老伯的口中，像要餵他喝。鄭老伯偏過腦袋來躲閃，如月不依不饒地仍一個勁地還往前送，鄭老伯擺了幾下沒擺脫，只好伸手接過了。「這就對嘍，喝口熱水消消氣，有什麼大不了的事，值得這麼嚷嚷。」

「你這死丫頭知道什麼。」鄭老伯叨咕了一句。少年聽得出來，鄭老伯的怒氣正在一點點地褪去。

多虧了如月姐，少年想。

少年開始尋找剛才飛出去的那幾個大饅頭，他心裡還惦著它們呢。他的視線終於在一個犄角旮旯裡發現了它們的蹤跡，他大步走了過去，彎腰撿起。

少年將饅頭半舉著，他又不知該怎麼辦了。啟明見了，快步過來，從少年的手中接過，先用嘴吹了吹，又用袖口在饅頭的表面上揩了幾下，小心地將饅頭的表皮揭掉了一層，拍了拍少年的肩膀，像是在安慰他一般。

啟明重新回到爐火邊，坐下，又細心地烤起了饅頭。爐火灼拷著他的臉，照亮了他臉上輪廓鮮明的棱角，在少年看來，他陷入了沉思般的凝重。

饅頭的焦糊味，又一次地瀰漫了開來，少年發現自己有點饞了，下意識地嚥了口唾沫。他還是站著沒動。

如月將鄭老伯嘻皮笑臉地拖了過來，強迫他坐下，然後問啟明，「有酒嗎？」啟明「哦」了一聲，將爐火上烤的饅頭串遞給了少年。少年亦落座了，學著啟明的樣兒，把饅頭放在爐火上，上下翻滾著。啟明則起身進了裡屋，少年聽見他在裡面「喲」了一聲，再出現時一臉慚愧。「喝光了。」啟明不好意思地說，「沒關係，我這就去買。」

少年聽了，將正烤著的饅頭串一把塞在了如月的手中，還沒等她反應過來，就起身說：「我去買。」他跑出了門。

少年一路小跑奔了小店鋪，見胖店員與瘦店員坐在櫃檯裡聊著天呢，間或發出「咯咯咯」的笑聲。

「來瓶老白乾。」少年手伏在櫃檯上，說。一胖一瘦的兩店員幾乎同時看向他，目光訝異。「咦，你怎麼又來了，你還會喝酒？」瘦店員說。少年笑笑，「再炒盤肚片。」。

「這可真是少見了，你就不怕你爸曉得了會打屁股？」胖阿姨嘻嘻樂著，「這麼小就喝上酒了哦！」

「能快點嗎？」少年說。他不想做過多的解釋。瘦店員起身閃進了廚房。「快，一會兒就好。」胖店員坐著沒動窩，說。

果然，肚片沒過一會兒就熱氣騰騰地端了出來，胖店員將一瓶白酒重重地擱在了櫃檯上。少年付完帳，將找回的幾個鋼鏰揣進兜裡，說聲「謝謝」轉身跑走了。

「別喝多了哦，放心，我們不會給你爸說的。」少年聽到背後胖店員在喊，接著，傳來她們的嘻笑。

重新返回鐵匠鋪時，少年感覺屋裡的氣氛不一樣了，有了一絲溫馨的諧和，如月喜眉笑顏，似乎在哄鄭老伯開心，見少年端著酒菜站在了門口，高興地招呼道：「喲，你瞧若若都拿什麼來了吵？我說怎麼去了這麼老大一會兒哩，還知道炒盤菜來，爸，瞧人家若若有多好，您還不謝謝？別沒事老沉著個苦瓜臉，該高興才是，您不是沒事就愛喝一口嗎，瞧，這不來了麼？」

「平時你不是不讓我喝嗎？今天怎麼了？」鄭老伯亦笑了，但笑得有一絲尷尬。

「今天我讓您喝個夠，行了吧，省得您總是嘮叨個沒完。」如月笑說。

啟明樂顛顛地搬來了一張小方桌，放在爐火邊上，又取來了幾碟鹹菜、花生米什麼的做下酒菜，還拿來了幾個搪瓷杯，白色的搪瓷杯上，用紅漆印上了「為人民服務」幾個大字，那是毛主席的狂草筆跡。如月則忙著將酒一杯杯地倒上。

「讓你破費了。」如月客氣地對少年說。

「沒有。」少年說，「應該的，我也希望鄭老伯能開心。」

「瞧若若多會說話，爸，您高興了點不？人家若若破費是為了讓您老開心喲，您別總繃著一張臉行麼？」如月快人快語地說。

「死丫頭，我哪繃臉了？」鄭老伯不悅地說。

「好好，沒繃，是我看瞎了，你們瞧瞧，我爸敢情是不是一直在笑呢？」說完，她兀自仰起臉大笑了一聲。清脆爽朗的笑聲在屋裡迴盪著，少年被如月的歡笑聲感染了。

鄭老伯不好意思了，「呵呵」地樂上了幾聲，他那勉強而尷尬的笑臉，在少年看來竟像一做了錯事的孩子，少年還是第一次見到鄭老伯居然會有這麼一副表情，略感詫異，但他什麼也沒說，只是在一旁靜靜地觀察著。

「啟明，我爸是不是昨晚喝多了，家都不回了？讓我惦掛了一晚上。」如月說。

啟明看了一眼鄭老伯，見他掩嘴嘿嘿地偷樂著，就說：「我見老伯實在走不動路了，就扶他來我這先歇著了，讓你操心了，真對不起。」啟明誠懇地說。

「我就琢磨著是在你這喲，這不，一大早出門就直接來你這了。」如月笑說。

「敢情你還想管我了不是？」鄭老伯假裝不滿地嘀咕了一聲。

「人家如月是在關心您吵。」啟明笑說，「來，老伯，您先就點小菜喝著，省得空喝難受，若若還幫著炒了碟下酒菜，也是您愛吃的。」

鄭老伯伸出了筷子，夾了一口肚片送到嘴裡，小心地嚼著，先是凝神體味了一下，然後做出了一個滿足的表情，「嗯，還真香，若若這娃好，這娃知道老伯想吃什麼。」說著，衝著少年別別嘴。

「來，先乾一杯，今天大夥兒高興，我也得感謝啟明和若若對我爸這麼好！」如月由衷地說。

「一會兒喝吧。」鄭老伯突然嘆息了一聲，把手中的筷子又擱下了，從口袋裡摸了一會兒，什麼也沒掏著，「咦」了一聲。啟明見狀，急忙從自己的口袋裡掏出一包「黃金龍」的香煙，躬身遞上，並劃亮了火柴，給鄭老伯點上了。鄭老伯吸了一口，煙霧從他的口中噴湧了出來，在空氣中瀰漫著，籠罩了他的臉龐，他的目光在那一剎那間亦變得朦朧了起來，像是有了什麼心思。少年見大家都擱下了筷子，也將筷子放下了，端坐著，他看得出，鄭老伯想要說點什麼了。

果然不出所料，鄭老伯只沉默了一會兒，便開口說話了。

第八章 × 血染沙場

—

「今天先不喝酒，老伯要給你們講一個故事。」鄭老伯幽幽地說，「它憋我心裡好長時間了，沒對人說起過，我知道如月這鬼丫頭，一直不明白我為什麼要為晨英翻案……」

「知道晨英是誰嗎？」鄭老伯突然問。見大家點頭，他亦點了點頭，忽然想起了什麼，一怔神，目光咄咄的逼向少年：「嗯，瓜娃子，你怎麼會知道她？」

少年也一怔，一時無語，他不知道該如何向鄭老伯解釋了，心裡便有些緊張了起來。鄭老伯還在逼視他，他已然無從躲避了。

「我……在縣革委大院見過……見過那位……阿姨。」

鄭老伯痛苦地長嘆一聲，閉了一會兒眼：「她掛著牌子在掃地，是嗎？哦，你不用再說了，我知道了！」

靜極了，好像所有的聲息一下子都消失蒸發了，只有鄭老伯一個人的聲音在屋裡迴盪著，如同湧來的一泓水波，將他們湮沒了，讓他們不由得沉浸其間，凝神傾聽。

知道就好，是那個女人，她就是我們師長的女人。唉，說起來這都是好些年頭的事了，可一想起來呀，就跟在眼前似的，時間過得好快好快喲，怎麼一眨眼皮，許多年就這麼過去了哩？有時候呀，我就覺得我這命——我這該死的命，是師長給的，沒他，我老鄭還能活在今天嗎？活不到的嘍！可救我的人自己走了，把我給孤單單地撂下了，這種滋味，你們知道有多難受麼？

你們是不會知道的喲，只有我心裡頭明白。那種揪心的難受，我只能自己熬著，就是盼著有那麼一天，讓我鄭大壯能對大鬍子師長的救命之恩湧泉相報。

自從師長負傷之後，我們就一直輪換著用擔架抬著他走。師長發著高燒，燒得人都糊塗了，我都不敢碰他的額頭，燙得像著了一團炭火，有時急了我就破口大罵衛生員。衛生員總是為難地低下頭，由著我的性子罵，他理解我看著師長心裡著急呀。

等我罵完了，他會說一聲：「我已經盡力了，鄭娃，眼下藥品奇缺，我只能這樣了！」說完，就跑到一邊去哭天抹淚地大哭了起來。我知道他心裡也像我一樣難受，我還能再說什麼嗎？不能說了。我只好過去拍拍他，繼續趕路。

幾乎每天都會遭遇馬步芳的馬隊來襲擊我們，我們就困在荒漠上走走停停，也不知撞見了什麼鬼，多次派人去指揮部問，回話還是說在執行中央軍委的指示，只能在這一帶待命。

戰爭的殘酷，你們這些瓜娃子不可能想像得到，我就眼睜睜地看著戰友們在戰火中一個個倒下，再也沒能爬起來。那些天，大鬍子師長聽到槍響就從擔架上蹦起身來，但被我們趕緊死死摁住，他就開始破口大罵，說誰再敢攔他就斃了誰。後來他看沒辦法了，就躺在擔架上指揮戰役，那樣子，就跟他是個沒事的人一樣，還非要我們把他抬到前線去，勸都勸不住，可他還在發著高燒呵！

終於有一天，眼看著師長的身體挺不大住了。

白天，我們剛剛擊潰了馬匪幫的一次次輪番進攻，那天的風沙大極了，刮起的一粒粒小石仔，打臉上就像子彈往人臉上生扎，風吹得我們都快睜不開眼了，可我們還是在師長的指揮下，將馬匪阻擊在了另一側，陣地前面躺滿了馬匪的屍首，有沒死的還在地上吱哩哇拉地亂叫喚哩。

天擦黑後，師長開始說起了胡話，全是什麼「衝啊」「殺了狗日的馬匪」什麼的，喊著喊著人昏死了過去。衛生員一看情況不妙，趕緊實施搶救。師長又醒了過來，看見我，向我招了招手，我哭著過去了，師長衝著我吼了一聲：「怎麼這麼沒出息？哭什麼哭，老子就是去了陰曹地府，也要把馬匪全帶走，還輪不到你哭！」我不敢再哭了，抹了抹眼淚，呆呆地站在師長的擔架邊上，這時師長笑了，「這就對嘍。」師長說，「我們是紅軍戰士，不能流淚，要哭也要讓那些狗日的馬匪去哭，是吧，鄭娃子？」我點了點頭，可是鼻子一酸，又差點哭出了聲，我趕緊背過身去，還是忍住了。

衛生員扯了扯我的衣角，我回身看他，他給我使了一個眼色，我馬上明白他是什麼意思了……

鄭老伯突然不說話了，臉色凝重得就像一塊泛著青灰色的生鐵，下意識地在口袋裡摸索了起來，啟明見了，立刻遞上一支煙幫他點著了，鄭老伯還是緊鎖眉心沒說話。少年忍不住地問：「鄭老伯，大鬍子師長後來怎麼樣了？」

鄭老伯吸了一口煙，瞅了少年一眼：

我知道衛生員在暗示師長恐怕挺不過今晚上了，心裡好像天塌了似的，一下子慌了神，沒著沒落的，心跳得那個厲害，我已經預感到遲早會有這麼一天，可是這一天真要來了，我又受不了！真是受不了，你們沒法知道老伯當時的心情，心裡好疼好疼，像刀在心口上剜似的。我倆都沒敢看師長，怕他會發現點什麼。可大鬍子師長一看我們就明白了，他把我喊到身邊，說：「沒什麼，鄭娃，要革命就會有犧牲，人遲早一天要走的，只要走得光榮，我大鬍子對得起紅軍這一光榮稱號，知足了！」就在這時，我突然想起了師長的女人，心想，我必須找她來見我們師長最後一面。我正想俯下身來對師長說，可他馬上明白我要說什麼了，搖了搖頭：「別告訴她，讓她安心地在部隊裡好好待著吧，我不想讓她操心，你以後見了就告訴她，我是安安靜靜地走的，走得堂堂正正，讓她好好地為我們西路軍打勝這一仗，別給我們紅軍隊伍丟臉，這我就放心啦。」

我再也控制不住自己了，大聲哭了起來，哭得那個昏天黑地喲，我淚眼模糊地見到師長在對我說著什麼，可我什麼也沒聽見了，只是止不住地哭，想停都停不下來。

我們待在一座荒廢的土坯房裡，牆面上的泥磚裂開了許多的大口子，透著風。外面狂風大作，像隻惡狼在嚎叫，聲音大得像要把這座屋子給掀翻了似的，揚起的粗大的沙礫，帶著子彈的尖嘯刮進了屋裡，打在對面的牆上，發出噗蹼噗的聲響，鼻腔裡塞滿了嗆人的煙土味，那盞小油燈在風中搖曳，幾乎要被吹滅了。我拚命哭著。

也不知過了多久，我覺得有個人在扶著我的肩膀，我也沒理會，還是沒命地哭，就是停不住，結果那個人開始搖晃我了，我一下子清醒了過來。睜大眼一看。我馬上認出了她，是師長的女人，臉上沒見一滴淚水，但人瞅著憔悴得不行了，臉是浮腫的，蠟黃蠟黃的，像一個病人。過去我見她時的那股子靈秀氣完全看不見了。

她對我說：「鄭娃，不許哭，還沒到哭的時候，要學會堅強。」說完，她跪在了師長的擔架邊上，拉著他的手，長久地在手心裡撫摸著。師長這時又暈過去了。

好像老天爺顯靈一樣，師長的女人就這麼一撫摸，師長又醒了，精神頭一下子回轉了過來，我心裡還一陣高興哩，心想，師長又好了哦，有救了。

可誰又能想到，那只是師長的一次迴光返照哦！

他看著自己的女人，勉強地擠出一絲微笑，「你來了。」師長說，「我說了不要你來的。」師長的女人也笑著對他說：「是我自己來的，我想來見你一面，大鬍子。」

「那也好。」師長說，「見了你就快回去吧，別太累，明天還要打仗呢。」這時，師長的聲音已變得上氣不接下氣了。「嗯吶。」師長的女人應了一聲，忽然起身閃到了一邊，我見她用衣袖捂住了眼睛，待了一會兒，又過來了，臉色是平靜的，「大鬍子，你放心吧，你的女人不會給咱紅軍隊伍丟臉的。」

「這就好。」師長又艱難地笑了一下，「我走了，你要好好的。」師長的女人一邊聽著，一邊拚命地點頭，眼角的淚水還是忍不住嘩嘩地往下流。「別哭了。」師長安慰她說，「你還從來沒在我面前哭過呢，對嗎？」師長的女人捂著嘴在點頭，說：「大鬍子，就這一次，你就讓我哭這一次，以後我不會再哭了。」剛說完，哭出了幾聲，但她還是控制住了。

「好了。」師長看著她說。師長肯定感覺到自己的時間不長了，又說，「來，我們最後拉把手，別哭，讓我們高高興興地告別，紅軍一定會勝利的，我們的鮮血不會白流！」師長跟他的女人拉了一下手。他又低聲對女人說：「你讓鄭娃過來。」我站在一邊聽見了，趕緊在師長的擔架旁蹲下了，師長鬆開了女人的手，把手伸向了我，我慌亂地也伸出了手。師長的手，在我的手心裡是冰涼的，手上一點勁兒都沒有了。師長對我說：「鄭娃呀，我走了，你要幫我照顧好她。」師長的胳膊已經抬不起了，只是用手指頭指了指他的女人，「照顧好她，這是我給你的最後一個命令！」

還沒等我答應一聲，師長的手掌往下一耷拉，人就過去了。

二

沉默了很久，屋裡一絲動靜都沒有，鴉雀無聲。

「後來呢？」少年打破了沉默，問。

後來我一抹淚，衝出了屋，拽上號兵，吹響了軍號，嘹亮的軍號在刺骨的寒風中響起了，我們師的戰友紛紛圍了上來，一看我的表情，就知道發生什麼事了。大家默不作聲地集體排好隊，由副師長領隊。

師長犧牲後，領導師部的擔子就交給了副師長，他接了班，這也是師長臨終前的交代。

我們排著隊，跟我們師長做最後的告別，大家哭聲一片，有的人甚至哭倒在地。我和幾個戰友抬著師長的擔架，找了一避風的空場，刨了一個大坑，將師長的遺體掩埋了。為了怕馬匪發現，也不敢豎一個墓碑，大家分頭找來了一些碎石塊，碼在墳頭上，作為一個可以辨認的標識。我那時就想，有一天革命勝利了，我一定再回來，找個好地方，把大鬍子師長重新安葬了，為師長立塊石碑。

唉，解放後，我真回到了這裡，尋找師長的墳頭，可是這一帶除了風沙和戈壁，什麼也沒有了。我還坐在地上大哭了一場，我連師長的墳頭、遺骨都沒找著，我怎麼能對得起大鬍子師長的在天之靈呢！

說著說著，鄭老伯又一次地老淚縱橫了。

「爸，您就別再說了哦，來，我們喝點小酒，您先把酒杯端著，我們幾個敬您。」如月說。少年卻沒說話，他從鄭老伯縱橫的淚眼中，預感他所講述的往事還沒完呢，他似乎還有許多心裡話要說出來。果然，鄭老伯仰脖連著喝了幾杯白酒後，停頓了沒一會兒，又拉開了話匣子。

你們還不知道後來的故事哩，如月也不知道，我過去對誰也沒提起過，你們現在應該知道師長的女人是誰了吧？知道了？哦，對，你們點頭了，沒錯，就是那個被屈打成叛徒的女人，她就是我們師長的女人。

埋葬了我們師長遺體之後，她就一個人走了，我就再也沒見過她了，再見時，也是以後的事了，關於這個我一會再說。

那天後，我們又與馬匪在這一帶轉著圈打，看著戰友一批批倒下，指揮部仍命令不許撤離，眼睜睜地等著挨打，我們一點辦法也沒有，只能瞪著眼乾著急。等待中的援兵遲遲沒見蹤影，我們就覺得這等於是在白白送死，可軍令如山，雖然底下誰都看不明白這樣做究竟是為了什麼，戰也不能這麼打下去呀！可也只能服從命令。我們搞不懂了，明明是敵強我弱，我們完全暴露在敵人的槍口下，本來可以衝破敵人的包圍圈，一走了之，為什麼就不能暫時地撤離呢，這總比等著挨打好吧？可上級始終就是一個口氣，不能撤，撤，就是投降主義。

子彈眼看就要打光了。出發時，我們每人只配發了十五發子彈，一顆手榴彈，平時作戰為了節省子彈，只能等到馬匪們近到跟前了才開始擊發，這樣一來，雖然我們的傷亡也很重，但子彈的準確性有了保證，可以給敵人重創；子彈打光了，馬匪再近了，我們就用大刀、木棒跟他們肉搏血拚。

就這樣，我們走走停停，停停打打，形勢變得越來越不利於我們了，敵人輪番發起總攻，我們幾乎天天被動挨打，傷亡數字越來越大了，最後連炊事員、隨軍的挑夫都上陣了。

我們猜不透中央到底想讓我們幹嘛了！聽說本來是講好的，大部隊搶渡黃河後可一路西進，說是要打通一條通往蘇聯的國際線路，增援的大部隊也會隨後趕到，可是我們既見不著有人前來增援，又不允許突圍遠行，結果只能在這一帶忽東忽西地轉著圈。暫時突圍，保存實力，怎麼就成了執行投降主義路線了哩？

副師長急紅眼了，又派人去指揮部打探，得到的回答還是要執行中央的命令，可是這個命令，等於是讓我們白白送死。

敵眾我寡，眼看就要全軍覆沒了，最後在萬不得的情形下，這才接到中央下達的指令，建議我們：「化整為零，輕裝突圍。」就這樣，我們撤到了祁連山的山窪裡，來到了一個被當地人叫做石窩子的地方，在這裡，總指揮部終於做出了一個決定，將剩餘人員重新整編為三個支隊，分路打游擊，西路軍的最高領導人徐致成、陳寧昌同志回陝北，向中央彙報情況，據說，陳寧昌政委勃然大怒地說：「不行，我們回去和中央鬥爭去！」

後來我才聽說，那次最高指揮部的撤退決定，其實是違背中央軍委的戰略決策的，被當作對抗中央的指示精神，執行的是張國燾的錯誤路線。這都是後話了。我們西路軍西渡黃河時，共有二萬一千八百餘人，可到了眼下，只剩下不足萬人了，這還包括傷殘的戰友，那個慘啊！

我被編入了由三十軍政委李先念同志指揮的左支隊，我同時聽人說，西路軍的女子獨立團主動要求留下阻擊敵人，掩護大部隊轉移。我當時聽了就覺得情況不妙，因為師長的女人就在這支隊伍裡呵！我就向領導提出我也留下來，和女子獨立團一塊並肩戰鬥，因為師長交代我要照顧好他的女人呀。可是上級領導拒絕了我的請求，說要服從大局，不能擅自作主。我呢，只好偷偷地向副師長請了一個假，我說我想去看一眼師長的女人，跟她做最後的告別。副師長理解我的心情，就同意了。

去的時候，女子獨立團已經做好了決一死戰的準備，我好不容易才找到了師長的女人，喊了她一聲，可她冷眼看著我，就跟不認識我似的，讓我趕緊回到所屬的部隊去。我當時一衝動就說：「我和你們一塊留下，我不走了，和馬匪死戰到底！」可是她突然發怒地猛推了我一下，瞪大眼睛厲聲說：「你如果還是一名紅軍戰士，就要服從命令，這不是你的崗位，你走，快走，這裡不需要你！」我愣了，呆傻地看著她，我從來沒見過師長的女人有這麼一副樣子，她的表情滿嚇人的。

我呆呆地看著她，眼淚就這麼不知不覺地流了下來，自己都沒有感覺到。直到她上前一步，緊緊地摟住了我，幫我揩了揩眼淚，說了一聲：「鄭娃，你走吧，你要幫著完成師長的遺願，打敗敵人，解放全中國，知道嗎？我們不能都死，快走吧。」我說：「師長走前命令我照顧好您，這是師長交代我的任務。」她笑了一下，但笑得艱難，「你這樣做，汝松如果還活著也不會同意的，你還有更重要的任務，去吧！」

我只好走了，一步三回頭，可她始終沒有轉過臉來看我，等我快走遠了，我忽然聽到她在山坡上喊了一聲：「鄭娃，一定要好好活著，我們還要為汝松報仇呢！」我轉回身，向她站立的方向敬了一個禮。

這次我沒有落淚。

三

我們跟隨李先念政委，開始了向遠在邊疆的區域進發，聽人說，這個行動當時並沒有得到中央批准，是西路軍領導的擅自決定，現在想想，也可能正是因為這個原因，為後來的遭遇，埋下了一個誰也說不清的禍根。

唉，這事呀，我到現在都還想不明白，如果當時不趕緊撤離，大家就只有在哪等死了，一個不留地戰死在戈壁灘上，沒有任何活命的可能，有必要麼？可你說如果沒有這個必要的話，中央為什麼又不讓我們及時轉移呢？這事我想了大半輩子了，還是沒想明白，我們到底在執行什麼任務？我看到的只是沒必要的失敗和戰友一批批地倒下。

估莫著我們大約走了四十多天，終於到達了甘肅與新疆交界的星星峽，見到了中央派來接應我們的領導同志。在那裡，我們休整了幾天。我們真是累壞了。後來，又被大車拉到了迪化，哦，對了，就是現在的烏魯木齊，那時還叫迪化哩。

我們很快就被編入了訓練營，準備接受軍事訓練，直到這時，才算鬆了口氣，算是真正地安全了。大家抱在一起哭成了一團，也說不清是悲傷還是喜悅，總之，我們是活著攀過了祁連山的冰天雪地，衝出來了。

可我心裡還惦念著師長的女人，她還活著嗎？不管她是死是活，總有一天我要找到她，我心裡告訴自己說。

直到有一天，在中蘇邊境的蘇聯一側，我們看到了大批屯積在邊境上的蘇式大炮、坦克、軍用汽車和無數的槍枝彈藥，一眼望不到頭，看得我直咂舌頭，都是我從沒見到過的真傢伙呀，我心說，如果它們能早點派發到我們的手裡，我們也不至於被馬匪幫打得這麼慘，讓那麼多好戰友白白地送了命。據說，這批軍用物資本來就是為了援助我們紅軍的，可不知為什麼，史達林臨了又變卦了，就這麼一直被擱置在了邊境上，遲遲沒有入境。這對當時的我們來說就像一個謎，誰也猜不透的謎。

「究竟是為什麼呢？」啟明困惑地問。

鄭老伯解釋說：這個問題讓許多人都很不理解，後來經打聽才知道，原來，這批本來要送給紅軍的物資，因為世界局勢突變，太平洋戰爭突然爆發，史達林就此認為，假如將這批武器裝備配發給了紅軍，會因此得罪蔣介石。史達林覺得，不能因小失大，影響蔣介石的抗戰熱情，因為他還需要倚靠蔣介石去牽制日本人，減緩蘇聯的戰爭壓力。就這樣，這批物質就一直停放在了中蘇邊境遲遲沒動，這就是原因。」

「我也是後來才知道的。」鄭老伯說，「可我們根本不知道上面發生的這些事，我們付出這麼慘重的代價，一直在馬匪窩裡打轉轉，不能動彈，說是等待中央的指令，可無法解釋的是，中央明明知道我們陷入了絕境，還不允許我們西路軍突圍，最後只剩下倖存下來的少數人，跟著李政委西進新疆，還冒著違抗中央命令的風險。」

「哦，原來是這樣喲！再後來呢？」啟明感嘆了一聲，又問。

我們被編入新兵營，分成不同的訓練班，被隔離了起來，除了訓練，生活待遇還不錯，起碼可以好吃好喝了，不用每天睜開眼就是跟魔鬼一樣的馬匪作戰。我們都覺得一下子進了天堂，可一想起那些死去的戰友不能享受這些，就心裡難受。

所謂軍事訓練，是由老毛子，哦，就是俄國人、或教官教我們使用各種先進武器，包括駕駛坦克、飛機、汽車、火炮和通訊，有時還會有人來教我們讀書識字。

我們大多數是從農村跑出來的苦娃子，哪有什麼文化？所以學起來難死了，沒少挨教官的訓斥，沒辦法只好忍著，硬著頭皮學。可我心裡一直記掛著師長的女人，我相信她還活著，我必須去救她。我向上級領導請示，說要返回大西北，完成師長交代給我的任務，我說，這是師長下達給我的最後的一個命令，也是他最後的遺願。

領導聽了都很同情我，但他們臉上的表情卻讓我覺出了不祥之兆，我的心忽悠一下提到了嗓子眼，我趕緊問：女子獨立團還好嗎？他們一個勁地搖頭，推說一點消息都沒有，可我相信他們知道一丁點，他們的表情告訴了我，他們是知道一點的，而且情況不妙，他們只是不肯對我說罷了。

也就在這一階段，中央派下來的人，忽然要找我們中的個別人談話，去談過的人回來說，只問兩點，是願意去蘇聯學習哩，還是繼續留下來抗戰？一個過去同我一塊要過飯，後又一塊參加紅軍的老鄉就說願意去蘇聯，我還問他為什麼要選擇去蘇聯哩？他笑說，不想再拎著腦袋打仗了，太可怕了，聽說蘇聯生活得好，所以想去那過過清閒的日子。我覺得他說的也有理，也就不多勸了，人各有志嘛。

可我不想去蘇聯，儘管我也曉得那個地方好，但我不行呀，我有任務，我還要照顧好師長的女人哩，我一天到晚的就是掛念著她，恨不得馬上就能見到她，把她保護起來。

有一天上級來找我談話了，問我選擇去哪，我堅決地說我選擇留下，我哪也不去，就在國內跟敵人戰鬥到底，為師長報仇，打敗日本鬼子，解放全中國。我還記得找我談話的那個人的模樣，很年輕，戴了副近視眼鏡，笑起來很慈祥，皮膚白白淨淨的，身上穿著一件我過去沒見過的西服，在他面前，你會突然覺得自己身上太髒了，可能是因為他過於的乾淨吧。

聽我說完，他開心地笑了，大聲說：「你是我們黨可以信任的好同志，好好幹吧，革命隊伍就需要像你這樣的堅強戰士。」我趁機提出讓我重返大西北尋找師長的女人，我甚至把師長犧牲前後的英勇事蹟向他一五一十地說了。他琢磨了幾分鐘，說：「這事不是我一個人可以決定的，需要向上級組織彙報後再做決定。」我一看這事好像還有商量，高興地蹦了起來，我向這位年輕的同志鞠了一躬，敬了一個軍禮。他拍拍手笑著說：「不用不用，小同志，都是為了革命的需要嘛，我理解你。」

我高高興興地走了，心裡有了希望。過了一段時間，那些選擇去蘇聯的同志一個個地消失了，我一開始心裡還有些納悶哩，心想，難道他們去蘇聯了？後來我的那個小老鄉也突然不見了，這讓我警覺了起來，因為他如果真去蘇聯了，無論如何會來跟我打聲招呼的。這事兒發生得有些蹊蹺。我就四處打聽，可沒人告訴我，只是說，服從紀律，不該問的就別問。我那時還安慰自己，或許出於保密，他們被組織上悄悄地安排走了，對吧，否則，不可能一點消息都沒透人就消失了呀！

「是這樣嗎？」少年問，他從鄭老伯的口氣中，感覺出一絲異樣。

「這事也像個謎呵！解放後，我還四處向人打聽他的下落來著，結果發現沒有一個人知道他們這些人的下落，是生是死都不知道。」

「唉！」鄭老伯一聲長嘆。

慢慢地我也把這事給忘了，沒法忘的，還是師長的女人，可上級一直沒有再給我消息，我著急了，就去打探，他們也沒給個回應。我看訓練營吧一時半會兒也結束不了，好幾個月的時間都過去了。我終於忍不住了，就天天找領導要求離隊，回大西北尋找師長女人的下落，領導要求我服從組織紀律，我說我是一個軍人，我也要服從師長的命令，他交代我要照顧好他的女人，這也是我的沒有完成好的任務。

我就這麼天天鬧騰。我過去的副師長、現在的隊長，很同情我，也理解我的心情，幫我找上級反覆申請，最後終於批准了我的請求，但要求我不能晚於二個月重返部隊，我高興地答應了，還向領導敬了一個軍禮。

有一天，正好迪化有一批軍用物質要運往抗日前線，途經青海高原，我就搭了一個順風車出發了，在河西走廊下了車，開始了我的尋找旅程。

我先是找了一戶西北農民的家，討了口飯吃，又用隨身帶的銀元換了一身當地農民的衣裳，把舊軍裝留給了他們，又上路了。

我一路打聽，後來當地人告我說，知道有一支紅軍的女兵隊伍被馬匪打敗了，大部分人都被抓走了，有的被殘忍地殺害了，有的被強行嫁給了馬匪的官兵當小，我一聽心又懸了起來，讓我更加堅定要找到師長的女人，哪怕是見到屍骨那也是見了人呀。

我就這麼一路走呀走，餓了就鑽進當地農民家討口飯吃，我把自己也弄成了一個叫化子的模樣，見人問，我就說家裡鬧饑荒出來討口吃的。那天住進了一個村子，碰見了一個好心的大伯，他悄悄地告訴我說：「我知道你是幹什麼的，我不會說出去，你打聽的人我不知道是哪個，但我知道隔壁村裡住著一個連的馬步芳的人，有幾個女紅軍在他們手裡，你可以去問問，興許她們能知道點兒你要找的人。」

當時天已經黑了，我放下碗，說聲謝謝，就奔向了老鄉說的那個村。

黑燈瞎火的什麼也看不見，幾條大狗見我就汪汪的叫上了，還衝上來撕咬，讓我用打狗棒攆跑了。我圍著村裡轉了好幾圈，瞅準了馬匪兵駐紮的位置。可我進不去呀！只好先找了個牆根蜷著身子睡了一晚上。

天剛濛濛亮我就醒了，又圍著馬匪的營地轉上了，一個馬匪兵瞧見了我，橫著臉就過來了，拿搶對準我，問我是幹什麼的，我靈機一動，開始拿手亂比劃著，嘴裡發出嗚嚕嗚嚕的怪叫，我就這麼地裝成一個不會說話的啞巴。我不能開口說話呀，他們一聽口音就知我是南方人了，那還不懷疑上我？我只能裝。結果他還真信了。

我就在那一帶轉悠著討了幾天飯，終於在一個大白天，我在水井跟前見到了一個年輕的女人，人瘦小單薄得就跟根豆芽似的，看上去也就十六七歲的樣子，穿著一身肥大的粗布衣裳，晃晃蕩蕩的，走路的姿勢也怪怪的，一搖一擺，打水時，還有一人在遠遠地跟著，像是怕她跑了。

我一琢磨，這人沒準能知道點我們紅軍的下落。就裝著上去討水喝，她看都不看我就讓我走開，可她一張口，我就聽出了我們家鄉的四川口音，心裡頭那個高興哦！是我們的人，她過去一定是我們女子獨立團的。我先是嗚哩哇啦地湊近她，想找機會避開別人，跟她搭上腔。她偏過臉來冷冷地瞪了我一眼，可能想把我罵走，可是臉色突然變了，呆了一下，很快又恢復了原來的樣子，背過了身去，也沒再趕我走。

四

「我曉得你是誰，快走吧，這裡危險！」她一邊從井底吊水，一邊悄聲說。我也傻了，心想，她怎麼會一下子就認出我了呢？就在這時，那個遠遠站著的馬匪好像感覺到了什麼不對頭，走了過來，這女人聽到背後的腳步聲，趕緊說了聲：「別說話，有人過來了。」

她顯得格外緊張，像受了傷寒似的身子開始發抖。腳步聲越來越近了，我又開始了嗚嚕哇啦地胡說，還是裝啞巴，還伸出了一雙手，做出乞討的樣子。那個馬匪上來了，給了我一槍托，打得我一個踉蹌。那女人在一邊說了：「把水給我拎家去，家裡的廚房正愁沒個幫手，就讓這個要飯的去吧，反正也不用給工錢，我看給點吃的就行，一個啞巴，也不會對外說什麼。」

那個馬匪看上去年齡也不大，也就比我大出個幾歲，聽了女人的話，稍稍一愣，看了看我，也沒搭話。那女子瞪了他一眼：「你沒聽見嗎？把水先拎回去。」口氣還蠻橫的。那個馬匪很不情願地拎上水先走了。女人冷著臉對我扔下一句話：「來家吧，只管飯不給工錢。」

就這樣，我去了她家的廚房裡打了下手。開始的幾天她根本不搭理我，說話冷言冷語的，但我很快就弄清楚了，她在給馬匪的一個團長當小房。那團長隔三差五的晚上會回來一趟，一來了就將女人急慌慌地抱進屋，沒過多久，就傳出女人淒厲的喊叫聲，持續不斷。那團長哩，第二天天一亮又騎馬走人了。

平時家裡頭，除了這個女人、就是那個年輕的小馬匪，和一個專門給配的、年齡大些的「回回」廚子，他們顯然是來看守女人的人，生怕她偷偷跑了。這也是我慢慢地觀察出來的。這讓我一下子明白了，為什麼那天在井臺上，女人會這麼慌張。

我是過了好長一段時間才和女人搭上話的。後來她告我說，她一開始不能跟我多聊，怕被人看見，暴露我的身分，時間長了，看守她的那兩人也麻痹了，她才敢找我說話。她說，那天在井臺上一見我，就認出了我。我還納悶，她是怎麼認出我的呢？她說她是她們營長的通訊員，我那天在石窩子山上跟師長女人告別時，她就站在一邊，見過我。我一聽就甭提有多高興了，趕忙問，那師長的女人呢，她在哪？

這個可憐的女人跟我說起了我們離開後的經歷。唉，要多慘有多慘哦！

她們女子獨立團在梨園口一帶設置了戰壕，與包抄過來的馬匪幫正面作戰，掩護大部隊的戰略轉移，當時她們一人配發了五發子彈和二顆手榴彈，就這樣堅持了幾個小時之後，終於彈盡援絕，一千來人的獨立團就有五百多戰友倒在了血泊中。

這時大部隊也已安全撤離了，天也黑了，馬匪暫時停止了進攻，團長王泉媛下達了命令，讓大家分頭轉移，各奔東西，自尋返回陝北根據地的出路，她自己則帶領著少數戰友堅守陣地，好讓其他的人能夠安全轉移。

等大家都撤遠了，她才和師長的女人告別了王團長，趁著戰鬥的間隙撤出了陣地，一頭扎進了祈連山連綿不絕的叢林中，暫時躲過了馬匪的搜捕，趁著夜色的掩護，偷偷地下了山，開始了沿途的討飯流浪，一門心思想著走回陝北根據地去。

白天她們還要東躲西藏，因為馬匪正在沿途搜捕四下逃散的西路軍戰士。

「走了幾天後，我們遇見了一夥人。」女人說，「我們看他們的打扮像當地的村民，就上去打聽往陝北走的路，他們其中的一人看上去還滿憨實的，指了指前面一個窯洞說：「你們到那兒問問去。」我們也沒多想，也就信了他了，去了他說的那個窯洞，沒想到是自投羅網。

「那裡是馬匪設下的一個臨時指揮部，我們剛一進去就覺察不對了，轉身想跑，可被後面追上來的幾個人給堵上了。」

說到這女人哭了起來：

「他們不是人哦，是一群該遭天殺的畜牲，上來就要扒我們的衣服，幾個人把我們圍在了中間，嘻皮笑臉地露出了惡相，那個看上去滿憨厚的人也在他們中間，說一聽我們說話就知道我們是幹嘛的了，「就聽這口音還有跑？正逮你們呢，你們還自個送上門來了。老子抓你們辛苦，先犒勞犒勞我們弟兄幾個再說。」說完，他們一窩蜂地衝了上來，把我們摁倒在地。

「我們拚命掙扎，大聲喊叫著。就在這時，一個上了點年齡、滿臉黑鬍子的匪首出現了，大聲地喝止了這群發了瘋的牲口。他走了過來，見到我們眼睛就眯上了，嘿嘿嘿地笑著，滿嘴噴著濃濃的酒氣：「喲，這兩小女子長得還挺俏的，難怪長官說女匪個個像仙女，還真是咯。」

「我們倆起身後，噗通一下跪下了，向他求饒，讓他發慈心放了我們。他咧著大嘴樂著，眼珠子像魔鬼一樣轉著，打著壞主意。過了沒一會兒他說：「看你們可憐，我放你們一條生路，可有一個條件，你們中間只能先走一個，剩下的這個得伺候一下老子。」我們一聽就傻眼了，待在了那裡，一時不知道該怎麼辦了。

「怎麼樣？你們誰留下來伺候老子？」他逼問。正在這時，營長咬了咬牙，貼我耳邊輕聲說了句：「你快走，我跟他們拚了。」說完她往前邁了一步，我一看形勢不妙，一把拽過營長，將她往身後使勁一推，「你快跑，快跑！」

營長先是愣了一下下，眼看馬匪又要圍上來了，她轉身跑了。我聽到馬匪們在哈哈大笑，也不知道他們在笑什麼。那個上年齡的馬匪一步上前，將我扛了起來，往窯洞深處走去，我大叫著，拚命掙扎，但無濟於事。

「後來他……畜牲……他……他不是人，是魔鬼！當時我還想，或許營長跑遠了。可誰想得到哩，營長跑出窯洞沒多遠，就讓馬匪給截下了。」

「他們騙了我們。」

「我被馬匪五花大綁地押出了窯洞，一出來就見到了營長，她也被綁了。那個天殺的匪首大笑地說：『我們長官正好要我們幫著逮一個女匪當小，你們中有一人得送上去進貢，我看就她了。』

他指著我們營長說，『你呢，』他斜眼看著我，『當我添房吧，知道為什麼嗎？嘿嘿，你更嫩點，所以老子要自個留著。』

「我和營長痛哭了起來。我們曉得一旦落在了他們的手心裡，想逃也逃不出去了。我大聲說：『姐姐，我對不起你呀！』我不敢喊她營長，我知道馬匪抓到當官的要就地槍決。所以我喊她姐姐。我們營長也流著淚說：『妹子，是姐姐沒保護好你……』營長哭得死去活來的。」

「嫂子後來怎麼樣了？」我焦急地催問女人道。

「後來。」她對我說，「我聽我那個該殺的畜牲說，營長被拉去給馬匪的一個師長當小房了。」

「營長死活不從，結果這事不知怎麼的，就讓那個馬匪師長的大老婆知道了，她尋來暴打了營長一頓，然後又對她說，『你不是不想當小嗎？那好，你聽我的，你真的不想當那該殺的小，就認他做乾爹，這樣他就下不了手了，剩下的事由我來做。』」

「我只知道這些了。」她對我說。

我又急著問起師長的女人在什麼地方？她告我說：營長離她這不算太遠，出去往東十里地有一個村子，營長就在那。我聽完就要帶著女人去找師長的女人，她搖了搖頭說，我跟不了你了，我不是那個命！我問她為什麼，她一開始死活不肯說，後來被我逼急了，只好開口說：「我懷上了這個天殺的孽種，沒臉再去找紅軍了，你走吧，有一天我會殺了這個天殺的，自己找回去的，你們先走。」

我一下子明白了，她為什麼走起路來是那個樣子。

「等天黑了你再走，到時我會來喊你，白天家裡有人盯著，會被發現的。」她說。

她眼裡已經沒有眼淚了，只有悲苦和絕望。她告訴我，剛被抓來時沒日沒夜地哭，後來眼淚哭乾了，好像流不出淚水了。「這是我的命！」她長嘆一口氣，說。

五

那天晚上馬匪頭子沒回來，半夜三更我被女人搖醒了，她催我快走，領著我悄悄地來到院子裡，輕聲地打開了門鎖，把門閂拉開了，說了聲：「快走，代我向營長問好，告訴她，有一天我也會再去找部隊的。」說著，緊緊地拉了一下我的手，「你們要活著逃出去，營長交給你了。」說完，向我懷裡塞了一包青稞炒麵，又給我深深地鞠了一躬，等她抬起臉時，月光下，我見她淚流滿面了。我的心哦，就像被人用刀狠狠剜了一下，她肯定很久沒有哭過了，心都麻木了，可今晚，她又流下了眼淚。

還沒等我再說什麼，她使勁地推了我一把，我沒準備，一個踉蹌跨出了門，「快跑，不要回頭，一定要把我們營長救出去，帶著她去延安，拜託了！」她又向我鞠了一躬，還沒等我反應過來，她已把門掩上了。我愣愣地望著大門，強忍著淚水，沒有讓它流出來，可心裡在流淚。我也向緊閉的大門鞠了一躬，轉身跑進了伸手不見五指的夜裡，這時我才捂住臉，嗚嗚地哭出了聲。

我沿途一路小跑，心裡急著要見到師長的女人，只想儘快地把她從狼窩裡救出來。我一邊跑呵一邊哭，心裡還掛念著留在馬匪窩裡的那個可憐的女人，她還那麼小，沒長大，她最後看我的眼神，我這一輩子都忘不了。她以後會怎麼樣呢？一想到這，我心裡哦就不是個滋味。

也不知跑了多久，遠遠地看到戈壁上凸起的一排房子，月光下，就像黑暗中蹲著的怪獸，我心想這就是到了。

這一帶沒有別的村落。天還沒亮，一片漆黑，只有月亮還高高地掛在天上。那時已是夏天了，天熱得兇哦，戈壁灘上站著不動都會出一身熱汗，更甭說我一路跑來了。我這才發現衣裳都透濕了，像被人兜頭潑了一盆水，貼在身上黏乎乎的。氣都喘不上來了，嗓子眼裡直冒火氣。

村子就在眼前了，我琢磨著下一步該怎麼去救師長的女人，可一時半會想不出更好的辦法來，只能告訴自己，先弄清師長的女人在哪個屋裡再說吧，其他的想了也是白搭。

我趁黑摸進了村子，遠遠地聽到狗叫聲，我把打狗棒抄在了手裡。還好，牠沒過來，只在遠處「汪汪汪」地叫著。

我找了一個土牆根倚著，想歇會兒再說，沒曾想就這麼不知不覺地睡著了。等我睜眼時天光大亮了，我驚得一哆嗦，趕緊要爬起，這時我聽到有人在說話，是幾個大男人，還有孩子，他們呆呆地看著我。我聽到他們在說：「活著哩，沒事哩。」這才明白他們可能一開始把我當死人了。我鬆了一口氣，繼續裝作一個啞巴，嗚哩哇啦地亂叫了一氣，做出要飯的樣子。他們木著臉又紛紛離去了。

我跟在他們後頭進了村。

村子不大，沒一會工夫就轉遍了，我注意到，這村裡單單有一座顯眼的大瓦房，門口還有人扛槍站崗。我心裡明白了，就它了，師長的女人就在這裡面。一見我這個陌生人靠近，站崗的馬匪端起槍，氣洶洶地就要發問，我只是嗚哇地比劃著，他放下了槍，向我揮手，意思是讓我快點離開，大概他看我是個啞巴，也就放鬆了警惕。

天光剛透亮，從外頭看裡面，一時半會還看不出什麼名堂來，可能裡面的人還睡著呢，我就先離開了，我知道這時候也見不著什麼。我正四處轉著圈哩，剛才冷臉走開的一個鄉親，向我招手，我過去了，他讓他婆姨拿出了一碗粥，給我喝了，什麼也沒說，又讓我離開了。我心裡頭就覺得西北的鄉親滿怪的，幫人了，連一聲感謝都沒要。

臨到快晌午了，我又去了大瓦房那兒，還是從外頭瞅不見什麼動靜，這下我有點著急了，我必須儘快見到師長的女人呀。心裡那個著急上火哦！可一時也想不出什麼好主意來吵。

我突然靈機一動，就向站在門口的馬匪討吃的，他繃一張狠臉趕我走，我故意大聲地嚷嚷上了，死活賴著不走，「嗚嗚嗚」地喊著，裝著非要向他乞討。

沒過一會兒，村裡的人聽到動靜出來瞧熱鬧了，更多的是孩子，可大瓦房裡還是沒見人影，我一急，乾脆躺地上耍上了潑，反正是豁出去了。我在地上驢打滾，那馬匪還以為我是神經病呢，把槍抱懷裡樂上了。過了一會兒，我在地上轉著圈，恍惚見到瓦房門口出現了幾個人影，這讓我覺出了希望，我滾得更厲害了。

這時我依稀聽見一個聲音響起了，我一激靈，是個女人的聲音，雖然說得是西北口音，一聽就不是我們師長的女人，但她沒準是馬匪團長家的大婆姨哩？

我心想，嘿，只要裡面有人出來，估摸著，我也能見到我要找的師長的女人了。

「給他點吃的，給我把他攆走，跑到家門口鬧上了，不吉利，還不讓這個叫花子快滾！」那女的說。站崗的馬匪一聽便竄了上來拽我。我裝著不情願地起來了，睜眼看去，一個老疙瘩臉的女人，正扠著腰怒視著我，可她身邊除了一個小馬匪，和兩個一看就是伺候她的小丫環，並沒見到我們師長的女人。我有點洩氣了。

這時老疙瘩臉的女人喝斥我，讓我快滾，她旁邊的小馬匪緊著上來推我走。

奇蹟就在這時發生了。我眼角的餘光，彷彿見到了一個模模糊糊的身影，她端著一個大碗出現了，正向我一步步走來。兩個馬匪拽著我往外推。我拚命地扭過臉去，仔細一看，高興得我差點沒喊出聲來！

是我們師長的女人。

儘管有好些日子沒見過她了，她好像一下子蒼老了好多，臉色是憔悴和冰冷的，模樣也變得讓人差點沒認出，但我還是一眼就認出了她。我的心裡面甭提有多快活了，我這一路上千辛萬苦的，終於在這裡找到她啦！

她站在了我的面前，讓那個馬匪停下，別推我走，然後準備將那個大碗和一個大饃饃塞給我吃。她眼神麻木地看向我，看不出有任何的表情。這時我還奇怪吵，咦，師長的女人為什麼沒一眼就認出我來哩？在我還在琢磨的那個工夫裡，我整個人大概待在了那裡一動不動，人像傻了一樣，沒及時地接過她遞上來的大碗和饃饃。

那個老女人見了，已經帶著人走了，只有一個站崗的馬匪，站在一邊懶洋洋地看著我們。我突然明白了，一定是我地上打滾時臉上掛滿了塵土，她沒能及時地認出我來。

我顫抖地伸出手，接過她遞上來的大碗和饃饃，嘴裡繼續嘰哩呱拉地又胡說一些自己都聽不懂的話，然後狼吞虎嚥地啃起了饃饃。師長的女人平靜地看著我，可能是看我的樣子怪可憐的，臉上終於有了一絲表情，輕聲說：「慢點吃，別噎著了。」

當熟悉的聲音在我耳邊炸響時，我心頭一震，眼淚嘩嘩地流了出來，我想控制都來不及了。我趕緊抹眼淚，我不想在她面前哭出聲，我也怕讓別人看出點破綻來。就在這時，我見師長的女人眼睛亮了一下，嘴唇張開了，一副震驚的樣子。我也愣住了，一動不動地看著她。

沒錯，她好像認出了我，眼神在震驚之後變得溫和了下來。我明白了，肯定是我剛才抹眼淚時，把塵土也抹去了，露出了我的本相，她這才辨認出了我。我一下子又回過了神來，覷了一眼站在不過處的馬匪，那人正心不在焉地東張西望，顯得有些不耐煩。我趁機給師長的女人眨巴了幾下眼睛，她也回了我一個眼神。

我吃完了，師長的女人接過碗，裝著什麼事也沒有地走了。從那天起，我天天會去那兒討點吃的，其實我是在偵察那座房子裡的情況，琢磨著怎麼才能將師長的女人給救出來。

有一天，馬匪的大婆姨出了門，家裡只剩下一個把門的馬匪和師長的女人，因為我常在那裡轉悠，那個把門的馬匪對我也放鬆了警惕，還真以為我只是一個要飯的啞巴呢。

圍著這座大宅子，築起了一圈一人多高的由土坯夯實的圍牆，裡面朝南有一座正房，兩邊還有些簡陋的小廂房，師長的女人出來招呼我進院，引我到了其中的一個小廂房，沒敢讓我進屋，只是讓我在門口等著，說是進去拿吃的給我。這時把門的馬匪在門外抽起了煙，偶爾會伸脖子進來往裡瞅一眼。師長的女人站在裡屋的暗影中對我說：「鄭娃，你不要說話，讓我說，聽著，姐姐知道你是來救我的，今晚這家人都不在，你到這來找我，我們一塊逃。」我點著頭，用眼神表示我明白了。吃完東西後，我就匆匆離去了，我不能在那待得時間太長。待長了會被馬匪察覺的，容易打草驚蛇。出門時，我還向看門的馬匪鞠了一躬，他厭惡地向我甩了甩手。

六

當天晚上，戈壁灘上刮起了撲天蓋地的大風，吹得忽喇喇的，像頭鬼怪在夜裡哭喊，有點瘆人，只見漫天遍野的泥沙，裹著風，硬生生地像要把人給捲跑了。

真是天賜良機喲！我窩在村外的牆根下，睜眼望著天空，其實什麼也看不見，但我好像看見了星星月亮，心裡興奮得只想衝著天空大喊大叫，我終於迎來了這一天，師長交給我的任務我終於可以實現了。我在漆黑的夜裡，跪了下來，對著蒼天磕了幾個響頭，我知道我們紅軍不作興這個，但我忍不住還是磕了，我說師長，有您在天之靈的保佑，今天晚上我一定能救出您的女人，完成您交給我的光榮任務，您一定會保佑我的。

一直等到下半夜，我這才悄悄地潛入了那座大瓦房。四周黑糊糊的，什麼也看不清，那個鬼地方風沙一起你就什麼也看不見了，風刮得嗚嗚的，沙子打臉上就像針扎你，這該死的鬼天可真是幫了我大忙了，萬一我不小心鬧出點動靜來，別人也聽不見呀，這多好。

我翻上了那道院牆。騎在牆沿上時，我望了一眼大瓦房，黑燈瞎火的，師長女人的那間小廂房也是一片黢黑。我悄悄地從牆頭縱身蹦了下來。我得小心那個看門的馬匪，就他一人，我要格外地小心提防。

我輕手輕腳地向師長女人的那間廂房摸去，快到時，我伏倒在了地上，我想一點點地蹭著爬過去，這樣我不容易暴露呀。

我就這麼匍匐在地上，一點點地往前蹭，眼看就要接近那間廂房了，我的心臟激動得快要從嗓子眼裡蹦出來了。也不知道為什麼，那時我一點也沒感到害怕，只有激動和欣喜。

我在地上蹭了好一會兒，那間廂房模模糊糊的影子就在跟前了，我一看四下裡沒見什麼動靜，就要起身躥過去。

可是我太麻痹大意了，我一高興完全忘了還有一個馬匪在呢，他是一定會看緊師長的女人來著，我真是太忘乎所以了，只想著儘快將師長的女人營救出去。

我剛一起身，就聽見黑暗中傳來一聲大吼：「誰？」接著是拉槍栓的聲音。我一驚，心想壞了，我被人發現了。我手忙腳亂地想從腰上抽出事先準備好的打狗棒，可我剛一動作，就覺得腰眼被一個硬梆梆的東西給頂上了。我知道那是什麼。「別動。」那人說。

雖然漆黑的夜裡，我看不清他的臉，但我想他瞪著眼的那張臉，一定是惡狠狠的。這下子我可慌了神，我根本還來不及採取任何行動，我有了一種大難臨頭的感覺，熱血忽地一下湧了上來，我想向那個傢伙撲過去，我準備豁出去了。

就在這時，我好像聽到了一聲悶響，「噗」的一聲，還沒等我明白過來，頂在我腰眼上的那個硬梆梆的東西倏地消失了，緊接著眼前的這個黑糊糊的影子像根柱子似地直直地倒下了。我傻眼了，腦子一時沒轉過彎來。這是怎麼了？這時我聽見師長的女人在喊：「快跑，快！」她拉上我的手，衝出了門去，一頭扎進了呼呼叫的風沙中。

我們拚命跑著，跑得上氣不接下氣，一下子跑出了很遠很遠，天邊透出一點亮光時，師長的女人才停下了腳跟。她彎下腰，雙掌撐在膝蓋上，大口大口地喘息了一會兒，然後衝上來緊緊地摟抱了我一下：「鄭娃，謝謝你來救我！」我傻笑地說：「不用不用，這是師長交給我的任務哩。」我還說：「如果沒有你後來那一棒子，我可能就壞事啦。」

師長的女人後來告訴我說，那一晚她也沒合上眼，一直聽著屋外的動靜，當聽到外面的響聲時，就衝了出來，發現情況不妙，就給了那個馬匪一大棒子。接著，她急切地問我，大部隊後來都撤到哪一帶去了？我都一五一十地告訴了她。她聽了點了點頭，說：「這就好，我們隊伍還在。」沉默了一會兒又說：「走，我們去陝北，找紅軍去。」

就這樣，我們上路了。

一路上躲躲閃閃的，白天藏在山凹裡不動彈，晚上趁著月光出發，盡找荒無人煙的道上走。好在師長的女人事先準備了好些乾糧和水，讓我們支撐了很長一段時間。後來沒糧了，只好進了村，我繼續裝啞巴，師長的女人就裝成我相依為命的姐姐，挨家挨戶地乞討，順便打聽去陝北的路線。至於她被馬匪抓了之後的遭遇，什麼也沒說，我也不好多問。

一天，我們走了整整一夜的路，又累又餓，約莫天麻麻亮的時辰，師長的女人終於體力不支地病倒了，發著高燒，說起了胡話。我一摸她的額頭，哎喲，燙得很哩，我慌了神。守在她身邊，不知該怎麼辦了。

她醒過來時對我說：「鄭娃呀，你別管我了，去吧，你救了我，我已經感激不盡了，我這就去見大鬍子，你一人快走吧。」我淚流滿面地看著她，心裡那個難受呀。我說：「我不走，我要帶著你去找我們紅軍，你一定要堅持住。」那時天光已經大亮了，我不顧一切地下了山。我知道我必須儘快找些吃的東西，先讓她恢復了體力再說。

我心急火燎地跑著，遠遠地看見了戈壁灘上聳起的一座孤零零的村子，我不顧一切地闖了進去，也顧不上再裝啞巴了，見人就磕頭，哭著說：「求求你們了，我姐姐病得快要死了，給口吃的吧！」許多人木著一張臉，看著我，搖了搖頭，走了，見我就像躲瘟疫似的。我急了，跪著上前一把拽住他們的衣角，磕著響頭哀求著，我的前額都磕出了血，自己都沒覺得。他們還是甩開我走遠了，臨走還撂下一句話：「我們知道你是誰，快離開這吧，我們不敢收留你，收了，我們的命沒了，馬步芳的人還在到處找你們哩。」

這個村子還算比較大，我沒辦法了，只好挨家挨戶地磕頭乞討吃的。快到晌午了，我還沒討到一口吃的，一想到師長的女人還躺在地上，病成那副樣子，我死的心都有了，好不容易從狼窩裡把人救出來了，難道眼睜睜地看著她死在路上麼？不能吶！這時我就告訴自己，哪怕搶，我也要搶出一點吃的來，急得我殺人的心都有了。

就在這時，我忽然想起了紅軍的紀律，凡是從老百姓家搶東西的人，一律就地正法，我就親眼見到師長斃了一個戰士，他就是在行軍路上餓得不行了，偷偷地從老鄉家搶了幾個番薯出來吃，叫老鄉發現了拖著不讓走，大鬍子師長知道了，臉一下子沉了下來，二話沒說，把那個戰士拖到外面，當著所有人的面，照準他腦門子就是一槍，並且還拿他當典型，教育我們大家，必須嚴格執行紅軍的紀律，絕不拿老鄉的一針一線，拿了，也要留下銀元。可現在我能顧得上組織紀律麼？總不能眼睜睜地看著師長的女人就這樣死了吧？救人要緊。

我渾身突然湧出了一股力氣來，我準備拚了，衝進老鄉家裡去搶。大白天，村裡的鄉親大都是敞著門的，有的人家門口蹲著一條漢子悶頭抽著煙袋，一見我直揮手趕我。我就圍著村子轉著圈，尋摸下手的目標。

我發現了一個，屋頂還冒出一股炊煙，我心想就這了，沒多想就衝了進去。剛一進去就傻眼了，一個上了年齡的老婆婆正蹲在爐前燒火，還有二個不點大的孩子爬在地上玩著哩。見我進來，老婆婆一驚，手裡的柴火吧嗒一聲掉地上了，嘴巴大張著說不出話來，臉上又驚又怕。我心軟了，噗通一下在她面前跪下了，我說：「婆婆，我餓呀，還有一個姐姐病在山裡了，您給點吃的吧，行行好，我求您了！」說完，我給她嗵嗵嗵地磕著響頭。

七

這時我聽到有腳步聲從背後傳來，心想，不好，還藏著一人我沒瞧見吶，他會來抓我的。我蹭地一下從地上站起了身，拳頭也攥緊了，做好了拚死的準備。

可我看見了什麼？一張憨實漢子的面孔，雖然沒有表情，但眼睛裡充滿了同情。他從我的邊上走過，就像沒看見我一樣。我還在納著悶，這是個什麼光景，他想幹嘛？

他掀開鍋蓋，低頭往裡瞅了一眼，「還沒熟，再等會兒，一會兒就好哩。」他說。這時他才掉過頭來掃了我一眼，問：「餓了？」我覺得就跟做夢似的，發著愣。剛才還在地上玩的倆娃兒，從地上爬了起來，好奇地瞅著我，又瞧了瞧那個墩實的漢子。那漢子搬來了一張板凳，讓我坐下，但沒再對我說一句話。婆婆還在膽怯地望著我。

洋芋燒好了，漢子夾出二個熱乎乎的洋芋讓我先吃，我把它用布包好掖進懷裡，說：「我姐還在山裡躺著，她病了，我得給她留著。」漢子眉心皺緊了，呆了一下，「你先吃，還有。」他說。接著我們聊了起來，他又給我端來了一碗米粥。等我喝完了，他將另幾個鍋裡的洋芋用破布包好，塞給了我。「去吧！」他說，「快給你姐送去，別耽擱了。」又詢問我們待在哪座山上。我先是猶豫了一下，怕他會跟馬匪通風報信，但他看著我的那雙憨厚誠實的眼睛，還是讓我相信了他，我就實說了。

半夜裡我聽到了外面傳來細碎的腳步聲，我一驚，蹭地一下跳了起來，順手抄起了打狗棒。師長的女人還在燒著，她吃了點東西後就睡過去了。腳步聲越來越近了，我把打狗棒舉了起來，心突突直跳，心想這下完了，肯定是那人給馬匪說了，他們捉我們來了。我恨自己當時太粗心大意了，為什麼要對一個陌生人說出實情來呢！

「別怕，是我。」我聽到了一聲渾濁的聲音，緊接著一個身子在月光下出現了，在地上拉出了一個長長的倒影。我一下子認出了他，就是白天給我飯吃的漢子。他先是看了我一眼，然後又看了看地上躺著的師長的女人。

「這樣不行。」他說，「趕緊離開這。」

「去哪？」我問。

他沒說話，上去扛起了師長的女人，「跟我走，這樣不行的，這樣下去她會沒命的，你看她燒的！」

我這時已經澈底信任他了，就跟著他下了山。

後來他告訴我，西路軍在這一帶打仗時，他的弟弟跟著紅軍隊伍走了，他因為還要照顧老媽就沒跟著去。「紅軍不是土匪，他們不搶老百姓的東西，給我們吃的，還幫窮人出氣，是好人！」他說。「我以前還從沒見過這麼好的隊伍！」最後，他感嘆了一聲。又告我說，當時他一聽我的口音，心裡就已知道我是幹什麼的了。

「紅軍隊伍裡盡是說你這種調調的，跟我們這的不一樣。」他說，村裡人不會有人去告發我們的，因為紅軍隊伍在村裡住過幾天，給村裡人留下了好印象，只是鄉親們不敢來幫你，害怕事後馬匪知道了會遭殃。

就這樣，我們在老鄉家躲藏了幾天。漢子還上山採摘了一些中草藥，讓師長的女人喝。沒過幾天，師長的女人果然退燒了，懸在我心裡的一塊大石頭，終於落了下來。

我們又休息了幾天，還是出發了，臨走，漢子把我們送到路口，並告訴我們通往陝北的方向，還給我們帶上了許多洋芋、饃饃、炒熟的青稞麵和清水，讓我們假如碰到了他的弟弟代問聲好，告訴他家裡都好。

「我怪想念他的！」漢子最後說。

我們走了，走出了一段路再回頭看時，他還站在土原上遠遠地望著我們，師長的女人拉上我，向他遠遠地鞠了一躬。等我們直起身來再看時，光禿禿的原上已經沒了人影。

我們就這麼走呵走，千辛萬苦，也不知走了多長時間，終於有一天我們到達了陝北。

遠遠望見了延安的寶塔山時，心情那個激動喲，甭提有多快樂了。師長的女人突然緊緊地抱住我，說：「你看，鄭娃，我們終於又找到組織了，我們回家啦！」她抱得我氣都快喘不上來了。我覺得臉上有些涼，濕的，像沾了雨點，我就知道她流淚了。

一路上，師長的女人再苦再累也從沒掉過一滴眼淚，就連病成那樣了，也沒見落淚，無論遇見什麼事，她都是咬緊牙關忍著，甚至很少對我說話，可能是她忍在心裡的東西太多太多了！可她現在一直在發著抖，反覆說：「回家了，我們終於回家了！」最後還說：「鄭娃，如果沒你，我可能一輩子都回不了家了，謝謝你！」我不好意思了，嘟囔地說：「別謝我，謝師長，是師長交代我的，可惜他不能跟我們一道回家了。」剛說完，我自個大哭了起來。

「真不容易哦！」啟明感嘆了一聲。

「是喲，太不容易了，能活著回到延安，真像是一個奇蹟，唉，可誰能想到，組織上還會不信任我們哩！」

「不信任，為什麼？」少年瞪大了眼睛，他剛才還偷偷地抹了一下眼淚呢。

我們先是被安排在不同的的窯洞住下了，有點像是關禁閉。

很快來了一個人，代表組織找我談話，我最初還笑眯眯地看著他，心情激動，因為太長時間沒見過組織派來的人了，感覺特別特別親。可是他進屋沒多久，我就覺得氣氛不對頭嘍，他繃著臉，嚴肅得有點嚇人。我就奇怪上了，這是怎麼啦？為什麼這種表情哩？我想不明白。

他讓我先坐下，然後詢問了我「脫隊」後的情況，問得很詳細，我就一五一十地對他說了，他還邊聽邊認真做紀錄，有不明白的地方會插話問下我。我有點緊張了，可能是他的那副樣子，讓我感到了緊張，他有點像是在對待一名犯人。我吞吞吐吐地把情況都說明了，最後，他讓我在他的紀錄本上簽字畫押，然後把筆記本合上了，鋼筆插進了他的上衣兜裡，站起來說：「過幾天組織會對你們有一個決定的。」

我一下子糊塗了，不明白他在說什麼，我說：「我們怎麼啦？我們是歸隊報到來的，為什麼還要等待一個什麼決定？」他一聲不吭地走了，我預感情況有點不對，究竟怎麼個不對，我還沒想明白，當時就是覺得在哪裡好像有些不大對頭了。

我想找師長的女人問問，可是也不知道她被安排到哪兒了，這時我有點慌神了。

後來才知道，「脫隊」，是一個很嚴重的問題，說明你很有可能在此期間被俘、叛變或者投敵，可我那時還小呀，哪懂這麼多，只知道我離開部隊是請過假的，可是在組織看來，雖然我請了假，但「脫隊」的時間過長，超出了規定期限。

我怎麼可能想到，事情會變得這麼複雜哩，完全超出了我的想像！

又過了幾天，我還在關著「禁閉」，終於又出現了一個人，一個看上去像領導的人，他的態度倒是和藹可親的，面帶微笑，我還以為事情總算有了一個瞭解了呢，心裡頭還滿高興的。

可我萬萬沒想到，他告訴我，由於我脫隊時間過長，超期了幾個月，組織上完全不瞭解，在這一段沒人可以證明的時間裡，我究竟在外面做了些什麼，所以決定發我五塊光洋，讓我離隊返回四川老家。

我一聽，腦子轟了一聲就炸開了，急紅了臉，大聲地向他解釋我「脫隊」後的實際情況。他說他事先都知道了，說，但是沒有證人能證明，所以組織上做出了這個決定。我又說：「師長的女人可以證明我。」那人笑了，說：「她也要回老家，組織上也不能留她。」

我聽完就哭了。

我們一路上吃了那麼多苦，鐵了心地要回延安找組織，可人回來了，組織又不信任我們。我有了一種天塌地陷的感覺，一頭撞死的心都有了。我告訴那個領導說，除非打死我，要不我堅決不走。那人看著我，有點同情我，最後還是搖了搖頭走了。

那一段我過得那個憋屈喲，日子真難熬。

又過了幾天，那個領導模樣的人又出現了，他說我可以留下來了，但組織上還要考驗我一段時間，因為我說的「脫隊」後的情況沒證人，師長的女人向組織做的彙報，也不能作為證據，因為她同樣要受到組織上的審查，但考慮到我在西路軍作戰勇敢，又是在履行師長的臨終囑託，所以可以考慮暫時把我留下。

我忙問：「那師長的女人是不是也可以不離開了？」他說組織上正在考慮。

「後來呢？」少年問。

後來我被安排給一位首長當馬夫。

有一段日子沒見過師長的女人了，我心裡掛念著她，有時候一人待著的時候，就會想起她來，可又不知道哪去打聽她的下落，我琢磨著她會跟我一樣，留在了延安。

直到有一天，我服務的那個首長曉得了我們的情況，就去找人瞭解了一下，回來告訴我說：「你們師長的女人很好，在另一位首長家當保姆呢，你可以放心了。」這位好心的首長還安排我們見了一面。

見了師長女人後我才知道，組織內部有一個規定，凡是西路軍失散歸來的戰友，一年內找到組織的可以留下，一年後回來的發送幾塊光洋當路費，勸回原籍；超過二年的一概不接收。這是一條嚴厲的紀律，一直在執行。而師長的女人離隊時間超過一年了，基本屬於不能收留的人，她聽說了之後就要自殺，誓死不離開延安，讓人發現後救了下來。

後來我們才知道，我們能幸運地留下了，還多虧了先行返回延安的，我們原西路軍的徐總指揮，他聽說後，找中央領導反映了情況，說她是我們師長的愛人，是一個堅定的共產黨員，作戰勇敢，絕不會叛變革命，他可以做證。

師長的女人留了下來，隨後她又向組織提出，讓我也能留下，因為是她牽累了我，我只不過是在執行師長臨終前的最後命令。

就這樣，我們幸運地留在了延安。現在想想，當初要不是師長的女人向組織說情，我可能真的返回四川老家繼續當農民了。

八

說到這，鄭老伯深嘆一口氣：「這也是命哦！」

「鄭老伯，您說的那個師長的女人，為什麼後來又會變成一個『叛徒』了呢？」少年不解地問。

鄭老伯的臉色霎時黯淡了下來，「娃子，你已經知道她是誰了，對嗎？」少年點點頭。「哦，你曉得她是誰了，我也不想打謊，晨英不可能是叛徒，她是被人冤枉的。」鄭老伯堅定地說。

「那我還是不明白，為什麼會把她打成叛徒呢？」少年仍不甘心，繼續追問。

「老子今天還沒喝大，就是為了告訴你們，師長的女人是個什麼樣的好人咧，我知道喝了酒說出的話，會被你們認為我在耍酒瘋，在胡說，所以今天我不多喝，我要明明白白地告訴你們。」鄭老伯轉臉對少年說：「我看你爸爸是個好人，把晨英打成叛徒也不是你爸爸做下的，那時候他還沒來縣裡，這事是那些混帳的東西幹下的，所以我託你轉交了那封材料給你爸，可是他一直沒答覆我。娃子，我今天把實情告訴你，對，還有你們，啟明、如月，你們在聽著麼？就是要讓你們明白晨英是個什麼樣的人，她不是叛徒，我可以為她做證。」鄭老伯開始變得非常激動，鬍上的一撮鬍鬚亦在微微顫抖。

你們知道嗎，我在延安待了沒多長時間，就跟隨部隊首長去了冀中平原打日本鬼子了，臨走前我最後見了晨英一面，再以後就再也沒見到過她了，也沒有了她的消息。直到解放後，我開始打聽她的下落，可始終沒人告訴我，一直到文革開始後，有一天，突然有幾個陌生人找上了門，說是要搞什麼外調，我當時還尋思他們要調查誰哩？可我萬萬沒想到，他們要調查的人，正是師長的女人。

我趕緊問他們是從哪裡來的，他們說是從高安縣來的，我這才曉得了晨英的下落。他們一直向我打聽晨英和那個馬匪家的關係，我把知道的情況都如實說了，我還說了晨英的那個女戰友，我說她也瞭解情況，他們都認真地記下了。他們走時，我反覆問：「我們師長的女人怎麼啦？」他們笑笑說：「沒什麼，只是瞭解一下當時的情況。」

他們走後，我就尋摸著這事有點不對勁了，那個時候凡是被外調的人員都是歷史上有點問題的。我就開始託人打聽晨英的情況，結果知道了她被打成了叛徒。這下子我可坐不住了，心急火燎的，我知道這是一起冤案，只有我能證明她的清白，證明她沒當過可恥的叛徒。

我就開始給高安縣革委會寫信，陳述當時的實際情況，可沒人理睬我，發出的信也石沉大海。沒辦法了，就向我所在的縣請長假，準備自己專門跑一趟，可始終不批准，我一急，乾脆辦了一個提前退休，直接申請遷居到了高安縣，我不能為師長的女人申冤平反，死不瞑目呵，這說明我鄭大壯還是沒有完成任務喲，我不能對不起我們死去的師長。

我來到高安後，就去找當地領導說明情況，可無濟於事，我一急之下就去了北京。對了，我前一陣離開縣裡就是辦這事去了。我先找了我們原來西路軍的組織部長，她以前是我們西路軍政委陳寧昌的夫人，只聽說她後來在國家的紡織工業部當副部長，可去了一打聽，說是文革期間自殺了，原因也是因為跟隨女子獨立團參加阻擊戰後，被馬匪抓到的那段說不清的歷史。我還想見見當年的徐總指揮和李政委，可沒人讓我見，說是他們也因為那段歷史問題自身難保，這樣，我就直接去了青海，去找當年告訴我晨英下落的那個紅軍女戰士。

到了才知道，那個女人解放後被說成是反革命的家屬，她的馬匪老公解放後被政府槍斃了，孤苦伶仃的她帶著孩子過，住在一個四面透風的破房子裡，屋裡除了一個土炕，一個灶臺和幾個殘破的碗罐，四周都是空落落的了，只有一個兒子守在她的身邊，我琢磨著是跟那個馬匪生下的，也沒敢問。那娃兒見我只會咧著嘴憨憨地笑，蹲在灶頭，悶著臉一口口地吸著旱煙，一聲不吭。

見到那個女人時，她已經老得不成樣子了，更瘦了，就跟麻桿似的，臉色蠟黃蠟黃的，好像風一吹人都會倒，佝僂著身子，走路都顯得艱難。我一開始還真沒認出她來。聽我說完晨英的情況，她臉上一點反應也沒有，只是在我寫好的申訴狀上顫抖地按下了一個手印。我問她，當年為什麼沒去找紅軍？她愣了一會兒，瞪著一雙乾枯的眼睛望了一會天，說：「有了這個兒子，我哪還有臉去見紅軍？我沒臉了哦！」

她坐在炕沿上，臉上還是一點表情都沒有，呆呆地望著兒子，停了好一會兒，才又說：「說不清嘍，哪也去不了，這輩子就這樣了，連家鄉都回不去了！」

我要出門時，她突然自言自語地說了一句：「沒用的，說什麼都沒用的，這是命，不會有人信的。」

我沒敢再看她，心疼了一下，像被人戳了一刀。我留下了一點錢，就走了。我能說什麼呢，只是心裡好苦！

「我一回到高安縣，就將那份申訴材料交給你了。」鄭老伯對少年說，「後來的一段時間我就等呵等，一直在惦記著會有點什麼好消息；後來我一看，你人也不來見我了，我就曉得又不行了，我還是不甘心哦，就讓啟明這娃兒去找你問問，結果……唉！」又是一陣長久的沉默。鄭老伯拚命地吸著煙，顴骨上有一塊肌肉在發抖般地顫動著。

「來，爸，您喝口酒吧，別想那麼多了。」如月說，端起了一杯酒，遞了過去。少年眼見著鄭老伯想都沒想地順手接過酒杯，動作是機械的，臉上籠罩著麻木般的淒涼，下意識地將杯中酒一飲而盡了，然後倏忽間像是又從恍惚中醒了過來，低下了頭，用一種少年從未見過的陌生的眼神，仔仔細細地打量起了手中的酒杯，少年注意到他握杯的手指在微微地抖動，那酒杯，亦如風中的樹葉在搖晃著。「我為什麼又喝酒了？」他自怨自艾地問了一句，「為什麼？」接著，猛地一下抬起了頭，悲涼地掃視了大家一眼，「我又喝酒了，是嗎？」他問，「我說了，今天我不會多喝的！」他長嘆了一聲，臉上似有悲慟。

「爸，您喝吧，今天是我讓您喝的，要不然您心裡該有多難受呀！」如月說，她在心疼鄭老伯，神色亦是悲苦的。

鄭老伯搖了搖頭。「不喝了，從今天開始我鄭大壯不再喝了，我要等到晨英澈底平反了再喝，我就想讓你們明白，過去我告訴你們的那些事，不是我在耍酒瘋，今天我把這些事情原原本本都告訴了你們，就是讓你們心裡好有個數，知道她是冤枉的，過去如月這丫頭還一直問，我也沒多說，只在耍酒時說一點，今天都說出來了，可心裡真不是個滋味喲，你們聽了能明白嗎？」

「嗯。」大家異口同聲地說，點著頭。

「那就好，明白了就好，她是好人，她不是叛徒，我能為她做證。你們信我麼？」鄭老伯的目光，再次投向少年。少年心中酸楚，再次肯定地點了點頭，他覺得自己愧對這位悲傷中的老人。

九

「鄭老伯，你後來去見了這位……」少年忽然間不知該如何稱呼那個女人了，稍稍猶豫了一下，「……阿姨了嗎？您見過她了嗎？」少年問。

「我搬來縣裡的第一天，就急著去見她了。」鄭老伯說。

少年「啊」了一聲，「重新見到她一定會很高興，對嗎？」

「你是這麼覺得麼？」鄭老伯問，停頓了一會兒，「我原來也以為會是這樣的，我是興沖沖地跑去見她的，我想，她看見我一定會高興的。」

可她見到我時，先是愣了一下，像是不敢相信自己的眼睛，還揉了揉眼睛，她一定是沒敢相信我會來見她。我呢，我也沒想到她會老了那麼多，如果不是掛在她胸前的那塊牌子，寫明了她的名字，我可能會認不出她來，她過去多俊秀精幹的一個人喲，可現在不一樣了，真的太不一樣了。

知道了是她，我心裡就甭提有多高興了，我激動地叫道：「嫂子，是我，我是鄭大壯、鄭娃呀！」

可就在這時，我見她臉色變了，先是一陣通紅，後來變得越來越蒼白，呆上了好一會工夫，就像是陷在了回憶中。我又輕喚了一聲：「嫂子，你怎麼了？」

她愣過神來了，馬上衝我揮了揮手：「我不認識你。」說完，抄起手中的一把大條帚又掃起了地來，就跟見了仇人似的。

我一下子愣住了，完全沒想到她會是這種反應！旁邊還有一些掛大牌子人，都跟她一樣在掃地，這時都停下了手中的活計，在一旁悄悄打量我們。我呆了好一會兒，愣是沒能回過神來，又不知該說些什麼。她就在一邊掃著地，背對著我，就像根本沒我這人似的。我還在心裡琢磨著，這到底是怎麼回事呀？我們都二十多年沒見了，難道她真沒認出我來麼？不會呀，我都說了我是鄭娃了吵！

我也顧不上那麼多了，轉身上前一步，牢牢地抓住她手中的條帚，想讓她認真地看看我。她使勁地把條帚晃了幾下，沒晃動。「你看著我，嫂子，你怎麼會認不出我來了呢？」我大聲說，我是有些激動了。

晨英用眼睛瞪著我，我們就這麼站在哪兒一動不動，僵持了好一會兒工夫，她突然說了句：「我是被打倒的叛徒，跟你沒關係，你走！我不想看見你。」說完，搶過了條帚掉頭就走了。

我就站在原地，傻呆呆地看著她走遠了，腦子還是一片迷糊，想不明白。等我清醒過來時，她快走遠了，我就衝著她的背影大聲喊道，「你不是叛徒，不是，我可以為你做證，我鄭娃來這裡就是為了給你做證來的。」

她一拐彎繞進了縣政府大樓，我看不見她了。當我回過臉來，再看那些跟她一起掃地的人時，見他們都停在一邊，木呆呆地看著我，就像見了一個怪物。見我看他們，一個個躲著我的目光，耷拉下腦袋，繼續掃起了地。

我只好走了。

「您肯定沒有認錯人嗎？」少年說。

「沒有，我能肯定，她就是晨英。」鄭老伯說。

「阿姨為什麼要這樣對待你呢？」少年說。

「是哦，我也想不明白了。後來我還去看過她幾次，她都躲我，不理我，上去問，她就是一句：『我不認識你，你走吧。』」

少年突然想起了點什麼，便說：「喔，鄭老伯，你知道她還有一個兒子嗎？」

鄭老伯一愣，身體觸電般地顫抖了一下，眼睛驚恐般地瞪大了。

「你說什麼，兒子？——她哪來的兒子？」

鄭老伯的反應有點嚇人，雙目圓睜，少年不敢再往下說了。顯然，鄭老伯還不知道阿姨有一個兒子，這樣看來，還從來沒人告訴過他。

「你說，她的兒子在哪？」鄭老伯一把揪住了少年的衣領，大聲問。

少年的心裡開始膽怯了，他預感到說了一句不該說的話，求救般地看向啟明和如月。啟明的目光是冷靜的，但如月顯得有些驚愕，張大了嘴，盯著他們看，好像也希望少年說出這個突如其來的驚人的「祕密」。

少年知道躲不過去了，他也只能說了。少年吞吞吐吐地將他知道的都說了出來，最後還補充了一句：「這也是我猜的，或許我猜錯了呢？」少年有意隱瞞了，店鋪裡的倆店員告訴他的那些內情。

鄭老伯認真地聽著，神色沉重，一邊聽，一邊似乎在思索著什麼，臉上的陰影越來越濃重了。少年說完了，他一直緘默不語，一支接一支地吸著香煙，眼神發直，握煙的手指，抖動得更加厲害了。屋裡這時靜極了。啟明起身給鄭老伯端來了一杯白開水。少年注意到如月不知為什麼臉色忽然發白，亦像在思索著什麼，她一會兒看著沉默的鄭老伯，一會兒又看向少年和啟明，顯得有些焦慮和憂傷。

「那娃兒有多大了？」沉默了好長時間，鄭老伯突然問。

因為漸漸習慣了安靜下來的氣氛，鄭老伯遽然發問，還是將少年驚了一下。其實少年很不情願再提起蕭老師，他覺得自己在無意之中惹出了一場禍事，把蕭老師也牽連了進來，可他還是想不明白，為什麼隨口一提阿姨可能有一個兒子時，鄭老伯的反應竟會如此誇張？他不想再透露什麼了，可是鄭老伯咄咄逼人的目光，還是把他逼到了牆角，讓他無從躲避。

「我聽說晨英一直沒再結婚呀，哪來的兒子？」鄭老伯自言自語地說。

「人家可能也是領養了一個孩子麼。」如月好像忍不住地嘀咕了一句。

「你懂什麼？」鄭老伯忽然發怒地訓斥了如月一句。如月的臉旮拉了下來，臉漲紅了，但沒敢吭聲。

鄭老伯的目光又一次射向少年，似乎在逼少年回答他剛才提出的問題。

「蕭老師，呃，他好像有……嗯，我沒問過，看上去三十左右吧！」少年不能肯定地說。

鄭老伯的瞳孔張大，嘴唇微張，一副大吃一驚的樣子。少年不無驚訝地發現，鄭老伯剛才還在顫抖的手指，正曲彎伸展著，似乎在計算著什麼數字，微張的嘴巴，現在顯得更大了，滿臉的驚懼。「三十左右？不可能！」他幾乎驚叫了起來，「你能肯定嗎？」

「爸，你這是怎麼啦？」如月著急地問。

「你給我閉嘴！」鄭老伯不知為什麼地怒吼了一聲，嚇得少年一哆嗦，他不知道自己剛才說錯了什麼，否則，鄭老伯為什麼會突然間神情大變呢？

「她那時候沒有孩子，我知道的，我是知道的！」鄭老伯喃喃自語地說，臉色越來越難看了，甚至有了扭曲變形。「不會的，不會，不該發生這種事哦！」他的身體大幅度地顫抖，就像風中瑟瑟發抖的一片樹葉，他幾乎要嘶喊了起來，雙手拚命地在空中比劃著，就像有什麼東西在阻礙著他的視線，他驚恐之下要將它們從眼前驅趕一般。

「你還知道些什麼，告訴老伯？」鄭老伯逼問。在少年看來，他的目光變得更駭人了。少年搖了搖頭，雖然他想起了蕭老師與他母親的決裂，但他知道不能再說了，他為剛才的多嘴多舌而感到了後悔不已。

「噢，不可能。」鄭老伯還在拚命搖頭，倏忽間又將腦袋垂落在了胸前，伸出雙手緊緊捂住了耷拉的腦袋，嘴裡「不可能，不可能」地發出夢囈般的聲音。大家坐在一邊束手無策，誰也不敢再吭聲了，只有一種莫名其妙的恐懼。恍惚間，少年萌生了一種模模糊糊的直覺，會不會還有一樁祕而不宣的祕密，隱藏在鄭老伯的心中？他不禁想到。

第九章 × 遠去的身影

一

那一天，鄭老伯還是把自己灌醉了。

鄭老伯是突然地違背了自己的誓言，大口大口地灌起酒來的，誰也勸不住。酒後又開始了他的胡言亂語，說出的話，又都是支離破碎的，讓少年聽了目瞪口呆。鄭老伯語無倫次地反覆提到了他在延安時的一個夜晚，可每當他提到那個晚上時，他又彷彿被自己說出的事情驚嚇得魂不附體一般，瞪著一雙驚恐萬狀的眼睛，呆愣了好半天，再猛地灌下幾杯酒來給自己壓驚，然後又開始了他的滔滔不絕。少年有心，他還是從鄭老伯支離破碎的言語中，拼湊出了從鄭老伯的口中講述的故事。

大致情況是這樣的。鄭老伯在跟隨部隊首長到冀中平原打日本鬼子的前幾天的一個晚上，去向師長的女人告別。那時已進入了隆冬季節，天氣奇寒無比，朔風吹得嗚嗚亂叫，塵土飛揚，師長的女人陪著他喝了許多酒。

鄭老伯說，當時他們並沒有說多少話，似乎有千言萬語，但好像都堵在了心口，一時間竟說不出來了，只是喝著悶酒。很快，兩人都喝高了，師長的女人忽然默默地流淚，鄭老伯瞅著不知所措，也不知道該如何去安慰一下她，一時束手無策，就這麼默默無言地各自喝著杯中酒。

師長的女人突然大哭了起來，鄭老伯這下慌了神，不知該怎麼辦地湊上去抱住了她，試圖安慰她幾句，因為鄭老伯從沒見過她這樣號啕大哭過。大鬍子師長走時，她的哭聲也是隱忍著的，從馬匪窩裡逃出來，一路上那麼難，她也沒哭過，可那天晚上，她卻哭得昏天黑地。在鄭老伯的眼中，師長的女人一向是堅強的，可就在這個夜晚，她卻一反常態了。

說到這裡，鄭老伯突然瞪大了眼睛，失神地望著屋裡的人，身體篩糠似地顫抖不已，就像受了風寒似地，抖動得不停，臉色血紅血紅的，就像要從皮膚裡脹出鮮血一般。

「爸，您怎麼了？」如月緊張地問。

「沒有發生那種事……沒有……」鄭大伯恐懼地大叫了起來，眼淚刷得一下噴泉般地湧流了出來。如月一下子抱住了鄭老伯，哭著說：「爸，您別這樣，您這樣會嚇到我的。」

就在這時，意外發生了，鄭老伯像是驟然間受到了強烈刺激，驚恐萬狀地將如月一把推了出去。「別碰我，你別碰我！」他大喊道，搖晃著身子站了起來，醉醺醺的面孔嚴重地扭曲變形。

如月始料未及，仰臉飛了出去，重重地摔在了火爐邊。啟明衝了過去，眼疾手快地一把將如月抱了起來。她的衣角燃起了一團小火，啟明迅速將它撲滅了。如月嗚嗚地哭了起來：「爸，您不能這樣對我呀，我是想要您好，只要您好，爸！」

鄭老伯這時亦已跌倒在地，是他自己倒下的，他雙手撐地地爬著，像是受到了極度的驚嚇，兩眼失神，惶恐不安。他又一屁股坐在了地上，伸出雙手，大聲嘶喊著：「哦，不，不，別靠近我，我們什麼也沒做過，沒有！」

少年上去一步，準備將鄭老伯扶起，可他卻胡亂地揮舞著手臂，阻止少年的攙扶，他的整個臉部此刻都被淚水浸透了。

少年嚇壞了，眼前的情景讓他瞠目結舌，大腦一片空白，他不知道為什麼驟然間一切都變得混亂不堪，他也不明白鄭老伯為什麼倏忽間會嚇成這個樣子？就像鬼魂附體似的，變成了另一人，一個陌生的人！少年覺得自己快要承受不了了，他覺得這裡發生的一切都和自己有關。他站起了身，飛快地衝出了門去。

少年根本沒有意識到他在一路小跑，他也不知道究竟要跑到哪裡去，他心跳得厲害，有一種泰山壓頂般的恐懼向他襲來。他就這麼跑著，在早晨稀疏的人流中毫無方向地狂奔著。

少年跑下了層層疊疊的石階，再一個俯衝上了浮橋。

江風迎面吹向了他，他這才停下了奔跑的腳步。他感到有點累了，氣喘吁吁，嗓子眼似在冒煙，他彎下了腰，雙手支撐在浮橋的原木欄杆上，喘息不已，他有了一種要嘔吐的感覺。

待他喘息甫定，這才仰起了臉來，看著高天上的藍天白雲，他久久凝望著一朵朵棉絮般的浮雲在藍天上悠然地飄著，變幻出各式各樣的奇異形狀，有時像個胖娃娃的笑臉，有時又像一隻密林中的怪獸。他的思緒漸漸地平靜了下來。再看那朵朵遊戈中的浮雲，突然又變成了一個個猙獰可怖的魔鬼。他驚了一下。鄭老伯的那張變形的面孔，又一次浮現在了他的眼前，就像疊印在了白雲間，他趕緊雙手捂臉，不敢再仰望天上的雲朵了。

少年有了一種想哭的感覺，但他強行地抑制了自己，心中泛起了一絲莫名的苦澀。他注意到在江邊的另一頭，幾隻小篷船並排停靠在碼頭上，在激盪的江風中隨波搖晃，他知道細崽會在其中的一條船上，但他現在沒心情去找他聊天了，他只想一個人靜靜地待上一會兒。

少年跨過齊膝的浮橋欄杆，坐在了結實的木樁上，眺望遠方。江水嘩啦啦地向著無盡的遠方奔流而去，水吟之聲竟如一首動人的小曲，江水清澈見底，他能看見一群群靈動的梭魚逆流而上，搖頭擺尾地在水中嬉戲、遊弋，褐色的魚鰭亦清晰可見，那一瞬間，少年居然萌動了縱身躍入江水的強烈欲望，他想從水裡撈出幾條調皮的梭魚來，牠們優游自在的樣子太誘惑少年了。

魚兒在水中是不會有悲傷的，少年突然想到，只要有水，牠們就會快樂。這種念頭一閃即逝，連少年自己都覺出了一絲詫異。

鄭老伯到底是為了什麼一反常態？少年不禁想到。可終究還是讓少年百思莫解，一切都像遊弋藍天的浮雲，變幻莫測，如同一個難以索解的謎語。

今天的事是怎麼開始的呢？少年在心裡問自己。哦，對了，是從他提及蕭老師開始的，在此之前，鄭老伯顯然並不知道蕭老師這個人。可令少年感到了困惑的是，一旦鄭老伯從他的口中知道了有蕭老師這麼一人後，為什麼他竟表現得如此地驚恐萬狀？

他究竟在怕什麼？

少年想不通，想得腦殼都有些痛了。他把鞋脫了，讓赤裸的雙腳在水面上悠悠地晃蕩著，思緒卻隨著江風飄搖，飄向了遠方。他試圖將鄭老伯、阿姨以及蕭老師拼湊成一幅彼此連接的圖案，可他失敗了。

鄭老伯和阿姨的關係他現在是了然了，阿姨是大鬍子師長的女人無庸置疑了，而蕭老師是阿姨的兒子好像也無須再去驗證了，問題是，蕭老師與鄭老伯又是什麼關係呢？即便鄭老伯從自己的口中，知曉了蕭老師與阿姨的母子關係，也不必那麼地大驚小怪吧，為什麼鄭老伯的反應竟然如此之大？山搖地動一般；尤其是當他知道了蕭老師的年齡之後的那種可怕的反應。

少年想不明白了。

鄭老伯醉酒後都說了些什麼？哦，對了，他說他將要出發抗日前線前的一個晚上，跟阿姨喝過一次告別酒……然後呢？鄭老伯沒再往下說了，但似乎有種難言之隱。最讓少年感到蹊蹺的，恐怕就是這一齣告別酒了，酒喝下去之後到底又發生了什麼？鄭老伯只是說到阿姨那天晚上突然哭了。

少年落寞地離開了橋欄，重新穿上鞋，反身向橋南走去，經過岸邊停泊的幾條小篷船時，他站住了，稍一猶豫，一種奇怪的念頭迫使他踏上了細崽的那條小船，一頭鑽進了船篷，見細崽正在炭火上烤著一條梭魚，另一側蹲著一位老人，亦是他見過的。細崽聽到動靜，抬起了臉來，見是少年，沒有表情地點了點頭。少年挨著細崽坐下了，他聞到了燒烤的魚香味，炭火炙著魚身發出「茲茲」的聲響，冒出一股股青煙。細崽烤得認真，一根小細棍插在魚身裡，反覆地旋轉。火光照亮了他的臉。

魚烤好了，細崽擎著在少年眼前一晃，「來條？」少年搖頭。「我吃過飯了。」他說。烤魚的香味是誘人的，但彼時的少年，一點胃口也沒有了。

「有事？」細崽問。他將烤好的魚遞給了老人，又從盤子裡插上一條魚烤了起來。細崽不再說話了，聚精會神地烤著鮮魚。濃烈的烤魚味又一次在船篷內瀰漫了開來。少年發呆地坐著，看著炭火。那一團燒透的炭火，讓少年覺得恍若晨曦時分的朝陽，是橘紅色的，發出耀眼奪目的光芒。

少年癡呆地望著火光，那顆沉重的心，亦如被炭火軟化了一般。他站起了身。「我走了，細崽。」細崽點了點頭，沒吭聲。少年又向老人示意了一下，鑽出了船篷。

江風徐徐吹來，少年忽然感到了春天的悠然和恬靜，心情一下子輕鬆了許多。

二

當天晚上發生的事情，讓少年始料不及。

晚飯少年是在武裝部的食堂吃的，羅師傅知道少年喜吃辣，專門炒了一盤尖椒肉絲，還搭配了一條清蒸魚，又加了一碗蛋花湯，口吃結巴地說今天是星期天，想為少年改善一下伙食。

少年正吃著，見羅勝利春風滿面地走了進來，瞅見少年還微笑地打了個招呼，少年正覺得無聊呢，便讓他坐下一道吃。羅勝利婉拒了，說他吃過了，但少年注意到他的眼神，在尖椒肉絲上滴溜溜地轉著圈，心知他在撒謊，起身去了廚房，向羅師傅又要了一碗白米飯。

「喲，若若……一碗就……吃……吃看完啦？」

羅師傅一臉詫異。少年只是微笑了一下，端著米飯又回到了飯桌上，招呼羅勝利坐下和他一道吃。

羅勝利剛一落座，羅師傅緊跟著過來了，開始數落他，不允許他陪少年一塊吃。「這是若……若……吃……吃的，你不能……吃……吃。」羅師傅有點生氣了。少年上去攔住了，說：「是我讓他吃的。」羅師傅無奈了，只好轉身走了。

羅勝利聊起了學校發生的一些趣事，說得興高采烈，再配上他生動的表情與動作，把一件看似稀鬆平常的事情，描述得眉飛色舞。少年愉快地聽著，心情好了起來，他發現聽羅勝利聊天是一件滿開心的事。

少年隨口問了一句羅勝利：「剛才去哪了？」羅勝利剛要回答，又止住了，向周圍張望了一下，見沒人注意他們，這才湊近少年的耳朵悄聲說：「我陪燕妮逛了一會街。」說完，嘴角擠出一絲詭譎的微笑，顯得頗為神祕。「你也不怕別人看見了說閒話？」少年問。他現在沒心思再去計較他們之間的事了。

「那怕什麼？」羅勝利大大咧咧地說，「別看他們在背後盡瞎說，其實羨慕還來不及呢！」他顯得洋洋得意了。少年聽了「哦」了一聲，心裡明白，羅勝利其實是想通過與崔燕妮的結交，提高自己的身價。少年沒點破，若有所思地又低頭扒起了飯來。

「你知道我們蕭老師有多大嗎？」少年夾了一筷子菜，擱在羅勝利的碗裡，不動聲色地問。

「你怎麼突然關心起蕭老師的年齡來了？」羅勝利一臉困惑。

「哦，沒什麼，隨便問問。」少年裝出一副沒事閒聊的樣子。

「我也不太清楚，大概不到三十多歲吧？看樣子像。」羅勝利想了想，說。

「我看也是。」少年說。「你怕他嗎？」

「為什麼要怕他？」羅勝利說，「我不怕，他有什麼好怕的？」

「他總是那麼嚴肅。」少年有些感慨。

「呃……」羅勝利好像突然想起了什麼，定定地看著少年，欲言又止。

「你想說什麼？」少年問。

羅勝利咧嘴樂了。

「沒什麼，我只是在想，蕭老師的身世其實滿可疑的。」

少年心裡驚了一下，這正是他想瞭解的，但他還是裝出一無所知的樣子。

「什麼身世，為什麼可疑？」

「你不知道？」羅勝利有點吃驚，「你真的一點也不知道？」見少年搖頭，他亢奮了，就好像他的手裡掌握了一些別人所不知曉的祕密。「他就是上次在縣革委院子裡攔住你的那個女『叛徒』的兒子。她找你幹嘛來著？」見少年漫不經心地夾了一塊肉片，沒回答他，又說：「我聽說……」羅勝利又賣關子似地停住不說了。

「你說吧，別總是神神祕祕的。」少年欲擒故縱地說。

「我聽說蕭老師是那個女叛徒跟一個馬匪生的。」羅勝利終於說了，然後壓低嗓門又盯上一句：「也就是說，我們蕭老師很可能是馬匪的兒子。」。

少年驚得筷子都差點掉地上了，大張著嘴望著羅勝利，半晌說不出話來。他實在是太震驚了，由此又想起了鄭老伯那一系列的反常舉動。

「你瞎說吧！」少年故意反問。

「怎麼可能瞎說呢？」羅勝利不滿地嘟嚕了一聲，「好多人曉得的，文革剛開始時，縣革委大院到處是大字報在說這件事哩。我也是後來才聽人說的，你沒看他都不認他媽了麼？說是要跟他媽徹底決裂，劃清界線，這才叫大義滅親咧。」

這時，少年的大腦亂糟糟的，像一團亂麻，一時竟理不出個頭緒來了。他現在相信了羅勝利的說法，畢竟從鄭老伯的口中，他知道阿姨真的在馬匪窩裡待過一段時日，發生這樣的事是有可能的。少年隱隱覺得心裡有些疑問終於渙然冰釋了，這其中還包括始終籠罩在他心頭的某些困惑，也有了一個大致的了然，但與此同時少年還是無法接受，蕭老師竟然會是阿姨與馬匪的兒子！在他看來，這一切太匪夷所思了。

「嘿，嘿，若若，你愣什麼呀？」

少年這才緩過神來，看向羅勝利，大腦還是亂糟糟的。

「我一會兒去縣革委山上的那座碉堡玩，一塊去麼？」羅勝利得意地說。

「碉堡？」少年這才想起了矗立在縣革委那座山岡上的碉堡，自從他來到縣城後，就一直沒機會上去玩過，儘管每次經過時，他都想有空上去溜一圈。

「就你一人去？」少年不經意地問。

羅勝利的臉紅了一下，眼神閃爍不定。「嗯。」羅勝利說，但表情有些發窘。少年心知還有人跟他一塊上去玩，而且隱約地猜到了那人會是誰，這是羅勝利臉上浮現的奇怪表情告訴他的。

「我不去了。」少年說。

「如果沒啥事，就上去玩玩唄。」羅勝利最後說。

三

與羅勝利分手後，少年就一人回到了自己的家裡，坐在書桌前讀起了《鋼鐵是怎麼鍊成的》，這是父親讓他看的，少年滿樂意沒事時看些有趣的小說，這可比做學校布置的功課輕鬆多了，父親讓他要好好學習保爾・柯察金的英雄事蹟，可少年私下裡獨獨喜歡小說中關於保爾和冬妮亞的描寫，尤其喜歡看保爾與冬妮亞在雪地裡相遇的那段情節，每每讀到那一段時，少年總會浮想聯翩，腦海中會浮現出冬妮亞裹著貂皮大衣，戴著絨帽的那副好看的樣子。少年一點也不明白保爾當時為什麼會對冬妮亞怒目而視。如果是我呢？少年想，我可能馬上就會喜歡上她的。一想到這，少年立刻覺得自己太資產階級了，這種思想是要不得的，冬妮亞畢竟是一個資產階級的大小姐，無產階級就是要與這種人劃清界線，就像蕭老師那樣。

一想起蕭老師，少年又有一種說不上來的感覺了，在蕭老師那憂鬱的表情中，似乎隱藏著他一言難盡的痛楚；這時在少年的腦海中，又及時地蹦出了鄭老伯在聽說了蕭老師之後的一臉驚恐——這驚恐，僅僅是因為鄭老伯突然知道了阿姨有一個馬匪的兒子嗎？可他以前為什麼會不知道呢？他不是陪伴阿姨走了一路去找延安嗎？那時的他，竟然不知道阿姨的肚子裡有一個孩子？這真是讓人感到蹊蹺。想到這，少年又一次地陷入了迷惑。

少年放下書，起身看向窗外。

夕陽已經落山了，暮色漸漸地侵沒了大地，四周一片沉寂，但仍能看清周邊的影影綽綽的景物，少年有點坐不住了，春天的降臨，讓少年的心裡有一種奇怪的東西在湧動，隱隱然地躁動不寧。

他下了樓，出了武裝部的後門，向山岡上的碉堡走去。夜晚的小風還是有些陰冷，但吹得人神清氣爽，他覺得在這樣的天氣中行走，連腳步，都會變得悠然了起來，有種輕快的飄逸感。

縣革委的後山腳下，聳立著一株參天大樹，茂密的樹冠遮天蔽日，蔥綠蒼翠的葉片和樹杈虯髯般地伸向無盡的長空，粗大的樹幹扭曲成一個怪異的造型。少年佇立在樹冠下，呆立了一會，突然有了一種心胸開闊的舒暢感，似乎什麼都忘了。少年拍了拍巨大的樹幹，這一龐然大物卻歸然不動，他仰起臉來仰望了一眼高聳入雲般的冠頂，感到了自己的卑微和渺小。他注意到樹上落滿了歸巢的群鳥，尤其是成群結對的烏鴉，在樹頂上空盤旋著，不停地聒噪，發出擾人的聲音，「哇哇哇」的鳴叫聲，把周遭的安然映襯得益發沉寂了。

他又動了，順著曲曲折折的羊腸小徑，向山岡上快步走去。

這時天色更加迷濛了，山林散發出一種朦朧的美，空氣中亦瀰漫著一股濕潤的味道，飄著不知從哪兒遞來的花香，甜滋滋的，少年恍然間產生了一種錯覺，就好像人生第一回，聞到了沁入心脾的春天的味道。

碉樓就在眼前了，在黯淡的夜幕下，像一個挺身直立的怪物，有一份猙獰，又裹著一絲陰森，除了不遠處傳來的夜歸的鳥鳴之聲，四周一片寂靜，他稍稍感到了一絲害怕，但很快就釋然了。這裡是縣革委大院，有什麼好怕的呢？絕無可能冷不丁地從暗夜中躥出一個魔鬼來吧？我這是在自己嚇唬自己呢！少年自嘲地想。

少年沒再猶豫，低下頭，曲腰鑽進了碉樓敞開的暗門。

寂靜，連群鳥的聒噪都隱沒了，就像鑽進了一個密不透風的悶罐，一下子讓少年玩心大開，他覺得太有意思了，因為他馬上感覺到，他似乎遠離了令他厭惡的擾攘的人世，進入了一個唯我獨享的神奇寂靜的密窠，有點兒像來到了一個童話世界中，沒人會來打擾他。他腦子裡驀地閃現出了冬妮亞的形象，如果在這裡，我能遇見一位像冬妮亞似的女孩就好了，一想到這，少年的心便變得柔軟了起來，如同山澗流下的涓涓溪流，從心中悄然劃過。

碉堡內部黑咕隆咚的，他後悔沒帶晚上看書用的手電筒，但還好，牆上有許多當年為了防守鑿出的槍孔，藉著月亮透進的微光，還能依稀看見上樓的路徑。

他現在一點也不害怕了，踏著臺階盤旋而上。走到快一半時，他彷彿聽到了些微的響聲，就像有一群老鼠在碉堡裡流竄。他停下了腳步，心臟突突跳著，再側耳細聽，又沒了動靜，他放心大膽地上了三樓。

接下來看見的一幕，還是讓少年嚇了一大跳，甚至可以說唬得他魂飛魄散。

少年看到了一團模模糊糊的東西，激烈地纏繞在了一起，他失聲尖叫了起來，那團黑影迅速分開了。是兩個人。其中有一人向他衝了過來，少年早已嚇得不能動彈了，直不愣登地看著那人衝到他的面前。

「是你！」少年驚訝地喊出了聲。

他看清了來人，深喘了一口長氣。站在月光下的人，居然是羅勝利。少年趁機又瞥了一眼從地上爬起來的另一人，他知道是誰了。羅勝利頗有些尷尬，將凌亂的衣服胡亂地整了整。「沒想到你還真來了。」羅勝利說，「別多想，我倆只是一塊在這裡看看風景。」

「咳，若若，一塊玩吧。」

少年聽見崔燕妮說。他沒接話，「噔噔噔」三步併作兩步地跑下了樓梯，心臟狂跳不止，就好像做了一件見不得人的事，一不留神讓人撞見了似的。下樓時他似乎聽見崔燕妮滿不在乎地說了一句：「有什麼好怕的，看見了又怎麼啦？」

結果當天晚上還是出事了。

他倆悄悄上樓時少年還是聽見了，儘管他們在儘量壓低上樓的腳步聲，但樓梯上傳來的吱嘎吱嘎聲，依然清晰可聞，大概也是因了少年始終支楞著耳朵，傾聽外面的動靜吧。

很快就傳來崔燕妮屋門的開鎖和推門聲，門又飛快地被關上了，沉寂了沒一會工夫，就有哼哼的聲音傳來，顯得頗為急促。少年不想再聽了，他覺得有點受刺激，他捂著耳朵蒙上了被子。攪擾人心的聲音消失了。可沒過一會兒，他彷彿聽到了「嗵嗵嗵」更大的響聲，他一愣，趕緊掀開了被子，坐起了身，側耳聆聽。是一陣緊似一陣的砸門聲，這聲音，在寂靜的夜晚格外的刺耳嘹亮。少年大驚。壞了，他想，他們被家裡的大人發覺了！

果然，一個尖利高亢的聲音跟著響了起來，是一種令人恐怖的尖叫聲。少年聽到崔燕妮的母親在怒聲喝問：「你們這是在幹什麼？……啊？你這個小流氓，你做了什麼？你說，你是從哪來的？」

緊接著，傳來一連串笨重的腳步聲，嘰哩哐啷逃命般地蹦下了樓。

「你跑不了的，我會抓住你的。」崔燕妮的母親在聲嘶力竭地大喊大叫。「那人是誰？你給我說？」顯然，崔燕妮的母親在逼問崔燕妮了，此刻的崔燕妮似在低聲啜泣。

也不知鬧了多長的時間，少年聽見崔燕妮的母親將崔燕妮拖下了樓，崔燕妮似乎在掙扎反抗，但無濟於事，她母親瘋了一般的尖叫聲震撼著整座樓，有點驚天動地的意思了，她顯然不管不顧地豁出去了，否則她不可能這麼地歇斯底里。

少年蜷縮在被窩裡，等到一切聲音都消停了之後，這才感覺到驚出了一身的冷汗。他翻來覆去地睡不著了，朦朦朧朧地捱到了天亮。

四

快遲到時少年才走進教室的，發現他坐著的那張桌子是空的，羅勝利還沒來。在少年的印象中，羅勝利是很少蹺課的。這節課上的是語文，老師自然是蕭老師。上課的鈴聲響起後，蕭老師板著面孔進了教室，先是掃視了一圈課堂，顯然注意到羅勝利的位置是空的，皺了皺眉，但沒說什麼，讓同學們拿出了課本。

就在這時，羅勝利出現了。

他將教室的門輕輕推開，似有一絲猶豫不決，低著頭，很快將腦袋揚了起來，稍稍停頓了一下，向課桌走去。「你等等。」蕭老師突然說，目光銳利地投向他：「為什麼遲到。」蕭老師的口氣是嚴厲的。羅勝利回看了一眼蕭老師，透出一絲難堪。

「起晚了。」羅勝利說，顯得底氣不足。

「晚了，為什麼會晚了？」

「哦，家裡有點事，耽誤了。」羅勝利說，臉色發窘。

「好吧，一會兒下課再說，先回你的位子坐下吧。」蕭老師嚴肅地說。

羅勝利在少年邊上坐下了。少年眼角的餘光關注著他，他發現羅勝利沒有像以往那樣先跟他打個招呼，就像他這人根本就不存在似的，只是匆匆地從書包裡拿出課本，擱在了桌上，然後端正地坐直了身子，直視黑板，但少年明顯感到了他的六神無主，

當課程進行了快一半的時候，少年大腦溜號地往窗外瞥了一眼，見通往學校的小道上，出現了三位身穿藍制服的「公安」，他們走的步子很快，臉色發沉，一看就是來者不善。少年的心忽悠了一下，有了一種不祥的預感，走神了，腦子霎時一片空白，他就這麼怔怔地看著「公安」匆匆拐進了教師樓的方向。少年當時還暗自慶幸，覺得剛才驟起的預感，只是一個可笑的錯覺，不會發生什麼事了。

一個洪亮的聲音，把少年從飛馳的想像中拽了回來，他哆嗦了一下，趕緊轉過臉來看去，蕭老師正在怒視著他。「你在看什麼？」蕭老師問，嘴角還流露出一絲嘲諷。少年不知該如何回答了，支吾了幾聲，但什麼也沒說。

「上課時注意力要集中，不要左顧右盼，聽到了嗎？」蕭老師嚴厲地說。

少年點頭。等蕭老師轉過身在黑板上寫字時，他悄悄地瞄了一眼羅勝利。看不出他有什麼異樣，滿鎮靜的。

教室門突然響了幾聲，聲音還滿大的，同學們驚訝地將目光投向大門，只有少年明白將有可能發生的事。他握筆的手不自覺地攥緊了，手心亦在冒汗，趕緊又掃了一眼羅勝利，發現他的臉上露出一絲恐慌。顯然，他也預感到了什麼。

蕭老師愣了一下，過去開了門。門口出現的人果然不出少年所料，正是他看到過的三名「公安」，陪同他們來的是校長。

「你們有——什麼事嗎？」

少年發現，蕭老師在問出這句話時，聲音在緊張地發顫，臉色蒼白。

「你等一下。」這是校長在說。

蕭老師的臉呆了，失魂落魄地垂首站立，這副神情是少年未曾見過的。顯然，他害怕了。

他怕什麼呢？少年想，或許，他還以為幾位「公安」是衝著他來的？

這時校長走上了講臺，一副嚴肅的表情，預示著他要宣告一件大事了。三名「公安」背著手，分別站在了他的兩側，也是一臉嚴峻。蕭老師瞪大了一雙迷惘的眼睛，不知所措。教室裡鴉雀無聲，氣氛一下子緊張了起來。

「誰叫羅勝利，站起來！」校長突然怒喝一聲。

幾乎與此同時，一條黑影迅速地從少年的邊上躥了起來，傳來同學們的一片驚呼，那個人影飛快地跑到窗前，一個靈巧的翻身跳出了窗戶，箭一般地向外飛跑而去。因為發生得迅雷不及掩耳，讓人猝不及防，教室裡先是沉寂了一下，很快又是一片喧嘩。

「是他嗎？」

少年聽見一名「公安」嘶喊了一聲，接著三名「公安」也縱身奔了出去。「站住，你給我站住！」少年聽見「公安」邊跑邊喊。羅勝利的奔跑的身影在小道上閃了幾閃，很快就絕塵而去了，眨眼工夫沒了人影。幾名「公安」在後頭窮追不捨，也很快沒影了，只剩下小道上騰起的一片煙塵。同學們個個目瞪口呆，面面相覷，驚魂未定，不知道究竟發生了什麼事。只有少年一人心裡是清楚的，但他還是無法想像，昨晚發生的事情竟然會以這樣一種方式收場。

等到教室終於安靜下來了，校長才推了推鼻樑上下墜的眼鏡，正式向大家宣布：「今天發生的事情，與在座的各位同學無關，『公安』是來抓羅勝利的，他涉嫌犯下了一樁罪行，好了，大家繼續上課吧，不要受影響。」他又偏過腦袋來看了一眼蕭老師，「沒事了，你繼續上課吧。」說完，校長就走了。

這時的蕭老師如釋重負，不再一臉驚恐了。但少年注意到，接下來的講課，蕭老師還是有點神不守舍。

羅勝利被「公安」抓走的消息，像長了翅膀不脛而走，各式各樣的傳言亦聞風而起，說得最邪乎的是說他殺了人，犯下了一樁死罪。膽子大點的同學還去詢問老師，但老師個個諱莫如深。直到當天下午，各種消息才漸漸集中在了一種說法上：說羅勝利欺負了學校裡一個女生。至於被欺負的女生是誰，大家又是議論紛紛，莫衷一是了，一時間羅勝利成了風靡全校的談資，大家似乎都在樂此不疲，可就是沒人「劍指」崔燕妮。

只有少年知道事情的原委。但讓少年驚愕不已的是，指控羅勝利的人竟是崔燕妮的母親。少年想不明白，為什麼崔燕妮的母親會如此地大動干戈？她應該明白，這件事情之所以能夠發生，是與崔燕妮有直接關係的，若沒有崔燕妮的自願甚至主動勾引，不可能發生這種事，為什麼只怪罪羅勝利一人呢？她不怕把自己女兒也牽扯出來嗎？更何況她還煞有介事地動用了「公安」。少年覺得不可思議。

晚飯時，少年特別觀察了一下羅師傅，見他一如既往地掛著謙卑的表情，笑顏逐開地在食堂裡忙著迎來送往，少年明白了，羅師傅對學校裡發生的事情還一無所知。

吃完飯後，少年並沒有像以往放下碗筷走人，而是呆坐在餐桌前，心情複雜，猶豫著是否要將發生的事情告知羅師傅。

「羅勝利，出事了！」

這是壓在少年的嘴邊一直想說出口的話，可他不知該如何開口。食堂裡的叔叔們都走光了，食堂冷清了下來，空蕩蕩的，羅師傅快步走了過來，收拾著桌上的碗筷。

「還……還想吃……點什麼？」羅師傅好心地說。

「呃，沒——沒有。」少年顯得有些慌張。

羅師傅告訴少年，他的父親會晚一點回家，武裝部已經通知他準備父親晚飯了。少年點頭，心裡還在猶豫，但最終還是放棄了告知羅師傅這一消息的願望，他實在是開不了這個口。

回到家，少年發現隔壁的崔燕妮的房間沒人了，一絲動靜都沒有，少年猜到從此後，崔燕妮的母親不會再讓她單獨住在這間屋子裡了。他的心情有些煩亂，一點沒有幸災樂禍的感覺，只好拿起了尚未看完的《鋼鐵是怎樣鍊成的》，很快發現這是徒勞的，自己雖然一行行地在看，但書裡的內容其實一個字也沒看進去，腦子裡還在想著上午發生的那一幕。

四

少年聽見樓梯聲響了起來，他一聽就知不是父親。父親的腳步聲他再熟悉不過了，也不會是崔燕妮，她輕快的腳步亦是他瞭解的；是陌生的腳步聲，走得急促而衝動，跌跌撞撞的，步伐不穩且顯雜亂無章，少年的心，一下子揪了起來，突然有了一絲緊張。

他預感到來人是誰了。

傳來謹慎的敲門聲，少年過去拉開了門，迎向他的是一張驚恐失色的臉，這是少年事先預料到的。

「若……若，你……知……知道……」羅師傅結巴得更厲害了，臉色蒼白得如同一張白紙，並且不停地發抖。他急切地在向少年打聽羅勝利的去向，說是羅勝利的母親哭哭啼啼地找到他，告知羅勝利「失蹤」的消息。「你知……知道……他……能……能去哪……哪……哪了麼？」

他們就這麼站在廳堂的門口，羅師傅一直在嘮叨，少年聽見樓下的房門開了一下，似乎有人在偷聽樓上的人在說些什麼，很快門又關上了。少年將羅師傅引進了裡屋。這時少年又感到為難了，我要如實地告訴羅師傅發生過的事情嗎？他想，但少年此刻的表情，還是洩露了他內心的祕密。羅師傅的眼淚一下子流了出來。

「我知……知……知道……他出……出……出事了！是……是……這……樣嗎？」

少年知道羅師傅已經聽到了點風聲，否則他不會是這麼一副失魂落魄的樣子，但現在，他已被羅師傅逼得沒有退路了，只好點了點頭。羅師傅的悲傷讓少年感到了難過。

樓梯又響起了腳步聲，堅定而沉實，這一次少年聽出是父親的腳步了，他有了一種解脫感。

父親出現在了門口，見羅師傅在家裡，還樂呵呵地說：「我說食堂怎麼沒人，大家還在到處找你呢，怎麼，找我有事？」

「王政……政委……我這就去……熱飯。」說完，拔腳要走，可父親迅速覺察到羅師傅臉上的淚痕，眉心蹙緊了。

「先別走，我晚點吃沒事，出什麼事了，是不是若若惹事了？」

羅師傅慌忙解釋說沒有。父親進一步追問究竟發生了什麼？羅師傅這時已然淚流滿面了。父親這才將目光凝聚在了少年的臉上，少年想躲避父親投來的目光。

「告訴我，發生什麼事了？」

少年支吾了一會兒，這才將在學校發生的那一幕，吞吞吐吐地說了出來，但他隱瞞了崔燕妮在這一事件中所扮演的角色，他覺得不便在羅師傅面前道出真相。

羅師傅「噗通」一聲跪下了，哀求道：「王政……委，救……救救……我的……孩子，我……就……就這麼一……一個兒……兒子呀！」

父親急忙將羅師傅攙扶了起來，但他仍賴著不起，剛扶起，又一下子癱在了地上，求……求……您……您……您了，政……政委！」

少年的父親突然嚴肅地吼了一聲：「老羅，都什麼時代了，還作興這個嗎？有話起來說，跪著像什麼話，起來。」

羅師傅哆嗦一下，從地上爬起了，佝僂著腰，顯得一下子衰老了許多，臉上充滿了無言的悲苦。這時，少年的父親和顏悅色地對羅師傅說，還需要進一步瞭解情況，讓他先回去等消息。

羅師傅一人先走了，少年望著他瘦弱單薄的背影，心裡湧起了一股酸楚的滋味。

少年與父親就這樣站在廳堂裡，一直等到羅師傅的腳步聲漸漸地消失，父親才進屋收拾了一下文件，又轉出來對少年說：「若若，你別睡，我一會兒回來要問你話。」說完，父親「登登登」地走了。

感覺過了很久，父親才返回家中，他告訴少年，剛才打電話問過了，羅勝利確實拘押在縣公安局裡，「這麼大點的孩子怎麼會幹這種事？」父親皺著眉心說。

「也不能全怪羅勝利一個人。」少年小聲地說。

「噢。」父親看著少年，從口袋裡摸出香煙，沒有馬上抽，下意識地撚在指尖上，來回轉著。「你是不是瞭解些情況？」

少年的心裡悸動了一下，望著父親，父親犀利的目光讓他無從躲藏了，他的心思似乎被父親一眼就看穿了。

「知……道一點。」少年膽怯地說。

「知道為什麼不早點說！」父親大聲地質問道。

父親的吼叫，還是讓少年嚇了一跳，他不敢再說話了。屋子的氣氛一下子繃緊了，少年的心臟嗵嗵地跳個不停，他不知所措。看著少年這副可憐兮兮的樣子，父親剛才還繃緊的臉，鬆弛了下來。

「你別這麼站著，坐下吧。」父親溫和地說，「這件事關係到一個孩子的前途，我沒怪你，這事也跟你無關，爸爸只是為那個孩子著急。你告訴爸爸，到底是怎麼回事？你要實話實說。」

少年這才將羅勝利與崔燕妮之間發生的事情，原原本本地向父親陳述了一遍，涉及到個別敏感細節時，他有些猶豫，覺得恥於開口道及，但在父親的催問下，他還是將一切都詳盡地說了出來。在此期間，父親還鼓勵少年說：「你要都說出來，爸爸看看能為他做些什麼，否則這孩子就毀了，你知道嗎？」少年聽了有些感動，覺得父親的形象變得更加高大了起來。少年有意隱去了他和崔燕妮發生過的那一段「插曲」，那是他無法說出口的，他暗自慶幸，那個晚上，自已終究沒有跟崔燕妮發生什麼「意外」，否則，他有可能也被捲了進來。還好，他陰錯陽差地與那個險些發生的「意外」，擦肩而過。

當少年將一切都和盤托出後，父親沉吟了一下，濃密的劍眉緊蹙在了一起，似乎在思考著什麼。「你先去睡吧！」父親若有所思地說，「我去找羅師傅談談，讓他先別擔心。」

父親匆匆地走了。空蕩蕩的屋子裡又只剩下少年一人了，他感到了莫名的孤寂。也不知為什麼，少年倏忽間想起了鄭老伯，他講述的那些驚心動魄的故事，彷彿歷歷在目，沉甸甸地擱在了他的心頭，如一幅幅連環畫般，清晰地展現在了他的眼前，他相信所謂的叛徒阿姨是無辜的了。可我又能幫上鄭老伯什麼忙呢？他感到了無奈。他本想見到父親時要提起這件事的，可是誰能想到羅勝利又出事了呢！

少年躺在了床上，就這麼一直胡思亂想著，不知不覺地睡了過去，他昨晚就沒睡好。黎明時分，少年在朦朧中聽到了父親的呼喚：「若若，起床嘍。」他猛地一下睜開了眼，腦子裡還是一片迷糊，習慣性地爬了起來，在床上坐了好一會兒，努力讓自己清醒過來。就在這時，昨天發生的一幕，再度侵入了他的大腦，他澈底醒了。

少年急急忙忙地套上了衣褲，衝出了房門，他知道再晚了父親就要走了。

父親沒走。顯然，他在等待著他的出現。

「睡好了嗎？」父親關切地問。

「睡好了。」他說。

「你一會見到羅師傅什麼也別說。」父親叮囑道。

「那羅勝利……他，他怎麼樣了？」少年問。

「還要再等等。」父親說。

在少年聽來，父親回答得有些模棱兩可，但他不能再問什麼了，父親的嘴巴一向很嚴，不該說的一字不露，他不可能問出個所以然來，雖然他有些失望。

五

學校裡仍在風傳有關羅勝利的各種小道消息，對發生的這件事，同學們表現出了極大的好奇和亢奮，有的同學甚至還煞有介事地說他有可能被判刑，傳得有鼻子有眼的，就好像他們親眼目睹了羅勝利都幹了些什麼似的，一副眉飛色舞的表情。

少年沒有參與這些議論，他覺得滿無聊的。有些同學還想向少年打聽內部情況：「喂，王若若，你爸在縣革委工作，你還知道點什麼嗎？」每當此時，少年總是迴避，裝出一無所知，只是搖頭。

少年決定找崔燕妮談談，他覺得在這件事上，崔燕妮無論如何逃脫不了干係，她不能一推了之，將責任讓羅勝利一人承擔。

下課後，他專門在縣革委的側門後等著崔燕妮，他不想在放學的路上截住她，那樣做太明顯了，同學們人來人往目標太大，所以他選擇了縣革委的側門內，那也是她放學後的必經之路，環境相對僻靜，遠離人群，不會有人看見他的行動。她覺得崔燕妮有責任站出來說出實情，以便澄清事件的原委。還原真相。

少年坐在兩旁栽滿了冬青的小路沿上，百無聊賴地投著石子玩，心情煩亂。說起來，少年骨子裡並不喜歡羅勝利這個人，看不慣他的一些做法，還有他平時的那副虛頭巴腦的作派，但他就是見不得一個人被冤枉，以及隱伏在此一現象背後的謊言。他也不知道自己的憤憤不平是不是與羅師傅有關。

他喜歡羅師傅，他的那張樂呵呵的笑臉常讓少年感到溫暖。出事的那天晚上，羅師傅的眼淚讓他感到了心酸，他難以想像，一張和藹可親的面孔竟會一下子變得面目全非，他覺得自己的心臟被尖銳的利器劇烈地刺戳了一下，他感到了疼痛。

羅勝利是被崔燕妮的母親出賣的，而且出賣的背後她一定隱瞞了內情。少年注意到，從那天起，崔燕妮就從樓上的那間屋子搬了出去，有一回看見他時，趕緊出溜一下溜了，生怕跟他直接照面。

她心虛，少年想，否則不會看見他時一副狼狽的樣子，她知道那天晚上羅勝利出現在她的家裡，是她自願的，甚至有可能是她邀請來的，而且他們已經不止一次這麼做了，少年甚至知道崔燕妮之所以這麼做，還有一點向他示威的意思，因為他曾經拒絕了她的要求，讓她難堪了，她想以此來報復他。可他與崔燕妮之間有過的那個夜晚，其實僅僅是一次陰錯陽差的「誤會」，他並非有意要拒絕她，而是他當時慌裡慌張不知所措了，又因高度緊張而發生了讓他極為不堪的一幕。但他事後沒有告訴崔燕妮，關於這種事他是恥於開口的。

側門「吱呀」一聲被推開了，少年知道崔燕妮來了，站起了身。崔燕妮一見少年就低下了腦袋，裝著沒看見，想從他的邊上匆匆走過。她顯然不想跟少年打個招呼，這也是少年事先想到的。少年乾脆身子一橫，擋在了小路的中間。

「我知道你們的事！」少年單刀直入地說。

「我不知道你在說什麼。」崔燕妮說，臉上的表情有些不自在了，腳步稍停了一下，又要開溜，但被少年一把拽住了。

「你知道。」少年說，「你在撒謊！」

崔燕妮霎時臉紅了，顯得驚慌。「這不怪我，若若，不怪我，是我媽媽非要這麼做的，我也沒有辦法，我攔不住，我不想讓她這樣做的，可我攔不住。」

「可你告訴了你媽媽，是你讓羅勝利去你那的嗎？」

「若若，不要逼我好嗎？」崔燕妮楚楚可憐地說。

少年的心動了一下，口氣亦變得和緩了下來。「燕妮，我是說，這件事對羅勝利是不公平的。」

「我知道！」崔燕妮嚶嚶地哭了起來，「若若，我也沒辦法，這件事如果傳出去，我怎麼還有臉見人？」

「那你媽媽為什麼還讓『公安』抓人？」

「那是我媽媽，那不是我！」崔燕妮大喊了一聲，眼淚更加洶湧了。

看著她哀哀的神情，少年心軟了，他也開始覺得這是一件沒有辦法的事，還能讓她怎麼樣呢？顯然，發生的這一切並非是崔燕妮願意看到的，可它已然實實在在地發生了，崔燕妮一定也有她的痛苦，以及她的難言之隱。

少年轉身走了，從他的背後，傳來了崔燕妮的號啕大哭，他沒有停下腳步。

羅勝利再也沒有在學校出現了。少年後來聽父親說，他已盡了最大的努力，但崔燕妮的父親堅持要對羅勝利進行嚴懲，父親與他是同事，不好過多的干預了，所以達成了一個妥協，讓羅勝利先在監獄關一段時間，以示懲罰，出來後不許再在學校內出現，直接發配勞教農場。

崔燕妮的父親甚至要羅師傅離開武裝部，但被少年的父親堅決制止了。少年聽季叔叔說，父親為了這件事甚至還拍了桌子，他覺得不能因為孩子的失足，逼人太甚。

這件事漸漸地被人淡忘了，學校裡也不再有人議論了，但少年有時回想起來，心中還是會有一種莫名的負疚感。

又過了些天，少年上著課，無精打采地望向窗外——這幾乎成了少年的一個行為「儀式」，他實在不願多聽老師在課堂上，滔滔不絕地說些千篇一律的廢話，聽著心煩。所以他走神時愛看窗外的景致，儘管除了遠處聳立的鬱鬱蔥蔥的小樹林，以及豔陽下泛著白光的彎彎曲曲的泥土小路，就一無所有了。

少年看見有一人正遠遠地走來，步伐急促，甩著八字腳，最初是映襯在遠方背景下的一個小小的黑點，漸漸地近了，黑點變得越來越大。因為是逆光，少年最初沒看清來人是誰。後來黑影變得越來越清晰了，少年驚訝地發現，走來的人居然是鄭老伯。他的眼睛瞪大了。

他來這幹什麼？這是少年腦海裡閃現的第一個問號，難道鄭老伯有事來找我嗎？他想。他的思緒開始溜號了。

此時，所有的教室都在上課，四周靜悄悄的，一個人影都沒有，只有鄭老伯一人甩著大步姍姍而來，他在少年所在的教室樓前停下了腳步，徘徊了一會兒，似乎在尋找著什麼，又似乎想找個人打聽一下去向，他站在那兒東張西望。少年很想亮開嗓門喊他一聲，可他無法張口說話，因為還在上課呢。他開始坐立不安了，猶覺鄭老伯一準是來找他的。

過了一會兒，鄭老伯的身子又開始移動了，繞過少年所在的教堂樓，向另一方向大步走去，很快就不見人影了。少年將目光又掉了回來，向講臺望去，發現數學老師亦在盯著他看，他趕緊埋下了頭，裝著在看課本，其實心不在焉。

下課鈴剛響起，少年便縱身蹦了出去，他想去找到鄭老伯。可少年在操場上轉了一大圈，仍沒見到鄭老伯的身影，他便有些奇怪了。鄭老伯能去哪呢？他想。就在這時，一個念頭閃電般地從他的腦海中劃過，他突然想起了什麼。對了，鄭老伯或許是來找蕭老師的？一想到這，少年的心臟狂跳了一下，他往教師樓的方向奔去。

他趴在教師辦公室的窗戶上挨個往裡看。只有幾個老師，沒見他想找的蕭老師，正納悶著，忽然聽到有一個聲音在喊他。

「你有什麼事嗎？」

少年一驚，轉身看去，這才發現走道上的廊柱側面，站著蕭老師，剛才是粗大的廊柱遮擋了他的視線，所以他才沒有及時地看見蕭老師。幾乎與此同時，少年驚見鄭老伯正背朝他站著。

鄭老伯也下意識地回望了一眼，「瓜娃子！」他喊了一聲，但並沒顯出平時見到他時的那份熱情，相反，倒顯得心事重重。少年又打量了蕭老師一眼，發現他的臉色是鐵青的，有點憤憤然的意思，好像他們剛剛吵過架。

「鄭老伯，我見您過來了，還以為您是來找我的呢！」少年支吾地說。

鄭老伯浮出一絲苦笑，看了蕭老師一眼，那是一種在少年看來非常奇怪的眼神，接著又看向少年：「我沒找你，我是來找蕭老師聊點事的。」

「你們認識？」蕭老師疑惑地問。

「嗯吶。」少年轉身走了。

少年意識到，因為自己的在場，讓他們兩人間的氣氛變得有些尷尬，少年知道自己不能久留，他必須趕緊離開。

下一堂課是由蕭老師輔導的語文課，少年注意到蕭老師只是匆匆地在教室裡露了一下面，然後布置同學們默寫幾遍課文，就急煎煎地離去了，臉上寫滿了焦躁和煩亂。

六

「爸爸，我能跟你說件事嗎？」

「行呀，說吧。」

父親的房門敞開著，少年倚靠在門框上，猶豫地望著父親，見父親微笑地看著他，這才大膽地走了進來。

父親正靠在他的那張磨舊泛烏的藤椅上，整理著桌上的一堆材料，顯然父親正準備出門呢。少年遲疑的聲音讓父親抬起了眼來，望著少年，在少年的臉上逗留了好一會兒，見少年站在邊上沒動，示意少年坐下了。顯然，少年的表情讓父親覺出了一點兒不同尋常，他有了一絲好奇。

「你想說什麼？」父親問。

「那個……哦，鄭老伯的事。」少年嚥了一口唾沫，有點兒艱澀地說：「鄭老伯請求的事兒，為什麼遲遲不能解決呢？」

父親沒有馬上回答少年，先是微微地笑了一下，然後收斂了笑容，嚴肅地看著少年，「怎麼，你為什麼問起這個來了？」

「為什麼，為什麼一直不能解決？」

「上次你問過一次了，對嗎？」父親和藹地說。

少年點頭。「是的，但是還是沒解決。」

「他對你都說了些什麼？」父親皺起了眉心，懷疑地打量著少年，「他說什麼了？」

「爸爸，是我在問你，你沒有回答我。」

「你說的鄭老伯，是一名久經考驗的老紅軍，他並不涉及什麼落實政策的問題呀？」父親說。

「可是他在要求解決另一位紅軍阿姨的事，這就涉及了落實政策的問題，我說得對嗎，爸爸？」

「喲，你到底都知道些什麼？是他告訴你的？」

少年凝視著父親，點了點頭。

「是的，爸爸。」

「他說的那個人叫蕭晨英，對嗎？」父親問。

「她也是一名老紅軍呀。」

「我知道。」

「可她被打成了叛徒！」停頓了一會兒，少年鼓起勇氣說。

父親默然了，出神看著少年，半晌沒說話，思緒像飛向了遠方，目光亦漸漸地在少年的臉上失去了焦點。

父親掉頭望向了窗外，下意識地從桌上摸出一支煙，但沒抽，在手指間來回地旋轉著。父親思考時經常會出現這個動作。少年伸手從桌上拿起了火柴盒，抽出一根，噗哧一聲劃著了火，想幫父親點上。小火一直在少年手中燃放著，父親沒有反應。少年注視著父親的臉，沒敢驚動他，他覺得父親正陷入沉重的思考中，他怕一出聲會驚擾了他。少年只能舉著燃著火苗的火柴，靜靜地等候。

遽然，少年覺得手指被炙了一下，燙得他哆嗦了一下，隨即發出一聲「哎喲」，趕緊地一甩手，將火柴扔在了地上。他用腳上去踩了踩，將被炙疼的手指放進了嘴裡，吸含著，那根被灼傷的手指火辣辣的。

「喲，燙到了吧？」父親說，心痛地看向少年，這時的父親又恢復了常態。「瞧你，這麼不小心。」

「沒事。」少年說，又要幫父親點煙。

父親從少年的手中接過了火柴盒。「不用了。」父親說，「我自己來。」說著，父親將火柴劃著了，點著了煙頭，深深吸了一口。少年嗅到了香煙散發出的煙草燒著的味道。

「蕭晨英的情況我過去不大清楚，那時爸爸還沒來到縣裡，她是文革初期被造反派揪出來的。」父親說，「我也是在看到由你轉交的材料後，才瞭解她的情況。」父親稍稍停頓了一下，似乎在考慮接下來該怎麼向少年解釋。「這件事，爸爸本來是不該插手的，過去的縣革委已做出過結論了，別人沒法翻案，這不是爸爸一個人可以改變了的。」

「可阿姨明明不是叛徒呀，爸爸！」少年激動地說。

「縣革委過去的結論她是叛徒，這是當時的集體決定。」

「媽媽不也被人打成反革命了嗎，所以才會下放農村接受勞動改造，可是媽媽並不是反革命，對嗎，爸爸？」

「你媽媽現在還戴著反革命帽子，所以她還不能來看望我們，這你是知道的。」父親有些沉重地說。

「可是爸爸知道媽媽不是一名反革命分子，我也知道！」少年說。

父親沉默了，撫摸了一下少年濃黑的頭髮，「若若，你還沒真正地長大，雖然你現在懂事多了，爸爸為你高興，可是社會太複雜了，有很多事情你現在是不可能明白的。」父親說著，嘆了一口氣。

「爸爸，你為什麼總是認為我還小呢？我長大了，你難道沒看到？」少年固執地說，他有點生氣了。

「那個阿姨的經歷，鄭老伯都告訴我了，她根本就不是一個叛徒，她是被人冤枉的。」

「爸爸找其他縣領導談過這個問題了，我們還專門開過一個會研究，但是……」

「但是什麼？」少年問，他還是不甘心。「鄭老伯告訴我他找到了幾個證人，可以證明阿姨沒有叛變革命。」

「問題也出在這些材料上，組織經過調查，那些證明人自己的歷史問題都無法說清，而且這些歷史問題的性質跟蕭晨英是一樣的，有一段西路軍被打散後的經歷，無法向組織交代清楚。」

「爸爸，您是說她們都曾經在馬匪窩裡待過一段時間嗎？」

父親一怔。

「是的。」父親說，「看來若若知道得還不少呢！」

「可是阿姨後來不是跟鄭老伯一起，找回延安了嗎？」

父親又不說話了。低下頭想了一會兒。

「若若，你知道她有一個兒子嗎？」

「爸爸是說我們的蕭老師？」

「哦，你都知道了！」父親說。

「知道，那又怎麼了？」

「有人說，那個兒子的出身就是個問題。」

「什麼問題？」少年追問。

父親的表情又開始為難了，幾次欲言又止，但最終還是開口說道：「爸爸本來不該告訴你的，但既然你問起了，爸爸就告訴你吧！」父親說，「蕭晨英的丈夫犧牲後，她一直沒有結婚，這你知道嗎？」見少年搖頭，父親擺了擺手，「是的，你不可能知道這些事的，所以她兒子的出身，就成為了一段說不清的歷史，你明白爸爸在說什麼嗎？」

少年怔怔地看著父親，半晌沒說出話來，他似乎明白了點什麼。

「爸爸，您是說，是說……」少年的眼睛登時瞪大了，他想起了蕭老師那副沉重愁苦的表情，想起了當他在鄭老伯面前提及蕭老師時，鄭老伯的那張惶然失態的面孔。

父親點了點頭。「問題就出在這裡，當年的造反派還追問過這一點，但蕭晨英始終不肯說出孩子的父親是誰，只是堅持說兒子不是馬匪的後代，但能是誰的呢？她又無法證實，閉口不說，結果造反派就認為，這已足夠說明她在馬匪窩裡的那段歷史了，至於她的叛徒結論，也是從這個問題中引申出來的。」

「因為她的兒子？」

「不僅僅因為兒子，還有她的兒子的出身，所代表的那段沒法向組織上交代清楚的歷史。」

少年倒吸一口涼氣，心想原來是這樣的呀！他沉默了，心情變得複雜了起來，不知道還能跟父親說些什麼了。

「兒子，你要明白，不是爸爸不想為蕭晨英說話，而是爸爸根本沒法幫她說話，我查過她的檔案，我對她的兒子是否是馬匪的兒子存有疑問，從時間上推算，這孩子出生在延安，但又不能肯定是在馬匪家懷上的，可現在沒人願意去弄清這個問題，她自己也不肯向組織說明兒子的親生父親是誰，這就沒有了證人，我怎麼幫得上她呢？現在你清楚了嗎？

「反正我看阿姨不像叛徒！」少年賭氣地說。

「孩子，從一個人的臉上，你是判斷不出什麼來的。好了，不說這些了，說了也沒用，你快去食堂吃飯吧，一會兒還要上學呢，去吧。」父親關切地說。

少年只好轉身離去了。他現在覺得父親說的有點道理了，很可能鄭老伯對他還隱瞞了些什麼，讓他輕易地就相信了，鄭老伯對他說過的那段頗富傳奇色彩的歷史，而事實也許並非如此簡單，那個阿姨，也有可能真是一個可恥的叛徒。如果真是這樣，那麼蕭老師就真是馬匪的兒子？會這樣嗎？爸爸不是說他也有疑問嗎？

一想到這，少年便有些不寒而慄了。

七

少年一腳剛踏進鐵匠鋪，就開始猶豫了，他不知道為什麼竟鬼使神差地再次來到了這裡。

這一段時間以來，少年神不守舍，腦海中總會同時浮現幾副他熟悉的面孔——父親、鄭老伯、阿姨、啟明以及蕭老師（偶爾，還會出現羅勝利的那張洋洋得意的臉），他們時不時輪番從他的心底深處蹦出來，直瞪瞪地審視著他，嘴巴亦不停歇地一張一翕，連珠炮般地向他講述他們各自瞭解的故事，每當此時，少年便會又一次地陷入迷亂，他真的不知道應當相信誰了。

難道父親說的那些事情會有假嗎？不可能，少年想，他一直對父親說過的話堅信不移；可是，一旦鄭老伯的那副被痛苦折磨的面孔清晰地浮現時，少年對父親的信念又開始動搖了。他在鄭老伯扭曲變形的臉上，看到了一種坦誠，看到了對他的信任，看到了他的無望和痛苦，這又讓少年相信，鄭老伯不可能撒謊。

在這些日子裡，每當他見到蕭老師時，就會產生一種莫名的愧疚，一種自己都無法說清的負罪感。為什麼會這樣呢？少年一時還無法梳理清楚。

少年曾以為，自從與父親有過那次交談之後，當他再面對蕭老師時，會讓他心生厭惡。可他錯了。這一預想中的感受並沒有出現，相反，他面對蕭老師時卻有一份難言的同情。他當然注意到，蕭老師偶爾投向他的目光有了一絲異樣，讓他在心裡，悄然地琢磨起了這異樣的目光中所包含的內容，可他最終還是一無所獲，他只是知道了，這「異樣」的目光，是在鄭老伯出現在學校後發生的，在此之前，蕭老師從沒有用這種奇怪的目光注視過他。

那天鄭老伯意外地出現在了學校，他與蕭老師究竟交談了些什麼？

鄭老伯的突然出現，在少年看來，不可能不跟他無意中洩露的，蕭老師是阿姨的兒子有關，這從時間的前後邏輯就不難做出判斷。少年有時明明感覺到了蕭老師想找他單獨聊聊，甚至他的那種猶猶豫豫的腳步都已經在走近他了——蕭老師那越來越迷惘的目光，似乎也在向他發出籲請：來，王若若，我們好好談談吧——可是最終什麼也沒有發生。

每當蕭老師走近少年時，只是略微停下了沉重的腳步，然後突然像洩了氣的皮球，輕嘆一口氣，從他邊上擦身而過了。少年望著蕭老師漸漸遠去的佝僂的背影，覺得他似乎一夜之間蒼老了許多。他的神情變得更加地困惑與愁苦了。

始終籠罩在少年心頭的疑雲，促使他只能去求教於啟明了，他相信啟明最終會給他一個滿意的答案，可當少年真的邁進了叮噹之聲響徹耳鼓的鐵匠鋪時，他一下子又猶豫了。

猶豫什麼呢？少年心想，可他已然沒有了退路。

啟明見他進來了，在臉上甩了一把汗，往木凳指了指：「你先坐，我一會兒就好。」在啟明的身邊，站著一位農民打扮的老漢，他那渾濁的目光也掃視了少年一眼，顯然，他是來找啟明打鐵器的。

少年木然地坐下了，開始了他的坐立不安，還在盤算著接下來要向啟明問些什麼？他下意識地看著熊熊燃燒的爐火，看著鐵砧上那塊被燒紅的農具在鐵錘的敲擊下火星四濺。少年漸漸地入迷了。

「來啦。」啟明樂呵呵地拉了一把凳子坐在了他的邊上。

「嗯。」

「來得正好，再晚幾天，我就不在這了。」啟明說。

「不在？你要去哪。」

啟明的目光迷茫了起來。「不知道。」他說，「我也不知道我會去哪，我只想到鄉下去走走，走哪算哪吧！」

「你怎麼啦，遇見什麼事了嗎？」

「沒呀，沒遇什麼……只是……」

「只是什麼？」

「哦，沒什麼！」

「嗯，那為什麼突然想到要去鄉下了呢？這裡不好嗎？」少年追問。

「呃，說不清，真的說不清，只想走走，換換心情，也許吧，只是為了換個心情吵。」啟明問。

少年沉默了，他感了失落。他本來就沒有幾個知心朋友，啟明是城裡他唯一可以交心的朋友，可現在，啟明又要離開了，他這一走，少年覺得自己會感到孤單的。他抬起臉來望向啟明，這張他那麼熟悉的面孔看上去有些朦朧了，就像煙雨迷濛中的一道風景。

「你在想什麼？」啟明問

少年恍了一下神，驀地醒過了懵來，再細想，自己都不知剛才為什麼就走神了，他窘迫地笑笑：「哦，沒……沒想什麼。」他支吾地說。

「別『沒想』了。」啟明收斂了笑容，看定少年，「有沒有我還能看不出來？」

「我只是不想讓你走！」少年說。

啟明的臉沉了下來。「我知道。」他說。

又沉默了。屋子裡顯得有些沉悶，少年感到了呼吸的不暢，微微地晃了晃腦袋。

「你知道嗎，鄭老伯幾天前還去我們學校找過蕭老師呢。」少年及時地轉移了話題，他不想再提啟明要走的事了，他覺得這事讓他有些心煩。他不想再說了。

「我知道。」啟明說，起身去拿來了熱水瓶，還端來了搪瓷杯，給少年倒上開水，擱在了小桌上，「先喝點水。」

「鄭老伯跟你說啦？」

啟明的臉緊了一下，盯了少年一眼，晃了晃腦袋，「他沒跟我說過。」

「那你怎麼會知道的？」

啟明將皮圍兜的繫繩從背後解了下來，然後弓起身子，從脖子上將皮兜摘了下來，拍了拍身上的衣服，就像上面沾滿了灰塵一樣。「我就猜他會去學校找你們蕭老師的。」

「你怎麼可能會猜到呢？」

「那天你對鄭老伯講到蕭老師時，你沒看出老伯的反應很強烈麼？這裡面一定是有原因的。是什麼？我還猜不透，但我知道一定有原因，以老伯的性格，他不去學校找蕭老師才怪哩，所以呀，我認定他會去找的。」啟明說。

「那你現在能猜到原因嗎？我也覺得鄭老伯那天的反應太奇怪了。」

啟明默然了，長久不語，雙手捧著搪瓷杯，出神地想著什麼。

「有人說……蕭老師是……你千萬不要跟你人說去，好麼？」少年突然說。

啟明打量著少年，似乎在琢磨他對他說過的話，迷惑地點了點頭，「你要說什麼就說吧，我不會跟人說的，你放心。」

「說蕭老師是那個阿姨跟馬匪生的孩子。」少年微抬身子，俯在啟明的耳邊，壓低了嗓門說。

「是麼？」啟明身體抖了一下，臉色立時凝重了起來，「你都聽誰說的？」

少年開始後悔了，囁嚅了一下，「這我不能告訴你。你保證過了，絕不會對別人說的。」

啟明的目光還停留在少年的臉上，一動不動地盯著他好長時間，少年躲過了啟明投來的目光。

「我大概能猜出是誰對你說的了！」啟明長嘆了一聲，「但你信嗎？」

「我不知道，我真的不知道！」少年拚命搖著頭，就像要甩掉讓他感到恐懼的念頭一樣。

「我只是一直擔心老伯。」啟明說。

「擔心他什麼？」

「我在擔心，如果他一再要求解決的問題始終沒有結果，他會不會出事？」

時空在剎那間凝固了，四周寂然無聲，所有的聲音都神祕地消失了，彷彿被空氣吸納了一般。少年感到了一種突如其來的驚恐。

「會嗎？」少年失聲叫道。

「不知道，希望不會。」啟明說，但他說出這句話時，心情是沉重的。

這時，少年請求啟明陪他去看望鄭老伯，可令他沒想到的是，啟明臉色陰沉了下來，半晌沒吱聲，末了他告訴少年，這一段時間，他不想再去鄭老伯家了，他說如月見了他只會給他臉色看，這讓他感到寒心。

「如月姐為什麼要這樣待你？」少年不解地問。

啟明苦笑了一下，搖了搖了頭，像要驅趕糾纏著他的痛苦似的。

後來，啟明告訴少年，他聽如月說過，鄭老伯自從那天與他們分手後，性情陡然大變，變得狂躁不安，成天發脾氣，摔東西，喝得爛醉如泥，沒事時還會衝著如月大叫大嚷，甚至讓她滾，她有些承受不了了，啟明聽了，想多安慰一下如月。可他沒想到的是，如月對他的態度亦驟然大變，一反常態。

「是我不好，我不該說出蕭老師的事來，她不該怪罪你！」少年由衷地說。

「你別責怪自己了，是我不好，我不該對如月存那份心的，她討厭我是有道理的，我不會怪她。」說完，啟明又重重地嘆息了一聲，神情淒涼。

少年無言以對了。還能對啟明說什麼呢？他能強烈地感受到，此時此刻鬱積在啟明心靈深處的那份煎熬和痛苦。他現在明白啟明為什麼執意要離開小城了，他甚至知道，啟明是有意地想讓自己過一段浪跡天涯的生活。一想到這，少年的心裡便難過了起來，他知道幫不了他，也安慰不了他，只能就這麼呆傻地凝望他，束手無策。

「你有空去看望一眼鄭老伯吧，一定要去，也算代我去，他會高興的，因為老伯喜歡你。」臨別時，啟明對少年一再地叮囑。少年答應了。

「我還能見到你嗎？」告別前，少年問。

啟明抿嘴笑了一下，但微笑很快就在他的嘴角凝固了，變得有些僵硬和憂傷。「不知道。」啟明說，「我也不知道，也許有一天我們還能見到，也許吧。」啟明最後說。

八

幾天後的一個傍晚，少年徑直去了鄭老伯的家。去前，他還在鐵匠鋪兜了一圈，斑駁陳舊的門板已然構成了一道屏障，他已經進不去了，門板上還掛了一把醒目的大鐵鎖，在少年看來顯得有些「猙獰」。也不知為什麼，那把鐵鎖竟給少年留下了這麼深刻的印象，讓他陡生一股恨意，他還不甘心地上去使勁地拽了拽它，如同發洩。

然後他走了，心裡突然萌動了想號啕大哭的感覺，他發現他在思念啟明——他那渾厚而富有磁場的聲音，以及他時不時流露出的淳厚善良的笑容，每當想起啟明時，少年的心中便會湧出一股溫暖的憂傷。

父親去農村看望母親了，少年因為要上學，去不了。少年想念母親。

家裡只有他一人，又趕上是個週末，少年發現在家裡待不住了，沉重難耐的寂寞襲擾著他，春天的空氣中蘊含著一股襲人的誘惑，亦讓他心緒不寧，他這才決定出門走走。出門前，少年就已猜到啟明一準離開了小城，他僅僅是抱著僥倖的心理去他那再看一眼。

果然，啟明留給他的只是一扇緊閉的木門，和一把赫然醒目的「鐵將軍」，少年的腦海中霎時浮現出了啟明孤單的身影，馱著打鐵用的器具，徒步行走在鄉間阡陌小路上，迎著熹微的晨光，行色匆匆地大步走著，田間金燦燦的油菜花開了，散發出一股迷人的清香；他居無定所，沿村串街地吆喝著他的那身手藝，偶爾，亦會在某一個村落歇下腳，幫助村裡人打打農具，補補鍋，然後，又一次風塵僕僕地出發了，蒼茫的大地就是他棲居的家園。

少年就這麼站在鐵匠鋪的門外遐想著，有點走神了，忽然，少年想起了啟明的囑託，「你有空去看一眼鄭老伯吧，一定要去。」他稍稍遲疑了一下。確實有好長時間沒見過鄭老伯了，少年想，然後他轉過身，獨自一人向橋北的方向快步走去。

經過浮橋時，正趕上開橋讓船，少年在斷橋邊上等了一會兒。春風拂面，水波蕩漾，一縷陽光溫柔地潑灑在他的臉上，少年感到了愜意，心境亦變得悠然了起來，他開始大口大口地呼吸怡人的氣息，彷彿這空氣中，隱藏著令人垂涎欲滴的美味佳餚。就在這時，心臟驀然突兀地噗嗵嗵地小跳，這讓少年感到了驚愕。

一艘貨船緩緩駛近，與他以前見過的過船情景一般無二，老船夫凜凜然站立船頭，朗聲吆喝，年輕的船夫將粗長的竹篙探入水底，用肩膀頂著，驅動著行駛中的船體。

少年突然發現，在大船的後方跟著幾條小漁船，它們在大船的映襯之下顯得輕靈而渺小。這些漁船是少年熟悉的，平時就停靠在江邊石階下的碼頭上。少年的目光開始搜尋，果然，他看到了其中的一條小船上的細崽，正悠然地搖著棹槳，一副輕閒逍遙的模樣。

細崽的小船駛近了，少年快樂地亮開嗓門大喊一聲：「細崽！」

細崽微怔，抬起臉來張望，與許因了浮橋上積壓的人太多，細崽一開始並沒有看見他。少年又喊了他一聲，還向他招了招手。細崽這才看見了少年，停下搖槳的手，讓船體順著水勢漂去。

「嘿！」細崽亦回應了他一聲。

「你們去哪？」少年問。

細崽樂了，笑得像朵花似的：「天氣好好，我們該去打魚嘍。」

「你見到啟明了嗎？」少年大聲問。

「啟明？」細崽微一愣神，又彷彿想起了什麼似的，「他走了。」

「你知道他什麼時候能回來嗎？」少年高聲喊道。

細崽又抿嘴樂了。「不知道喲。」細崽的腦袋搖得像撥浪鼓似的，「就像我也不知道什麼時候回來一樣，江河就是我們的家，走哪算哪吵，他跟我一樣，他也是在江河湖水中長大的，有一天，他想回來就回來了吵。」細崽大聲說。

小船漸漸地遠去了，宛若漂在江上的一葉輕舟。江水白浪滾滾，春風勁吹，少年想起了一句詩文：萬里風波一葉舟。他眺望著江岸，岸邊粉紅的桃花敗落了，梨花則繁星般地盛開著，那一朵朵點綴在枝丫上的白色花瓣，就像在盡情地堆雲吐霧，向世人發出嫵媚的微笑。

春天真的來了，少年想。

第十章 × 少年呵少年！

一

少年輕輕敲著門，心裡卻還在躊躇，他不知道接下來將會見到什麼樣的情景，不知道面對鄭老伯時他還能說些什麼。但他知道他是該來的。僅僅是因了啟明臨走前的那份託付嗎？他不知道，對鄭老伯，他心中存留著一份愧疚。

門開了，一張憔悴的面孔隨著門縫的敞開閃了出來。

其實當屋裡的腳步聲傳出時，少年已然猜出是誰的腳步了——細碎而雜遝的腳步，無庸置疑預示著如月的到來。少年竟如此熟悉這一腳步聲，每次來到這裡，他都能聽到這種節奏的腳步聲，那時的少年，每當聽到這一熟悉而親切的腳步聲，心中都會泛起隱約的興奮感，他也說不清這究竟是為了什麼。

可今天卻大不一樣了，他預感到了一種不安，這不安讓少年的心裡有點發虛，他現在又不知道自己是不是應該來了。但他已然沒有了選擇，因為大門打開了，如月的那雙紅腫的眼睛，此刻正在瞧著他看呢，他已無從躲避。

是的，有一段日子沒見如月了，她的臉上布滿了憔悴，眼圈發烏、發暗，圈著一層隱約的濃重的陰影，甚至有了一望而知的下墜的眼袋，這是她過去所沒有的。過去的如月，面色是潤滑的，膚如凝脂，宛若一枚晶瑩剔透的碧玉，亦如飄飛的白雪，可現在的她，卻像是受到了意外的摧殘，人變得黯淡了下來，甚至眼神，也失去了昔日的嫵媚和明亮。少年微驚。從這張熟悉而又變得陌生的臉上，他似乎看出了一絲不祥的徵兆。

這意味著什麼呢？

「如月姐！」少年喊了一聲，倏忽間又覺得自己來的可能太不是時候了。「我只是經過這裡，順便過來看看您和鄭老伯。」少年支吾著，為自己的突然出現，尋找了一個合適的理由，他原想就這樣招呼一聲，然後儘快地轉身離去。

如月灰暗的臉上泛出了一絲淺淺的微笑，那輕柔的笑靨，猶如雲隙間突然透出的一縷暖陽般的光暈，神奇地驅散了籠罩在她臉上的陰霾。「你怎麼突然變得客氣起來了？」她說，「快進來吧。」說著，她快速地閃開身子，讓進了少年。

少年只好硬著頭皮走了進去，略微有些拘謹。畢竟有段時日沒來了。他先是東張西望地環視了一圈。屋子還是老樣兒，看不出有什麼異常來，一如過往，所有的物件、家具都擺放得井井有條，一絲不苟，他知道這是如月的功勞，如月是一位勤勉而又愛惜整潔的女子，這是少年早就知道的。

少年在屋子的中央站住了，有些尷尬。少年知道這樣不好，他其實很想讓自己放鬆下來，但他一時還無法做到。如月先是快步進了裡屋，還是少年熟悉的一陣輕風似的腳步，沒多一會兒又出現了：「你怎麼還站著，不知道坐下嗎？你又不是頭一回來，還要我來招呼你坐麼？」如月嗔怪道。

「唔。」少年不好意思了，左右看了看，在他的右側擺放著一張木椅，他過去坐下了，腰板卻挺著筆直。如月端看少年的模樣，樂了。「你不像我見過的那個若若了。」她笑說。

少年望向她，不知道如月為什麼會這麼說他，但心裡還是感到了一絲溫暖。

「過去的若若滿大方的。」如月笑說。

「呃。」少年想了想，有點語塞。「過去不是我一個人來的，過去還有啟明。」少年說。提起啟明時，少年還認真地觀察了一下如月的表情，他想看看如月會有什麼反應。可是沒有，從如月的臉上看不出絲毫他期待中的反應，她甚至沒有出現少年所設想的，向他打聽一下啟明為何沒跟著一塊來。

少年的心中掠過一絲失望。

「一人來我這不也挺好嗎？」如月說。

「你知道啟明走了嗎？」少年忍不住地問。

如月沉吟了一下，轉身去倒了一杯熱水，遞給少年。

「知道。」如月說。

少年還希望她接下來再說點什麼，但他的希望落空了，如月顯然不願多談啟明。

「他為什麼要走？」少年故意問，他還想試探一下如月的口風。

「他要走，一定有他的道理，這是別人不能問的。」如月淡淡地說。

又是一陣沉默。

「鄭老伯呢？」少年決定打破沉默，沉默讓他感到壓抑和不安。

「睡著呢。」如月說，她朝內屋的方向瞄了一眼，臉上又悄然地滑過一絲陰影，讓少年敏感地捕捉到了。「有事？我去叫醒他？」如月問。少年趕緊擺手，「別。」少年說，「我沒事。」

二

鄭老伯從裡屋走出時，少年一開始並沒有意識到，他坐的位置背向著內屋，他甚至沒有聽到他的腳步聲。

少年一直在和如月聊著天，但他覺察到了如月的心不在焉，思緒似乎飄在縹緲的遠方，回答少年的問話時亦顯語無倫次，少年覺出了一絲異樣。

如月姐姐今天是怎麼了？少年想，但沒敢問，他能感覺出如月被一縷愁緒所纏繞，沉壓在心底深處而無以解脫。

少年想走，可幾番欲意告辭時又被自己制止了。還沒見到鄭老伯呢，少年想，我必須在見到他之後再走。

「爸爸，您又要出門麼？」

當如月粗啞的嗓音響起時，少年這才回頭瞥了一眼。

一瞥之下，少年看見了鄭老伯蓬頭垢面的一張臉發青發白，他好像消瘦多了，臉上的骨骼奇峰突起尤顯嶙峋，顴骨暴突，就像鑲嵌在臉頰上的兩座突兀的山丘。有一段日子沒見鄭老伯了，少年覺得他像變了一人似的，一個他所陌生的人。他更顯衰老了，如同被沉重的負擔壓垮了一般，失血的臉上眼睛深凹著，看上去就像一對駭人的窟窿，眼圈四周灰突突的一片墨色。

鄭老伯見了少年時臉上沒有任何表情，這讓少年感到不解，平時老伯見了他都是高興的呀！

鄭老伯恍恍惚惚地從少年的眼前飄過，如同一個遊魂，茫然地尋找著什麼，神不守舍。他很快又愣了愣神，彷彿剛認出了少年一般，臉色呆了呆，如夢方醒般地向他頷首示意了一下。

「鄭老伯好！」少年說，心裡陡生出一絲膽怯。是鄭老伯的那張臉讓他感到了怯意。他站起身，一時間竟慌亂了起來，他感覺有一股看不見的氣流，正在漸漸地向屋子中央聚攏了過來，散發出令人窒息的氣息，這讓少年不自在了。少年偷覷了如月一眼，他猝然被如月的眼神吸引了。

那是一種什麼樣的眼神呢？少年的心中掠過一絲錯愕，一時又難以說清，只是隱約地看出在如月的眸子裡，水波般地蕩漾出一泓神祕的內容，而且從哪兒涓涓流淌的輕波彷彿是有溫度的。如月的眼波變得嫵媚了起來，又流露著失神般的迷離，亦似有一絲感傷。

她就這麼呆呆地望著鄭老伯，神思恍惚。

「來嘍。」鄭老伯對少年說，努力想擠出一絲微笑，但卻未能成功，像是臉上繃緊的肌肉，牽拉著他的面部神經，讓他無法實現他想要去完成的微笑。他又呆了一下，突然變得激動了起來，彷彿想起什麼來了。

「你是有什麼事情要來告訴老伯麼？」鄭老伯說，目光變得熱切了起來，充滿期待。

「呃，我……我沒什麼事的，就是順道來看看老伯。」少年慚愧地說。

鄭老伯剛剛燃燒起的灼熱的眼神，又一次地黯淡了下來，他失望地搖了搖頭，就像一下子被人擊垮了一般，一屁股跌坐在了凳子上，兩手捂著臉，乾嚎了幾聲，驚得少年哆嗦了一下，趕緊看向如月。

如月臉上的憂戚更加濃重了，淚珠在眼中閃爍，彷彿就要奪眶而出，但她隱忍了。「爸，您別這樣好嗎？」如月幽幽地說。

「閉嘴，你給我把嘴閉上，你不要再說了，聽到了麼？」鄭老伯像彈簧般地從凳子上蹦跳了起來，突然勃然大怒，指著如月的鼻子大聲地吼叫，額上青筋畢露，臉膛充血般地漲得通紅，吼完，他大口大口地喘著粗氣。

少年嚇壞了，他不知道鄭老伯為什麼突然動怒，他也不知道如月姐姐究竟說錯了什麼？發生的一切都讓他感到了茫然。

如月發出一聲號啕，捂著臉跑走了，很快，從內屋傳來她努力抑制的抽泣聲。少年的心哐噹一下沉了下來。

「老伯，如月姐沒說錯什麼呀，您不該這麼說她。」少年走到鄭老伯跟前，好心地說，連他自己都不知道從那兒裡來的這麼一股勇氣，心裡在為如月委屈的哭聲感到了心酸。

「哦，你不懂！」說完，鄭老伯沉重地嘆息了一聲，「我不知道這世道是怎麼了，為什麼好人要被當成壞人，為什麼？」他咄咄逼人的目光遽然射向了少年，少年不由得抽搐了一下，鄭老伯眸子裡流露的顛狂，讓他感到了緊張。「你為什麼不說話，為什麼不說？」鄭老伯還在逼視著少年。

少年的身子縮緊了。

三

「鄭老伯，我不知道老伯說著什麼。」少年怯怯地說，「不知道！」

鄭老伯的眼中的兇光在緩緩褪去，漸漸地黯淡了下來，就好像他剛從黑暗中走出似的，恍惚著，迷登著，努力辨認自己身在何處。鄭老伯的身體無力地癱軟了下來，失神地在屋裡來回走動，嘴裡還喃喃自語地不知在說些什麼，就這麼倒背著手，籠中困獸般地來回走著，好像這間屋裡別人根本就不存在。

鄭老伯終於在門口站定了，推開門，長久地眺望著屋外的風景，像是陷入了沉思。

鄭老伯看見江岸上盛開的那一簇簇耀眼的梨花了嗎？還有那一望無際滔滔東流的一江春水。少年突然萌動了這麼一個奇怪的念頭。少年不再吱聲了，一動不動地望著鄭老伯的背影，忽然覺得這背影，宛若屋中重壓著的一塊沉甸甸的巨石。這時，如月的哭聲也消歇了，一點聲兒都沒有了，屋子裡籠罩著一片令人窒息的沉寂。

「娃，你爸爸真的什麼都沒再說嗎？」鄭老伯問，沒回過身來。

少年當然知道鄭老伯的這句問話中所隱含的意思，他無法回答，他怕回答了會讓鄭老伯失望，他不想讓鄭老伯再失望了。我該怎麼辦？少年不無迷惘地想。

沉默。少年覺得這段時間太難熬了，心臟開始突突蹦跳著，他怕鄭老伯再開口說話，那樣一來他就無法迴避了。

鄭老伯還是開口問了，這下他真的沒有退路了。

「告訴老伯，你爸爸究竟到底對你怎麼說的。」鄭老伯這時轉過了身來，凝視著少年。少年注意到了，彼時鄭老伯的眼神中藏著深深的哀傷，他的心沉了下來，他知道只能實話實說了，他已別無選擇。

「我爸爸說……」少年為難地望著鄭老伯，又不知該如何往下說了。

「說了什麼？」

「呃……我爸爸說，那個阿姨的問題，是他來縣裡之前就已確定了的；我爸爸還說，阿姨的歷史問題……呃……沒人真的可以證明……」

「沒了？」

「哦……沒……沒了。」少年說。

鄭老伯臉色一呆，眼裡不知不覺地淌下了兩行淚水。「是我害了她，是我！」他淚流滿面斷斷續續地說，「那個娃兒……哦，娃兒，她該早告訴我的呵……」

少年的眼前，又浮現出了蕭老師的那張憔悴而又憂傷的面孔，他就這麼清晰可見地歷歷在目了，少年立時有了想放聲大哭的感覺。

「我問她，可她什麼都不願說，我知道那娃兒是……他不是馬匪的娃兒，晨英吶，你為什麼不告訴我，為什麼？我不懂，我真的不懂！」鄭老伯一邊說，一邊搖晃著腦袋，就像要驅趕糾纏著他的恐怖的陰影。

「鄭老伯，您別傷心了好嗎？」

「為什麼？我是一個曾經的紅軍戰士，我是清白的，她怎麼就成了一個叛徒了呢，她也是當年的紅軍呀，為什麼？」鄭老伯又發出一聲吼叫，神情再度瘋狂。

少年無奈地搖搖頭。鄭老伯提出的疑問，也是少年心中的疑問，他同樣感到了迷惑不解。

「不行。」鄭老伯大聲喝道，「我還要去找縣革委領導，不澈底解決晨英的問題，我鄭大壯死不瞑目，我一定要去找他們說去，不為晨英平反我絕不甘休。」

鄭老伯一邊說，一邊匆匆地披上衣服，梗著脖子瘋了一般地離去了。少年知道無法阻止他，同時亦知，鄭老伯所做的一切，最終都將無濟於事，但他只能悵惘地望著鄭老伯疾走的背影，直到他的身影從山坡下漸漸遠去，消失在江岸之畔。

滔滔江水無聲無息地流淌著，奔向遠方，看上去，就像一條仰臥在蒼茫大地上的一條閃著銀輝的長龍，在追尋它思念的故鄉。

四

少年待了一會兒，想離開了，這才想起如月還在屋裡，他不能就這麼倉促離去，如月會感到孤單的，他想過去安慰她幾句。

少年將朝外敞開的大門悄然掩上，向內屋走去。他儘量地放慢腳步，不發出一絲動靜，就彷彿有點聲音，便會驚擾了如月似的。走到內屋門口了，少年站定，往屋裡小心地瞄了一眼，沒有聲息，屋子裡一片黢黑，什麼也看不清楚。他又猶豫了，想退出，但又覺得若真走了，如月姐姐有誰來安慰呢。

於是少年就這麼木木地呆立著，不知所措。

過了一會兒，少年的瞳孔適應了屋裡幽暗的光線，再往裡瞅時，少年看清了——一團模糊的黑影在裡間一動不動，就像在暗夜中兀立的一尊石雕。

少年走了進去。

「如月姐姐。」少年輕喚了一聲。

沒見動靜。如月還是直挺挺地坐在床沿上，一副癡呆的表情，朦朧的微亮中，少年能依稀見出如月臉上閃爍的淚痕，她的眼眶似乎更加地紅腫了。

少年靠近她站住了。

靜默了一會兒，少年見如月還是一動不動，便低聲地說了一句：「鄭老伯走了。」

如月還是凝然不動。

「就這麼走了！」過了好一會兒，如月才如夢初醒般的幽怨地說。「他還沒吃飯呢。」這聲音在少年聽來，宛如月夜中從遠方飄來的絲竹之聲，幽寂地在空氣中蕩漾。

「你吃了嗎？」少年問。

「他變了。」如月說，神情呆滯，「自從那天聽完你說到蕭老師後，他就變了。他心裡有事，我知道，我知道他心裡有事了！」

「能有什麼事呢？如月姐，你多想了。」少年安慰地說。

如月一直隱忍著的淚水，再也抑制不住地奪眶而出。透過從門隙間射進來的一抹微弱的光亮，少年能看清從如月的面頰上滾落的晶瑩的淚珠，撲簌簌地飛流直下，滴滴嗒嗒地濺落在了她的膝蓋上。

「如月姐，你別哭！」少年說。

沉默中的如月，突然仰天發出一聲乾嚎——一聲長長的「啊」，經久不息地在幽暗的小屋裡迴盪著，那撕心裂肺般的聲音震撼了少年，他鼻子一酸，眼淚也禁不住地滾落了下來。

「他天天去見那個女人，天天去！我曉得他是去找她的，就跟丟了魂似的。我只要一問，他張口就罵我……可我是擔心他喲，他這麼沒完沒了地跑，沒用的，只會更加傷了他的心，可是他不聽喲……。」

如月抽泣地說：「他哪裡會知道我的心哩？他從來就不是我的親爸，我打小時就從街上被他領來帶大的，那時我是一個沒人要的討飯的孤兒，他可憐我，把我領回了家，一直對我好，疼我，後來有一天我長大了，發現我離不開他了，我就在心裡頭說，我死也是他的人，我這一生都不會離開他，我要守著他！他也可憐，就他一人……」

「我以前不知道他心裡有人，雖然我感覺到了一點兒，我一直相信那是因為他心善，要為大鬍子師長的女人討出一個說法，可是那天你一說到她還是一個兒子……唉，人就變了，我好像有點不認識他了……他從來沒這樣過的，沒有……變了，成天價衝著我吼，發脾氣！我可怎麼辦？他知道我的心麼？」

如月斷斷續續說的話，在少年聽來有點兒騰雲駕霧，但如月的嗚咽，卻猛烈地撞擊著他的心靈，他的眼淚亦更加地滂沱了。

「如月姐，你別哭，別哭好嗎！」少年抽泣地說。

「摟著我……摟著你姐……快！」如月突然揚起了臉來，夢囈般地說。

少年先是緊張了一下，停止了哭泣，畏縮地伸出手，靠上前去，輕輕地將一隻手搭在了如月的肩上。

少年的腦子有些發懵，他不知道該怎麼去摟住如月。

就在這時，一個意想不到的事情發生了，發生得令少年猝不及防，就像一道閃電從天而降。如月突然停止了抽噎，一把將少年拽了過來，將他緊緊地摟在了懷裡，面頰緊貼著少年的臉。少年霎時覺到臉上一陣冰涼，他知道，那是因了如月臉上的淚水。

因為來勢突然，少年先是驚了一下，下意識地在如月的懷中縮緊了身子，想從中掙脫出來，可他隨即聽到了身上衣服紐扣的崩裂聲，紛紛脫落四濺，就像燃放鞭炮似的發出一串輕爆聲，他本能地捂住了被如月撕開的衣服，但他剛一伸出手，就被如月一把攥緊了，並被甩在了一邊。少年瞪大了眼，呼吸都變得困難了，沒再敢動彈，大腦陷入一片空白。

如月的身體遽然顫抖了起來，就像疾風中瑟瑟顫抖的寒葉，抖得非常厲害，少年的身子也跟著不由自主地搖晃了起來，他禁不住感了一聲：「如月姐姐……」嘴就被如月湊上來的嘴唇給堵上了，堵得死死的，少年聞到了從如月身體裡散發出的特殊的芬芳，那麼的醉人，他瞬間就被一股神奇的力量給誘惑了，他感到了昏眩。

緊接著，他的嘴唇像被電擊衝開了似的，心臟激跳了起來。如月疾風暴雨般的狂吻，勢不可擋地向他的嘴唇猛烈襲來，他快透不過氣來了，徒勞地掙扎了幾下。

「呃……如月姐……我……」

沒等少年說完，他的身體就被如月摟得益發緊了，迎來的是如月更加洶湧澎湃的激吻，一波接著一波，海浪般地衝擊著他，鋪天蓋地地滾滾撲來。少年感受到了這股熱浪的威力，剛才還冰涼僵硬的身體，在漸漸地融化，彷彿席捲他的這股熱浪，正在自動轉化為發自他體內的躁熱的能量，一如地火般熊熊地燃燒了起來。他還在本能地掙扎著，可是越是掙扎，那股地火運行的速度越是來勢洶洶，迅速地將他掩沒了，他不由自主地發出了一聲大叫……

五

彷彿受到少年嘶喊的刺激，如月的身體也不由得顫慄了一下，接著，少年感覺到了下體的躁熱，是如月的那隻熱切的手，伸向了他的私處，並攪擾著他的敏感區域，少年這才意識到，他下體的那個小東西，硬梆梆地頂著自己的褲襠，讓少年感到了一陣難耐的欲望躁動。

纏繞少年的那股欲望之流，此時正在急轉直下，從他發熱滾燙的大腦飛流直下地奔向了他正在燃燒起來的下體，他澈底暈眩了，因緊張而繃緊的身子，「哦」的一聲癱軟了下來，整個人，亦如浮雲般飄飄然地飛翔在了藍天之上。

少年這時的意識是渾沌的，他依稀感覺到如月抱起了他，不顧一切地將他按倒在了床上。他無法動彈了，渾身火燒火燎地，也動彈不了了。在朦朧的光影中，少年再次聽到了衣服被撕扯的聲音，和紐扣的崩裂聲，甚至有一顆蹦跳的紐扣，擊中了他的脖子。少年隨之一個抽搐，微微睜開了眼，在婆娑的淚光中，他看到如月正在急促地撕開自己身上的衣服，並褪去了他的褲子。少年想說聲不，他有些恐懼，但他已然無力再發出聲音了，因為他的體內，亦漲滿了一種飢餓般的欲望。

一頭蓬鬆散亂的黑髮，從如月的額前瀑布般地披灑了下來，落在了少年光溜溜的肚皮上，那濃濃的長髮，覆蓋了如月的半張臉，少年感到了一種挑逗般的刺激。

接著，坐在他身上的如月，剝去了身上遮體的衣物，敞露出了她直立高聳的雪白的乳房，少年的大腦隨即發出了一聲尖銳的海嘯，身體不由自主地顫抖了起來。少年的意識已然迷醉了，只感到自己的呼吸急促。

等到少年再度恢復意識時，驚異地發現一對鬆軟、豐碩的乳房，緊緊地壓在了他的嘴上，並在他的臉上來回摩蹭著。少年的呼吸越加地困難了，剛想伸出手，去阻擋如月壓上來的赤裸的身體時，他下體的小東西卻被如月緊緊地揪住了。還沒等他徹底地反應過來，那個小東西在如月發燙小手的牽引之下，「噗哧」一聲滑入了一滾燙的洞穴，他身子猛烈地抽搐一下，迅即感到了小東西被異物夾緊的感覺。

少年又一次地驚慌失措地喊出了聲，同時他感到了不可遏制的強烈刺激，身體像燃起了熊熊大火。迎接他這聲喊叫的，是如月受了召喚般的劇烈地上下顛動。少年的眼睛瞪大了，模糊的視線中，能見到如月又一次地仰起了身體，下意識地撩開她灑落下來的散髮，她的眼神正在發出一道可怕的光芒，面孔扭曲變形。

在驚恐與刺激的交替中，少年被震撼了，他閉上了眼睛。

少年的感受更加強烈了，他能體會到在如月的上下顛動中被充分喚起的欲望，這欲望，排山倒海般地將他拋向了縹緲的陌生的遠方。他感到非常刺激，亦非常地舒服，這種舒服和刺激以及小東西被異物夾住的感受，是少年從未體驗過的。他很快就感受到了體內波動的異常，一股突如其來的熱流，正在不受控制地湧向他大腦頂端，僅僅駐足了短暫的一瞬，又急轉直下地向他的下體激衝，迅速凝聚成了他無法抗拒的洪水猛獸，不可抑制地向他撲了過來。

少年仰起了身子，嘶聲乾嚎了起來，大腦一熱，下體間一股熱浪激盪地噴湧而出，身體亦打擺子般劇烈地抽搐了起來。

如月的身體，並沒有因此而停止她的上下顛動，相反，她閉緊了眼睛，搖盪地更加激烈了。伴隨著如月的身體節奏，少年還在不停歇地猛烈噴射，就像長期積蓄在體內的能量，終於找到了一個宣洩的出口，在盡興地凌空高蹈。少年覺得在那一瞬間，自己舒服得欲死欲仙了。

就在少年噴射的最後一瞬間，他的耳邊，突然傳來如月聲嘶力竭地一聲高吼，那聲音是嘶啞而怪異的，緊接著，少年感覺到夾著他小東西的「洞穴」，在奇異地劇烈跳動，有節奏地在收縮中捏緊了他下體的小傢伙。少年又一次地激烈噴射了，亦再度發出一聲長長的可怕的嘶喊。

兩人的聲音，此時此刻絞合在了一起，難分彼此了，在這個幽寂的屋子裡長久迴盪著。

如月的身體突然癱軟了下來，俯身倒在了少年的身上，一動不動了，彼此的喘息聲變得粗重了起來，就像剛經歷了一場長途跋涉。

喘息聲此起彼伏，持續了好長時間，這期間兩人誰也沒有說話。少年體內騷動的熱能，亦如海水退潮般地在漸漸消散，意識也在緩慢的恢復之中。

少年忽然感到了恐懼，感到了難言的羞恥。這是少年在他的人生中，第一次親歷的身體的洗禮，儘管他偶爾也會在某個孤獨的夜晚，在想像中「經歷」這番情景，並通過自慰的方式來完成這一想像，可這一次畢竟是真實的，而這真實的感受，遠勝他自慰儀式的自我完成，但少年還是為此滋生了莫名的驚恐，這驚恐，讓少年顫慄不已了。

「謝謝你！」

不知過了多久，少年聽見如月貼在他耳邊的喃喃低語，他的臉霎時燙得發熱。少年突然想起了鄭老伯，想起了啟明，他覺得他將會愧對他們。我都做了什麼呀？少年想。他不敢再往下細想了，他覺得這一切發生得太突然了。

他推開了如月，翻身坐了起來。

「你怎麼了？剛才不舒服嗎？」如月還翻躺在一邊，微喘著，臉頰染著紅暈，飄著一絲若隱若現的微笑，笑中還攙著少女般的羞澀。這是少年從未見過的一種表情，他的心不由得顫動了一下，因為這種神祕的微笑又在誘惑著他，在這一瞬間，少年發現如月真是太美了，美得讓少年有點不敢再去看她了。

如月伸出溫柔的手，在少年的鼻子上輕掛了幾下，「你的鼻子長得好好哦，高高的……」如月說，小手還在少年的鼻子上輕輕劃動著，絲絲縷縷的暖流從少年的心中緩緩淌過，少年又一次感到了體內的躁熱。

少年趕緊從床上爬了起來，這才意識到自己正赤身裸體地面對如月，如月正看著他呢。少年的臉窘了一下，下意識地捂住了已然無精打采的「小東西」。如月笑了，撥拉開少年的手，揪了幾下他下體垂落的滴裡搭拉著的「小東西」。「小東西」彷彿受到了鼓舞一般，又在悄然鼓漲，少年趕緊甩開如月的手，雙手捂住了它。

「還害臊哩。」如月說，「我得謝謝它了。」

少年羞紅了臉，轉過身來尋找自己的衣服，發現衣物散落在屋角的四處，他在黑暗中摸索著，迅速將衣服穿好。棉衣的扣子脫落了，他只好讓它敞著，赤著腳下了地，將襪子與鞋子重新穿好。

「你要走？」如月一直在看著她，臉上重新籠上了一層憂鬱。少年沒說話，向門口走去。

「你回來！」如月在背後喊了一聲，少年站住了，猶疑了一下，回過身，看著如月。

長久地對視。誰都沒有再說話，只有無言地對視。

「你過來。」如月說。

少年緩慢地走了過來，在如月的面前站定，看著她，心裡忽然有些難受。

如月穿好衣服了，無聲地抱緊了少年，把頭埋在了他的胸前，一動不動。就這樣，他們靜靜地待了很久。當如月再度抬起臉來時，少年看到她的臉上的淚痕，他的衣襟都濕透了。

「你走吧！」如月無力地擺擺手說，「走吧！」

少年轉身飛快地跑出了門，將門掩上，一口氣跑到了江邊，佇立在浮橋上，突然哭了起來。

六

少年端坐在食堂裡，目光卻隨著羅師傅的背影移動著，他發現這一段時間以來，羅師傅的脊背佝僂得更厲害了，像一位進入垂暮之年的老人，曾經的那副樂呵呵的笑容不見了，目光亦變得渾沌了起來，經常莫名其妙地發呆，面容憔悴，細密的皺紋爬滿了他的臉頰。

少年有一次還對父親說起了羅師傅的變化，父親聽後，只是重重地嘆息了一聲，似乎亦有難言之隱。「他值得同情。」父親說，「我幫不了他，他只能靠自己慢慢度過了。」

羅師傅從廚房裡端出剛做好的飯菜，走到少年的桌前，放下，「吃……吃……吃吧，若若。」羅師傅說。他在少年邊上的條凳上坐下了，伸手拿起放在桌上的筷子，遞給少年，「你快……快吃，別……涼……涼了。」少年謝了一聲，問：「羅師傅，那您呢？」

「我吃過……過了。」羅師傅說，勉強擠出了一絲微笑，但沒成功，很快又被一臉的愁苦湮沒了，如同剛露出臉的月光，被一層薄薄的雲霧覆蓋了一般。少年看得出羅師傅在撒謊，他看得出他根本沒胃口吃飯，否則，一向樂觀的羅師傅不會這麼的有氣無力。「你自……自己吃……吃吧，羅師傅看……著……若若高……高興呢。」他苦笑地說。

羅師傅就這麼一動不動地看著少年，目光流露一絲慈愛。這目光讓少年感到了難言的悽楚。

「我吃不下了。」少年突然說，嗓子眼像被堵了一般，他有些哽咽了。羅師傅站了起來，眼眶有些濕潤，趕緊地背過身去，匆匆走了。少年望著他，注意到他用袖口抹了抹眼睛，少年的心，就像被刀剜了似的疼痛了起來。

這頓飯少年基本沒怎麼吃，匆匆扒了幾口，發現還是沒有胃口，心裡只有一種漸強的願望在滋長。他離開了飯桌，向外走去。

少年在武裝部院子裡轉了一圈，向人打聽季叔叔。

「咦，你找他有事嗎？看你急的！」叔叔們都這麼笑說。少年沒有回應，他只是在固執地打聽，而不想回答任何問題。

後來他知道季叔叔出門辦事去了，他就落寞地坐在傳達室的門口等他。

陽光燦爛奪目，盡情揮灑在了院落裡，亦映照在少年的身上。在這個乍暖還寒的季節裡，沐浴在暖融融的陽光下是一種享受，但少年根本沒有這份心情，他甚至沒有感受到陽光的撫慰。

遠遠地看到季叔叔悠閒地進了武裝部的外院，他站起了身，直視著他。「你找我？」季叔叔看著少年焦急的模樣，笑了，「有什麼事嗎？」

「我想去看望羅師傅的兒子，你能帶我去嗎？」少年說。

季叔叔的眉心蹙緊了，審視著少年。少年的心亦揪緊了，緊張地看定季叔叔。少年擔心他會拒絕他。

「一定要去看嗎？」終於，季叔叔開口問了。

少年肯定地點了點頭。

季叔叔低下頭來想了想，然後抬起了臉，陽光正好照射在他的臉上，勾勒出季叔叔臉上清晰的輪廓。他臉上的線條是柔和的。少年相信季叔叔不會拒絕他了，他有了這樣一種預感。

果然。季叔叔說：「那好，我帶你去吧，但你千萬不要告訴別人，知道嗎？」少年興奮地點了點頭，心想，季叔叔真好！

監獄的駐地離武裝部並不太遠，只隔了一條石板小道，它駐紮在縣裡的武裝中隊的院內，有一群武裝軍人負責看管。少年亦知，這些軍人是歸武裝部領導的，少年從沒有來過這裡。

少年跟著季叔叔進了武裝中隊的院子，他發現這裡的士兵都認識季叔叔，向他敬著禮，季叔叔只是哼哼了幾聲算作回答。他先是領著少年去見了武裝中隊的中隊長，一個滿口膠東口音高個子的軍人，這人的腰板挺得筆直筆直的，瘦高挑的個頭兒，足足比季叔叔高出大半個腦袋，但顯得結實有力。見季叔叔來了，他臉上堆滿了快樂的微笑。

「季參謀，難得一來呀，有事？」中隊長說。

「哦，這是王政委的兒子。」季叔叔拽過站在他身後的少年，介紹說。

「呵，小夥子長得真精神，像他爸。」中隊長說，還是一臉的笑意，順帶著摸了摸少年的頭，以示親切。

季叔叔向他說明來意。中隊長認真地聽著，然後大方地揮了揮手，「那小子是你同學？」中隊長問少年。少年「嗯」了一聲。中隊長將手輕搭在了少年的肩上，凝神想了想，「按規定是不允許探視的，更何況崔部長還有專門的交代……嗯，沒事，既然來了，我這網開一面吧，你們又不是外人，只是見了後要保密噢。」中隊長爽快地說。

少年覺得滿喜歡這位看上去快樂的叔叔。

「我不會對別人說的。」少年說。

七

他們向後院走去。軍營宿舍沿途的梨花綻開著，潔白的花蕾迎風怒放，星星點點地綴滿在橫逸斜出的枝丫上，他們竟像行走在花海中，但少年卻沒心情欣賞這一春天的景致，他心裡仍惦念著同學羅勝利，在暗自應幸自己的心願，這麼輕易地就得到了解決，他原來還擔心願望會落空呢。

前方就是一片封閉的院落了，四面是威嚴森然的高牆，高牆上密布著猙獰可怖的鐵絲網，只有一個緊閉的大門，門口設有一個崗亭，一名荷槍實彈的士兵把守著大門，見他們走來，站崗的士兵迅疾立正，持槍敬了一個標準的軍禮。中隊長點了點頭：「我們進去看一個人。」說完，逕自領著少年和季叔叔進了大門。

一個巨大的，橫臥在平地上的監獄展現在了眼前。他們走了進去，門口持槍站崗的士兵依然立正敬禮。

進入監獄內部了。光線有些幽暗，樓道裡吊著幾盞昏黃的燈泡，發出微弱的光暈。剛進時，少年的瞳孔還有些不太適應，見什麼都是虛虛乎乎的；迎面撲來的是一股子嗆鼻的腥臊味，也說不清是尿臊，還是糞便發酵後的味道，很難聞。季叔叔捂住了鼻孔，少年卻沒有這麼做。

現在少年的心情，既有些好奇，也有些恐懼。

這是監獄，少年想，裡面關著的都是些壞人！

瞳仁漸漸適應了昏暗的光線，少年看清了在狹長的甬道兩旁，間隔著的一個個緊閉的鐵門。門不大，滿窄的，只比一個人的人體稍寬一些，鐵門上方設有一扇看上去像是透風的帶柵欄的小窗口。

他們幾人的腳步聲，就在這個幽深的長廊裡跫然響起了，寂然無聲的甬道這時顯得更加地陰森可怖。鐵門上的監視孔，擠滿了一雙雙交替出現的眼睛，發出的卻是一道道駭人的目光。那目光透出的內容，讓少年不寒而慄了——那是一種他從未見過的野蠻、空洞、呆滯，充斥著愚昧和無望的眼神，少年哆嗦地掉開了視線，就像著了涼似的。

他不敢再看了。

那些可怕的目光，仍像磷火般地在他的眼前不停地閃爍，追逐著他，少年感到了一絲莫名的寒冷。

拐向了一個更加狹窄陰森的甬道，季叔叔停下了腳步，回頭問了一聲：「是這幾個人嗎？」中隊長點點頭，「是的。」「執行的人都安排好了？」季叔叔又問了一句。「安排好了，就等著執行呢。」中隊長回答道。少年聽不懂他倆在說些什麼。

有一個士兵背著五六式衝鋒槍，在甬道上來回巡邏著。

季叔叔趴在其中一扇鐵門的監視孔，往裡看了一眼，腦袋很快就移開了，嘴角劃過一絲奇怪的表情，拉過少年來，「你來看看？」

少年有些膽怯，畏縮著，季叔叔笑了，「沒事呀，有我們在呢，你怕什麼？看看吧。」

少年只好湊上去，往裡覷了一眼。

他看到黑黢黢的牆角，坐著一個人，帶著手拷和腳鐐。那人似乎聽到了外面的動靜，瞪著一雙可怕的眼睛往他這邊看來，但坐著沒動彈，少年趕緊離開了監視孔。

「怎麼，害怕？」季叔叔笑問。

少年沒吭聲，心裡卻在發抖，他覺得剛才看到的眼神，就像一頭困獸的目光。

「他是什麼人？」

「死刑犯，過幾天就要斃了。」季叔叔沒有表情地說。

少年的心裡打了一個寒顫，那種寒冷的感覺，又一次向他襲來。

「噢！」少年一愣，沒再說什麼。

他們離開了這條狹窄陰森的甬道，又返回了原路，重新進入了那條略寬的甬道，往縱深走去。少年這才意識到，季叔叔剛才是故意帶他來死囚牢房看一眼的，雖然他什麼都沒說。

終於在一個牢房前停下了腳步，中隊長向走道上巡邏的士兵招了招手，士兵快步跑了過來。「隊長，有什麼指示？」

「把二〇八號給我帶出來。」中隊長命令道。

士兵「是」了一聲，把槍斜挎在肩上，從口袋裡掏出一大把鑰匙，稀哩嘩拉地響著，挑出了其中的一把，「哐哩哐啷」地開著鎖。

「我看還是讓他們在值班室談談吧。」季叔叔說。

「也行。」中隊長答應了，然後對士兵說，「把二〇八號給我帶出來。」

鐵門打開了，一股濃重的腥臭的臊味撲面而來，裡面黑乎乎的，能依稀看見逼仄的空間中擠滿了人，清一色的禿瓢，從壁上高高的小窗口投射進來的一束光照，在一個個禿瓢上映出了一道道陰森可怖的反光。他們的面孔隱在陰影中，一片模糊，看不清人的表情。少年努力尋找著羅勝利的臉，但他失敗了，他只是看到十幾雙呆滯的目光，向他惡狠狠地撲來。

「二〇八號，出來。」少年聽到士兵一聲大吼。

一個人影站了起來，向前移動。少年終於看清了，那人正是羅勝利。

「羅勝利！」少年忍不住地喊了一聲，可他沒有回應，只是沉默地向門口走來。當他在門外站定時，少年看到的是他一臉的焦黃，下巴頦都尖突了出來，眼皮耷拉著，沒有絲毫的表情。

「羅勝利。」少年又輕喚了他一聲。

羅勝利沒有看他，只是用怪異的眼神，打量了一下少年身邊的季叔叔與中隊長，然後才將目光移向少年，呆呆地看著他。

「跟我們走。」少年聽到中隊長在背後說了一句。

牢房的大門，又重新被叮哩哐啷地關上了，中隊長領頭向另一個方向走去，羅勝利的腳步，亦跟著在機械地移動，少年與他並肩而行。少年很想對他說點什麼，但嗓子眼像被什麼東西給卡住了，沒能說出口，只好沉默地與羅勝利並排走著。

八

他們來到了一間敞亮的屋子裡，一個值班士兵正坐在桌前，見他們進來站了起來，敬了一個禮，中隊長揮了揮手，士兵心領神會地離開了辦公桌，退向了一旁。「讓他倆單獨聊聊，行嗎？」少年聽見季叔叔在徵求中隊長的意見。「行，這事你說了算。」中隊長笑說。沒過一會兒，他們相繼退出了房間，門亦被關上了。

小屋變得安靜了，只剩下羅勝利與少年，他們就這麼傻傻地站著。少年突然覺出些許的尷尬，這才想起他們是該坐下聊的。

「羅勝利，坐吧。」少年不自然地說。

羅勝利麻木地坐下了，看著他，還是沒有一絲表情，臉部的肌肉就像被人麻醉了一般，又像是初次見到他。

又是一陣尷尬的緘默，空氣變得有些壓抑了。

「我是專門過來看你的。」

「我知道。」羅勝利說。

又是沉默。

「哦……嗯……你好嗎？」

「你覺得呢？」

少年無語了，只好又沉默了下來。

「你為什麼還要來看我？」羅勝利終於開口了，腦袋歪斜著，挑釁般地看著少年，露出了一絲冷笑。

少年愣了一下，不知道該怎麼回答他了，語塞。

「其實你不必來的，這不是你來的地方。」羅勝利說，突然笑了一下，笑得詭譎。「不必來。」

「為什麼？我們不是朋友嗎？」少年說。

「朋友？」羅勝利笑得更厲害了，「呵哈，我們是朋友！你知道那天晚上我為什麼要讓你來碉堡玩麼？」

少年倏地想起了那一天傍晚，他看到的羅勝利與崔燕妮糾纏在一起時的情形，他和崔燕妮也是在那天晚上出事的。少年臉紅了，納悶地搖了搖頭，他不明白羅勝利為什麼突然重提這件事，他都快忘了那天晚上發生的事情了。

「我是故意的。」羅勝利說，臉上浮現出一絲得意。

「為什麼要故意呢？」少年問，他感到了好奇。

「故意！」羅勝利輕蔑地淺笑了一下，「是的，我是故意的，我就是想讓你看看我和燕妮的關係，就是想讓你看到。」

「為什麼你要這麼做呢，為什麼？我不懂！」少年感到困惑不解。

「因為我曉得燕妮為什麼要跟我好。」沉吟了一下，他說，「我知道她心裡其實一直有個人。」

「誰？」

「你。」

「我？」少年一怔，震驚地看著羅勝利。

「我一直有這種感覺，直到有一次我跟燕妮在一起玩時，她喊出了你的名字，我才知道我的感覺沒有錯。」他停頓了一下，兩眼朝天地呆了一會兒，「實話告你吧，當時我很受傷，我知道我是一個下賤的武裝部炊事員的兒子，所以我從來不願對同學說起我爸爸是做什麼的，我恥於開口，我只是假裝是你們武裝部幹部的孩子，但我知道，我的地位根本沒法跟你們比，你們才是真正的當官的孩子，而我不是，我是假的，冒充的。」

「只有跟燕妮做那種事時，我才覺得我跟你們是一樣的人，而且在征服她時，我感到了心裡的平衡和舒坦，我也是為了獲得這樣一種感覺才跟她在一起的，可我沒想到的是，我最終還是成了王若若的一個替身……」

「為什麼是這樣的呢，為什麼？」少年問，腦海中瞬間劃過了崔燕妮看著他的那種奇怪的眼神，亦想起了崔燕妮糾纏他的那個寂靜的夜晚。

「是的，我要讓你親眼看到我們之間發生的事。我承認，是我有意要讓你看的，我就是想刺激你，也刺激刺激燕妮，這樣她就會對你死心了。我這是故意做的，說實話，那天我很開心，有一種報復的快感。」羅勝利傲慢地掃視了少年一眼。

「告訴我，是崔燕妮自願跟你發生的那種事，對嗎？」少年避開了羅勝利咄咄逼人的目光，急切地問，「他們家不該這樣對待你，是燕妮自願做的，不該把讓你一人承擔，她應該站出來為你說話。」

「讓她站出來為我說話？」羅勝利仰天大笑了起來，「哈，我才不會那麼傻呢，還相信她會站出來為我說話，我知道她不會，她只會出賣我，這是我事先就該想到的……」羅勝利突然停止了大笑，表情沉重了起來，半晌沒吭聲。「現在再說這些已經沒意思了，真的沒意思了，就這樣吧……」羅勝利的聲音低沉了下來，眼眶中湧出了淚水，他抬起手臂，抹了抹眼睛，就像在揉眼中一粒沙子，「其實你能來看我，我……呃，滿感動的，真的，若若，你是好人！」

「別這麼說，羅勝利，我知道我幫不了你什麼忙，只是想來看看你。」少年說，心中有了一絲不忍。

「這就夠了，你有這份心就好，我沒想到你會來，真的沒想到！」他嘆了一口氣，「我爸爸一定會傷心的，你有空幫我安慰一下他，我對不起他……」說著，羅勝利哽咽了。

又是長久的沉默，少年亦感到了酸澀，他們好像沒法再往下說些什麼了，唯有沉默。

季叔叔和中隊長推門走了進來。

「談完了嗎？」季叔叔問，「我們該回去了。」少年這時還處在迷惘中，腦子迷迷糊糊的，思緒一片混亂。

羅勝利站了起來。「那我走了，若若。」

少年難過地望著他，遽然冒出一句：「我不會怪你的，羅勝利！那天晚上的事，我不會怪你的。」

羅勝利流露出一絲慘然的微笑。「無所謂了！」說完，他轉過身，跟著士兵向門口走去，快要出門時他突然又回過身來，大聲說：「王若若，謝謝你來看我，再見了！」

少年霎時間覺得心被掏空了，感到了空茫。直到季叔叔對他說：「若若，我們走吧！」他這才如夢方醒，隨著季叔叔離去了。

沿著來路，他們向武裝部的方向走去，少年一直沉默不語，心情沉重。「你怎麼了？」季叔叔調笑地看了看他。

「哦，沒……沒什麼。」

快到武裝部大院時，季叔叔才說：「過幾天縣裡要召開一個公審大會，知道嗎？」

少年知道季叔叔在故意轉移他的注意力。「哦，我……」少年的思緒一時還沒能拐過彎來，羅勝利的說過的那些話，還言猶在耳，他有些恍神。

「公告都貼出來了，要槍斃幾個人呢。」季叔叔笑說。

「你能帶我去看嗎？」少年這時從恍惚中醒轉了過來，問道。

「你不怕？」季叔叔停下了腳步，看著少年，目光閃爍，似乎想考察一下他的勇氣。

「不怕！」少年說。

季叔叔笑了，拍拍少年，說：「可以去看看，鍛鍊鍛鍊膽量，你也快成一個大男人了，這對你有好處。」季叔叔說。

當時，少年僅將季叔叔的提議，當作一件好玩的事，他當然不可能想到，幾天後，他將看到的那一幕是多麼地觸目驚心。

第十一章 × 永逝江上

一

那一天，學校本來就沒有安排必修的課目，因為縣革委將在人民廣場召開一個公審大會。按照文革期間的慣例，公審大會，一般會要求縣城的在職員工及學生踴躍參加，為的是能及時地進行一場關於階級鬥爭的現場教育，激發人民對階級敵人的仇恨，劃分敵我界線，以便更加地信仰和愛戴我們偉大領袖毛主席，衷心擁護偉大領袖親自發動和領導的無產階級文化大革命。

所以參加公審大會成了當時的一項政治任務。

少年先去找了蕭老師，只是說：「家裡有點急事，我不能參加了。」

因為是撒謊，少年當時就臉紅了。蕭老師目光閃爍地看著他，沒吱聲，只是沉默地點了點頭，少年暗自慶幸，蕭老師居然沒發現他在撒謊。

事先，少年看到了張貼的公審布告。那是與季叔叔分手後，他一人跑到大觀樓的城牆下看的，將被公審的犯人的罪行，張貼在了人來人往的城樓下，在布告的頂上角，幾名要被槍決的犯人還有照片示人。照片在少年看來有些駭人，死刑犯五花大綁，蓬頭垢面，瞪著一雙已然預示著死亡的眼睛——渾濁、蠻橫、空洞和無知的眼睛，在被公示的名字上，還被打上了一個黑色的大叉叉。少年不由聯想起了自己的母親，她被打成反革命時，名字也在被貼出的大字報上打一個了黑叉叉。

很多人在看，彼此交頭接耳，少年側身擠了進去，前方站著的人都比他個頭高，他站在後面什麼也看不見，他只能拚命地往前擠。

現在他看清了。率先映入少年眼簾的，就是那一雙雙可怕的猙獰的眼神，少年的視線在那些眼睛前逗留了很長的時間，他亦知，那將是一雙雙瀕臨死亡的眼神，這讓少年既有些心悸，亦有些好奇。

其中一人的眼神，更引起了少年的注意，他似乎顯得頗為頑固，一雙眼睛向前暴突著，瞪得圓睜睜的，能看清他雜亂的下巴，依稀冒出了些毛茸茸的髭鬚。他很年輕，頂多二十左右，嘴角下彎，流露出倔強的頑抗，他那雙瞪大的嚇人的眼睛，讓少年看了心裡犯怵。少年覺得這人有點眼熟，驀然想起，他可能是那天在監獄的監視孔見過的那個人。

少年看了一下他的罪行，上面寫的是他多次犯有「雞姦」罪，而且還在實施犯罪的過程中致人傷殘，罪大惡極，不殺不足以平民憤。

什麼叫「雞姦」呢？少年不禁納悶地思忖著，這個陌生的語詞他還是頭一回聽說，一時間竟無法領會它所蘊含的意味，雖然他能想像「姦」的涵義，他知道羅勝利就是因了此一罪行而被關押入監的。一想到這裡，少年的身上起了一層雞皮疙瘩，但在「姦」前還附加上了一個「雞」字時，他便有些迷糊了——它指向的是什麼罪行呢？難道這個死刑犯是強姦了雞嗎？如是，那也不該是死罪呀！

少年就這麼漫無邊際地想著，有點走神了。

公審大會那天的上午九點多鐘時，少年在武裝部被招呼上了一輛吉普車，季叔叔和鬍子拉碴的胡叔叔已在車上坐定了。

「這小傢伙怎麼也來了？」胡叔叔問。

季叔叔掃視了少年一眼，「讓他去看看吧，接受一下教育，沒事的。」季叔叔對胡叔叔說，又轉過臉來問少年，「一會兒你會害怕嗎？」

「不怕。」少年說。

季叔叔的目光在少年的臉上停留了一下，拍了拍他，這才掉過了臉去，看向前方。少年還注意到胡叔叔的臉上掠過了一絲不快，但他沒再說什麼了。少年發現，季叔叔和胡叔叔的腰上，都斜挎一把五四式手槍。

汽車啟動了，捲起一路塵土，迅速將後面的砂石路遮沒了，掀起的滾滾塵煙，宛若龍捲風似地追著汽車跑。少年還以為路程遠著呢。

其實沒多遠。

沒過一會兒，就見拐進了兩山之間的一個埡口，埡口間有一條窄窄的勉強能過車的土路，幾米見寬，吉普車沿著起伏的坡勢，顛簸地向下開去，很快，前方便見一片較為寬敞的凹凸不平的地面了。

吉普車突然戛然而止，剎車片發出拖長的一聲尖躁。

少年有些驚訝，他沒想到所謂的刑場，就設在公路邊上，距離學校也不算太遠，與他想像中的刑場迥然有別。

「到了。」

少年聽到季叔叔衝他喊了一句，下車前，季叔叔還將腰間的手槍往後順了順，率先鑽出了車門。少年跟著下了車，胡叔叔緊跟在他們後頭。他們走過了一個大斜坡，深下三四米左右，便到了視線較為開闊的一片平地了，能見到地面上已然挖好的四個小坑，坑旁有幾名戰士持搶站立，嚴陣以待。

環繞著這片平地的，是幾座拔地而起的山岡，山腳下亦由一排排持槍站立的武裝民兵戒嚴。能看到山坡上站滿了密密麻麻的灰黑的人群，摩肩接踵，就像一坨濃厚的烏雲，將幾座山體包裹了起來，感覺上是鋪天蓋地的，他們有的蹲著，有的立著；還有許多人袖著一雙手，一臉木然、呆滯地俯視下方，亦有人交頭接耳地悄聲議論著，就好像飛蟲在發出嗡嗡的鳴響。顯然，這裡的刑場，他們早已熟知了，一旦聽說有死刑犯要來執行槍決，他們便不約而同地聚集在了這裡，引頸觀望，好奇地等候即將來臨的場面。

季叔叔掃視了一圈周圍環境，低頭看了看錶。「快了。」他說，「一會兒就該來了。」

二

遠遠地聽到汽車馬達發出的嘶鳴聲，接著，兩輛解放牌敞篷卡車轟隆隆地駛了過來，穿過兩山之間的埡口，一路顛簸地駛近了，在平坦的路面上停了下來。

少年能看見在頭裡開的那輛卡車的前排，站著四個彎腰曲背、胸前掛著牌子的死刑犯，他們的腦袋，被站在身後的士兵死死地摁住，後面的那輛車上，則滿載著十幾個士兵和民兵。

卡車剛一停穩，後車上的人先紛紛跳下車來，迅速地擁到了前輛車的周圍，形成了一個小型的包圍圈；緊接著，頭車上押解犯人的士兵，將死刑犯的頭髮揪了起來，讓他們仰面朝天，向車尾走去。

山岡上的人群，驟然傳出一片海嘯般的嗡嗡聲，此起彼伏一波接著一波地湧來，甚至有人在大喊大叫。因為遠，聽不清他們在呼喊什麼。少年只是仰臉往那個方向望了一眼。

少年的視線重新落回了車前，那四個犯人正在一個個地被人拖下車。先下的兩個死囚，腳剛一落地，人就像酥軟了似的癱在了地上，像一團稀鬆的爛泥。他們很快就被兩名士兵死勁地揪了起來，他們均被五花大綁，雙臂被粗大的麻繩倒懸在背上。接著，少年聽到了士兵的怒吼：「站好！」

最後的一名死刑犯是被推下車的，少年一眼就認出了他，就是那個少年在布告上見過的，唇下還掛著稚氣小鬍茬的人，他倒沒有癱軟在地，只是睜著一雙驚惶的眼睛，滴溜溜地四處看著，彷彿仍處在迷迷登登的懵懂中，沒明白究竟發生了什麼事，他為什麼會來到這裡？總之，在少年的眼中，他的表情怪異極了，和死刑場的氣氛極不協和。但他很快就醒過懵來了，開始了拚命地掙扎，嘴裡還發出號啕的大哭聲。幾名士兵搶身上去，強行拖著他向那些挖好的土坑走去。少年看見他一直在奮力掙扎，但是徒勞的。

其他三名犯人也被人架著，向那幾個事先挖好的土坑踉踉蹌蹌地走去了。到了土坑前，押解他們的士兵先是集體站好，揪住犯人的頭髮昂然挺立著；他們的身後，亦有四名士兵，持槍以立正的姿勢站著，其他的人也在紛紛各就各位，場面莊嚴壓抑，還飄蕩著一股看不見的恐怖氣息。少年注意到山坡上鴉雀無聲了，只能聽到風吹樹林的沙沙聲。

「準備執行。」胡叔叔一聲令下。

隨著命令的發出，押犯人的士兵，動作整齊地往犯人後膝踹了一腳，他們猝不及防地雙膝一軟，跪在了地上，押解他們的士兵迅速閃開了，後面站立的四名士兵將手中的槍枝平端了起來，向前邁了幾步，用刺刀頂在了犯人的後心。

少年嚇得捂住了張大的嘴，他知道將會發生什麼了，他幾乎忍不住地要發出一聲驚叫，站在風中的身子開始瑟瑟顫抖。

隨著一聲「執行」的命令，槍聲響起了，四名犯人隨著槍響，身體抽搐了一下，一頭栽進了土坑裡；山坡上隨即傳來山呼海嘯般地驚呼聲，很快又安靜了下來。

少年閉上了眼睛，想讓自己定定神，剛才真的是嚇到他了，他身上升起了一股寒氣。可就在這剎那間，他聽到了什麼動靜。他睜開了眼，定睛看去。

一名癱倒在地坑的犯人，忽然傳來一聲哀號，是那種撕心裂肺的哀號聲，隨著這聲哀號的發出，他突然一個鯉魚打挺般地蹦了起來，雙腳蹬踢，在坑裡拚命地蹦噠，不停地跳起。「痛死了。」他大聲地嘶聲喊到，「痛死我了！」他的嘴角冒出了一股股血流。

少年認出了他，就是他在監視孔裡見的那位小鬍子犯人。

因為事發突然，士兵們端著槍，傻傻地站在一邊看著，驚呆了。

世界像是陷入了一片死寂，什麼聲音都沒有了，只有這個滿地打滾的犯人發出的哀號之聲。

只停留了那麼一瞬間，胡叔叔將腰上的五四式手槍拔了出來，怒目圓睜，就要邁步上前，但被季叔叔伸手攔下了：「我來吧。」少年聽見季叔叔低聲說了一句。只見季叔叔幾步搶上前去，揮舞著他手中的五四式手槍，「喀嚓」一聲子彈上了膛，照準正躺在地坑裡蹬腳掙扎的小鬍子，「噹噹」地開了兩槍。子彈打飛了，擊落在了泥土地上，濺起了幾片星星點點的污泥，其中還有幾星泥跡濺在了小鬍子的臉上，他被激射得又是一通狂叫，「我痛，我痛呀！」他痛苦地翻滾著，痙攣著。

山坡上的人群又開始騷動了起來。

這時，季叔叔穩了穩神，縱身跳下了土坑，伸出一隻大腳沉實地踩在小鬍子的身子，一甩手又擊射了一槍。這次好像打中了，小鬍子抽搐了一下，喊聲停止了。

但只是靜止了一小會兒工夫，小鬍子開始大口大口地喘息上了，嘴巴還在發出喃喃低語，只是有聲無力了。季叔叔急眼了，突然，他躍身一跳，整個身體踏在了小鬍子的身上，雙腳在他的身上蹦極似地顛跳了起來，幾股箭一般的血柱，「忽喇」一下飆了出來，其中的一股，正好射到了季叔叔的臉上，他立馬成了一個大花臉，變得有些猙獰可怖了。

季叔叔狠狠地抹了一把臉，一雙被鮮血染紅的眼睛瞪得十分嚇人，他瘋狂地在小鬍子身上又跺了幾腳，嘴裡還罵罵咧咧地撂下幾句髒話，又甩了一槍。

再沒有鮮血從小鬍子身上飆出了，只見幾注血泡，咕嘟沽嘟地從他身上的槍眼裡往外冒，還散發著一股熱氣。

小鬍子不再動彈了，腦袋斜著，滿口的血泡順著嘴角汩汩地流了下來，就像突然湧出的一串的小氣泡。他的眼睛瞪得大大的，看上去就像一條死魚的眼睛。

安靜極了，在場的人，目瞪口呆地看著這突如其來的一幕，彷彿停止了呼吸，山坡上觀望的人群，亦鴉雀無聲，宛若一具具在風中凍僵的，沒有了聲息的，直立著的木乃伊。

風聲悠悠，輕輕地劃過一蓬蓬擺動的樹葉，亦像在發出低聲的嗚咽。

季叔叔拎著五四式手槍，喘了幾口氣，向少年走來。少年趕緊閃身避開了。就在這時，山坡上又如狂風驟起，滿山遍野的驚呼聲，隆隆地由遠及近的滾了過來，湮沒了樹葉發出的低鳴。

少年驚恐地看著季叔叔，彷彿不認識了他似的，猶覺剛經歷了一場可怕的噩夢，他還在夢中掙扎。他都不記得了，自己怎麼就稀裡糊塗地跟人上了吉普車，返回武裝部的，他只記得，臨走時還回望了一眼，躺在地上失去了生命跡象的那四具屍體，心臟突突地跳個不停。恍惚間覺得自己亦經歷了一次生死存亡。

天空驟然間變得陰沉了，一朵朵灰色的蘑菇雲正在天上聚攏翻滾，緩慢地移動著。雲層越積越厚，刺目的陽光被遮沒了，只能透過濃厚的雲隙，漫射出一縷微弱的光線。

天空黯淡了下來，要下暴雨了。

三

深夜，少年被天上滾雷的炸響驚醒了。

就在剛才，少年還做了一個可怕的噩夢。在夢中，狂風呼嘯，大雨滂沱，山搖地動，少年見到了一具血淋淋的屍身，從爛泥翻捲的水窪中爬了起來，仰天發出撕心裂肺的悲號。

少年煢煢孑立於荒野上，四周寂然無聲，漆黑一片，駭人的閃電劃破天際，照亮了荒蕪的曠野，風聲、雨聲裹挾在了一起。

又是一陣電閃雷鳴，大地被照亮的一剎那，屍身突兀地站立在暴風雨中，邁著踉蹌的步履，一直在仰天長嘯，驚心動魄的嘶喊聲穿過肆虐的雨簾，向少年迎面撲來，少年嚇得魂飛魄散，亦發出了一聲嘶啞的嚎叫。

雷鳴裹挾一聲巨大的裂響，哧哧喇喇劃過天際。

少年就是在這時被震醒的。

他睜開懵懂的睡眼，驚恐地張大了嘴，大口大口地喘著粗氣，驚魂未定，心臟突突地狂跳不止。少年這才發現，睡覺時自己的雙手一直壓迫在心臟上。他趕緊攤開了手，四仰八叉地躺著，他能清晰地聽見心臟鼓點般的蹦跳聲。

又是一陣響雷撕裂了夜空，由遠及近隆隆地滾過，如同一頑皮的孩子撒著歡，推動著滾雷一路跑來。那聲音大極了，宛若天崩地裂一般，少年感到了大地的顫抖。

少年起身，驚恐萬狀地望向窗外，雷鳴電閃肆無忌憚地怒吼著，墨色的天空亦如磷火般地忽明忽暗。

少年突然有了一種不祥的預感，這預感竟來勢洶洶，不由分說地將他一股腦地捲入了可怕的幻覺中，讓少年感到了怪戾，但思緒是迷濛的，少年並不清楚這將預示著什麼樣的不祥之兆。

心跳在加速。

隆隆的雷聲又一次鋪天蓋地滾滾而來，猶如那個搗蛋的頑童在吹著短促的呼哨，悠悠然地一路小跑，接著陷入了一片死寂，彷彿雷神被頑童的口哨唬住了一般；經過一個短暫的沉寂之後，這才傳來一串驚天動地的炸響。

少年就這麼大睜著雙眼，望著時明時暗的虛空，心神不定地恍著神。過了那麼一會兒，他重新回到了床上，漸漸地又進入了夢鄉。

早晨起床後，少年先來到了陽臺上，發現樓下滿是流淌的積水。

少年住的那幢樓房地勢低窪，積水自上而下地淌成了一條涓涓的溪流，嘩啦啦地從高處流瀉而來，在樓前的石階下彎成一個小漩渦，順勢拐向了別處，歡快地流進了水溝，父親早早地就上班去了，走前仍沒忘了例行性地將洗臉的熱水幫少年打好，放在屋裡的廳堂裡。少年洗漱完後，穿上了一雙高筒雨靴，抄起一把雨傘便匆匆地下了樓。

雨勢變得稀疏了起來，但雨點仍然滿大，擊打在屋頂和石路上發出嗶啪之聲，濺起了一片白濛濛的水花。從屋簷的瓦當上落下的雨點，滴滴答答地脆響著，形成一道透明的水簾。

少年一出門便撐起了雨傘，淌著急速流動的雨水快步奔向食堂。

剛進食堂的門，少年就見到季叔叔和一幫人在飯桌上邊吃邊聊，神情快樂，這讓他莫名其妙地感到了不舒服，甚至有點怵然。少年想起了昨天在刑場上看到的那幕可怕的情景，那一幅幅畫面清晰地烙在了他的腦海中，想甩都甩不掉了，就像影子似地亦步亦趨。少年驀然驚醒，季叔叔在他的眼中，已然不再是過去的那個和藹可親的季叔叔了。一想到這，少年的心裡，便陡生了一種莫名的悵然，他發現他還是懷念過去的那個總是一臉笑意的季叔叔。

少年找了一張空桌坐下了，呆呆地坐著，腦子裡一片空白。他聽到了細碎的腳步聲。「若……若若，來……來趁……趁熱……熱吃。」羅師傅熟悉的聲音傳了過來。少年僵硬地衝他笑了笑，從他手中接過了熱粥。羅師傅順手將另一碟盛放著饅頭和小鹹菜的盤子擱在了他的桌上。

「你……怎……怎麼了，不……舒服嗎？」羅師傅問。

「哦，沒有。」少年掩飾地說。

羅師傅的臉上雖然仍掛著微笑，但眉心皺緊了，目光中透出一絲懷疑。「不……不……不……舒服？」羅師傅說。

「真的沒有。」少年說。

「那就……就……就好。」羅師傅又笑了笑。「外……外面下下……雨了，若若上學……路上……要小心哦，來，快……吃吧。」

少年「嗯」了一聲，喝了一口粥，很燙。

「別急……急著喝，……燙。」羅師傅說。

少年將碗又放下了，覺察到自己沒有了胃口。「有心……心思？」羅師傅沒走，關切地問。少年搖頭，他不知道該如何回答羅師傅的關心，他有些為難了。

羅師傅在少年邊上坐下了。「你爸……爸真好！」羅師傅忽然動情地說。

少年一怔，他不明白羅師傅為什麼突然說出這樣的話來，他看著羅師傅。

「我們家的勝利你……爸爸幫……幫著說話了，不會有大事了，只是要……要去……去農場勞教一年。」羅師傅說，長嘆了一聲，嗓音突然有些顫抖，眼眶濕潤了。少年的心裡不由得一動。羅師傅趕緊用衣袖抹了一把濕潤的眼睛，「沒……沒……大事了，虧了是你爸爸幫……著說……說話，我知……道崔……崔部長是……是不想饒……過我家勝……勝利的，虧了你……爸爸幫著說話。」羅師傅繼續嘮嘮叨叨地訴說著。

「其實那事也不全是羅勝利的責任。」少年忽然說。

「你……知道？」羅師傅狐疑地看著少年。少年呆了一下，肯定地點了點頭。「多虧……虧了王……政委。」羅師傅又嚕嗦上了，「沒有你……爸爸……我們家勝利還不……知會怎……怎樣哩！」

少年這時已經聽不見羅師傅在絮叨些什麼了，他的眼前浮現出羅勝利的那張玩世不恭的面孔，還有他的那種特有的嘲諷的口吻，少年心中竟有了些許的愧疚。

羅師傅還告訴少年，他父親有一天還特意安排他去監獄看望了羅勝利，臨別時，羅勝利突然喊住了羅師傅，似乎有話要說，可又遲遲沒有開口，羅師傅便有些納悶了，不知道兒子究竟想對他說些什麼。羅勝利沉默了很久很久，才喃喃低語地說了一句：「那天王若若來看過我了，替我謝謝他。」然後羅勝利就向監內走去了，走了幾步，像是倏地又想起了什麼，回過頭來對他父親大聲說：「告訴王若若，我對不起他，其實我心裡一直把他當朋友的，爸爸，你一定要告訴若若。」

羅師傅還說，他一直望著兒子的背影遠去，他清楚地看見兒子的身體在抽動著。少年看著羅師傅那張苦澀的面孔，有些震動，亦覺沉重。

「若若，怎麼樣？昨天嚇壞了吧？」少年被突如其來的聲音驚擾了，他從恍惚中醒轉了過來。是季叔叔。季叔叔就站在少年的面前，笑眯眯地望著少年，就好像在他身上什麼事也沒發生過，昨天刑場上的可怕的一幕似乎根本就不存在一樣。他輕鬆地笑著，還親熱地拍了拍少年的肩膀，用一根牙籤仔細地剔著牙縫。

羅師傅起身走了，季叔叔在少年邊上坐下了，笑吟吟地看著他。「昨晚沒做噩夢吧？」季叔叔說，他笑得更歡暢了。

少年覺得身上在發寒。他想起了季叔叔在死刑犯「小鬍子」身上狂跳的情景，他彷彿「看到了」從那個「小鬍子」身上飆出的鮮血。他突然感到了噁心，想吐。少年從邊上抄起了雨傘，捂住嘴衝出了食堂。

雨大了，豆大的雨點，辟哩啪啦地往下砸著，地面上激出了星星點點的水花。

「你怎麼啦，若若？」少年聽到季叔叔喊了一聲，他沒回頭，一頭扎進了豪雨中。

四

少年撐著傘，一路趟著水向學校走去。水流是順著高坡淌下來的，少年的心情亦像這雨天灰突突的。他討厭南方的這個陰濕沉悶的季節，春雨連綿不絕，成天聽著耳邊傳來的滴答滴答的聲響，讓他渾身不舒服，就如同身體也跟著雨季發了黴似的，散發出一股子難聞的酸餿味。春天的寒氣是深入骨髓的。

他走得很快，在石板路上踩著積水啪啪地走著，他能明顯地感覺到，濺起的水花沾濕了他的褲腳，甚至濺進了他的高筒雨靴。腳板有些發涼了，濕濕的，雨水灌入雨靴後讓他行進的腳步亦發出噗哧噗哧的聲響，寒氣沿著腳心一點點地向上蔓延，浸透了全身，他哆嗦了幾下。

許多同學從他身上匆匆走過了，他甚至聽見有人在喊他，他沒應聲，將雨傘故意地擋在臉前，他現在不想跟任何人說話，他只想一個人悶頭走著。

學校就在眼前了，那座素樸的灰色教學樓靜靜地臥伏在風雨中，他加快了行進的步伐。

起風了，一陣寒風向他撲來，豆大的雨點亦改變了走向，橫斜著掃了過來。少年手中撐著的雨傘，忽然被突如其來的風刮得向後仰，以致帶動了他的身子亦跟著向後踉蹌了幾步，他趕緊穩住了身體，將雨傘向前垂下，阻擋著迎面吹來的狂風，躬著身子艱難地向學校方向移動。

到了。前方就是教學樓了，再有幾步他就該踏上了校舍的長廊了，就在這時，擋著他的臉的雨傘，被一隻手挪開了，身體暴露在了風雨中，他還以為是同學在搗蛋呢，正待發火。

少年呆住了，站在面前的人竟然是如月。

少年的腦子轟地炸了一下，甚至忘了是在校舍前，手中的雨傘，隨著手臂的下滑無力地耷拉了下來，垂落在了陰濕的地上。

他就這麼呆呆地望著雨中佇立的如月。

雨點猛烈地抽打在如月蒼白的臉上，形成幾股細細的水柱，從她的臉上無聲地滑落，澆濕了她的衣服，少年能聽到雨點橫掃在如月臉上的劈啪聲，如月似乎渾然不覺，只是像一柱木樁似地定定地站著，瞪大了一雙失神落魄的秀麗的眼睛。

自從與如月發生了「那事」之後，少年就沒能再見到如月了，他知道自己在躲避她，因為只要一想起那天發生的那一幕他就會臉紅耳熱，心跳不止，他無法想像竟會與如月做出羞於見人的事，儘管當時他深切感受到了被充分喚醒的欲望，那股燃燒的欲望瞬間淹沒了他，且被它不由自主地完全控制，他就這樣稀裡糊塗地隨波逐流了；直到身體裡潛藏著的那個可怕的欲望的魔獸，隨著一股熱流激射而出時，他才感到了羞愧難當，滋生了一種深重的負罪感，他甚至不敢相信這一切竟然為真。

事後，少年跑到浮橋上哭了很久很久，先是忘情地大聲號啕，後來是低聲地啜泣，他不敢太大聲了，因為身邊總有些匆匆走過的行人，對他側目而視，讓他感到了無地自容。

少年就這麼獨自一人，面對著白浪滔滔地錦江之水，無聲地哭泣，那一刻，他還想起了啟明，想起了啟明對他說起如月時的神情，他覺得自己辜負了啟明的信任，他知道啟明喜歡如月。

為什麼竟會發生這種事呢？少年自問，他一時還無法明白，腦子裡是一團梳理不清的亂麻，糾纏在一起，怎麼也擺脫不了，如同噩夢一般。於是他發誓再也不想見到如月了，一想起如月因激情而扭曲的面孔，少年便心生驚懼。雖然平靜下來之後，少年仍然會懷戀地想起那天發生的故事，內心還會有一種抑制不住的隱隱激動，

少年以為從此以後再也不會見到如月了，可他竟未料到，如月會在這個大雨大驀然出現在他的面前。

如月呆了一下，突然號啕了起來：「他不見了……不見了，你知道他去哪了麼？」如月邊哭邊說。

少年的心臟劇烈地激跳了起來，他知道從如月的口中出現的「他」，會是誰。

「鄭老伯去哪了？」少年一下子清醒了過來，大聲問道。

「我也是來問你的，若若，我想他昨晚是來找你的。」如月抽泣地說。她的臉色慘白，就像患了一場大病，眼窩塌陷，紅腫，她渾身上下都濕透了。少年一動不動地望著她，無言以對，因為他災難般地預

感到了什麼，他的心跳更加猛烈了。如月突然抓住了他的雙肩，劇烈地搖晃著。「你知道，你知道他去哪了，對嗎？你知道的！」少年注意到，如月紅腫的眼睛中放射出癡呆般的癲狂。

少年冷靜了下來。少年知道他現在不能慌，如果他慌了，如月會更加驚惶失措，儘管他有一種可怕的預感。

「如月姐，你先別哭，我們一塊去找鄭老伯，好嗎？不會有事的。你等下。」說完，少年從如月的身邊竄了過去，他想找蕭老師請假。當他三步併作二步跑到了校舍的臺階上時，一個人影擋住了他，他抬頭，一下子愣了。

長廊上站著許多看熱鬧的同學，在好奇地觀望，蕭老師也站在了人群中間，目光充滿了擔憂和沉重。少年不知道蕭老師是何時悄然出現在了這裡。還沒待少年開口，蕭老師先說話了：「你去吧，王若若同學。」蕭老師說，「我知道了，她一大早就來了，一直站在這等你，我都知道了。」

少年心熱了一下，曲身向蕭老師鞠了一躬，他也不知道為什麼，自己會突然做出了這麼一個奇怪的動作。

「謝謝蕭老師！」少年說。

五

少年帶著如月先去了鄭老伯常來的小店鋪，兩個阿姨見如月身上濕淋淋的，「哎喲」了一聲，「還不趕緊地換身衣服，都淋成啥樣了！」如月固執地搖著頭，堅決不從。阿姨們無奈了，只好隨她去了。

少年焦急地問起了鄭老伯的行蹤，瘦店員先是詫異地「咦」了一聲：「他怎麼啦，為什麼問他？」臉色很快便凝重了起來，看了胖店員一眼，她的臉色也變了；顯然，她們從若若的臉上亦預感到了一種不祥。當她們聽說了鄭老伯失蹤的消息後，兩位店員幾乎同時發出了一聲「啊！」彼此又交換了一個眼神。在少年與如月的一再追問下，她們才告訴他們，昨晚鄭老伯確實來過了，喝了很多很多的「高粱酒」，誰勸罵誰。

「喝得太多了。」胖店員說，「後來就開始絮絮叨叨地說著什麼……」

「他說了什麼？」少年問。

胖店員猶豫了一下，望瞭望灰濛濛的雨天，「好像一直在喊一個人的名字，一直在喊……」

「什麼名字？」少年追說。他這時根本沒有注意到，如月的臉色更加難看了，慘白得如同一張透明的薄紙。

兩位店員又面面相覷了一下，似乎都想讓對方先說出那個名字。

「你們就說吧！」如月說，嘴唇在不停地抖動，少年甚至聽到了她牙齒發出的碰撞聲。

「他……哦，一直在喊著晨英的名字。」瘦店員終於說了，剛一脫口，便後悔似地沉默了下來。

「他下午好像剛去找過這個人來的，在那受了什麼氣，就跑我們這喝起了悶酒。」胖店員接著補充了一句。

「後來呢？」少年說。

「後來天上就打起雷來了，眼看要下暴雨了，我們就勸他趕緊回家。」胖店員說。

「天太晚了，他不走，我們也下不了班呀。」瘦店員接了一句。

「他不聽，只是破口大罵，我們也沒辦法，我們都知道他這個怪脾氣，常這樣，只好由著他了唦。」胖店員無奈地說。

「後來呢。」少年繼續問，心中不祥的預感越來越強烈了。

她們又不說話了，似乎努力思索該如何回答少年提出的問題，頗有些為難了，你看我一眼，我看你一眼地在迴避著，最後，兩人的目光不約而同地落在了如月的臉上。

「你們說吧！」如月無力地說，聲音小得如同蚊子在哼哼。

「後來他走了，那已經很晚了，喝得稀裡糊塗歪倒著身子走的，我們倆還不放心，說是要去送送他，可他不肯，還嚷嚷著要打人，我們就這麼眼睜睜地看著他一搖一晃地走進了雨裡，那時天上還沒下太大的雨，但已經聽得見遠方傳來的雷聲了，我們還有些掛心哩。」

「知道他要去哪嗎？」少年迫不及待地說。

「我們問過了，他說……說，他要回家……」胖店員小心翼翼地說了一句，說完就低下了頭，像在懊悔沒送鄭老伯回家似的。「要是那個打鐵的小夥子還在就好了，過去都有他陪著，好一陣也沒見他來了。」胖店員最後說。

「他一定出事了！」從小店鋪出來後，如月說，她已經不再流淚了，只是癡呆呆地惶恐不安，有如大難臨頭。

少年又領著如月奔了武裝部，闖進父親的辦公室，他還是第一次來到父親的辦公室，少年知道，這是他現在唯一可以做的了。少年一五一十地將鄭老伯失蹤的情況向父親陳述了一遍。父親一聽，臉色就沉了下來，一臉陰雲，他從座椅上霍地站起了身，神色嚴峻，先是安慰了如月幾句，讓她先別著急，說他這就去發動縣革委和武裝部的幹部分別出去尋找，並叫人幫她換下了一身淋透的衣裳，把她安排在傳達室裡休息，並交代少年陪好如月，父親則急匆匆地離去了。少年知道，父親這是急著去安排尋找鄭老伯的事。

那一天過得如坐針氈。

少年陪伴如月坐在傳達室的電話機旁，等候從各方匯攏來的消息。如月發著呆，一聲不吭，渾身上下不停地顫抖。屋裡其實並不冷，值班員還專門為如月升起了烤火盆，可如月的身子始終像打擺子似地抖動不已，人也走著神，思緒有如飄蕩在了另一個時空中。她一天沒吃東西了，只是偶爾地喝上幾口熱水。若若覺得自己在心疼她。

一直到傍晚時分，父親讓人將少年叫到了辦公室，神色凝重地說，「若若，我們可能要做好最壞的打算了。」父親嘆了一口氣，「傳來的消息都不大好。」

少年的心懸了起來。「爸爸，鄭老伯昨天好像找過那個……那個阿姨。」少年囁嚅地說。

父親沉默了一會兒。「我知道，我專門去問過了她，昨天老鄭是去找過她，這一段時間他總會出現在她的周圍。」

「那……阿姨說什麼了？」少年小心地探問。

父親為難地掃了一眼少年。「這裡面的情況很複雜，那個阿姨一聽老鄭失蹤了就……哦，我看得出她很焦急，她只是說，以前只是不想因為自己的事牽累了老鄭，所以故意對他避而不見，可她萬萬沒想到老鄭竟會出事，她哭得很厲害。」說完，父親的神情竟有些動容了。

少年出神地望著父親，他看得出父親的沉重。

「一會兒我會安排她過來，讓她和老鄭的女兒見上一面。」父親說。

「還有其他什麼消息嗎？」

「都是些不好的消息，有人說，夜裡見過一位老人坐在浮橋的矮欄上，嘴裡一直在呼喊著什麼，也不聽人勸，就是不肯走；還有人看見一人影橫躺在浮橋的扶欄上，似乎睡著了，想去搖醒他，就要下大暴雨了，可是沒搖醒，還聞到了這人一嘴的酒氣。」父親看著少年，不說話了。

「還有嗎？」

「沒有了，所以要做好最壞的打算了，如果真有意外，縣領導是有責任的，一個老革命我們沒能照顧好！」父親黯然地說。

沒過一會兒，少年聽到有人來敲門，「進來吧！」父親說。門被輕輕地推開了，季叔叔閃了進來，「王政委，她人來了。」父親點點頭，「讓她快進來坐。」

季叔叔後退了一步，向外示意，一個人影閃了進來，少年一眼就認出了她——正是「叛徒」阿姨。

阿姨失魂落魄地走了進來，人像是還處在恍惚中。父親趕緊起身，扶住了她，「老蕭，你坐。」季叔叔從身後給她搬來了一把椅子，她呆呆地坐下了，臉上布滿了淚痕。剛一坐定，像是突然意識到了什麼，慌忙從椅子上站起，垂首站立，一動不動。

父親搖了搖頭，臉上劃過一絲悲傷，「你不用怕，不用，這是在武裝部，你坐吧，沒關係的。」父親故意作出一副輕鬆的表情，安慰她說。

阿姨還是心悸地看著父親，沒敢坐。父親上前一步，準備扶她坐下，她神經質般地閃開了。「哦，沒事，坐吧！」父親又說了一句。阿姨膽怯地覷了父親一眼，猶豫了片刻，坐下了。

「有消息了嗎？」阿姨乞求般地望向父親，顫聲問。

父親也看著她，沉默了一會兒，搖了搖頭。阿姨的眼淚嘩地一下流了出來，「是我害了他。」她囁嚅地說，「我害了他！」

父親給季叔叔使了一個眼色，季叔叔會意地退出了，過了一會兒，他又帶著如月出現在了父親的辦公室。

「哦，老蕭，這是老鄭同志的女兒。」父親讓如月坐下後說。

少年注意到阿姨和如月都沉默著打量著對方，一開始，彼此並沒有什麼特別的反應，只是這麼呆呆地相互凝視著。可沒過一會兒，如月像是突然反應了過來，從椅子上竄起身來，一把揪住了阿姨的衣領，聲嘶力竭地吼道：「我知道你是誰，是你，就是你，是你讓他變成這個樣子的，是你毀了他！」

父親、季叔叔和若若，都被這突如其來的變故驚呆了，一時間竟沒反應過來，顯然，他們完全沒有想到還會發生這樣的事，也不知道究竟是因為什麼而發生。

「你罵吧，這是我該受的。」阿姨木然地坐著，一動不動，任憑如月在拚命地撕扯她，臉上的淚水涕泗橫流。「是我該受的！」她呆呆地低語說。

如月還在揪住阿姨的衣領拚命地搖晃，「你為什麼要對他這樣，為什麼？我不明白，真的不明白！」她大聲地號啕了起來。

父親終於反應了過來，將如月拽向了一邊，「你冷靜點。」父親溫和地說，「有話慢慢說，不要這樣。」與此同時，父親向少年投來詢問的目光，顯然，他想弄清楚，這中間這到底出了什麼問題？

少年的心裡是明白的，只是他不能說，也不想說，他覺得此刻的自己百味雜陳，翻江倒海，他還能說什麼呢？他只能衝著父親無奈地晃了晃腦袋。

六

昨晚，如月突然發起了高燒，說了一夜的胡話，偶爾她會從昏睡中驚醒，大聲地嘶喊鄭老伯的名字，瞪大一雙驚恐萬狀的眼睛。父親趕緊從縣醫院請來了醫生、護士，專門為她醫治療理，吃了幾劑藥片和打了退燒針後，她漸漸安靜了下來，很快進入了深度睡眠。醫生說，如月是因為身心俱疲，急火攻心，又加上淋了雨受了風寒，所以才發起了高燒，休息一下很快就會好的。

少年和父親回到家時，已是凌晨了。父親將少年叫到身邊，詢問了一下白天發生的事，父親一直不明白，為什麼如月竟會對初次見面的「叛徒」阿姨，採取了那麼一種異常激烈的態度。

「她們之間到底發生了什麼？她們過去認識嗎？」父親皺著眉心，問。

少年囁嚅了一會兒，在父親的一再催問下，還是結結巴巴地將他知道的來龍去脈，一五一十地和盤托出了，只是在說到蕭老師時，他猶豫了一下，因為那只是他的一個猜測，他也不知道自己猜得對不對。

父親一眼就看出了少年還隱瞞著什麼，嚴肅地告誡少年說，「你必須把所有的實情告訴爸爸，你要信任爸爸，爸爸想幫她們。」

少年沒再猶豫了，將自己所知道的一古腦地全說了出來，到最後，他還強調說，這些僅是自己的一個猜測，他也不清楚是不是猜錯了，他只是恍惚間覺得鄭老伯與蕭阿姨、蕭老師之間隱藏了一層隱祕的關係。

父親陷入了長久的沉思，臉色亦變得越來越凝重了，眉宇間擰成了一個疙瘩，連續抽了好幾支煙。父親的沉默讓少年感到了緊張，他坐立不安地看著父親，又不敢去驚動他。

末了，父親深深地嘆了一口長氣，「行了，你講的情況我都知道了。」父親說，「你快去睡吧，太晚了。」

「能找到鄭老伯嗎？」少年問。

父親的臉上，又籠罩了一層濃重的陰影。「可能凶多吉少。」說完，父親又一次點燃了香煙，「唉」地長嘆一聲，「老鄭的好些情況，組織上一點也不瞭解呵！」父親說，神情痛苦。「去吧，你先睡，明天再看看會有什麼消息。」

第二天醒來時天光已大亮了，少年一激靈跳了起來。他都睡糊塗了，居然沒意識到自己睡過了頭。少年急急忙忙地穿好了衣服，從屋子裡衝了出去，也顧不上刷牙洗臉了，他知道自己已經晚了。

當少年衝進傳達室時，見如月披了一件軍大衣，木然地坐在傳達室的床上，目光癡呆，看他進門也沒有做出更多的反應。

「如月姐，你好點了嗎？」少年關切地問。她還是一聲不吭地沒有回應。

「退燒了。」在一旁的季叔叔說。少年鬆了一口氣。

約莫十點來鐘的時候，少年透過玻璃窗，見父親從辦公樓裡急匆匆地奔了過來，一進門看見少年和如月，愣了一下，他招了招手，示意季叔叔跟著他出來一下。

少年見動靜不對，也跟著走了出來，他聽見父親在對季叔叔說：「錦江上發現了一具浮屍，有可能會是……」季叔叔馬上明白了，「我這就組織人過去。」說著，他急促地就要離開，父親又喊住了他：「先別讓老鄭的女兒知道。」季叔叔點了點頭，去了。

父親這才轉過身，看向少年：「你就在這陪著老鄭的女兒，不能讓她見到這種場面。聽到了嗎？」

父親的話音剛落下，如月就從門後閃了出來，「我要去，我知道是他！」她堅定地說。

父親為難地看著如月，過了一會兒才說：「是誰，現在還不好說，你身體剛好，還是先在這安心地等消息，有什麼情況我們會來通知你，可以嗎？」

「我知道是他，你們不必擔心我，我做好心理準備了，我要去見他。」如月說。少年看著如月，她的臉色依然煞白，但鎮靜了許多。

父親沒辦法了，低下頭想了一會兒，然後再一次凝視了如月一眼。如月的臉上已然沒有了哀傷，透著一絲倔強。

「那好吧，我們這就走。」父親說。

他們一行來到了錦江北岸的大堤上，從這裡望下去，是一呈三十度斜角的大斜坡，由石塊層層疊疊地壘砌而成，斜坡下有一條不寬的人行小道，再往下的石壁，則呈四十度之斜度，延伸地插入了奔騰不息的錦江。燦爛的陽光，幻化出一道道炫目的光線，映照著江上泛起的碎銀般的粼粼波光。可以看見江上飄著幾條竹筏，上面立著幾個人影，正向江心划去，能聽到江上遠遠傳來的吆喝聲，此起彼伏，伴隨著江風飄入耳畔。

幾條竹筏向江心聚攏了，漸漸地圍成一圈，竹筏上兀立的人影亦見彎下了腰，似在打撈江上漂浮著的一具黑色的物體。

現在一點聲音都沒有了，除了江風在呼呼地吹過。沉寂了好長一會兒，其中一條竹筏上的人站起了身來，在向岸邊招手示意，緊接著又大喊了一聲什麼。發的聲音很快被江風吞沒了。竹筏開始散開，分別向岸邊快速地划來。

漸漸駛近了，少年看見，率先向岸邊划來的一條竹筏上佇立著胡叔叔，再凝神看去，少年倒吸一口涼氣。

刺目的陽光下，竹筏上分明躺著一具僵硬的屍體，他仰面朝天，肚子鼓漲，像裹著一個巨大的皮球，臂肘微微向上屈伸，手指亦微張著，形成強烈的扭曲狀，看得出這人臨死前最後的徒勞掙扎。

就在這時，少年聽見邊上傳出一聲淒厲的慘叫，還沒待他反應過來，一個黑色的人影，箭一般地從少年的身邊飛速竄了出去，剛跑出幾步就被人給死死抱住了。

抱住如月的人是季叔叔，他摟緊了她，不顧她的撕扯，將她拚命地往回拽。如月在掙扎，歇斯底里地掙扎，向堤岸下的方向絕望地伸出一隻顫抖的手臂，瘋了一樣。又有幾個人竄上前去，手忙腳亂地將她拉住了，架著她，又返回了堤岸上。如月失魂般的哭聲嘹亮地響徹在江岸，那哭聲，將少年的心緊緊地揪住了，他感覺到了自己的眼中亦噙滿了淚水，模糊了他的視線。

父親這時已出現在了江岸的竹筏邊，胡叔叔正在向他述說著些什麼，揮舞著手臂指著江心，又向一動不動仰躺在竹筏上的人示意著。少年知道躺著的人就是鄭老伯了。屍身僵硬的鄭老伯還大瞪著駭人的雙目，一如死不瞑目，少年的心中掠過一絲強烈的悲慟。他突然嗅到了從江上飄來的一股難聞的氣味，濃烈地順著風向向他迎面撲來，氣味中混雜著發餿的酒氣的惡臭，讓他一陣噁心。他想要嘔吐了。

少年這才意識到，失去了如月的嚎叫聲，他回身看去，如月亦躺在了地上，臉色慘白得嚇人，合著眼一動不動了，眼角上凝結的幾滴淚珠仍清晰可見。事先就來到堤岸上的幾位穿著白大褂的醫生、護士，正蹲伏在地，對她實施搶救。

「如月姐怎麼啦？」少年驚問。

「沒事，沒事。」季叔叔說，「昏過去了，一會兒就會好。」一位醫生聽見了，抬起臉，向少年點了點頭。堤岸上圍攏了越來越多的人，是來湊熱鬧的。

等到少年再次回過身時，鄭老伯已被安置在了擔架上，父親正指揮著一眾將一條白色的單子覆蓋在鄭老伯的身上。現在看不見鄭老伯的那張嚇人的面孔了，只見白單覆蓋下凸起的人形輪廓。這時躥上來四個人，大聲吆喝「一二三」，集體將擔架抬起，胡叔叔在前方領路，艱難地向堤上走來，父親跟在擔架的後面，神情肅穆。

當擔架從少年的身邊劃過時，少年又一次嗅到了那股難聞的發臭的酒味，這一次他終於忍不住地蹲地嘔吐了，眼淚終於嘩嘩地湧流了出來。

七

追悼會是在縣革委禮堂隆重舉行的，大廳正中的白牆上，懸掛著一幅鄭老伯的大照片，照片上的鄭老伯，臉上還若隱若顯地微露嘲諷般的微笑。鄭老伯經過整型化妝後的遺體，安放在禮堂的正中央，身上覆蓋著一面鮮紅的黨旗，他的那張骨骼峻奇的面孔露在外面，看上去就如同熟睡了似地安詳恬靜。沿牆擺滿了花圈和挽聯，有哀樂聲在大堂裡低低地迴響。

少年跟在父親的背後走了進去，人很多，著一水的素色的服飾。父親回頭向少年示意了一下，少年懂事地站在了前排的人群中，父親則走上了前臺，和幾位縣領導站在了一起，他們還在低聲商量著什麼。

後面傳來一陣騷動，人群自動地分開成一條通道，少年瞪大了眼睛，他萬萬沒有料到，啟明出現了，他正攙扶著如月一步步地向前走來，臉色沉重而悲傷，身邊的如月則一臉的病容，還是顯得那麼的蒼白無力。她失神地向前走著，步履亦有些踉蹌，好在有啟明在身邊小心地攙扶著，生怕她會一不小地癱倒在地。如月不再哭了，只是眼圈紅腫得厲害，布滿了哀慟之情。少年還看到了胖店員和瘦店員，這讓他多少有些意外，她們的臉上亦充滿了傷感，神情淒然。

追悼儀式由縣革委書記主持，父親唸悼詞，他高度頌揚了鄭老伯為革命事業所做出的傑出貢獻，說他是一位不朽的將自己的一生奉獻給共產主義的革命戰士，是經過槍林彈雨考驗的革命老同志，大家學習的榜樣。父親還說，我們活著的人，將會繼承和發揚他的革命遺志，在偉大領袖毛主席的正確領導下，將無產階級文化大革命進行到底。

最後，父親宣布遺體告別儀式。哀慟低回的哀樂又響了起來，莊嚴肅穆的大廳裡傳來斷斷續續的哭泣聲。聽著哀樂，少年亦抑制不住地淚流不止，淚眼模糊中，他看見井然有秩的隊伍繞著鄭老伯的遺體緩步地走了一個半圈，然後又走向站在遺體旁的如月，握手致哀。如月木然呆滯地接受著，彷彿失去了知覺，身邊還是由啟明在小心地攙扶著她。

輪到少年往前走了。他走到鄭老伯的遺體旁，目視著彷彿在安詳中睡去的鄭老伯，淚水更加地滂沱了，失聲痛哭，他心裡還無法接受這一殘酷的現實，猶覺鄭老伯會從睡夢中突然醒來，向他發出一個熟悉的微笑。

就在這時，一個人影從少年的背後衝了過來，發出聲聲淒厲的號啕，她跌跌撞撞地撲向了鄭老伯的遺體，伏在他身上大聲地痛哭了起來。少年心下一驚，他認出了這個人，她就是那位「叛徒」蕭阿姨。蕭阿姨披頭散髮地趴在鄭老伯的遺體上哀哭不已，帶她進來的人竟是季叔叔！

少年注意到，季叔叔跟站在前臺的父親對視了一個眼神，彼此會意地點了點頭。少年明白了，一定是父親叮囑季叔叔將蕭阿姨帶進來的。

「你為什麼要走，為什麼？嗚……你不懂我的心，我從來沒有真的怪罪過你，只是我不想牽連你呀……大壯……大壯，你聽得見嗎？我後悔，後悔我沒有告訴過你，你原諒我，原諒我，好嗎？是我有罪，嗚……原諒我……大壯……嗚嗚——」

縣革委書記忽然鎖緊了眉頭，向旁邊的人示意了一下。顯然，他想讓人制止蕭阿姨突如其來的行為，但被父親擋住了。父親附在縣革委書記的耳邊，低語了幾句，縣革委書記看了父親一眼，不情願地點了頭頭。

「我一直想讓你離開我，離開這裡，你為什麼不聽呀，大壯，為什麼？……你難道不知道我這是在為你好嗎？你糊塗呵大壯，你聽見了嗎？」

蕭阿姨哭了很久很久，淒涼的哭聲，催動了現場更多的人流下了眼淚，這時季叔叔上前一步來拉她，將她扶向一邊，沒過一會兒，蕭阿姨遽然掙脫了季叔叔，再一次衝了上來，噗通一聲跪倒在了鄭老伯的遺體前，死命地在地上磕了幾個響頭，嗵嗵嗵的聲音在大廳裡顯得分外響亮。少年的心臟都跟著激跳了幾下。接著，蕭阿姨抬起了臉來，少年見到她的額前鼓起了一塊青腫的大包，還有幾絲血珠滲出，她嘶啞的嗓子陡然高喊了起來：「大壯，你好好記住了，我從來沒有忘記過你！」她的聲音忽然又低沉了下來，哭成一團，用手捂著嘴，顫抖不已。就在這時，蕭阿姨突然發出了一聲驚天動地的呢喃：

「我愛你！」

當蕭阿姨的一聲「我愛你」，低低地響徹大廳時，在場的人都驚呆了，先是死一般的寂靜，很快騷動與喧嘩海嘯般一波波地滾來，少年瞠目結舌。接著，一個更讓少年意想不到的情景出現了，只見一人緩步走上前來，在蕭阿姨的身後呆呆地站住了，但只是肅然地佇立了一會兒工夫，便彎下身，將蕭阿姨小心翼翼地攙扶了起來。

「蕭老師！」少年失聲地喊了出來。

沒錯，正是那位平時刻板憂鬱的蕭老師，只是此時，他在少年所熟悉的憂鬱之上，又平添了一層深切的悲傷。他將蕭阿姨扶起，輕聲地喊了一聲：「媽，我們走吧！」

當聽到這一聲輕喚時，蕭阿姨的身體像觸電般猛烈地顫抖了一下，難以置信地轉過臉來，呆呆地望了蕭老師半晌，一副入夢的表情，嘴角一直在哆嗦著，似乎想要向他說些什麼，可這時的她，已然發不出任何聲音了。

「您不用再說了，媽，我都明白了，我們走吧。」

說完，蕭老師攙扶著母親，向鄭老伯的遺體深深地一鞠躬，他的身體姿勢，長時間地凝固在了這一動作上，如同一尊雕像；然後，抬起了臉，臉上已然淚流滿面，扶著母親，又一步步地走向如月。

他們走到了如月的身邊，少年看見蕭阿姨緊握著如月的手，喃喃低語地對她說著什麼，從少年站立的位置，聽不見她說的內容；然後蕭阿姨摟著如月哭了一會兒。如月回過神來了，長嘆了一口氣，先是呆怔了一下，接著亦抱著蕭阿姨哭成一團。

當少年步出縣革委禮堂時，天空又烏雲密布了，遠處，有雷聲隱隱傳來，宛若一軒昂魁偉的巨人，踏著沉實厚重的步履，一路轟隆隆地大步走來。雷聲很快在天空中炸響了，天崩地裂一般。下暴雨了。

尾聲

他又沿著這條往昔歲月的石板小路，向學校的方向走去。一切都沒有改變，彷彿匆匆的時光在這裡突然凝固了，未曾無情的流逝過，還一如既往地保留著歲月的原貌，一如當年。他心中充滿了莫名的感動，內心甚至祈禱蒼天的仁慈，沒有因了這條石板小路的消失，而毀了他的記憶，一切都還是那麼地栩栩如生。

他想去看一眼自己曾經的母校，那裡留下了他太多的彷彿久遠的回憶——一九七〇年，他一直記得這個年份，那是文革時相對平靜安然的一年。那時人們的信仰還沒有處在崩潰的邊緣，信念的崩坍還要等到下一個年份的來臨——一九七一年，那一年，國家和黨的接班人林彪，喪命於蒙古國溫都爾汗的沙漠中，這代人才開始進入了懷疑與思考的年代，在消息傳來的那一瞬間，他們曾經的堅定信仰，遭到了毀滅性的一擊。

那一年——一九七一年，他成為了一名共和國軍人。

一九七一年還沒有進入懷疑的年代，那時只有一絲迷惘和悵然，灰暗和憂傷。

僅僅是因了他所經歷過的那一切嗎？

學校的模樣已然大為改觀，這是他事先就預料到的，樓房現代而規整。周圍的山岡已被夷為平地，又蓋起了幾幢整齊劃一的教學大樓，中間圍著一個開闊的藍球場，這一點倒是像極了他記憶中的學校，只是彼時的球場還過於的簡陋，地面沒有水泥的鋪設，只有夯實的黃土地。

他找到了教務處，接待他的是一位四十歲左右的老師，有幾分儒雅，但沾了點小地方的那股質樸的鄉氣，他向他說明了來意，那人愣了愣神，然後讓他稍等一下，又吩咐旁邊的一位年輕的女孩在電腦上查詢。

很快就找到了他的原始資料。「你真是我們學校的老校友。」那人笑說，只是模樣變了，你瞧你那時多年輕，太精神了！」他亦笑了，湊上去瞅了一眼自己當年的照片。

真像個沒長大的孩子，嘴角微翹，掛著一絲隱約的稚氣和靦腆，還透出一星半點頑皮的氣息，儘管裝出一副滿嚴肅的樣子，他看了直想樂。

這時他想起該問點什麼了。

「學校有位蕭老師嗎？」

「蕭老師？」那人先是怔了一下，接著笑了，「我們學校有二位蕭老師，你找哪一位？」

他這才想起當年的蕭老師肯定退休了，他本該說出他的名字的。「蕭志剛。」他說，「他現在應該不在學校了，你能幫我查一下他的去向嗎？」

「他呀，知道。」接待他的老師笑說，「他可是我們縣裡的名人，我們哪能不知道他呢？」

「名人？」他有點意外。

「呃，是這樣，就是他發現了那個聞名中外的『天坑』的祕密，讓我們這個偏僻的小縣一下子暴得大名，一個埋藏了近二千年的活史料，被發現和發掘了出來，這真是一個奇蹟！」那人興奮地說，「現在我們縣改市了，蕭老師功不可沒，市裡的旅遊業，多半是靠著蕭老師的這一發現拉動的，『天坑』成了我們市財政收入的重要來源，所以蕭老師在我們市裡，是一個地地道道的文化名人喲。只是他的性格有點古怪，竭力反對對『天坑』的旅遊開發，說這是沽名釣譽，違背了他發現的『天坑』的初衷。也不知道他是怎麼想的？讓市裡增加財政收入有什麼不好嗎？」

「哦，是這樣！」他沉吟地說。

他向那人打聽到了蕭老師的住處，便告別了他，返身向城北走去。

間隔了整整四十多年後，歲月蒼茫，當年的少年，又一次隻身穿越了浮橋。

橫跨錦江兩岸的浮橋，還是讓當年的少年浮想聯翩了——少年後來聽說，如月離開了縣城，傳說在一個星光璀璨的夜晚，由啟明帶著她遠走高飛了，從那以後，再也沒人聽說過，於他們的哪怕一星半點的消息，就像從地平線上永遠消失了一般。

浮橋上行走的人，比起往昔的歲月多了許多，皆繃緊了一張焦躁和麻木的臉，行色匆匆，沒有了在少年的記憶中，行走在浮橋上的那份恬淡與閒適。江水不再猶如記憶中那般清澈見底了，倒是見出了渾濁與骯髒，偶爾還能看見一團團泛出的白色泡沫，順著水勢從浮橋底下緩緩飄過。只有江風還是那麼地清爽愜意，悠悠地吹來，讓他心曠神怡；遠處的點點帆影，宛如一瓣瓣輕盈的葉片，自由地漂泊在江面上。

極目遠眺，水天一色。

有幾隻白色的江鷗，翩然起舞般的盤旋著，在一個低空俯衝之後，又翻飛上揚，遠去了，發出聲聲鳴唳，從曠遠遼廓的江面上，隨著江風漸次傳來。

他佇立了一會兒，呼吸著江風，遙遠的記憶彷彿亦伴隨著這清風、帆影、江鷗，依次翩然而至，他不禁百感交集了。

他終於找到了學校的人告知他的那處地址。那是一棟牆體已然陳舊斑駁的舊式灰樓。他拿出位址對照著上了三樓，又對了一下門牌號，沒錯，就是這裡了。他吁了一口氣，輕輕地敲了幾下門。裡面有動靜傳來，他忽然覺得開始激動了。他用掌心捫住了心口，穩了穩神。

門開了。

他微驚了一下。站在面前的是一位白髮蒼蒼的老人，一臉皺褶，稀疏的頭髮亂蓬蓬的七倒八歪，一看就知平時疏於打理，鏡片後面的那雙眼睛，透出了一絲不耐煩。他認真地辨認著，回憶著，這才從這張臉上，依稀認出了蕭老師當年的容顏。

歲月不饒人呵，他不無感慨地想。

「怎麼，又是記者採訪？這次還派來了一位老記者！」蕭老師推了推眼鏡，揶揄地說。

他沒想到，這便是闊別了四十多年後的蕭老師，見到他後說出的第一句話。蕭老師的聲音更顯渾濁暗啞了。他頓了頓，決定先不說出自己的真實身分。

「我是來看望您的。」他微笑地說。

「進來吧！」蕭老師冷冷地說。

還沒等他進門，蕭老師倒是自顧自地先回了屋裡。他略微有些尷尬，跟在蕭老師的後面也進了屋，將屋門從身後掩上了。

這是二間一套的單元房，空間顯得狹窄而逼仄，屋內一看就知沒人好好地收拾，雜亂無章，一片狼藉，到處堆滿了書、報紙、雜誌，家具亦顯樸素簡陋。走道時還得十分小心，否則一不留神就會踢到堆放在地上的物件，他由此猜到，生活中的蕭老師依然獨身一人。他心中掠過一絲黯然。

剛進內室，他就見到了書桌上擺放著一張泛黃發舊的放大照片，嵌在一鏡框裡，看得出那是一張翻拍過的照片。

他一眼就認出鏡框裡的人是誰了——那是蕭阿姨中年時的一張舊照，鏡框的周邊還籠著一圈黑紗，它所代表的意味再明顯不過了。看著照片，他倏然覺得在這一瞬間時空倒錯了，記憶一下子又復歸於往昔。可他很快又回過了神來，進入了一種恍如隔世的感覺，心中便有些愴然了。

蕭老師已然端坐在了一張中式的扶手椅上，見他進來，先從桌上摸了一支煙，點上，說：「你就隨便找一處地方坐吧，我這裡太亂，隨便坐。」

牆角安置了一個破舊的長條沙發，沙發上表層包布都已撕裂了，翻出了一道張牙舞爪的豁口，露出了裡層的白色棉絮；沙發上亦擱滿了書。他只好扒拉了幾下，騰出了一處勉強能坐人的位置。

他坐下了。

剛一坐下他就發現下面有些硌，且顯得凹凸不平，他知道，那是因了沙發的彈簧已老化變形了。

還沒等他坐穩，蕭老師便開始滔滔不絕地痛斥市政府所推廣的旅遊計畫，他意意思思地聽明白了，蕭老師在說這些旅遊計畫，是對先人的褻瀆，是為了金錢的貪婪而罔顧汲取歷史教訓。

「『天坑』不該是用來尋歡作樂、遊山玩水的，它是用來憑弔和追憶我們民族的歷史，從而啟示後來者，選擇走一條什麼樣的未來之路。現在的這種做法簡直是在犯罪！」蕭老師拿煙的手在不停地顫抖，情緒處在亢奮中，「關於我說的這一點，你們當記者的一定要寫上，這是重點。」蕭老師忿忿地說。

在蕭老師喋喋不休的過程中，他一直在凝視著他曾經的這位老師，他發現蕭老師的話可比過去多多了。過去的蕭老師是沉默寡言的，臉上亦少有表情，總是呈現出一副憂鬱的神情，心事重重，僅就這一點而言，現在的蕭老師，簡直就像是換了個人似的，但這種變化還是讓他感到了欣慰，畢竟蕭老師不再壓抑自己了，他能夠適時地慷慨激昂地釋放自己的情緒了。

他目不轉睛地望著蕭老師，他希望他能及時地辨認出他來。可他失望地發現，他的內心期待沒能兌現，他由此了然了，歲月的流逝，不僅改變了他們彼此的生活現狀，亦改變了彼此的容顏，竟形同陌路，這讓他感慨萬千了。

蕭老師終於喋喋不休地陳述完了，端起杯子，一仰脖子喝下了幾口白開水，他注意到蕭老師捧著的搪瓷杯，還是文革款式，上面還烙印著標準毛體：「為人民服務」。

「蕭老師，你為什麼要去做這種考古發現呢？」

「為什麼？」蕭老師的臉上浮現出一絲驚愕，怔仲了一下，呆呆地看著他，半晌沒說話，只是呆著臉，似乎在思索著什麼。蕭老師就這麼怔怔地想了一會兒，神情又開始激動了。他又點燃了一支煙，狠狠地抽了幾口，將煙霧大口大口地噴吐了出來。

「終於有人開始問我這個問題了，終於有人了！」蕭老師感嘆了一聲，目光霎時變得迷離了：「我只想弄清楚，人類為什麼要相互殘殺，哪怕彼此是血族，為什麼過往的歷史總是充滿了血腥和暴力，還有仇恨，除此之外，人類究竟還有多少未被我們發現的祕密？如同那個『天坑』，在無言的沉默中等待著我們去揭示！」蕭老師雙目噴著火，就像是這些思索點燃了他的激情，目光亦變得犀利了起來，就像一柄鋒銳的閃著寒光出鞘的利劍。

他感到了內心的激盪，一如大海在咆哮：「蕭老師，您真的不認識我了嗎？」他說，忽然覺得眼眶湧滿了淚水。

蕭老師愣住了，先是定定地看了他一眼，然後摸索著從桌上拿起了眼鏡重新戴上，躬著身軀，緩緩地站起，目不轉睛地凝視著他，似乎還沒看清，他又靠近了一步，身體微微地搖晃了一下。在他的感覺中，蕭老師似乎看了很久很久，久得就像時間停止了運動。

突然，蕭老師的目光變得迷濛了起來，似神情大慟，與此同時，蕭老師的嘴唇亦像在不停地顫抖。他從沙發上站起了身，淚水已然模糊了他的雙眼。

「我是王若若。」他說。

二〇一〇年三月二十日一稿

二〇一三年八月十三日二稿

二〇一六年八月十一日最後的潤色

後記

清晰地記得，寫完《六六年》的第二天的晚上，我約上了一位好友共進晚餐，席間我們談天說地，當時我的心情真是好極了，畢竟一次文字的長旅宣告結束了，如釋重負，便何況這次的寫作我是滿意的，而且相信它與我揮手告別之後，會在接下來漫長的歲月中逐漸顯現出的意義和價值。

你準備下一部寫什麼呢？朋友突然問我。

我一怔，有點猝不及防，竟一時無法回答。過了一會兒我想了想說：哦，也許我會轉回當下，我們正在經歷的時代。

就在這時，一個倏忽間從天而降的感覺在我心中亮了一下，我好像遽地想起了什麼。那麼奇怪的一個念頭，或者乾脆說就是一個靈感的驟然閃現，它最初是朦朧的、幽冥的，一如時隱時顯，飄浮著的一團迷霧，我還一時間無法看清它在我預示著什麼——僅只是一種隱約的感覺，逐漸地在我心中浮現出來的感覺，穿過了心靈的荒原，一點點地隨風飄來，霎時間我變得興奮了起來。

哦，我還有一個構思，一個不成熟的構思。我激動地說。

朋友偏過臉來凝神望著我。顯然，他注意到了我神情的變化。我告訴他，在文革的那個沉重的歲月中，我曾經陪同父親在江西高安縣城待過一段時光，那是一段落寞而又寂寥的日子，度日如年，在那時，我偶然「結識」了一位奇戾的老人，但我從未與他有過真正意義上的交集，只知他是一位老紅軍，他是一位白髮蒼蒼的老人。

我與他「結識」在一家簡陋的小店鋪裡。每當我去哪裡訂上一份香噴噴的炒菜時，會偶爾地撞見他，而且每每見到他時他都會喝得醉醺醺的，臉膛泛著紅光，嘴裡噴著難聞的酒味，正在興致勃勃與人聊著他當年的「豐功偉績」。我在靜候炒菜出鍋的那會兒工夫時，能依稀聽地聽見他在大聲地嚷嚷：打仗……紅軍……雪山、草地什麼的，這些內容對一個少年的我來說還是頗有吸引力的，可我又討厭從他嘴裡噴出的酒氣，以及他酒後顯得有些「猙獰」的臉孔，所以我從來沒有上前跟他搭訕過。

有一天，我一如往常似地從小店鋪裡取到了炒菜，轉身就要離去，突然聽到一個帶著濃重四川口音的沙啞的嗓音在喊我：「娃子，過來，跟我喝杯酒吵。」我一驚，心知是他，下意識地向他所在方向瞥了一眼，他正一臉醉意乜斜地望著我，嘴角上掛著似笑非笑的表情。這表情讓我感到了不安，亦有些不舒服，我沒搭理他。我不喜歡一嘴臭氣的酒鬼，便轉過臉來急匆匆地跑走了，就像是要甩掉一個糾纏我的瘟神，當時心中還有些慶幸呢。就在我邁出小店鋪的那一瞬間，我聽見了從他嘴裡發出的嘎嘎嘎的怪笑聲，這笑聲讓我多少有點不寒而慄了。

後來我還不時地在小店鋪裡見到他，他還是一如既往地聊著他的紅軍歷史，臉上亦一如既往地充滿了醉意。

直到有一天，一個陽光顯得格外耀眼、燦爛的秋日的午後，我計畫穿過橫亙在錦江兩岸的浮橋，去往城南的一家書店買書，我錯愕地發現浮橋上站著許多人在駐足觀望，我順著他們的視線望去，見滔滔東去的錦江的水面上飄著幾隻竹筏，竹筏上的人彷彿正在江中打撈著什麼。出於好奇，我也停下了我匆匆的腳步。

我萬萬沒有想到的是，他們正在打撈的居然是一具浮出江面的漂屍，而這具漂屍竟然就是我時常會見到的那位醉眼惺忪的老人。

當時只有震驚，一種模模糊糊的說不清楚的感覺，它隱隱地徘徊在我的心中揮之不去，讓我多少有了些許的惆悵，僅此而已。

多少年過去了，春去秋來，歲月亦在風雨之中飄然而逝，也不知為什麼，我總會在夜深人靜的某一時刻想起這位老人——這位我從未說過話的老人，這位曾邀我喝酒、卻被我斷然拒絕的老人，每當此時，我的心中會驀然襲來一種疼痛的感覺，這感覺讓我有了一種沉重的負疚之憾了。

假如那一天的傍晚我沒有拒絕他的邀請呢？與他一道喝盅小酒，聽他聊聊天，聊聊他的當年，他的那段極不平凡的經歷呢？那我的良心是否能夠多少獲得稍許的慰安與平復？每當想起時，我總會這樣地在內心深處追問著自己，並有了自責與懺悔。

隨著這位老人形象的浮現，我又總會想起我當年置身的那個獨具個性的小鎮，那座架設在綿江兩岸的奇異的浮橋，想起小鎮上空飄起的濕漉漉的雨絲，以及在煙雨中緩慢行走的模糊的人影；還有城中的石徑小路的兩旁，那些在這座小鎮上世代居住的敦厚質樸的鎮民——每當一個漫漫長夜隱去，天幕漸漸撕開，露出了它的第一縷晨曦時，他們便會紛紛地從沿街的住房裡閃身而出，卸下一塊塊長長的頂天立地門板，搬個小凳坐在門前（彼時，有可能還會出現幾個可愛的孩童，倚在門邊，瞪大了眼睛，好奇地張望著清晨的街景），或茫然或呆滯地望著從街上推著獨輪車或挑著的擔子經過的趕集的菜農，以及飄在空氣中的那種特別的充滿了小鎮風情的味道。這一切都讓我油然而生一種無盡地思念與緬懷之感。

老人的形像與浮現在我腦海中的那些小鎮風韻，就這樣，在不知不覺中，將我裹挾在了那綿綿無盡的思緒之中，我感到了一種悠長的悵惘般的憂傷。

當這種思念或曰懺悔之情向我驀然襲來時，那個我未曾真正結識過的老人形像會又一次出現在了我的眼前，但我對他真的卻一無所知，只知他的身分，卻不知他在過去的腥風血雨中究竟都曾經歷過了什麼，但我會因此有一種想寫下他的欲望在蠢蠢欲動。

我向朋友簡單地陳述了一下這位老人，以及我的感受。朋友興奮地說，這個故事有意思，我看你就寫他吧。我苦笑了一下，說：「但我不知寫什麼，因為我根本不瞭解他。」「據我對你的瞭解，我相信你能寫好。」朋友說。

晚上我躺在床上，熄了燈，輾轉反側地怎麼也睡不著了，那位老人的形像總在我想像中飄浮著，彷彿伸手就能觸摸到他，能聞到從他嘴中噴出的酒氣，奇怪的是，我不再討厭那股嗆人的酒味了，相反裹著這股酒味的是一段與我生命相聯的青春歲月，這歲月竟然如此無礙地引領著我走向他——這位老人，讓我迷而忘返，也就是在這時，一種特別的敘述語調驟然出現了：「少年」，對，就用少年作為敘述者的敘述角度與語氣，讓「少年」帶著我走向那迷茫的過去，讓我去探究一下在那個年代、那個壓抑的沉重的年代裡究竟發生了什麼，還有這位讓我夢縈魂繫的老人，他的身世以及在他身上有可能發生的故事，我用純粹的虛構的方式完成一次對自己心靈乃至精神的洗禮，這亦是我人生的一次自我救贖，讓我由此而看清自己走過的人生之路，故而在這個純屬我虛構的故事裡，我必須還要附帶著完成一個有關一少年的成長故事。

「少年」的敘述語調居然竟讓我如此沉醉，讓我沉浸其間而感受到了一種從未有過的創作激情，這激情如同那浮橋之下的綿江之水向我滔滔地迎面撲來，我遨遊在江水之上，感受著一種從未有過的身心洗禮，此時此刻，我覺得自己已與這個尚在胎中的故事融為一體、不分彼此了。

於是在第二天的清晨，我開始進入了我的又一次的文學長旅，只是這一次它進行得意外地順利，二十多萬字僅用三個半月就宣告完成，這是在我的寫作生涯中從未有過的經歷。

寫作過程中，我已然知曉這將是一個關於「命運」之謎的故事（我對所謂的「革命歷史」沒有絲毫的興趣，它至多只能充當一個事關人物的命運背景，一如我筆下的這部虛構小說），它沒有確定的結論，一個貌似圓滿的大團圓結局，我盡乎在寫下一個人生的終極悖論，沒有答案，只有呈現，我只是在小心翼翼地向它發出我的求索式的探問。

於是我了然了，這個有關命運的故事，是可以作為類似偵探小說的形式來予以展現的，把命運本身，還有老人與一阿姨的曠世奇情，設定為一個人生謎案；而置身在其間這位「少年」，則無形之中充當了一個偵探的角色，以他獨特的探尋方式，一步步地接近那個不解之謎。

文學從來不是為了回答人生之答案而誕生的，它的光榮使命在於對人世、命運及人性進行深邃地思索與探究，它發現問題以及提出問題，但從不會給予現成的答案，抑或可笑之極的解決方案，我們必須了然，這個世界其實是充滿了荒謬與悖論的，也就是說，它呈現給我們的是一系列的難解之謎，當你越是深入地瞭解它、認識它時，它越會向你呈現撲朔迷離的謎雲，也正是因了這些存在之謎，文學才開始了它蒼涼而悲壯的人生探索之旅。

釀小說104　PG1993

幽暗的歲月三部曲之二

浮橋少年

作　　者	王　斌
責任編輯	徐佑驊
圖文排版	詹羽彤
書法題字	李野夫（李明年攝影）
封面設計	楊廣榕

出版策劃	釀出版
製作發行	秀威資訊科技股份有限公司 114 台北市內湖區瑞光路76巷65號1樓 電話：+886-2-2796-3638　傳真：+886-2-2796-1377 服務信箱：service@showwe.com.tw http://www.showwe.com.tw
郵政劃撥	19563868　戶名：秀威資訊科技股份有限公司
展售門市	國家書店【松江門市】 104 台北市中山區松江路209號1樓 電話：+886-2-2518-0207　傳真：+886-2-2518-0778
網路訂購	秀威網路書店：https://store.showwe.tw 國家網路書店：https://www.govbooks.com.tw
法律顧問	毛國樑　律師
總 經 銷	聯合發行股份有限公司 231新北市新店區寶橋路235巷6弄6號4F 電話：+886-2-2917-8022　傳真：+886-2-2915-6275

出版日期	2019年1月　BOD一版
定　　價	320元

國家圖書館出版品預行編目

幽暗的歲月三部曲之二：浮橋少年 / 王斌著. -- 一版.
-- 臺北市 : 釀出版, 2019.01
面；　公分. -- (釀小說 ; 104)
BOD版
ISBN 978-986-445-264-4(平裝)

857.7　　107010892

讀者回函卡

感謝您購買本書，為提升服務品質，請填妥以下資料，將讀者回函卡直接寄回或傳真本公司，收到您的寶貴意見後，我們會收藏記錄及檢討，謝謝！
如您需要了解本公司最新出版書目、購書優惠或企劃活動，歡迎您上網查詢或下載相關資料：http:// www.showwe.com.tw

您購買的書名：＿＿＿＿＿＿＿＿＿＿＿＿＿＿＿＿＿＿＿＿

出生日期：＿＿＿＿＿年＿＿＿＿＿月＿＿＿＿＿日

學歷：□高中（含）以下　□大專　□研究所（含）以上

職業：□製造業　□金融業　□資訊業　□軍警　□傳播業　□自由業
　　　□服務業　□公務員　□教職　□學生　□家管　□其它＿＿＿

購書地點：□網路書店　□實體書店　□書展　□郵購　□贈閱　□其他

您從何得知本書的消息？

□網路書店　□實體書店　□網路搜尋　□電子報　□書訊　□雜誌
□傳播媒體　□親友推薦　□網站推薦　□部落格　□其他＿＿＿＿＿

您對本書的評價：（請填代號　1.非常滿意　2.滿意　3.尚可　4.再改進）

封面設計＿＿　版面編排＿＿　內容＿＿　文／譯筆＿＿　價格＿＿

讀完書後您覺得：

□很有收穫　□有收穫　□收穫不多　□沒收穫

對我們的建議：＿＿＿＿＿＿＿＿＿＿＿＿＿＿＿＿＿＿＿＿

＿＿＿＿＿＿＿＿＿＿＿＿＿＿＿＿＿＿＿＿＿＿＿＿＿＿＿

＿＿＿＿＿＿＿＿＿＿＿＿＿＿＿＿＿＿＿＿＿＿＿＿＿＿＿

＿＿＿＿＿＿＿＿＿＿＿＿＿＿＿＿＿＿＿＿＿＿＿＿＿＿＿

請貼
郵票

11466
台北市內湖區瑞光路 76 巷 65 號 1 樓

秀威資訊科技股份有限公司　　　收

BOD 數位出版事業部

....

（請沿線對折寄回，謝謝！）

姓　　名：＿＿＿＿＿＿＿＿　年齡：＿＿＿＿　性別：□女　□男

郵遞區號：□□□□□

地　　址：＿＿＿＿＿＿＿＿＿＿＿＿＿＿＿＿＿＿

聯絡電話：（日）＿＿＿＿＿＿＿＿（夜）＿＿＿＿＿＿＿＿

E-mail：＿＿＿＿＿＿＿＿＿＿＿＿＿＿＿＿＿＿